LEONIE KRAMER

Maschenmord

LEONIE KRAMER

MASCHEN MORD

Der Handarbeitsclub ermittelt

blanvalet

MIX
Papier | Fördert
gute Waldnutzung
FSC® C014496
FSC
www.fsc.org

Klimaneutral*
Druckprodukt
ClimatePartner.com/14044-1912-1001

Penguin Random House Verlagsgruppe FSC® N001967

3. Auflage 2022

in der Penguin Random House Verlagsgruppe GmbH,
Neumarkter Straße 28, 81673 München.
Dieses Werk wurde vermittelt durch die Michael Meller Literary
Agency GmbH, München.
Redaktion: Julia Abrahams
Umschlaggestaltung und -motiv: www.buerosued.de
JA · Herstellung: DiMo
Satz: Uhl + Massopust, Aalen
Druck und Bindung: GGP Media GmbH, Pößneck
Printed in Germany
ISBN 978-3-7341-1156-3

www.blanvalet.de

Für meine Oma Anni,
die mir das Stricken beigebracht hat.

EIN VIELVERSPRECHENDER DIENSTAG IM MAI

1. MASCHE

Die Lauflänge ist bei Garnen,
Schusswaffen und persönlichen Problemen
von großer Bedeutung.

Wie leicht sich Luft und Leben anfühlen können, staunte Tim Wallenstein. Kurz nach Sonnenaufgang trabte er an saftigen Wiesen vorbei, wo hellbraune Milchkühe langsam wiederkäuend wach wurden. Die Tiere ließen sich von dem unbekannten Läufer nicht aus der Ruhe bringen, schauten ihm aber mit großen Augen nach. Mühelos steigerte Wallenstein sein Tempo. Es war, als würde er beim Laufen keine Energie verbrauchen, sondern sich neu aufladen. So unbeschwert hatte er sich seit der Katastrophe vor fünf Monaten nicht mehr gefühlt, so frei schon viel länger nicht mehr.

Die Psychologin Mia Alt hatte ihn gewarnt, er könne seinen Problemen nicht davonlaufen. Aber genau das würde er tun. Schritt für Schritt. Es war ihm schließlich vor Jahren schon einmal gelungen.

»Landleben, ich komme«, spornte er sich an, sprintete einen steilen Hügel hinauf und auf der anderen Seite wieder hinunter. Dabei rutschte er auf einer feuchten Wurzel aus, kam aus dem Gleichgewicht und ruderte wild mit den Armen. Die Kühe starrten ihn an, kauten jedoch unbeeindruckt weiter. Schließlich siegte die Schwerkraft, und Wallenstein landete rücklings im Dreck. Dort kämpfte er nicht nur mit dem matschigen Untergrund, sondern auch mit einem plötzlichen Heiterkeitsausbruch. Gerade hatte sich nämlich die Prophezeiung seines Kumpels Arne, er würde sich in der bayerischen Provinz ganz schnell auf den Arsch legen, erfüllt. Zum Abschied hatte Arne ihm gestern Nacht dann noch so fest in die Seite geboxt, dass Wallenstein im ersten Moment fürchtete, er habe ihm eine Rippe gebrochen. »Adrenalindiät ist nichts für dich, Chef. Wir holen deinen Krempel jederzeit wieder ab, Anruf genügt.«

Ursprünglich wollte ihm sein gesamtes altes Team beim Umzug von Köln nach Bayern helfen. Mit LKW und Begleitfahrzeug. Aber Wallenstein hatte Möbel und Zimmerpflanzen kurzerhand verschenkt. Danach hatte sein Hausrat (samt Fahrrad) locker in Arnes VW-Bus gepasst. Nur seine neue, sündteure Kaffeemaschine hatte Wallenstein im Originalkarton auf dem Beifahrersitz seines eigenen Wagens festgeschnallt.

Auf der Autobahn war er seinem ehemaligen Kollegen dann mit maximal 100 km/h Richtung Süden gefolgt. Die Fahrt war schrecklich gewesen. Für eine Verfolgung auf der rechten Spur brauchte man kein Spezialfahrtraining, sondern einen Tempomat und Nerven wie Stahl. Mehrfach hatte Wallenstein dagegen angekämpft, das Gaspedal durchzudrücken, auszuscheren und vorauszupreschen.

Aber diese Zeiten waren vorbei. Nur sein Körper und Teile seines Hirns hatten das noch nicht begriffen.

Jetzt wischte sich Wallenstein die schmutzigen Hände an der Hose ab und strich Hektik und jede Art von Verfolgungsjagd aus seinem Wortschatz.

»Hinfallen, aufstehen, weiterlaufen. Dabei immer fokussiert bleiben. So einfach ist das«, erzählte er einer näher kommenden Kuh, die sich jedoch auf halber Strecke von einem besonders grünen Grashalm ablenken ließ.

Wallenstein stützte sich auf einen Pfosten des Weidezauns, dehnte seine Muskeln und ließ seinen Blick über das Murnauer Moos schweifen. Irgendwo hatte er gelesen, dass es sich dabei um das größte noch erhaltene Moorgebiet Mitteleuropas handelte. Über den Wiesen lag feiner Morgennebel, der die Natur wie ein Weichzeichner in sanfte Pastelltöne hüllte. Auch die Berge im Norden waren nur zu erahnen. Genussvoll atmete Wallenstein die klare Luft ein und schloss die Augen. Absolute Stille, keine Spur von Abgasen. Es war traumhaft. Obwohl er sich erst vor wenigen Stunden von seinem alten Leben verabschiedet hatte, fühlte es sich bereits wie Vergangenheit an. Er war auf einem guten Weg.

Kurz nach sieben sperrte er die Tür seiner Ferienwohnung in einem schmucklosen Mehrfamilienhaus am Ortsrand von Murnau auf, stellte seine Sportschuhe auf den Fußabstreifer und ging ins Bad. Dort zog er die schmutzigen Sachen aus, warf alles in die Wanne und wusch sich die Hände. Durch den kleinen Sturz war er wirklich gründlich geerdet worden. Im Flur drängte er sich an seinem Fahrrad und acht gestapelten Kartons vorbei, die er nach der Ankunft mit Arne ausgeladen hatte. Anschließend hatten sie sich im Griesbräu, einem zünftigen Wirtshaus, mit Schweinebraten und Knödeln gestärkt und lange über alte Zeiten geredet. Bevor Wallenstein danach ins Bett gefallen war, hatte er nur noch die Dinge der höchsten Prioritätsstufe ausgepackt: Zahnbürste und Kaffeeausstattung.

Voll Vorfreude betrat er jetzt in Boxershorts die Wohnküche, wo sich die hochglanzpolierte Siebträgermaschine wie ein futuristischer Fremdkörper zwischen einen angegilbten Toaster und einen verkalkten Wasserkocher quetschte. Ein kleiner Berg aus Verpackungsmaterial lag davor auf dem Boden. Kaffeemühle und Milchaufschäumer hatten einen vorübergehenden Platz neben dem Kühlschrank gefunden. Wallenstein füllte den Wassertank, steckte den Netzstecker ein und blätterte in der Gebrauchsanweisung. Dann schaufelte er Espressobohnen in die Mühle.

Genau so stellte er sich seinen neuen Alltag vor: eine morgendliche Laufrunde in der erwachenden Natur, ein heißer, selbst gemachter Kaffee und keine lauwarme Brühe aus einem Pappbecher am Kölner Hauptbahnhof, anschließend frisch geduscht und ausgeschlafen zum Dienst, wo er es langsam angehen ließe. Erst einmal würde er in aller Ruhe seine Kollegen kennenlernen und sich mit den Abläufen vertraut machen.

Die Maschine zischte vielversprechend. Am Tag der Stellenzusage war er auf dem Heimweg kurz entschlossen in ein Haushaltswarengeschäft gegangen und hatte etwas weniger kurz entschlossen ein Monatsgehalt für dieses technische Wunderwerk ausgegeben. Er redete sich ein, dass er damit in seine Zukunft investiert habe. Bei Veränderungen musste man schließlich mit den kleinen Dingen anfangen. Der Rest würde sich dann nach und nach finden.

Eine Kontrolllampe zeigte, dass der Dualboiler sich jetzt aufheizte. In wenigen Minuten würde die Rotationspumpe das Wasser mit einem Druck von neun bis zehn Bar durch das frische Kaffeepulver pressen, die Aromen herauslösen und ein Geschmacksfeuerwerk entzünden. Das hatte wenigstens der smarte Verkäufer versprochen. Er hatte ihm Fotos der kleinen italienischen Manufaktur gezeigt, die zwischen Olivenbäumen lag. Jede Maschine wurde dort noch in bodenständiger Handarbeit hergestellt und war ein Unikat. Auf den Schwarz-Weiß-Aufnahmen strahlten die Mitarbeiter eine zeitlose Gelassenheit aus, die entweder auf ein zufriedenes, einfaches Leben oder einen teuren Fotografen zurückzuführen war. Auf jeden Fall hatte Wallenstein in ihren Gesichtern gesehen, was er selbst suchte, aber nicht in Worte fassen konnte. Vier doppelte Probeespressi hatten ihn schlussendlich überzeugt.

Mehrere Minuten lang hypnotisierte Wallenstein das orange Lämpchen, das sich jedoch von ihm nicht hetzen ließ. Er gab auf und blickte sich stattdessen im Wohnzimmer um, das er bisher nur von Internetfotos und einem schnellen Wohnungsrundgang kannte. Die Einrichtung bestand aus einer konzeptlosen Mischung aus Ikeamöbeln und Flohmarktfunden. Im Bücherregal standen ein paar uralte Spionagethriller neben einem Wanderführer. Es gab weder einen Fernseher noch funktionierendes WLAN. Dafür war die Ferienwohnung günstig, und die Vermieterin war in

Bezug auf die Mietdauer flexibel. Wallenstein hoffte, dass er schnell eine eigene Bleibe finden würde. Nach ein paar Liegestütze und Sit-ups ging er in die Küche zurück.

Das Lämpchen leuchtete immer noch. Nur gut, dass er hier Zeit im Überfluss haben würde. Mit den Fingerspitzen trommelte Wallenstein auf der weißen Arbeitsfläche. Obwohl er seiner alten Aufgabe nicht mehr gewachsen gewesen war, hatte er sein Versetzungsgesuch lange aufgeschoben. Radikale Veränderungen brauchten Mut, und genau der war ihm nach seinem Versagen verloren gegangen. Mia, die Polizeipsychologin, hatte ihn über Monate mit Therapie- und Gesprächsangeboten genervt. Aber Schwäche zeigen gehörte nicht zu Wallensteins Stärken. Dass es ihm besser ginge und er nur vom hektischen Großstadtleben genug habe, hatte Mia ihm nicht abgenommen. Er war sich aber sicher, dass ihm ein ländliches Umfeld mit gutem Sport- und Freizeitangebot helfen würde. Schließlich hatte er noch über zwanzig Dienstjahre vor sich. Am Handy antwortete er auf Arnes Ein-Wort-SMS *(angekommen)* und scrollte durch die Wohnungsangebote eines Maklers. Endlich erlosch das orange Licht und zeigte, dass die Kaffeemaschine einsatzbereit war. Wallenstein füllte den Siebträger und drückte das Kaffeepulver mit einem Edelstahltamper an. Er würde sich ein Mountainbike kaufen, neue Ski und vielleicht sogar Gleitschirmfliegen lernen. Sein Glück konnte er kaum fassen. Er arbeitete jetzt in einer Gegend, in der andere Menschen Urlaub machten. Da vibrierte sein Handy.

Unbekannte Nummer.

»Guten Morgen, Kollege Wallenstein. Hier Schmidl. Wir

haben eine weibliche Leiche in Madlfing. Das ist bei Ihnen ums Eck, und die Chefin meint, Sie sollen da gleich mal hinfahren.«

»Heute ist mein erster Arbeitstag«, protestierte Wallenstein. »Ich war noch nicht mal auf dem Revier.«

»Drum passt's ja so gut.« Schmidl lachte und schlürfte lautstark ein Getränk, bestimmt Kaffee.

Wallenstein hielt den perfekt befüllten Siebträger in der Hand und wartete auf Anweisungen des Kollegen. Er war darauf trainiert, schnell zu reagieren.

»Wären Sie schon bei uns, müssten'S gleich wieder zurückfahren. Das würd sich gar nicht rentieren«, philosophierte Schmidl. »Spaß beiseite: Für Sie liegt die Leich förmlich auf dem Weg. Machen'S den Abstecher. Dann lernen'S gleich ein bisserl die Gegend kennen, und danach kommen'S ganz entspannt bei uns vorbei.«

Wallenstein legte den Siebträger auf die Arbeitsfläche.

»Wo muss ich hin?«, fragte er und schaltete die Kaffeemaschine aus.

»Wollust in Madlfing. Ein ziemlich gspinnerter Laden, wenn'S mich fragen. Ich kenn mich damit ja nicht aus, aber seit der unter neuer Leitung ist, soll der richtig gut gehen.«

Der Kommissar schloss kurz die Augen und zweifelte an seinem Versetzungswunsch. »Wenn er gut geführt ist, ist das doch meistens so.«

Am anderen Ende der Leitung wurde etwas Krosses geknuspert. Wahrscheinlich hatte Schmidl gerade in sein erstes oder zweites Frühstück gebissen. »Da haben'S bestimmt recht. Aber für was die Leute ihr Geld ausgeben.

Musst dich wundern. Das kann man doch woanders billiger haben.«

Darauf wollte Wallenstein nicht antworten. Überhaupt dauerte ihm dieses Gespräch zu lange. Sein Magen knurrte. »Geben Sie mir die Adresse.«

»Dorfplatz 3, können Sie nicht verfehlen, ist direkt neben der Kirche«, erklärt der Beamte gut gelaunt.

Ein Bordell neben der Kirche. So viel zum idyllischen Landleben, dachte Wallenstein und holte ein weißes Hemd aus einer Kiste mit der Aufschrift Oberbekleidung. Während er es anzog, wunderte er sich über sich selbst. War er so naiv zu glauben, ein Rotlichtmilieu existiere nur in Großstädten? Nein, natürlich nicht. Aber ehrlicherweise hätte er gut darauf verzichten können. Die Einsätze im Umfeld von Prostitution, Drogen- und Menschenhandel waren deprimierend, manchmal auch gefährlich. Die Zuhälter und Strippenzieher waren nicht zimperlich. Am meisten setzte Wallenstein jedoch die Ausbeutung der Frauen zu. Viele von ihnen waren in ihren Heimatländern auf Versprechen hereingefallen und hatten auf gut bezahlte Jobs gehofft.

»Ich habe noch nicht einmal eine Dienstwaffe.«

Schmidl prustete los. »Für Madlfing! Der war gut, Kollege.«

Wallenstein war irritiert. Schmidl schenkte sich hörbar nach. »Nur gut, dass Sie sich bei dem gefährlichen Pflaster nicht ins Hemd machen. Sollen ja ordentlich Nahkampferfahrung haben. Außerdem sind Sie schon lang genug dabei und wissen, wie's läuft. Sie rufen an, wenn wirklich jemand tot sein sollte und Sie Verstärkung brauchen.«

Einhändig knöpfte Wallenstein das Hemd zu.

»Sie sind sich nicht sicher?«, fragte er ungläubig.

»Die Lissi meint schon. Sie hat den Ellinger, den Arzt, angerufen. Aber in Madlfing stirbt man vielleicht, umgebracht wird man da eher nicht.« Schmidl nahm einen tiefen Schluck und kommentierte ihn mit einem wohligen Seufzer. »Wahrscheinlich übertreiben die Damen. Was man so hört, sind die manchmal ein bisserl schreckhaft, bilden sich allerhand ein und brauchen dann Begleitschutz. Wer weiß, ob das überhaupt was für uns ist. Schauen'S einfach mal vorbei, und richten'S der Lissi einen schönen Gruß aus. Müsst bei ihr bald wieder so weit sein. Und wenn's wirklich gefährlich werden sollt, lassen'S einfach die Lissi schießen.«

»Bin schon auf dem Weg«, erwiderte Wallenstein und legte auf. »Wer auch immer diese Lissi ist«, sagte er zu sich selbst.

Der Schmidl mit seiner gefüllten Kaffeetasse hatte leicht reden. Der kannte sich hier aus. Vielleicht hätte er mehr Fragen stellen sollen. Egal. Er würde Lissi bald kennenlernen. Wahrscheinlich war sie die Puffmutter oder wie immer man das politisch korrekt formulierte. Er musste sich erst daran gewöhnen, dass Kommunikation jetzt anders ablief und er für seine Arbeit mehr Hintergrundinformationen brauchte. Aus einer der Umzugskisten holte er einen grauen Anzug, polierte flüchtig über seine Lederschuhe und startete ungeduscht und unrasiert in den ersten Arbeitstag seines neuen, entspannten Lebens. Das lief definitiv anders als geplant.

2. MASCHE

Sowohl bei der Verbrechensaufklärung als auch beim Stricken geht es um Muster.

Ariadne lag genauso da, wie sie in der Nacht umgefallen war. Arme und Beine weit auseinandergestreckt. So als wäre sie in Seenot und würde auf dem Wasser treibend Toter Mann spielen. Blöd war dabei nur, dass sie auf dem Bauch lag und im Meer schon längst eine tote Frau wäre. Das dumpfe Signalhorn eines Frachters drang an ihr Ohr. Viel zu laut und viel zu nah.

Mit einem Stöhnen drückte sich Ariadne ein Kissen auf den Kopf. Ihr Schädel brummte. Aus Erfahrung wusste sie, dass es in diesem Zustand besser war, die Augen geschlossen zu halten und unnötige Bewegungen zu vermeiden.

»Ich schlafe«, informierte sie die Matratze und die immer noch wankende Welt.

Das Schiffsignal verklang in der Weite des Ozeans. Endlich war es wieder still, und Ariadne glitt in den Schlaf zurück. Sie träumte vom Eismeer, wo Robben sich im Wasser tummelten. Ein Vorhang silbriger Luftbläschen stieg glitzernd auf und kündigte das Auftauchen eines Wales an.

Erik hatte ihr gestern erzählt, dass *ihr* Wal in der Bucht von Husavik gesichtet worden war. Ihr alter isländischer Schulfreund hatte ihr sogar Fotos von der unverkennbaren Fluke gezeigt.

»Du verkaufst in diesem Kaff wirklich nur Wolle?«, hatte er sie mit sorgenvoll gerunzelter Stirn gefragt, und Ariadne hatte mal wieder bekräftigt, dass sie ihr früheres Leben komplett hinter sich gelassen habe und sich nur noch um Strickmuster kümmere.

Bevor der Wal in ihrem Traum auftauchen konnte, tutete es erneut. Dreimal kurz, dreimal lang, dreimal kurz.

Leichtsinnig hatte sie dem siebenjährigen Bjarni gestern nach dem Abendessen erlaubt, mit ihrem Handy zu spielen. Er hatte ihr angeboten, einen besonders lustigen Klingelton einzustellen, und jetzt morste das Telefon in voller Lautstärke SOS.

»Ruhe. Ich bin selbst ein Notfall«, schimpfte Ariadne.

Aber der Anrufer kannte keine Gnade. Das Kissen immer noch auf dem Kopf, tastete Ariadne blind nach dem Telefon. Aber leider lag es außerhalb ihrer Reichweite.

Warum versagt ein Akku nie, wenn man es am dringendsten brauchte? Vorsichtig blinzelte sie gegen das Licht. Als sie ihren Kopf über die Bettkante hängen ließ, zuckte ein heftiger Schmerz hinter ihrer Stirn.

»Ich bin zu alt, mir die Nacht um die Ohren zu schlagen oder bei Trinkspielen mitzumachen«, teilte sie dem Bettpfosten mit.

Unter dem Bett gab es eine Menge Staub, aber von ihrem Handy fehlte jede Spur. Mühsam setzte sie sich auf. Wenigstens drehte sich die Welt nicht mehr so schnell wie gestern, sondern war wieder zu ihrer normalen Geschwindigkeit zurückgekehrt.

Genau in diesem Moment verstummte das Telefon und machte eine Ortung unmöglich. Endlich. Mit einem tiefen Seufzer ließ sich Ariadne auf die durchgelegene Matratze zurückfallen. Was sollte an einem Dienstagmorgen so wichtig sein, dass man sie aus dem Schlaf riss? Nichts. Da sie wusste, wie Treffen mit Erik endeten, hatte sie vorsichtshalber alle Termine für heute abgesagt. Nicole war wie immer flexibel und hielt in der Wolllust die Stellung. Wer was von ihr wollte, sollte eine Mail schreiben. Das war ihr lieber als Anrufe. Mit der Herausgabe ihrer Telefonnummer geizte Ariadne nicht nur gegenüber ihren Geschäftspartnern. Es ging ihr auf die Nerven, Dinge in der Öffentlichkeit zu besprechen. Neben dem Privathandy besaß sie immer noch einen Festnetzanschluss und aus alter Gewohnheit sogar noch ein Zweithandy und ein paar ausländische Prepaidkarten. Seit sie in Madlfing lebte, hatte sie es jedoch nicht mehr benutzt.

Ariadne lag mit geschlossenen Augen auf dem Rücken und versuchte, sich zu entspannen. Aber die Frage blieb. Wer wollte sie unbedingt erreichen? Wahrscheinlich war es nur Bjarni, der wissen wollte, wie ihr der Klingelton gefiel. Aber musste der nicht zur Schule? Eine unterschwellige Unruhe breitete sich aus, und Ariadne begann erneut, nach ihrem Telefon zu suchen. Auf allen vieren krabbelte sie über den Teppichboden und durchsuchte ihre verstreut abgelegten Kleidungsstücke. Nichts.

Erst das erneute Klingeln brachte sie auf die richtige Fährte. Das Telefon steckte in einem ihrer Sneakers, die sie ordentlich nebeneinander abgestellt hatte. Vor der Zimmertür. Wahrscheinlich hatte Bjarnis Klingelton das halbe Hotel aufgeweckt.

6:55 Uhr – Irmingard, zeigte das Display.

Was wollte die Madlfinger Mesnerin um diese Uhrzeit von ihr? Sie rief zurück. Schon beim ersten Klingeln nahm Irmingard ab.

»Brennt die Kirche, oder ist der Papst gestorben?«, fragte Ariadne.

Die Anruferin ging auf den Spaß nicht ein. Stattdessen atmete Irmingard tief durch und kündigte damit Unheil an. Ariadne setzte sich aufs Bett und presste eine Hand gegen ihre pochende Schläfe. Ihr Gehirn war zu groß für den Schädelknochen und würde diesen jeden Moment sprengen, wenn Irmi nicht endlich mit der Sprache rausrückte.

»Jetzt sag schon.«

Irmingard räusperte sich. »Nicole ist tot.«

Ariadne stöhnte. »Ein Verkehrsunfall?« Ihre Verkäuferin war eine rasante und rücksichtslose Autofahrerin. Sie jagte ihren Jaguar selbst auf der Landstraße in jede Kurve und überholte ausnahmslos alles, was ihr vor die Motorhaube kam.

»Nein. Hier im Geschäft.«

Ariadnes Puls beschleunigte sich. War Nicole mit ihren hochhackigen Schuhen auf der steilen Treppe gestürzt? Sie hatte immer wieder darauf hingewiesen, dass sie sich dort irgendwann das Genick brechen würde.

»Die Treppe«, stellte Ariadne fest und verfluchte ihre Entscheidung, die Stufen als Lagerfläche zu nutzen.

»Es war kein Unfall. Sie wurde getötet und ausgeraubt. Du musst kommen. Sofort.«

Irmingard hatte aufgelegt. Ariadne starrte ihr Telefon an, als würde es sich um außerirdische Technologie handeln. Dann wanderte ihr Blick zu den vergilbten Gardinen. Draußen blinkte eine Neonreklame und machte auf den 24-Stunden-Betrieb des Hotels aufmerksam. Weil sie gestern den letzten Zug wegen einer U-Bahnstörung verpasst hatte und der nächste erst in fünf Stunden gefahren wäre, war das Hotelzimmer im Münchner Bahnhofsviertel eine Notlösung gewesen. Natürlich hätte sie jederzeit bei Bjarnis Mutter Lilja auf der Couch schlafen können. Aber sie hatte die kleine Familie nach Mitternacht nicht mehr aufwecken wollen.

Ariadne versuchte, Irmingards Satz ›Sie wurde getötet und ausgeraubt‹ zu verstehen. Madlfing war der sicherste und ruhigste Ort der Welt. Das war einer der Gründe, warum sie sich aus der Großstadt dorthin zurückgezogen hatte.

In Zeitlupe ging Ariadne zum Fenster und kämpfte gegen ein vages Angstgefühl an. Sie brauchte dringend frische Luft. Ihr Hals war wie zugeschnürt. Leider ließ sich das Fenster nicht öffnen, dafür winkte ihr vom gegenüberliegenden Haus ein Mann zu und machte eine obszöne Geste. Erst jetzt fiel ihr auf, dass sie splitterfasernackt war. Schnell zog sie die Gardine zu und sich selbst an.

Sie checkte die Uhrzeit. Wenn sie sich beeilte, könnte sie den nächsten Zug um 7:32 Uhr nach Murnau erreichen. Dort musste sie umsteigen und wäre um halb zehn in der Wolllust. Wie ferngesteuert packte sie ihre Sachen und lief zum Bahnhof. Auf dem Gehweg pickten Tauben in weggeworfenem Essen. Es stank nach Abgasen und altem Frittierfett.

Kurz vor der Abfahrt stieg Ariadne in den hintersten Waggon. Auf der Zugtoilette spritzte sie sich ein paar Tropfen Wasser ins Gesicht und betrachtete kurz die Schatten unter ihren Augen. Alles unter acht Stunden Schlaf war ihrem Körper und ihrem Gehirn einfach zu wenig. Sie schaffte es kaum, einen klaren Gedanken zu fassen.

Ariadne setzte sich ans Fenster, legte die Fahrkarte neben sich und stellte am Handy die Weckfunktion ein. Sonst würde sie erst am Endhalt in Seefeld in Tirol wieder aufwachen. Dann schloss sie die Augen und lehnte ihren Kopf gegen die kühle, vibrierende Glasscheibe.

Bestimmt war die Polizei schon da, und das war das Letzte, was sie in ihrem Haus wollte. Vielleicht sollte sie doch sitzen bleiben und untertauchen. Diesmal richtig.

3. MASCHE

Gestrickt wird überall.

Die Navigationsapp lotste Wallenstein über eine schmale Landstraße, die scheinbar einem Tourismuswerbeprospekt für das bayerische Voralpenland entsprungen war. Hinter jeder Kurve tat sich ein neuer atemberaubender Ausblick auf. Ungläubig starrte der Kommissar auf die entfernte, in der Morgensonne blau schimmernde Gebirgskette und fühlte sich augenblicklich erfrischt. Der Farbton steigerte sich in feinen Nuancen von Hell- bis Tiefblau. Darunter breitete sich ein schimmernder See aus. *Staffelsee*, las Wallenstein auf dem Handybildschirm. Dort würde er im Sommer jeden Tag schwimmen oder auf einem SUP-Board dahingleiten.

Und dann dieses Licht! Magisch! Kein Wunder, dass es die Münchner Maler Anfang des 20. Jahrhunderts in diese Gegend rund um Murnau verschlagen hatte. Wenn er malen könnte, würde er seine Polizeikarriere sofort an den Nagel hängen und mit einer Staffelei, Sonnenschirm und Aquarellkasten durch die Landschaft streifen. Motivsuche statt Mörderjagd. Eine verlockende Vorstellung. Ehrlicherweise lagen seine letzten Malversuche lange zurück. Seit der Schulzeit hatte er nicht mehr zu Farbe und Pinsel gegriffen. Ein Berufswechsel war trotz der malerischen Umgebung unrealistisch. Aber vielleicht als Hobby? Schließlich brauchte er einen Ausgleich zu seinem umfangreichen Sportprogramm.

Ein Auto hupte. Vor touristischer Begeisterung hatte Wallenstein den Mittelstreifen ignoriert und war zu weit auf die Gegenfahrbahn gekommen. Kopfschüttelnd riss er den Blick von den glitzernden Schneefeldern und dem strahlenden Himmel los und konzentrierte sich auf die Straße. Er war zu leicht abzulenken. Das war nicht gut.

Nach fünfzehn Minuten erreichte Wallenstein das Ortsschild von Madlfing. Der Metallpfosten war mit bunten Wollquadraten umwickelt. Derart umgarnte Verkehrsschilder oder Bäume kannte der Kommissar aus Köln, Frankfurt oder Berlin. Aber offensichtlich gab es *Urban Knitting* nicht nur in Großstädten. Wie man es wohl auf dem Land nannte? Rural knitting? Ob es den Begriff überhaupt gab?

Eine Straßenbaustelle unterbrach seine tiefsinnigen Überlegungen und zwang ihn, in eine kleine Seitenstraße abzubiegen. Die befehlsgewohnte Frauenstimme seines Navis protestierte und wollte ihn zum Umdrehen bewegen. Wallenstein schaltete das Gerät kurzerhand aus und orientierte sich am gut sichtbaren, orientalisch anmutenden Zwiebelturm der Kirche. Direkt daneben musste es sein, hatte der Kollege gesagt. Langsam fuhr Wallenstein an einer Metzgerei, einer Bäckerei, einem Gemüse- und einem Schreibwarenladen sowie einem Friseur vorbei. *Biggi's Frisierstüberl*, las er. Mit korrekter deutscher Grammatik hatte die Friseuse offenbar nichts am Hut. Aber wenigstens waren hier die kleinen Läden noch nicht von Discountern und Ketten verdrängt. Das gefiel ihm. Wallenstein hielt nach einem Haus mit typisch roter Beleuchtung oder anderen eindeutigen Hinweisen Ausschau. Ein flatterndes Absperrband und drei grell gekleidete Frauen auf dem Gehweg zeigten ihm schließlich, dass er am Ziel war. Wallenstein hatte ein flaues Gefühl. Offensichtlich hatten die vier Stunden Schlaf doch nicht gereicht, und ihm fehlte der morgendliche Koffeinkick. Normalerweise war er jedoch im Dienst auch ohne Kaffee hellwach.

»Alles Routine«, sprach er sich selbst Mut zu. Mit seinem eingespielten Team war er schon mit Terrorlagen, entführten Kindern oder Geiselnahmen fertiggeworden. Da würde ihn eine Leiche in einem Dorfbordell nicht schrecken. Auch nicht, wenn er seit Jahren zum ersten Mal alleine an einem Einsatzort eintraf. Wallenstein parkte direkt vor der Wolllust auf dem Gehweg. In geschwungenen roten Buchstaben prangte der vielversprechende Geschäftsname über dem Etablissement. Die Madlfinger nahmen es auch mit der Rechtschreibung nicht allzu genau. An der Hauswand kringelten sich drei schwungvolle Ls hintereinander. Das war selbst für verspielte, sinnliche Begierde eines zu viel. Sonst war das Haus unauffällig. Nicht einmal im Schaufenster gab es einen Hinweis oder blinkende Lichter, sondern nur eine gepflegte Grünpflanze, die als dezenter Sichtschutz diente. Wahrscheinlich brauchte es in einem Dorf keine grelle Werbung, um Laufkundschaft anzulocken, sondern jeder kannte sich aus. Wallenstein betrachtete die Ladentür. Ungesehen reinzuschleichen war auf jeden Fall schwierig.

»Guten Morgen. Kripo, Wallenstein«, grüßte er die drei Frauen.

»Mei, endlich ein Profi, und dann noch so ein fescher«, raunte die offensichtlich Älteste mit tiefer, erotischer Stimme. Ihre rot gefärbten Haare und ihr grün-glänzender Ganzkörper-Stretchanzug schillerten im Morgenlicht wie irisierende Libellenflügel.

Jede Farbe, jedes Detail schien Wallenstein hier intensiver als in der Großstadt. Lag es an der Luft? War sie hier weniger verschmutzt?

»Dann an die Arbeit«, unterbrach die Frau seine Überlegungen. »Wir können hier nicht den ganzen Tag rumstehen. Sonst kühlen wir aus und holen uns auch noch den Tod.«

Wallenstein war von der Wortwahl irritiert. Sein Kollege hatte am Telefon angedeutet, dass er ein Verbrechen für unwahrscheinlich hielt. War das vermeintliche Mordopfer an einer Unterkühlung oder Erkältung gestorben? Und dafür war er ungeduscht aus dem Haus gestürzt?

»Sie arbeiten hier?«, fragte er.

Die drei Frauen lachten.

»Nein, wo denken Sie hin. Das ist doch nur ein kleiner Laden. Außerdem bin ich schon im Ruhestand«, erklärte ihm die rot-grüne Frau. »Oder besser: Unruhestand. Das andere Wort klingt wie der Warteraum zum Tod.«

Wallenstein stutzte. Die Frau war groß und schlank. Höchstens Mitte fünfzig. Erst auf den zweiten Blick entdeckte er am Hals ein paar Falten. Ihr Gesicht hingegen war auffallend glatt. Vermutlich geliftet und dadurch schwer zu schätzen. Ihre Hände steckten in Walkinghandschuhen und ließen keinen Altersrückschluss zu.

»Wir sind zufällig auf unserer Walkingrunde vorbeigekommen. Wie jeden Dienstag- und Donnerstagmorgen. Und jetzt machen wir uns nützlich und sperren den Tatort vor Schaulustigen ab. Ist auch zu grausig«, antwortete die zweite. Sie war von den drei Frauen die kleinste und jüngste. Vielleicht Mitte dreißig, schätzte Wallenstein. Ihre kurzen dunklen Haare standen kreuz und quer vom Kopf ab. Sie trug eine schwarz-pink geringelte Leggings und wippte unruhig mit den Füßen.

»Wir helfen, wo wir können«, bestätigte die dritte. »Aber hier kam leider jede Hilfe zu spät.« Bedauernd hob sie die Schultern und ließ sie mit einem tiefen Seufzer wieder fallen. Ihre sanften Augen passten zu ihrer ruhigen Stimme und den langen braunen Haaren.

»Sie alle haben die Tote schon gesehen?«, fragte Wallenstein entgeistert.

»Freilich«, war die einhellige Antwort des Fitness-Dreigestirns.

»Bis die Lissi angeschnauft kam, haben wir uns einen Überblick vom Tatort verschafft. Sie ist zurzeit halt nicht die Schnellste und erst kurz vor Ihnen gekommen. Aber die Irmi und die Martina waren die ganze Zeit drin«, informierte die etwa vierzigjährige Brünette.

Wallenstein öffnete den Mund, war aber zu langsam und schloss ihn wieder.

»Seit wir da sind, haben wir niemanden mehr reingelassen«, versicherte die Rothaarige stolz. »Wir wissen, was in einem solchen Fall zu tun ist.«

Das bedeutete, mindestens sechs Frauen hatten schon Spuren vernichtet. Falls er richtig mitgezählt hatte und es sich tatsächlich um einen Tatort handeln sollte. Der Kommissar nickte schicksalsergeben.

»Die Ärmste ist ganz blau im Gesicht«, warnte ihn die Schwarzhaarige. Sie hatte ihre Walkingstöcke unter den linken Arm geklemmt. Selbst die Stöcke waren wie ihre Leggings pink-schwarz geringelt. »Und habt ihr die Augen bemerkt?«, die Sprechende riss ihre eigenen weit auf. »Lauter kleine rote Pünktchen. So was hab ich noch nie gesehen.«

Das klang leider nicht nach einem natürlichen Tod.

»Hoffentlich hat sich die Lissi nicht erschreckt. Das wäre für sie gar nicht gut«, sorgte sich die Braunhaarige.

Wallenstein schwirrte der Kopf.

Ehe er sich nach den Namen der Frauen erkundigen konnte, öffnete sich die Tür der Wolllust mit hellem Glöckchenklang. Eine Polizistin in schlecht sitzender Uniform trat heraus. Alles schien verrutscht. Nur die Dienstwaffe war am richtigen Platz. Jetzt verstand Wallenstein, was Schmidl mit dem Hinweis, es sei bald wieder so weit, gemeint hatte. Die Frau war hochschwanger. Weder Jacke noch Hemd konnten ihren beeindruckenden Bauch bedecken.

»Kommissar Wallenstein?«, fragte sie und stemmte die linke Hand in den Rücken. Selbst das darunterliegende weiße T-Shirt spannte sich wie eine zweite Haut über ihre Körpermitte.

»Ja«, bestätigte er.

»Elisabeth Wagner«, stellte sie sich vor und streckte ihm die Hand entgegen.

»Tim Wallenstein, freut mich.« Er staunte über ihren kräftigen Händedruck.

»Alle nennen mich hier Lissi. Schon immer. Ich konnte nichts machen. Die drei waren vor mir da«, verteidigte sie sich und deutete auf die Umstehenden.

Die Geringelte wippte auf Zehenspitzen und wieder zurück. »Der MKHC ist stets wachsam.«

Wallenstein staunte. In dem beschaulichen Dorf hätte er nicht mit einer privaten Nachbarschaftswache gerechnet.

»Klar, der MKHC ist überall«, seufzte Lissi. »Aber das hier ist Sache der Polizei. Ich hab bis auf Irmingard und Martina sofort alle rausgeschickt, abgesperrt und den Doktor gerufen. Aber es gibt keinen Zweifel. Die Frau ist tot.«

»Ermordet«, bekräftigte die kleine Walkerin und stützte sich wie eine Skirennläuferin am Start auf ihre geringelten Stöcke. »Was für ein grausamer Tod!«

»Wie ist die Frau gestorben?«, erkundigte sich Wallenstein.

»Ging wahrscheinlich schnell«, murmelte die rot Gefärbte und ignorierte sowohl den Fragenden als auch die Frage.

Die Braunhaarige nickte. »Hoffentlich.«

Plötzlich riss die Rothaarige einen Walkingstock hoch. Wallenstein konnte im letzten Moment ausweichen. War er hier eigentlich unsichtbar?

»Die hat sich bestimmt gewehrt. Es muss Kampfspuren geben.«

»Wären mir nicht aufgefallen, und ich habe mir den Tatort wirklich genau angeschaut. Ich glaube, sie wurde überrascht«, erwiderte die Geringelte.

»Vielleicht hat sich der Täter von hinten angeschlichen.« Auf Zehenspitzen trippelte die Rothaarige hinter Wallenstein. Er spürte bereits ihre Hände an seinem Hals.

Abrupt drehte er sich um. »Es reicht!«, rief er ungehalten und lauter als beabsichtigt. »Was ist jetzt eigentlich passiert?«

Tadelnd hob die regenbogenfarbenschillernde Walkerin ihre Augenbrauen. »Das herauszufinden ist Sache der Polizei, sagt die Lissi. Da halten wir uns mit Spekulationen zurück.«

»Niemals«, empörte sich die Geringelte. »Wir lassen uns doch nicht einschüchtern. Wir machen und denken, was wir wollen.«

Das befürchtete Wallenstein auch. Langsam und bewusst atmete er aus und ein. Er roch den verführerischen Duft von Frischgebackenem und hörte eine Amsel singen. Sein frühmorgendlicher Energieschub war inzwischen vollends aufgebracht. Er stand neben den wieder wild spekulierenden Frauen und fragte sich, was er hier überhaupt tat. Das war nicht sein Fall und würde es auch nicht werden. Es war nur eine Frage der Zeit, bis die zuständigen Kollegen eintrafen. Bis dahin hatte Elisabeth Wagner die Situation unter Kontrolle. Soweit das hier überhaupt möglich war.

»Haben Sie die Kripo schon informiert?«, fragte er die Polizistin.

Elisabeth Wagner nickte. »Natürlich.«

Wallenstein war erleichtert. »Dann kann ich ja wieder fahren.«

Verblüfft schauten ihn die vier Frauen an und schwiegen, was noch verwirrender war, als wenn alle redeten.

Elisabeth Wagner schüttelte langsam den Kopf. »Sie sind doch von der Kripo. Der Schmidl Sepp hat gesagt, dass Sie das übernehmen, wenn es Mord ist.«

Wallenstein schwitzte plötzlich stärker als bei seiner morgendlichen Laufrunde. »Das ist leider unmöglich. Heute ist mein erster Tag.«

Elisabeth Wagner lächelte ihn mütterlich an. »Keine Sorge. Sie werden sich schnell einarbeiten. Sie können immer alles fragen.«

Die drei Walkerinnen nickten zustimmend. Seite an Seite standen sie nebeneinander. »Auf dem Land halten wir zusammen. Wir sind bei der Mördersuche dabei. Auf uns können Sie zählen«, bot Walkerin eins großzügig an.

»Und ein Sprung ins kalte Wasser ist im ersten Moment ein Schreck, aber danach unglaublich erfrischend«, versicherte Walkerin zwei.

Der geballte Zuspruch brachte Wallenstein aus dem Konzept. Walkerin drei berührte ihn mitfühlend am Arm. »Eine neue Stelle ist eine große Veränderung. Aber jedem Anfang wohnt ein Zauber inne.«

Der uns beschützt und der uns hilft zu leben, ergänzte Wallenstein den Satz in Gedanken. Das Hesse-Zitat gab ihm den Rest. Ausweichend blickte er die Dorfstraße entlang, registrierte ein sanierungsbedürftiges Schlagloch und einen Mofafahrer ohne Helm. Wie sollte er erklären, dass seine letzte klassische Ermittlung schon über zehn Jahre zurücklag und dass dieses Gedicht für ihn ein Schlag in die Magengrube war. Seine kleine Schwester hatte es in ihren Abschiedsbrief geschrieben.

»War der Arzt schon da?«, fragte er schließlich.

»Nein, Dr. Ellinger ist gerade bei einer Geburt. Er müsste aber jeden Moment eintreffen«, erklärte die Polizistin.

»Soso, bei einer Geburt«, amüsierte sich die braunhaarige Walkerin. »So viel wie der Ellinger arbeitet, ist Madlfing bald überbevölkert.«

Eine Gruppe Schulkinder überquerte die Straße, und Wallenstein fragte sich, ob der Ort überdurchschnittlich kinderreich war. Gerade umrundeten die Kinder sein schwarzes BMW Cabrio. Das Modell 328i Baureihe E36 war sofort richtig erkannt worden. Aber über das Kennzeichen K rätselten die Kinder lautstark. Es wurden Vorschläge abgegeben von Klais, Kaltenbrunn bis zu Kochel. Köln war nicht dabei.

»Ich weiß es!«, rief ein Mädchen mit Zöpfen. »Das Auto kommt aus Kanada.«

»Das ist ein Land«, belehrte es ein anderes.

Wallenstein verkniff sich ein Lächeln.

»Ab mit euch in die Schule. Sonst kommt ihr zu spät!«, rief die Polizistin den Kindern zu.

»Bringst du mich sonst mit deinem Dienstfahrrad hin, Lissi?«, erwiderte ein schmächtiger Junge mit Dinosaurier-Schulranzen. Die anderen Kinder schauten ihn bewundernd-erschrocken an.

»Werd bloß nicht frech, Konrad. Sonst ruf ich deine Mama an«, drohte ihm Wagner. Das Mädchen mit den Zöpfen zog den Jungen am Arm. Alle liefen lachend davon.

»Und K steht übrigens für Köln. Das ist eine große, hässliche Stadt!«, brüllte ihnen die geringelte Walkerin mit erstaunlich lauter Stimme hinterher. »Die kleinen Plagen müssen doch was lernen«, rechtfertigte sie sich mit einem Achselzucken.

»Dafür gehen sie in die Schule. Es gibt Wichtigeres als Automarken und Kennzeichen«, erwiderte Lissi streng. »Zurück zu Ellinger. Er ist unser Gynäkologe. Landärzte sind schwer zu finden. Daher haben wir in Madlfing nur einen Frauenarzt.«

»Passt ja«, rutschte es dem Kommissar heraus.

Bisher hatte er in Madlfing nur Frauen und Kinder gesehen. Vielleicht lebten hier gar keine Männer, und Dr. Ellinger war Experte für künstliche Befruchtung. Die vier Frauen warfen ihm einen vernichtenden Blick zu.

»Dann geh ich mal rein«, überspielte Wallenstein seine Bemerkung und öffnete die Tür. Ein schwerer Duft und heller Glöckchenklang schlugen ihm entgegen. Er drehte sich zu Elisabeth Wagner um. »Sie haben die Personalien der Frauen aufgenommen?«

»Die kennt uns und weiß, wo sie uns findet!«, rief ihm die Rotgefärbte nach.

Lissi nickte zustimmend. »Das sind Pauline Galka, Camilla Lind und Sarah Weierling. Wohnen alle drei hier in Madlfing.«

»Und wer ist wer?«

»Ganz einfach. Schwarze Haare und Ringel, das ist Pauline. Sie ist Kinderbuchautorin.«

»Und Pippi Langstrumpf ist ihr Vorbild.«

Lissi lächelte und schloss die Tür. »Könnt schon sein.

Auf jeden Fall ist sie ziemlich erfolgreich. Die rothaarige Camilla hingegen lebt vom Vermögen ihrer verstorbenen Gatten. Früher war sie Tänzerin und Schauspielerin, jetzt Heilpraktikerin und Schamanin. In ihrem Haus am See gibt sie diverse Kurse. Außerdem malt sie und verschenkt ihre Werke großzügig.«

Die Frau war so schillernd wie ihr Outfit.

»Die dritte ist Sarah, unsere Hebamme.«

Wallenstein nickte und merkte sich die Namen.

Einen Moment später wurde die Tür erneut aufgerissen und schlug hart gegen die kleinen Messingglocken, die von der Zimmerdecke baumelten.

»Wir kommen aber auch gerne bei Ihnen auf dem Revier vorbei, machen eine Aussage, beschaffen Informationen, überprüfen Alibis oder unterschreiben Protokolle.« Camilla Lind machte eine dramaturgische Pause. »Was auch immer Sie brauchen. Für Sie gehen wir sogar weiter, als die Polizei erlaubt.«

Lissi Wagner verdrehte die Augen.

»Entschuldigen Sie bitte das Verhalten. Alle sind aufgeregt. Wir hatten noch nie einen Mordfall in Madlfing. Wenigstens seit ich zurückdenken kann, und ich bin hier aufgewachsen. Bei uns ist die Welt doch noch in Ordnung, und man kann Kinder in Sicherheit großziehen.« Die Polizistin hielt schützend die Hand vor ihren Bauch. »Ärger gibt es natürlich überall. Nachbarschaftsstreitigkeiten, Parkvergehen, Erbschleicherei, mal ein Raser oder eine misshandelte Ehefrau«, zählte sie auf.

In Wallensteins Ohren klang das nicht besonders friedlich. Rote Flecken auf Lissis Wangen zeigten, wie sehr sie das Verbrechen aufregte. Wallenstein hätte sie am liebsten zu den drei Sportlerinnen rausgeschickt, die immer noch direkt vor der Eingangstür standen und Dehnübungen vollführten. Offensichtlich wurde man die hilfsbereite Nachbarschaftswache nicht so schnell los.

4. MASCHE

Wolllust ist erst mal keine Todsünde.

Wallenstein konzentrierte sich. Mit geübtem Blick erfasste er den großen, hellen Raum, Einrichtung, Lage im Haus und Zugänge. Darauf war er beim Betreten eines fremden Gebäudes trainiert. Orientierung konnte in seinem alten Job über den Erfolg eines Einsatzes und die Leben seiner Teammitglieder entscheiden. Neben der Ladentür gab es noch eine weitere Tür, die vermutlich auf den Hausflur führte. In der hinteren linken Ecke war ein kleiner Raum abgetrennt. Entweder ein sehr kleiner Lagerraum oder eine Toilette. Vorsichtig stieg Wallenstein über Glasscherben, die mit einer gelblichen Masse vermischt waren. Die Masse war durch Fußspuren auf dem grauen Natursteinboden verteilt worden. Ein rundes Edelstahltablett lehnte an der Wand. Die Leiche lag neben dem Verkaufstresen auf dem Rücken. Eine attraktive Frau um die fünfzig, vermutlich blondiert, dunkelblaue Hose, weiße Seidenbluse, hochhackige rote Schuhe. Wallenstein fiel am linken Handgelenk ein zierliches Goldarmband auf. Sonst trug die Frau keinen Schmuck.

Ungefähr einen Meter von der Leiche entfernt stand eine hagere Frau, die ihre Hände wie im Gebet vor der Brust gefaltet hielt. Ihre Augen waren halb geschlossen. Nur ihre Lippen bewegten sich tonlos. Sie trug einen schlichten schwarzen Wollrock, eine mehrfach geflickte Strickjacke und über dem strengen Dutt ein grünes, mit Enten gemustertes Kopftuch. Obwohl herrliches Frühlingswetter herrschte, baumelte an ihrem Unterarm ein Regenschirm.

Vor dem Schaufenster stand neben dem Philodendron eine einladende Sitzgruppe. Dort kauerte eine weinende Frau in einem ausgewaschenen grauen Sweatshirt, Jeans und goldfarbenen Turnschuhen.

Der Kommissar hatte unter Wollust eine eindeutige Vorstellung gehabt, doch ihm war längst klar, dass es hier nicht um eine der sieben Todsünden, sondern um die Freude an ehrlicher Handarbeit ging. In den Regalen des Verkaufsraumes stapelten sich farbig sortierte Wollknäuel bis zur Decke. Die Einrichtung war eine Mischung aus altmodisch-gemütlich und nordisch-nüchtern. Was in seiner Ferienwohnung ein geschmackloses Durcheinander war, ergänzte sich hier gelungen.

Er beugte sich zu der Leiche hinunter. Offenbar war die Frau mit einem grünen Schal erdrosselt worden.

»Wann und von wem wurde die Tote gefunden?« Das Wort *Mordopfer* vermied er, um Lissis Nerven und vor allem die ihres ungeborenen Kindes zu schonen.

»Von mir«, ergriff die Stehende das Wort. »Auf dem Weg zur Kirche ist mir aufgefallen, dass im Laden Licht brennt. Da habe ich nachgeschaut und die Ärmste hier gefunden. Gott sei ihrer Seele gnädig.« Die Frau bekreuzigte sich.

»Sie heißen?«

»Irmingard Sonnleitner. Ich bin die Mesnerin unserer Kirche.« Selbstbewusst schaute sie dem Kommissar in die Augen.

»Wann war das?«

»Um kurz nach halb sieben. Ich sperre jeden Tag um sieben Uhr die Kirchentüre auf. Wie ich die Nicole so gesehen habe, habe ich sofort das Licht ausgemacht.«

»Das Licht?«

»Ja, natürlich. Jeder muss Energie sparen, und es war ja auch schon hell. Danach habe ich die Lissi, ich meine, die Polizei, angerufen.«

»Und Sie kennen das Opfer?«

»Aber natürlich. Wir kennen sie alle. Nicole Durand arbeitet im Laden, wenn die Besitzerin Frau Schäfer nicht da ist«, mischte sich die Polizistin ein.

Die Mesnerin fuhr fort. »Vielleicht zehn Minuten nach mir kam Martina und hat diese Riesensauerei verursacht.« Mit dem Regenschirm zeigte Irmingard Sonnleitner erst auf den Boden, dann auf die aufgelöste Frau am Fenster.

Wallenstein zog die Augenbrauen hoch. »Die Scherben haben nichts mit dem Mord zu tun?«

Irmingard Sonnleitner schüttelte entschieden den Kopf. »Nein, das war Martina. Sie ist manchmal ein bisserl ungeschickt. Sie wollte für den heutigen Handarbeitsabend etwas Süßes vorbeibringen und in den Kühlschrank hier im Laden räumen.« Mit dem Regenschirm deutete sie Richtung Kühlschrank. »Als sie die Nicole gesehen hat, ist ihr das Tablett mit dem Zeug ausgekommen. Darum schaut's hier so aus. Eine richtige Sauerei ist das.«

»Das ist Mascarponecreme mit Limette aus dem Thermomix«, präzisierte die Frau am Fenster mit schwacher Stimme. »Dafür werden sechs Limetten ausgepresst und die Schalen abgerieben. Der Fruchtsaft wird mit Zucker, Eigelb und Mascarpone verrührt. Und jetzt war alles umsonst. Die ganze Mühe.« Sie weinte wieder.

Irmingard Sonnleitner trat einen Schritt auf Wallenstein zu, klopfte mit ihrem Zeigefinger kurz gegen ihre Schläfe und flüsterte. »Die steht unter Schock. Das Rezept samt Mengenangaben hat sie mir schon mindestens dreimal erzählt. Die ganze Zeit jammert sie, wie schade es um die Biozutaten sei.«

Die Mesnerin hingegen schien vom Leichenfund nicht sonderlich beeindruckt.

»Sie haben um sieben Uhr die Zitronencreme vorbeigebracht«, wandte sich Wallenstein an die Frau am Fenster.

»Limette«, schluchzte sie. »Ich wollte die Gläser gleich in der Früh vorbeibringen, weil ich doch in der Praxis zu tun und später keine Zeit mehr zum Kochen habe. Das war mit Ariadne so abgesprochen. Und jetzt sind alle darauf herumgetrampelt. Zwölf Eier von freilaufenden Hühnern.« Tatsächlich war die klebrige Creme fast im gesamten Raum verteilt worden. Die Walkerinnen hatten exakte Profilabdrücke ihrer Laufschuhe hinterlassen. Alle betrachteten die Matschspuren, die einen dezenten Zitrusduft verströmten.

»Und Sie kennen das Opfer auch?«, fragte Wallenstein.

Die Frau nickte still.

»Martina ist, oder besser gesagt war, vielleicht die beste Freundin von Nicole Durand«, antwortete die Mesnerin.

Beim Wort Freundin erklang aus der Zimmerecke ein lang gezogener Klagelaut.

»Ihre Nerven sind nicht die besten. Wahrscheinlich die Wechseljahre«, entschuldigte Irmingard die Weinende. »Anschließend fanden sich nacheinander die Walkerinnen ein. Sie haben sich wie immer vor dem Laden zu ihrer Runde getroffen. Und als Letzte kam dann die Lissi.«

Wallenstein verkniff sich den Hinweis, dass es sich hier um einen Tatort und nicht um einen Versammlungsplatz handelte.

»Wer macht nur so etwas Schreckliches?«, fragte Lissi Wagner kopfschüttelnd und versuchte, ihre Uniformjacke in die Länge zu ziehen.

»Raubmord, ist doch klar«, antwortete Irmingard Sonnleitner prompt. »Die Kasse ist leer. Wie vor zwei Wochen in der Kirche. Da wurden uns am helllichten Tag die Opferstöcke aufgebrochen. Hier ist es genauso. Bis auf den letzten Cent ist alles weg, und vom Täter fehlt jede Spur.«

Oder die Spur war von der Limettencreme überdeckt worden, dachte Wallenstein.

»Sie haben hoffentlich nichts angefasst, Frau Sonnleitner?«, fragte der Kommissar resigniert.

»Natürlich nicht. Ich hab nur von der Ferne Richtung Kasse g'schaut. Aber das sieht ja ein Blinder, dass die leer ist. Angefasst habe ich nur die Nicole, ob sie wirklich tot ist. Aber die war schon kalt. Mehr nicht. Ich kenn mich mit Tatorten schließlich aus. Ich bin nämlich Mitglied im MKHC.«

»Und dieses M...dings ist eine Art private Nachbarschaftswache?«, fragte Wallenstein.

Elisabeth Wagner winkte nervös ab.

»Nein, so was gibt es bei uns nicht. Ich bin Mitglied im Madlfinger Krimi- und Handarbeitsclub. Kurz MKHC«, wiederholte die Mesnerin. Als sie Wallensteins irritierten Blick bemerkte, fuhr sie ungeduldig fort: »Abkürzungen sind Sie doch von der Polizei gewohnt. KTU, LKA, SOKO, Spusi und so weiter. Das kennt doch inzwischen jedes Kind.«

»Aha.« Wallenstein war sprachlos, Irmingard Sonnleitner nicht.

»Wir treffen uns zweimal im Monat hier im Laden und besprechen Krimis und besonders grausige Mordfälle, True Crime, Sie wissen schon. Dabei wird gestrickt oder gehäkelt, und zum Essen und Trinken gibt es auch was. Heute wär's wieder so weit gewesen.«

Mit ihrem schwarzen Schirm deutete sie auf ein Regal mit der vielversprechenden Überschrift *Mordlust*. Dort drängten sich Thriller, Krimis und andere blutrünstige Literatur dicht zusammen. Die schwarzen, handgemalten Buchstaben waren verlaufen. Rote Farbspritzer sprenkelten Holz und Wand.

Der Kommissar schaute Hilfe suchend zur Polizistin.

»Ja, der Krimi-Strickabend ist im Ort bei den Frauen sehr beliebt. Der Laden platzt dann aus allen Nähten. Manche fürchten sich danach so sehr, dass sie von ihren Männern abgeholt werden müssen. Die trauen sich in der Dunkelheit nicht mehr allein heim«, klärte sie ihn auf.

Das war also der Begleitschutz, von dem Schmidl gesprochen hatte. Langsam fügten sich die Informationen des Kollegen zu einem Bild. Wallenstein stand vor den aufgereihten Ermittlerlegenden der Kriminalliteratur, von Miss Marple über Sherlock Holmes zu den Kommissaren Kluftinger, Guido Brunetti und Kurt Wallander, und gestand sich ein, wie eingerostet seine eigenen Ermittlungsfähigkeiten waren. Nicht einmal dem Dorfpolizisten Franz Eberhofer wäre ein derartiger Anfängerfehler unterlaufen. Anstatt nachzufragen, hatte Wallenstein aus Bruchstücken voreilige Schlüsse gezogen. Falsche Schlüsse.

Die Wolllust war kein Bordell, sondern ein äußerst beliebter Wollladen, und er hatte es hier in keiner Weise mit ausgebeuteten, eingeschüchterten Frauen zu tun, sondern mit selbstbewussten Madlfingerinnen.

»Sonst ist ja hier nicht viel los. Der Wollladen geht besser als die Kirche.« Die Mesnerin lachte. »Nur gut, dass unser alter Pfarrer das nicht mehr erleben muss. Er ist vor zwei Jahren gestorben, und seitdem schlagen wir uns mit Aushilfsseelsorgern und meiner Wenigkeit durch. Vielleicht traut sich auch keiner länger zu uns nach Madlfing.«

Auch eine ernstzunehmende Möglichkeit, dachte Wallenstein. Er hörte ein dröhnendes Motorgeräusch und blickte aus dem Schaufenster. Hinter seinem BMW parkte umständlich ein roter Porsche. Der Fahrer stieg aus und näherte sich zielstrebig der Ladentür. Das war für Wallenstein der erste Mann Madlfings.

»Und jetzt passiert bei uns ein echter Mord mit einer echten Toten! Wie schnell aus Spaß Ernst werden kann. Das ist unglaublich. True Crime in Madlfing.« Die Mesnerin konnte ihre Begeisterung nicht verbergen.

»Was sehr traurig ist«, stellte der Eintretende mit sanfter Stimme fest. Der perlende Glöckchenklang der Ladentür begleitete sein Erscheinen. Groß, braun gebrannt, in karierter Hose und lachsfarbenem Polohemd, schien er gerade vom Golfen zu kommen. In der lederbehandschuhten Hand trug er jedoch keinen Schläger, sondern eine abgewetzte Arzttasche.

»Das ist Dr. Ellinger«, erklärte Lissi Wagner, »und Martina ist seine Frau.«

Das Beziehungsnetz war eindeutig enger geknüpft als in der Stadt.

Ellinger nickte den Anwesenden freundlich zu. Als er die Tote sah, blieb er abrupt stehen.

»Nicht Nicole.« Er stöhnte und blickte zu seiner Frau. »Das ist doch nicht möglich.« Er kniete sich neben die Leiche und tastete nach ihrem Puls. »Nicht Nicole«, wiederholte er und kämpfte mit den Tränen.

»Können Sie etwas zum Todeszeitpunkt sagen?«, versuchte Wallenstein, den Mann auf eine sachliche Ebene zu bringen. Ehrlicherweise hatte er sich von seinem Geschlechtsgenossen im örtlichen Östrogenüberschuss mehr Unterstützung erhofft.

»Tut mir leid, ich bin da kein Experte.« Der Arzt untersuchte die Tote zögernd. »Vermutlich ist sie schon mehrere Stunden tot. Als Gynäkologe kenne ich mich jedoch eher mit dem Beginn des Lebens aus. Zu einer Leichenschau werde ich so gut wie nie gerufen.«

Die Polizistin zuckte entschuldigend mit den Schultern. »Gibt ja sonst keinen. Kriminaltechnik und Gerichtsmedizin sind schon unterwegs, sagt der Sepp. Elvira Olowitsch kommt persönlich, weil Sie ja neu sind und sie auch mal wieder rauswill. Die Staatsanwältin ist gerade in ihrem Revier. Ich meine, in ihrem Jagdrevier. Im Wald hat sie keinen Empfang.«

Wallenstein betrachtete versonnen die vielen Farbabstufungen von Grün im Wollregal. Ihm wollte keine passende Antwort einfallen. Orientierungslos im Wald traf sein momentanes Gefühl gut. Das Blätterdach von Bäumen war vielfarbig: helles Birkengrün, finsteres Tannengrün oder fades Oliv.

Dr. Ellinger stand auf. Mit einem weißen Taschentuch versuchte er, seine Hose sauber zu bekommen. Er setzte sich neben seine Frau.

»Was ist das für ein klebriges Zeug?«, fragte er.

»Meine Limettencreme«, antwortete Martina.

»Diese Zucker-Zitronen-Matsche von heute Morgen?« Er rieb immer noch an seinen Knien herum.

»Nicole wollte, dass ich diese Nachspeise mache. Das Rezept ist von ihr«, verteidigte sich Martina Ellinger schwach. »Als ich sie dann dort liegen sah, habe ich alles fallen gelassen.«

Dr. Ellinger legte seine Hand auf Martinas Oberschenkel. »Sie müssen den Mörder finden, Herr Kommissar. Nicole war eine wunderbare Frau. Martina und ich standen ihr sehr nah.«

Das leise Wimmern seiner Ehefrau schwoll erneut zu einem Weinkrampf an. Ellinger tätschelte ihr Bein und sprach leise auf sie ein.

»Na ja, über das ließe sich wunderbar streiten«, räumte Irmingard Sonnleitner ein.

»Wie meinen Sie das?«, horchte Wallenstein auf.

»Wer, außer Martina natürlich, hat die alte Meckerin schon gemocht? Immer hat sie alles besser gewusst und die Leute tyrannisiert. Sogar die Kirchenglocken wollte sie abstellen lassen. Wo kommen wir denn da hin?«

»Mäßigen Sie sich, Frau Sonnleitner«, entrüstete sich Dr. Ellinger. »So können Sie nicht über Nicole sprechen. Die arme Frau ist tot.«

»Das macht sie aber nicht sympathischer. Jetzt gibt sie wenigstens Ruhe. Einige werden darüber nicht unglücklich sein«, erwiderte die Mesnerin und stützte sich auf ihren Regenschirm.

Feingefühl gehörte offenbar nicht zu Irmingard Sonnleitners Stärken. Lissi Wagner atmete hörbar ein und mit einem tiefen Seufzer aus. Wallenstein zuckte erschrocken zusammen.

»Setzen Sie sich doch bitte hin und ruhen sich aus«, bat Wallenstein seine Kollegin. Die Spurensicherung würde ihn für diese Aufforderung kreuzigen. Aber das war ihm egal. Er konnte nicht verantworten, dass sich die schwangere Frau überanstrengte. Und in Sachen Spuren war nach Eintreffen des MKHC eh schon alles vernichtet.

»Nein, nein. Mir geht es gut. Ist nur der Ischias. Irmi hat schon recht. Im Ort war Nicole Durand nicht so beliebt.« Elisabeth Wagner presste zur Entlastung beide Hände in den unteren Rücken. »Ich weiß gar nicht, wie viele Anzeigen sie bei mir im Lauf der letzten Jahre aufgeben wollte. Das meiste konnte ich abblocken. Aber ihr Anwalt hat bestimmt gut an ihrer Streitlust verdient.«

Die Ellingers schüttelten synchron den Kopf. Aber

Irmingard Sonnleitner ließ ihrer Fantasie freien Lauf. »Vielleicht war es ja gar kein Raubmord. Viel Geld war in der Kasse bestimmt nicht drin. Ein Wollladen ist schließlich kein Juwelier. Was, wenn das nur ein Ablenkungsmanöver des Täters ist und er es eigentlich auf die Durand abgesehen hatte? Feinde hat die sich genug gemacht.«

Wallenstein gefiel diese Theorie.

»Üble Nachrede«, erboste sich Dr. Ellinger. »Sie ist ...« Er zögerte. »... war eine liebenswerte Frau. Mit Esprit und Witz. Natürlich waren ihr Regeln wichtig, aber sie hat niemandem geschadet.«

»Da fragen Sie mal Gerlachers. Franziska behauptet, die Durand habe ihren Hund vergiftet«, konterte die Mesnerin.

Wallenstein starrte fasziniert auf die vielen Rottöne im Regal. Siebzehn verschiedene zählte er. So viele lose Fäden und Namen innerhalb kürzester Zeit. Vielleicht sollte er sich Notizen machen. Aber Madlfing war ein Kuhdorf und keine Großstadt. Da würde er schon den Überblick behalten.

»Ich schlage vor, Sie verlassen jetzt alle den Tatort. Wir melden uns bei Ihnen.«

Dr. Ellinger und seine Frau wirkten dankbar und verabschiedeten sich schnell.

»Und unsere Personalien«, grätschte die Mesnerin dazwischen. »So einfach werden Sie mich nicht los. Nicht dass hier noch ein folgenschwerer Ermittlungsfehler passiert. Die Sache muss schnell aufgeklärt werden. Sonst kommt Madlfing nicht zur Ruhe.«

Lissi Wagner winkte ab. »Jetzt hör aber auf, Irmi. Du

gehst jetzt in die Kirche und zündest für Nicole eine Kerze an. Das ist kein Krimi, sondern ein echter Mord.«

»Ja, eben. Jetzt kommen doch gleich die Spusi und der Gerichtsmediziner. Da wäre ich schon gerne dabei«, beharrte Irmingard Sonnleitner. »Bisher kenn ich das ja nur aus Büchern und Filmen. Und jetzt hätte ich mal die Chance.«

Bestimmt schob die Polizistin die neugierige Mesnerin aus dem Geschäft.

Wallensteins Blick wanderte im Wollregal hinunter zu den dunklen Tönen. Auch hier gab es viele Nuancen. Schattierungen schien ihm das passende Wort. Die Düsternis war vielschichtig und teilweise sehr flauschig. Wallenstein bückte sich und strich über ein besonders weiches Schwarz.

»So, Irmingard Sonnleitner und die Walkerinnen sind wir erst mal los. Ich hab alle weggeschickt«, informierte ihn Elisabeth Wagner und unterbrach damit seine Farbbetrachtungen. »Irmingard hat mich gebeten, Ihnen diese Karte mit ihrer Telefonnummer zu geben.«

Wallenstein nahm das Heiligenbildchen. Zu Füßen der Gottesmutter Maria hatte die Mesnerin ihre Handynummer notiert.

»Die Kollegen müssten jeden Moment da sein. Ich verstehe nicht, wo die so lange bleiben.« Die Polizistin war nervös. Schweißperlen glänzten auf ihrer Stirn.

»Was wissen Sie über die Ladenbesitzerin?«, versuchte Wallenstein, sie von der Toten abzulenken.

»Ariadne Schäfer. Ihr gehört auch das Haus. Sie wohnt im ersten Stock. Aber gerade ist sie nicht da. Martina sagt, sie sei nach München gefahren, geschäftlich. Das macht sie oft. Nicole Durand vertritt sie dann im Laden.«

Elisabeth Wagner starrte unentwegt auf die Leiche.

»Ariadne, ein ungewöhnlicher Name. Ist sie von hier?«

»Halb, halb«, erwiderte die Polizistin, ohne Wallenstein anzuschauen. »Das Haus gehörte ihrer Tante Afra Schäfer. Als Kind hat Ariadne ihre Sommerferien immer in Madlfing verbracht und nach dem Tod der Tante das Haus samt der alten Kurzwarenhandlung geerbt. Danach hat sie das Sortiment verändert und den Laden modernisiert. Aber der Verkaufstresen mit der Kasse und die Regale für Knöpfe und anderen Kleinkram sind genauso wie früher.«

Wallenstein musterte die alte Einrichtung, die liebevoll gepflegt war. Auf dem Tresen lag ein Stapel brauner Papiertüten mit dem verschnörkelten Schriftzug *Wolllust*. Daneben Tesafilm und eine Schere. Ein zerknülltes, mit Herzen bedrucktes Geschenkpapier und eine dazu passende rosafarbige Schleife lagen im Mülleimer. Offensichtlich wurden hier auch Geschenke gekauft und verpackt.

Dahinter stand eine kleinteilige Schrankwand. So perfekt wie sie in den Raum passte, war sie bestimmt eine Einzelanfertigung. Mit einer verschiebbaren Leiter konnte man auch die obersten Fächer erreichen. An der Außenseite der vielen kleinen Schubladen waren sogar noch Knöpfe befestigt: zierliche Knöpfchen aus Perlmutt oder mit Strass besetzt, raue Hirschhorn- und glänzende Silberknöpfe, weiße Wäscheknöpfe. Für Kinderkleidung gab es kleine Marienkäfer, Sonnen oder Autos.

Elisabeth Wagner starrte schon wieder auf die Leiche.

Täuschte sich Wallenstein, oder war die Polizistin auffällig blass?

»Wir gehen nach draußen«, beschloss er. Frische Luft würde seiner Kollegin bestimmt guttun. Sie stellten sich vor das undekorierte Schaufenster. Die Polizistin grüßte vorbeischleichende Auto- oder Radfahrerinnen. Wallenstein erinnerte sich an die Bäckerei, die er bei der Herfahrt gesehen hatte. »Macht es Ihnen was aus, wenn ich mir in der Wartezeit schnell einen Kaffee besorge?«

Es war bereits halb neun.

»Nein, kein Problem. Ich sperre den Tatort ab«, bot Elisabeth Wagner an und stellte sich breitbeinig vor die Ladentür. »Schräg gegenüber finden Sie unseren Bäcker mit Stehcafé.«

Wallenstein gefiel es nicht, dass es für die Frau keine Sitzmöglichkeit gab. Aber ein Stehcafé würde auch nicht weiterhelfen. »Kann ich Ihnen etwas mitbringen?«

»Gerne einen Pfefferminztee. Von Kaffee bekomme ich leider Sodbrennen.« Zur Erklärung deutete sie mit dem Zeigefinger auf ihren Bauch. »Und vielleicht noch ein Nusshörnchen. Kann ich wärmstens empfehlen. Ist die Spezialität vom Bäcker Süß.«

»Müssen Sie eigentlich noch arbeiten?«, fragte Wallenstein.

Die Polizistin warf ihm einen amüsierten Blick zu.

»Nicht jede Frau hat einen Millionär an ihrer Seite, der sie auf Händen trägt. Mein Mann ist Elektriker und arbeitet hart für seine Familie. Außerdem mag ich meinen Job.«

»Nein. Ich dachte wegen Ihrer Schwangerschaft, dem Mutterschutz und so«, stammelte er. Seit wann sprach er in Halbsätzen? Wallenstein schob seine Sprachverwirrung auf das fehlende Koffein und darauf, dass er keinerlei Erfahrungen mit einer schwangeren Kollegin hatte. In den letzten Jahren hatte er überwiegend mit Männern zusammengearbeitet.

»Passt schon«, erwiderte Elisabeth Wagner lachend. »Nur noch diese Woche, dann bin ich erst mal raus. Bis dahin wollte ich eigentlich ruhigen Dienst schieben. Wird wohl nichts. Jetzt machen Sie sich keine Sorgen um mich, und holen Sie sich Ihren Kaffee. Sie schauen aus, als würden Sie den dringend brauchen.«

Die Bäckerei lag direkt gegenüber der Metzgerei und bildete mit einem Zigarettenautomaten und den paar Geschäften die Einkaufsmeile des Ortes. Der Kommissar bestellte Kaffee, eine Butterbreze, Tee und zwei Nusshörnchen zum Mitnehmen.

»Bei uns gibt's keine Getränke zum Mitnehmen. Wer was trinken will, muss dableiben oder die Tasse zurückbringen. Diese umweltverschmutzenden To-go-Becher kommen mir nicht in den Laden. Wir sind hier nicht in der Stadt. Da werden Sie sich dran gewöhnen müssen«, blaffte ihn die Verkäuferin an. Sie trug eine rote Haarschleife mit weißen Tupfen in den dunklen Haaren.

Wallenstein hatte das Gefühl, dass er sich an so einiges erst gewöhnen müsste.

»Tee und Nusshörnchen wollte ich meiner Kollegin mitbringen«, erklärte er.

Die Verkäuferin rückte ihre Haarschleife zurecht und musterte ihn. Dann strahlte sie ihn an.

»Ah. Sie sind von der Polizei! Ich hab die Lissi schon gesehen.«

Nach ihrer Wangenfarbe zu schließen, hatte sich der Mord bereits herumgesprochen. Läden waren nicht nur ein Umschlagplatz für Waren, sondern auch für Informationen. Da war es egal, ob man auf dem Land oder in der Stadt war.

»Wallenstein, Kripo«, stellte er sich vor und hoffte auf seine Tasse Kaffee.

»Maria, Süß Maria. Mein Mann Ferdinand ist der Bäcker. Bei uns ist alles noch Handarbeit.« Sie strich ihre Schürze glatt. »Kripo! Das hätte ich Ihnen nicht zugetraut.«

»Was hätten Sie denn erwartet, Frau Süß?«, fragte Wallenstein.

»Die Kripo stell ich mir in praktischer Outdoorkleidung vor und nicht im feinen Zwirn. Ich dachte, sie wären einer von Ariadnes arroganten Geschäftskunden. Die können meistens nur Englisch und wollen auch immer alles to go. Komische Typen sind das. Stricken können die bestimmt nicht. Aber unsere Nusshörnderl, die mögen sie alle.«

Wallenstein staunte über die Auskunftsfreudigkeit der Verkäuferin und die internationalen Geschäftskontakte der Wollladenbesitzerin.

»Und?«, fragte die Frau und stellte einen geblümten Teller mit Breze und einer Portionspackung Butter auf den Tresen.

»Was und?«

»Milch und oder Zucker?« Die Verkäuferin lächelte ihn an.

»Schwarz, danke.«

»Wie die Abgründe der menschlichen Seele«, antwortete die Frau nebulös und ging zu einer Filtermaschine, wo eine Glaskanne mit Kaffee auf der Warmhalteplatte stand.

»Sie sind bestimmt auch Mitglied in diesem Krimi-Strickclub«, mutmaßte der Kommissar.

»Aber natürlich. Ich mag die düsteren Fälle und lese vor allem schwedische Autoren.«

»Mir sind die skandinavischen Krimis meistens zu brutal«, gab Wallenstein zu. Immer wieder wunderte er sich, warum Menschen ihre Freizeit mit bluttriefender Lektüre verbrachten. »Mir reicht das normale Leben.«

»Ja, bei Ihrem aufregenden Beruf.« Frau Süß blickte Wallenstein bewundernd an. »In einer Bäckerei steht man früh auf und geht am Abend müde ins Bett. Das Spannendste ist, wenn die Semmeln verbrennen oder die Milch sauer wird.«

Genau nach dieser Art Aufregung sehnte sich der Kommissar. Die Verkäuferin schenkte eine große Tasse randvoll. »War ja klar, dass irgendwann was passiert. Die Schäferin war einfach zu gutgläubig.«

»Sie meinen die Wolllust-Betreiberin?«

»Genau, bei ihr kriegt man umsonst Kaffee, und wir bleiben auf unserem sitzen. Das kommt heraus, wenn man jeden einlädt, egal ob Herumtreiber oder Flüchtling. Irgendwann bedient sich einer an der Kasse und haut der Guten ein Drum über den Schädel. So funktioniert die Welt.«

Wallenstein ließ diese Aussage unkommentiert und zahlte.

Die Verkäuferin legte noch ein Nusshörnchen zu seiner Breze.

»Passt schon. Geht aufs Haus«, lächelte sie ihn an.

Wallenstein bedankte sich und trug sein Frühstück zum Stehtisch. Er nippte an der braunen Brühe, die bestimmt schon zweimal aufgewärmt war und die Bezeichnung Kaffee nicht verdiente. Dafür war die Breze ausgezeichnet und das Nusshörnchen eine Offenbarung. Der innerörtliche Informationsfluss hingegen war schlechter, als Wallenstein vermutet hatte. Die Verkäuferin ging davon aus, dass Ariadne Schäfer das Opfer wäre. Von seinem Fensterplatz hatte Wallenstein einen ausgezeichneten Blick auf die Wolllust. Elisabeth Wagner lehnte an der Hauswand und stützte mit einer Hand ihren Bauch. Augenblicklich schmeckte Wallenstein sein Frühstück nicht mehr. Er schlang es schnell hinunter. Den Kaffee ließ er stehen.

»Ich habe Ihnen Pfefferminztee Nusshörnchen und einen Klappstuhl bestellt. Gehen Sie in die Bäckerei hinüber, und ruhen Sie sich ein wenig aus«, forderte er seine Kollegin auf.

»Sehr freundlich von Ihnen. Vor allem der Klappstuhl.« Elisabeth Wagner lächelte den Kommissar an. »Sie schauen nicht nur aus wie ein echter Gentleman. Sie sind auch einer.«

Während Wallenstein auf die Spurensicherung wartete, betrachtete er in Ruhe das Haus. Mit dem lindgrünen Anstrich stach es aus den grauen und weißen Fassaden der Nachbarhäuser heraus. Eine blühende Clematispflanze rankte sich entlang des Regenfallrohres bis zum Balkon im ersten Stock. Die Eingangstür, die Fensterrahmen und das Ladenschild waren in dunklem Rot gestrichen. Ochsenblutrot, wie man es von skandinavischen Holzhäusern kannte. Die Farbwahl gefiel Wallenstein und erinnert ihn an lange zurückliegende, friedliche Schwedenurlaube. Das Land war ganz anders, als die Krimis vermuten ließen. Warum die skandinavischen Autoren eine derart gewalttätige Fantasie entwickelten? Lag das an den langen, dunklen Winternächten? Aber das Wetter hatte vermutlich nichts mit krimineller Energie zu tun. Nicole Durand war im Frühling getötet worden. Einer Jahreszeit, die das Leben feierte.

»Ein Laden als Tatort ist ein Albtraum«, grüßte der Leiter der Spurensicherung und stieg aus einem weißen Mercedes-Transporter. »Sie sind also der geheimnisvolle Unbekannte, der aus irgendeinem Teil Deutschlands zu uns versetzt wurde.«

Evers musterte den hochgewachsenen Kommissar unverblümt. Gleich würde er ihn in eine durchsichtige Plastiktüte stecken und zur näheren Untersuchung unters Mikroskop legen.

»Tim Wallenstein, freut mich.«

»Evers Martin«, stellte sich der kahlköpfige, kleine Mann vor. »Ist Dr. Olowitsch schon da?«

»Nein.«

»Typisch«, antwortete Evers. »Normalerweise macht sie keine Außeneinsätze. Ihr Orientierungssinn ist, sagen wir mal, rudimentär entwickelt. Aber scheinbar will sie unbedingt unseren Neuzugang kennenlernen.«

»Wahrscheinlich hat sie ihr Auto noch nicht gefunden oder ist noch auf der Suche nach einem offiziell ausgeschilderten Parkplatz«, feixte ein Mitarbeiter, der sich gerade einen weißen Overall überzog.

»Oder sie folgt einer der vielen Umleitungen«, schlug Evers vor.

»Dann kommt sie nie an«, lachte sein Mitarbeiter.

»Und natürlich hat niemand den Tatort betreten?« In Evers Stimme schwang Resignation und Ironie mit.

Der Kommissar zuckte entschuldigend mit den Schultern.

»Nur die Finderin, vier Passantinnen, der Arzt mit Ehefrau, Kollegin Wagner und ich«, fasste Wallenstein zusammen.

Kopfschüttelnd öffnete Martin Evers einen Koffer und gab seinem Team Anweisungen.

5. MASCHE

Projekte brauchen einen Namen.

Pauline, Camilla und Sarah ließen weder den Laden noch Tim Wallenstein aus den Augen.

»Ein schöner Mann, dieser Kommissar«, stellte Camilla fest und dehnte zur Tarnung ihre Achillessehne. »Er erinnert mich an meine erste große Liebe. Theo. Der küsste wie ein junger Gott, und auch der Rest war göttlich. Aber leider war sein Herz nicht das beste.«

Gut aussehende Männer erinnerten Camilla immer an verflossene Liebhaber oder Ehemänner. Vom letzten hatte sie das Haus am See geerbt. Keiner wusste, wie oft sie verheiratet gewesen war. Camilla betonte gerne, dass sie zwar mehrfach verwitwet, aber kein einziges Mal geschieden sei. Bisher habe das immer der Tod übernommen.

»Mach dir nicht zu viel Hoffnung. Der ist bestimmt längst vergeben«, zog Pauline ihre Freundin auf.

Camilla schüttelte ihre rote Mähne, die dank zahlreicher Extensions eine erstaunliche Fülle hatte. »Unterschätz mich nicht. Er wäre nicht der Erste, dem ich trotz fester Bindung den Kopf verdrehe.«

Pauline grinste. »Solange er danach keinen Chiropraktiker braucht.«

Camilla stützte sich elegant auf ihre Walkingstöcke. »Auch da könnte ich helfen. Ich habe erst vor zwei Monaten eine Fortbildung in craniosacraler Therapie gemacht. Aber ich werde natürlich ganz behutsam vorgehen. Der ist ein schüchterner Typ, etwas verkrampft und unentschlossen. Hat Schwierigkeiten, sich zu öffnen und über seine Gefühle zu sprechen. Den darf man nicht verschrecken.«

»Das erkennst du so schnell?«, fragte Pauline bewundernd.

»Langjährige Erfahrung. Mit Männern kenne ich mich aus, glaub mir. Der gehört zur Kategorie stille Wasser. Ob seicht oder tief wird sich zeigen.«

Sarah mischte sich ein. »Das hier ist kein Spaß, Camilla. Nicole wurde ermordet. Da ist es egal, ob der Kommissar attraktiv oder schüchtern ist. Es ist unsere Pflicht, ihn zu unterstützen. Wir haben es sogar versprochen. Gerade wo es doch sein erster Tag ist.«

Pauline hüpfte ein paarmal auf der Stelle. »Darum werden wir hier auch nicht länger rumstehen, sondern mit der Ermittlungsarbeit anfangen. Sofort. Außerdem muss ich heim und Mittagessen kochen. Paul ist heute im Außendienst.«

Camilla klatschte in die Hände. »Meine Achillessehne wird dir ewig dankbar sein. Noch eine Minute länger, und sie wäre gerissen, und so ein medizinischer Schuh ist alles andere als verführerisch. Das hätte meine Chancen geschmälert.«

Sarah schloss kurz die Augen. Sie kam mit Camillas männerzentriertem Weltbild nicht klar.

Pauline übernahm. »Wir wissen genau, was jetzt passiert. Spurensicherung, Tatortscan und so weiter. Alles wichtige Polizeiarbeit, keine Frage. Aber der MKHC verfügt nicht nur über Fachwissen, sondern auch über die nötige Ortskenntnis. Wir sind bestens vernetzt und damit den entscheidenden Schritt voraus. Alibis überprüfen, Verdächtige aufspüren. Das können wir besser und schneller. Daher werden wir eine Soko gründen.«

Camilla stützte die Hände in die Hüften. »Großartig. Als Erstes brauchen wir einen Namen. Erinnert ihr euch an *Das indische Tuch* von Edgar Wallace?« Sie ignorierte das zweistimmige Kopfschütteln. »Daher schlage ich vor: Der bayerische Schal. Das klingt doch interessant.«

Sarah hob die Schultern. »Der Schal ist aber überhaupt nicht bayerisch.«

»Sondern einfach nur missglückt«, fuhr Pauline fort.

Camilla gab nicht auf. »Dann nennen wir die Soko eben: Schal des Grauens oder tödliche Masche.«

Keine antwortete.

»Darüber sprechen wir später«, entschied Pauline. »Wo und wann wollen wir uns treffen? Bei mir ist es schlecht. Die Kinder haben Freund*innen eingeladen, da haben wir keine ruhige Minute.«

Sarah lächelte entschuldigend. »Bei mir geht es leider auch nicht. Marion schläft. Sie hat zurzeit Nachtdienst.«

Beide schauten Camilla erwartungsvoll an.

»Für die Gerechtigkeit stelle ich meine bescheidene Hütte natürlich gerne zur Verfügung. Ich gebe Sorin Bescheid, dass er schon mal Stühle und Getränke bereitstellt. Wie viele werden wir? Was denkt ihr? Zwanzig? Dreißig?«

Camillas Hausmeister Sorin war kurzfristige und exotische Aufträge gewohnt. Im vergangenen Herbst hatte er innerhalb eines Tages eine Schwitzhütte gebaut, weil Camilla sie für ein schamanisches Ritual gebraucht hatte.

»Wir fangen klein an«, entschied Pauline. »Wir drei und höchstens noch Irmingard. Alle, die beim Leichenfund dabei waren. Bei uns laufen die Fäden zusammen.«

»Und Martina?«, fragte Sarah.

Pauline schüttelte den Kopf. »Das packt die emotional nicht. Nicole war schließlich ihre beste Freundin.«

Zustimmendes Nicken. Pauline fuhr fort: »Wir nutzen die WhatsApp-Gruppe des MKHC und fragen, wer gestern Abend etwas Ungewöhnliches bemerkt hat. Alle sollen sich unauffällig umhören. So können wir schnell und effektiv Hinweise sammeln und auswerten. Das machen wir dann morgen.«

Sarah wiegte ihren Kopf. »Was, wenn der Mörder davon was mitbekommt?«

Pauline winkte ab. »Nie. Der ist bestimmt nicht von hier. Da brauchst du dir keine Sorgen machen. Außerdem hält der MKHC dicht.«

Camilla war voller Tatendrang. »Dann heute um fünfzehn Uhr bei mir in der Kommandozentrale. Sorin kümmert sich um die Technik, und ich besorg uns Kuchen.«

6. MASCHE

Ein Anschlag ist nur beim Stricken harmlos.

Wallenstein stand vor der Ladentür. Die Walkerinnen machten sich nach einer ausführlichen Stretchingeinheit auf den Heimweg und winkten ihm munter mit ihren Stöcken zu. Er erwiderte den Gruß und strich sich danach prüfend übers Kinn. Unauffällig schnupperte er an seinem Hemd. Warum nur war er sofort aufgebrochen? Die Eile war völlig unnötig gewesen. Daran musste er sich erst gewöhnen, dass bei seinem jetzigen Job nicht mehr jede Minute zählte. Das Opfer war schließlich schon tot. Außerdem hätte er es nie vor den engagierten Krimiclub-Mitgliedern an den Tatort geschafft. Er musste sich unbedingt noch einmal mit den Walkerinnen unterhalten und sie davor warnen, sich in die Arbeit der Polizei einzumischen. Ermittlungen auf eigene Faust konnten schnell gefährlich werden. Schließlich hatten sie es mit einem Mörder zu tun, dessen Aggressionspotenzial noch völlig unberechenbar war.

Der Kommissar blickte sich um. Die Wolllust lag in direkter Nachbarschaft zur Kirche, der Dorfgaststätte und einer ausladenden Linde. Der Baum würde bald blühen und den Kirchenvorplatz in süßen Duft hüllen. Langsam schlenderte er zu dem Baumriesen und setzte sich auf eine Holzbank unter das noch lichte Blätterdach. Der Spurensicherung würde er im Moment nur im Weg stehen.

Die Fenster der ehemaligen Wirtschaft waren zugenagelt. Der Lindenwirt hatte schon wesentlich bessere Zeiten gesehen. *Wie ich*, dachte Wallenstein. Obwohl der Tag vielversprechend begonnen hatte, steckten ihm der Umzug und sein altes Leben in den Knochen. Vielleicht hätten ein paar Tage Urlaub doch gutgetan. Sein Vorgesetzter hatte dringend dazu geraten. Aber Wallenstein wollte einen nahtlosen Übergang ohne viel Aufhebens und Sentimentalitäten. Hätte er noch geraucht, hätte er sich jetzt eine Zigarette angezündet. Aber er hatte vor fünf Monaten damit aufgehört. Wie auch mit vielem anderen.

Plötzlich streifte etwas Struppiges seine Hand. Wallenstein zuckte erschrocken zurück, lächelte aber, als er die neue Banknachbarin entdeckte. Von hinten hatte sich eine grau-schwarz getigerte Katze angeschlichen und war neben ihm auf die Bank gesprungen. Aus bernsteinfarbenen Augen starrte sie ihn an. Ihr Schwanz zuckte.

»Sitze ich auf deinem Platz?«, erkundigte sich Wallenstein bei dem mürrischen Stubentiger und rutschte ein Stück zur Seite. Mit einem lauten Fauchen gab sie ihm zu verstehen, dass sie weder an Konversation noch an Streicheleinheiten interessiert war. Wallenstein hielt respektvollen Abstand. Das Fell des Tieres war stumpf. Am Rücken verblassten die breiten schwarzen Streifen zu schmutzigem Dunkelgrau. Die Spitze des linken Ohres fehlte, und das rechte war nach vielen Kämpfen mehrfach geschlitzt. Wallenstein war klar, dass er es hier mit keiner friedlichen Schmusekatze, sondern mit einem alten Haudegen zu tun hatte. Nebeneinandersitzend beobachteten sie das Treiben auf der Dorfstraße.

Zwei sehr unterschiedliche Frauen steuerten mit energischen Schritten auf den Laden zu. Wahrscheinlich weitere Mitglieder des legendären Krimiclubs, befürchtete der Kommissar und stand auf. Die erste war klein und untersetzt. Sie trug ihre schwarz-grau melierten Haare kinnlang und zog gierig an einer Zigarette. Tiefe Falten und fahle Haut wiesen auf eine Kettenraucherin hin. Die andere war zumindest optisch das Gegenteil: groß, schlank, mit langen weißblonden Haaren und zartem Teint. Wie ein Erdtroll und eine Wasserelfe aus einer nordischen Sage. Wallensteins schwedische Reiseerinnerungen in der Bäckerei wirkten nach. Beide Frauen hatten Gepäck dabei und bewegten sich zielstrebig. Die blonde zog ratternd einen kleinen Alurollkoffer von Rimowa hinter sich her. Die andere schleppte eine abgewetzte schwarze Kunstledertasche. Der Trageriemen schnitt ihr tief in die fleischige Schulter. Der Kommissar stellte sich der geballten Frauenpower entgegen.

»Stehen Sie hier nicht im Weg herum. Ich muss in den Laden«, herrschte ihn die kleinere der beiden an und wollte ihn zur Seite schieben. Sie war um die sechzig, trug Gesundheitssandalen und ein kurzes, ärmelloses Kleid, das ihre dunkel behaarten Beine gut zur Geltung brachte. Ihr pinker Lippenstift war in den senkrechten Mundfältchen verlaufen.

»Ich bin von der Polizei und darf sie nicht hineinlassen«, hielt Wallenstein freundlich dagegen.

»Sie sind von der Polizei?«, spottete die Frau und schaute ihre Begleiterin amüsiert an.

Der Kommissar zückte seinen alten Dienstausweis.

»Heiligerjosephundmariaverdammmich! Das ist ja ein guter Start!« Die Frau ließ ihre Tasche fallen und packte die rechte Hand des verblüfften Kommissars. Sie hatte den Händedruck eines Hufschmiedes.

»Elvira Olowitsch. Ich bin die Gerichtsmedizinerin. Normalerweise komme ich ja nicht zum Tatort. Aber so viele Mordopfer haben wir in Madlfing nicht. Der Schmidl hat mich angerufen. Außerdem wollte ich Sie natürlich kennenlernen.«

»Tim Wallenstein, freut mich«, versuchte er, das Händeschütteln zu beenden. Aber Dr. Olowitsch hielt ihn fest.

»Bisher habe ich von Ihnen nur das Bewerbungsfoto gesehen«, lächelte sie ihn an. Zahlreiche Goldzähne blitzten. »In echt sind Sie ja noch hübscher. Darum habe ich Sie nicht gleich erkannt. Freut mich außerordentlich.« Endlich ließ sie Wallensteins Hand los. »Spezialeinheit, hab ich gehört. Steile Karriere. Sie müssen ein ganz harter Typ sein. Sieht man Ihnen gar nicht an.« Prüfend befühlte sie Wallensteins Oberarm. Dann schob sie sich an ihm vorbei. Die Glöckchen der Eingangstür erklangen.

»Elvira, ich warne dich! Hier kommst du nicht mit Zigarette rein!«, schrie Evers aufgebracht.

Olowitsch drehte sich um und warf ihre Zigarette in hohem Bogen aus dem Laden.

»Verdammter Flusensammler«, fluchte die Gerichtsmedizinerin und verschwand. Sprachlos blickte Wallenstein ihr nach und trat die Zigarette aus. Er brauchte einen kurzen Moment, um sich zu sammeln.

»Und Sie sind die Assistentin von Frau Dr. Olowitsch?«, fragte er die zierliche Blonde, die abwartend vor ihm stand. Ihre Haut war weiß und voller Sommersprossen: wie Milch mit Zimtpulver bestreut.

»Nein. Ich heiße Ariadne Schäfer. Mir gehören das Haus und der Laden.« Sie deutete auf die Wolllust. Ihre grauen Augen musterten ihn aufmerksam.

»Dann sind Sie nur zufällig mit Frau Dr. Olowitsch gekommen?«

Ariadne nickte.

»Ich komme vom Bahnhof. Ihre Kollegin hat dort geparkt.«

»Mein Name ist Tim Wallenstein. Ich bin Kommissar und leite die Ermittlung.« Was er selbst sehr bezweifelte. Er hatte noch nicht einmal eine aktuelle Visitenkarte oder einen gültigen Dienstausweis.

Ariadne Schäfer versuchte sich an einem Lächeln. Beim zu kräftigen Händedruck des Kommissars zuckte sie zusammen.

»Entschuldigen Sie«, murmelte er verlegen. »Sie wissen, was passiert ist?«

Die Frau nickte. »Frau Sonnleitner hat mich auf dem Handy angerufen und mir erzählt, dass Nicole im Laden getötet wurde. Darf ich rein?«

Der Kommissar öffnete die Tür. Auf eine mehr oder weniger kam es jetzt auch nicht mehr an. Evers verdrehte die Augen. Ariadne ließ ihren Koffer vor der Tür stehen und betrat den Laden. Ohne zu zögern, näherte sie sich der Leiche.

»Frau Durand hat gestern hier gearbeitet?«, fragte Wallenstein.

»Ja, und heute eigentlich auch«, antwortete die Ladenbesitzerin mechanisch, ohne ihren Blick zu heben.

Der Kommissar kannte diese Reaktion. Entweder konnten Menschen eine Leiche nicht ansehen, oder sie waren in Bann geschlagen. Ariadne Schäfer zählte zu Letzteren.

»Offensichtlich mit einem Wollschal von hinten erdrosselt«, gab Dr. Olowitsch die Todesursache bekannt.

Ariadne beugte sich zur Toten hinunter. Ihre schulterlangen Haare verdeckten dabei ihr Gesicht. »Das ist Lacewolle. Handgesponnen, zart wie Feenhaar und trotzdem tödlich stabil«, präzisierte sie die Beschreibung der Mordwaffe. »Und dann dieses kräftige, fast giftige Wasabigrün. Wunderschön!« Zärtlich befühlte sie den Schal, der sich um den Hals der Toten schmiegte.

Olowitsch und Wallenstein wechselten einen kurzen Blick. Auf Mord reagierte jeder anders, oft unerwartet. Das waren sie gewohnt. Aber Ariadnes Reaktion war trotzdem ungewöhnlich. Die Ladenbesitzerin realisierte, was sie gerade ausgesprochen hatte.

»Es tut mir leid. Ich meine nur den Schal. Die Tat ist natürlich entsetzlich.« Ariadne strich sich eine Haarsträhne aus dem Gesicht und klemmte sie hinters Ohr.

Ihre Haarfarbe erinnerte den Kommissar schon wieder an unbeschwerte Sommertage in Skandinavien. So stellte er sich die blonden Zöpfe der Wikinger vor. Bei den Männern schauten sie unter Helmen hervor. Bei den Frauen waren sie mit Blütenkränzen geschmückt. Ariadne blickte den Kommissar abwartend an. Wallenstein räusperte sich.

»Kennen Sie den Schal?«

Ariadne schüttelte den Kopf.

»Ist er handgestrickt?«, fragte Elvira Olowitsch interessiert und setzte die Untersuchung der Leiche fort.

Wieder beugte sich Ariadne Schäfer zu der Toten hinunter und begutachtete die längere Seite des Schals von der Vorder- und Rückseite.

»Zweifelsohne.« Sie richtete sich wieder auf.

»Könnte Frau Durand ihn gestrickt haben?«, hakte Wallenstein nach.

Ariadne schüttelte erneut den Kopf.

»Ist die Wolle vielleicht in Ihrem Laden gekauft worden?«

»Nein, diese Farbe führe ich nicht. Grün ist überhaupt ungewöhnlich«, überlegte sie und rieb sich wie der Wikingerjunge Wiki mit dem Zeigefinger unter der Nase.

»Wie meinen Sie das?«, hakte der Kommissar nach. Im Wollregal füllten Grüntöne zwei große Fächer.

»Es passt nicht zu Nicole. Viel zu aufdringlich. Ihr Stil ist klassisch elegant in dezenten Farben. Schwarz, Beige, Weiß, Dunkelblau. Höchstens mal ein wenig Rot, aber dezent eingesetzt.« Ariadne zog ihre Schultern hoch und krampfte ihre Hände ineinander. »Wurde sie überfallen?«

»Die Kasse ist auf jeden Fall leer«, antwortete Wallenstein und hörte, wie die Wollladenbesitzerin ausatmete. Dabei entspannte sich auch ihre Haltung.

»Wann ist es passiert?«

»Gestern Abend«, reagierte Dr. Olowitsch.

»Sie lag die ganze Nacht hier? Wäre ich früher zurückgekommen, hätte ich ihr noch helfen können.«

»Kaum«, antwortete die Gerichtsmedizinerin. »Das ging schnell.«

Schäfer kämpfte mit den Tränen. »Wegen hundert oder zweihundert Euro. Das ist unvorstellbar.«

Es waren schon Menschen wegen wesentlich weniger ermordet worden. Aber Wallenstein zweifelte wie Irmingard Sonnleitner an der einfachen Raubmordtheorie. Es war ein vages Gefühl, Instinkt wollte er es nicht nennen. Den traute er sich nicht mehr zu.

»Fehlt sonst noch etwas?«, fragte er.

Ariadne Schäfer schaute sich um. »Nein. Der Täter hat sogar Nicoles Tasche verschmäht.«

Wallenstein zog Handschuhe über und warf einen Blick in die rote Ledertasche, die neben dem Verkaufstresen gut sichtbar am Boden stand. Dort fand er den Schlüssel eines Jaguars, einen weiteren Schlüsselbund und ein Handy. Im farblich zur Tasche passenden Portemonnaie steckten neben Ausweis, Führerschein und etlichen Kreditkarten auch 200 Euro in bar.

Dr. Olowitsch richtete sich auf. »Könnte auch eine Täterin gewesen sein. So viel Emanzipation muss sein.«

Ariadne Schäfer schüttelte den Kopf. »Eine Frau hätte diese Tasche niemals stehen gelassen.«

Dr. Olowitsch nahm die Handtasche in Augenschein. »Das ist ein Original?«, fragte sie andächtig.

»Ein Fake hätte Nicole nie getragen. Echtes Krokodilleder«, antwortete die Wollladenbesitzerin leise.

Wallenstein hatte keine Ahnung, wovon die Frauen

sprachen. Auch Evers und sein Mitarbeiter zuckten ratlos mit den Schultern.

»Wie bei *Sex and the City*«, schwärmte Olowitsch.

Einer von Evers Mitarbeitern bekam einen Hustenanfall.

»Wie kommst du auf ein Sexualdelikt«, fragte Evers irritiert.

Die Gerichtsmedizinerin winkte ab. »Du hast doch keine Ahnung, Martin. *Sex and the City* ist eine Fernsehsendung, und das ist eine Birkin Bag von Hermès. Die ist mehr wert, als ich im Jahr verdiene«, klärte die Gerichtsmedizinerin die anwesenden Männer auf. »Unter diesen Umständen schließe ich mich Frau Schäfers Theorie an. Wir haben es hier mit einem modeunkundigen männlichen Täter zu tun.«

Ariadne Schäfer konnte den Blick immer noch nicht von ihrer toten Mitarbeiterin lösen. Mit dem Handrücken wischte sie sich über die Augen.

Inzwischen war ein Leichenwagen vorgefahren.

»Können wir?«, fragte Dr. Olowitsch.

Wallenstein nickte.

Die Gerichtsmedizinerin schulterte ihre schwere Tasche. »Wenn ich in Rente bin, will ich auch so was machen«, stellte sie fest.

»Wie meinen Sie das?«, fragte Wallenstein. Was war hier nur los? Kam er mit weiblicher Kommunikation nicht mehr klar? Er hatte das Gefühl, dass viele Antworten nichts mit seinen Fragen zu tun hatten.

»Stricken«, Elvira grinste, »nicht morden. Wo denken Sie hin? Von den Toten habe ich langsam genug.«

Wallenstein schienen handfestere Rentenbeschäftigungen wie Äxte schmieden, Ringen oder Kugelstoßen für die Gerichtsmedizinerin geeigneter. Im Vorbeigehen gab Dr. Olowitsch dem Kommissar einen Klaps auf den Hintern. Wallenstein war sprachlos. War er gerade sexuell belästigt worden?

Als der Transportsarg mit Nicole Durand aus dem Laden getragen wurde, hatte sich eine kleine Menschenmenge auf dem gegenüberliegenden Bürgersteig versammelt. Die nusshörnchengestärkte Elisabeth Wagner drängte die Passanten zurück. Der Kommissar erkannte Irmingard Sonnleitner und Dr. Ellinger, der seine Ehefrau Martina stützte, unter den Zuschauerinnen. Immer noch war Ellinger der einzige Mann unter den Madlfingerinnen. Was war das nur für ein seltsamer Ort. Einige bekreuzigten sich. Ariadne Schäfer war im Laden geblieben. Wallenstein hatte sie gebeten, dort auf ihn zu warten.

»Wir müssen den Tatort versiegeln«, wandte sich Wallenstein an die schwangere Polizistin, die eine große Bäckereitüte in der Hand hielt.

»Mittagessen für die Kinder«, erklärte sie. »Heute gibt's Butterbrezen. Das geht schnell, und die mögen alle.«

»Sie haben schon Kinder?«

»Ja, drei«, verkündete sie stolz.

Drei Kinder, bald vier. Wallenstein war beeindruckt. Seine Kollegin war höchstens Mitte dreißig.

»Nach der Mittagspause kann ich das Siegel aus dem Büro holen. Vorher schaffe ich es nicht mehr. Schade, dass der Evers schon weg ist. Der hätte bestimmt eines gehabt.«

Wallenstein wollte sie auf keinen Fall unter Druck setzen. »Dann machen Sie es einfach später. Die Angehörigen müssen wir auch verständigen.«

»Auf Anhieb weiß ich nicht, wen wir informieren könnten. Frau Durand lebte allein. Sie ist seit Jahren geschieden. Ihr Ex-Mann wohnt mit seiner neuen Frau irgendwo in Norditalien. Vielleicht rufen Sie den an. Ich schau mal, ob ich die Nummer herausfinde. Der war immer mal wieder in Madlfing.«

»Kinder?«

»Nein, keine Kinder.« Der Satz klang aus Elisabeth Wagners Mund wie ein Vorwurf der Rentenkasse.

»Wir brauchen Unterstützung.«

Elisabeth Wagner nickte. »Unbedingt. Ich arbeite eigentlich nur Teilzeit. Aber heute bin ich ab dreizehn Uhr im Rathaus. Das ist das hässliche Betongebäude am Ende der Straße. Nicht zu verfehlen. Hier ist meine Handynummer.« Die Polizistin drückte Wallenstein ihre Visitenkarte in die Hand.

»Dann befrage ich jetzt Frau Schäfer und komme anschließend zu Ihnen auf die Dienststelle.«

»Ist nur ein kleines Büro«, winkte sie ab. »Aber ich schau, dass wir für die Ermittlung ein bisserl mehr Platz bekommen.« Elisabeth Wagner versuchte vergebens, ihre Uniformjacke zu schließen.

Wallenstein holte sein Smartphone aus der Anzuginnentasche und googelte den Begriff Birkin Bag. Dr. Olowitsch hatte nicht übertrieben. Dann meldete er sich bei seiner neuen Arbeitsstelle. Harald Floss stellte sich als Kommissaranwärter vor und sprudelte ungefragt mit den ersten Informationen los: »Nicole oder besser gesagt Nikola Durand, 51, geboren in Prag, Mädchenname Kucera, dreimal verheiratet, dreimal geschieden. Seit der Hochzeit mit ihrem dritten Mann Daniel Durand nannte sie sich Nicole. Auch nach der Scheidung behielt sie den Nachnamen ihres Ex-Manns. Seit fünf Jahren wohnte sie in Madlfing. Keine Vorstrafen. Evers bringt mir das Handy des Opfers zur Auswertung. Das ist meine Spezialität.«

Wallenstein hörte zu und versuchte, eines der vielen Gesichter, die er bei seinem Vorstellungsgespräch gesehen hatte, der hektischen Telefonstimme zuzuordnen. Er tippte auf einen aknenarbigen, untersetzten Mann Mitte dreißig mit schwarzer Kunststoffbrille und bunter Funktionskleidung.

»Was wissen wir über die Ladenbesitzerin?«, fragte Wallenstein in einer Atempause des Kollegen.

Floss tippte. »Da habe ich nur Meldedaten. Ariadne Schäfer, 36, sie wohnt seit vier Jahren in Madlfing. Wenn Sie mehr wissen wollen, kann ich nachforschen.«

»Ja, bitte. Machen Sie das.«

»Sonst noch was?«, fragte Floss diensteifrig.

Wallenstein überlegte. »Gab es in letzter Zeit Einbrüche in der Umgebung? In der örtlichen Kirche sollen die Opferstöcke aufgebrochen worden sein. Überprüfen Sie das doch bitte. Um dreizehn Uhr treffen wir uns zu einer ersten Lagebesprechung im Rathaus von Madlfing. Frau Wagner organisiert für uns dort Räumlichkeiten. Bringen Sie alle verfügbaren Kollegen mit und veranlassen Sie eine Funkzellenabfrage.«

»Läuft schon. Frau Weide, die Staatsanwältin, erwartet heute gegen achtzehn Uhr Ihren Bericht. Die Chefin hat heute nämlich Urlaub. Sonst würde sie das natürlich übernehmen.«

Was für ein Wahnsinn.

Die getigerte Katze putzte sich auf dem Gehweg. Dann spazierte sie in aller Ruhe auf die Straße. Direkt vor ein Auto. Wallenstein machte einen Satz auf die Fahrbahn und erzwang eine Vollbremsung. Trotz quietschender Bremsen und lautem Hupen setzte das Tier die Überquerung ungerührt fort und würdigte Retter und Auto keines Blickes. Wahrscheinlich hörte und sah sie schlecht.

Wallenstein hob beschwichtigend die Hand, als er von der Fahrerin angebrüllt wurde, ob er Tomaten auf den Augen hätte. Kopfschüttelnd fuhr die Frau weiter.

»Tourist!«, rief sie ihm noch zu, was offensichtlich eine Beleidigung war. In Madlfing wurden auch nicht Gäste-, sondern Fremdenzimmer vermietet. Die kleinen Werbetafeln an Gartenzäunen und Häusern waren dem Kommissar bei der Herfahrt bereits aufgefallen.

»Alles in Ordnung bei Ihnen?«, fragte Floss besorgt.

»Alles gut. Ich wäre nur beinahe überfahren worden.«

»Am ersten Tag ist ein Mord schon ein heftiger Einstieg. Keine Frage. An Ihrer Stelle würde ich mich auch überfahren fühlen. Was halten Sie eigentlich von Wollust?«

Wallenstein schwieg. Die Katze ging mit hoch erhobenem Schwanz auf die andere Straßenseite zurück, überlebte auch ohne sein Eingreifen und demonstrierte ihm damit die Sinnlosigkeit seines Handelns. »Wie meinen Sie das?«, fragte er.

»Als Soko-Namen. Das ist doch sehr einprägsam.«

»Aber auch missverständlich«, gab er zu bedenken.

Jetzt schwieg Floss. »Ach, die Doppeldeutigkeit ist mir noch gar nicht aufgefallen. Dann lieber Soko Madlfing. Das ist unverfänglicher.«

»Wenn Sie meinen.« Wallenstein legte auf und kehrte zur Wolllust zurück. Radikale Stressreduktion hatte ihm die Psychologin geraten. Das klappte ja wunderbar. Wenn das so weiterginge, hätte er sich den Umzug sparen und seine Stelle behalten können. Dort kannte er sich wenigstens aus und hätte sich bestimmt irgendwann auch an den Innendienst gewöhnt.

Wallenstein blickte kurz zum Himmel hinauf. Der strahlte noch blauer als am Morgen und erinnerte ihn an die befreiende Laufrunde. Inzwischen zeigte die Frühlingssonne, wie viel Kraft in ihr steckte, und verdampfte seine Zweifel. Es würde ein langer, warmer Tag werden, und er würde ihn durchstehen. Er war Polizist, das verlernte man nicht.

Er ließ sein Smartphone in die Tasche seines Jacketts gleiten und betrat den Laden.

Ungefähr zur gleichen Zeit summten oder piepsten zweiunddreißg Handys des Madlfinger Krimi- und Handarbeitsclubs. Das WhatsApp-Gruppenbild des MKHC waren zwei gekreuzte Stricknadeln, die durch ein blutrotes, tropfendes Wollknäuel gesteckt waren. Administratorin war Pauline Galka, die gerade in einem Topf mit Tomatensauce rührte.

Eine der Nachrichten stammte von ihr, die andere von Irmingard Sonnleitner. Beide wurden äußerst rege beantwortet und geteilt.

7. MASCHE

Die natürlichen Feinde einer Wollladenbesitzerin sind Motten.

Die Spurensicherung hatte wie immer ganze Verwüstung geleistet. Wieder fiel Wallenstein der starke Geruch im Laden auf. Ariadne Schäfer hatte sich nicht von der Stelle bewegt. Gedankenversunken starrte sie auf den Boden, wo die Tote gelegen hatte. Sie wirkte erschöpft.

»Es ist eine Mischung aus Lavendel und Patchouli.

»Wie bitte?« Hatte die Frau mit ihm gesprochen oder mit einem Geist?

»Der Geruch. Er hält die Motten fern. Ich habe gehört, wie sie nachdenklich eingeatmet haben.«

Wallenstein fand die Fähigkeit der Ladenbesitzerin, gedachte Fragen zu beantworten, unheimlich. *Nachdenklich einatmen* hatte er noch nie gehört. Die Frau ging zu einem Regal und zog nach kurzem Überlegen ein graues Wollknäuel heraus. »Wie schnell ein Lebensfaden reißt. Unsere Schicksale sind zarte, ineinanderverwobene Gespinste.«

»Wie war Ihr Verhältnis zu Frau Durand?«, überging er ihre Wollfadenbetrachtung.

Ariadne überlegte.

»Ich habe Nicole geschäftlich wie privat sehr geschätzt.«

Was in Wallensteins Augen alles und nichts bedeutete.

»Hatte Nicole Durand Streit, Probleme mit einem Lebensgefährten oder Feinde?«, fragte er direkter.

Ariadne drückte das Wollknäuel an ihre Brust.

»Es war ein Überfall. Dafür braucht es keine Feinde. Die Kasse ist leer. Es hätte genauso mich treffen können. Es war Zufall, dass Nicole hier im Laden war.« Ihre Hautfarbe wechselte von Milchweiß zu Schneeweiß.

»Wer wusste, dass Sie weg sind?«

»Keine Ahnung. Es war kein Geheimnis und auch nicht ungewöhnlich. Nicole arbeitet pro Woche zwischen fünfzehn und zwanzig Stunden für mich. Manchmal auch mehr. Nicole ist …«, Adriane zögerte, »… war sehr flexibel.«

»Gibt es eine Regelmäßigkeit?«, fragte Wallenstein weiter.

»Nein. Nicole und ich haben die Zeiten meistens eine Woche im Voraus besprochen. Aber manchmal gab es auch eine spontane Planänderung. So wie gestern.«

»Wo waren Sie gestern Abend?«

Ariadne blickte den Kommissar verwundert an.

»Muss ich ein Alibi vorweisen?«

»Es reicht, wenn Sie mir einfach die Frage beantworten«, erwiderte er freundlich, aber bestimmt.

Ariadne Schäfer zog den grauen Fadenanfang heraus und rollte ihn zwischen den Fingern.

»Natürlich. Sie müssen das fragen.« Sie betrachtete das Garn und steckte es wieder unter der Papierbanderole fest.

»Entschuldigen Sie mein Verhalten. Wollen wir uns nicht setzen.« Sie deutete auf die Sitzgarnitur am Schaufenster. Die Fussel der gefilzten Wollkissen würden an seiner Anzughose kleben bleiben wie Eisenspäne an einem Magneten, fürchtete er und ließ sich nieder.

»Ich habe mich gestern mit einem Geschäftskollegen in München getroffen. Es ist spät geworden, und ich habe den letzten Zug verpasst. Deshalb habe ich im Hotel übernachtet.«

Wallenstein wartete. Er hatte vom Handarbeitsmilieu keine Vorstellung. Wurden bei einem Geschäftstermin Schafe gehandelt oder Garnmuster und Farbkarten begutachtet?

»Machen Sie sich keine Notizen?« Ariadne Schäfer musterte den Kommissar. »In Krimis haben die Ermittler kleine Hefte oder ein Aufnahmegerät oder einen Assistenten, der mitschreibt.«

»Nein.« Wallenstein hatte keine Lust mit den genialen Helden des Mordlust-Regales verglichen zu werden. »Haben Sie den Krimi-Strickclub gegründet?«

»Sie haben schon davon gehört? Es nur ein gemütlicher Strickabend mit Krimibegleitung. *Mordlust in der Wolllust* ist das Motto. Den MKHC hat Pauline erfunden. Ich hätte nie gedacht, dass die Idee so einschlagen würde.« Sie presste die Lippen zusammen und schaute betreten auf ihre Hände. »Wie geschmacklos von mir.«

Wallenstein zuckte mit den Schultern.

»Viele Menschen lesen Krimis. Das ist kein Verbrechen. Der Mord in Ihrem Laden hingegen schon. Wir überprüfen routinemäßig die Angaben aller Beteiligten«, drückte er sich vage aus.

Ariadne Schäfer schob die Ärmel ihres Pullovers hoch. Wallenstein überlegte, ob er sein Sakko ebenfalls ausziehen sollte. Durch das Schaufenster schien die Sonne in den Laden.

»Möchten Sie etwas trinken? Einen Kaffee? Ich habe eine Maschine hier im Laden«, bot Ariadne an.

Wallenstein hatte das chromblitzende, italienische Modell schon bei seinem ersten Tatortscan entdeckt. Nach dem aufgewärmten Gebräu in der Bäckerei versprach diese Maschine echte Kaffeefreuden.

»Gerne einen Espresso.«

Ariadne stand auf und schaltete die Maschine an. Mit einem Tuch wischte sie über die Abdeckung und stellte ein Glas mit Keksen auf den Tisch. Immer wieder schob sie dabei die Pulliärmel hoch. Sie trug ein ausgefallenes Modell mit asymmetrisch verlaufendem Halsausschnitt. Dadurch war eine ihrer Schultern frei und zeigte auch hier von Sommersprossen gesprenkelte Haut. Wallenstein verstand nicht viel von Handarbeit, vermutete aber, dass der Pulli superweich und handgestrickt war. Außerdem registrierte er, dass Ariadne Schäfer nichts darunter trug. Ein nutzloses Detail?

Für Wallenstein war seine ausgeprägte Detailwahrnehmung gleichzeitig Vorteil und Problem. Sein Gesamteindruck setzte sich aus einer Flut von Kleinigkeiten zusammen: eine tote Fliege im Schaufenster, eine aufgeschlagene Zeitschrift, die Anordnung der Kekse. Entscheidend war es dabei, zwischen unwichtig und wichtig zu trennen. Aber vielleicht war diese Einteilung schon der erste schwere Fehler. Wirklich erkennen konnte man die Bedeutung einer

Beobachtung erst in der Rückschau. Bis dahin konnte jede Kleinigkeit den entscheidenden Hinweis liefern.

»Dauert ein wenig. Der Boiler muss erst aufheizen«, entschuldigte sich Ariadne. »Nicole war gerne im Laden. Ich konnte mich dadurch in meiner Wohnung um Bestellungen oder Reisebuchungen im Internet kümmern oder mir einen freien Tag nehmen.«

»Sie haben einen Internet-Shop?«

»Natürlich. Nur von den Madlfingerinnen, auch wenn sie viel handarbeiten und Krimis lesen, könnte ich nicht leben. Ich biete online Wolle, Zubehör und unterschiedliche Handarbeits-Reisen an. Dafür bin ich immer mal wieder unterwegs auf Messen oder organisiere Dinge vor Ort.«

»Und bei Ihren Internetgeschäften dreht sich alles um Wolle und Handarbeit?«, hakte Wallenstein nach.

Ariadne schaute ihn erstaunt an, dann widmete sie sich wieder der Kaffeemaschine. »Ausschließlich. Warum fragen Sie?«

Das Bild der formal gekleideten Geschäftspartner, welche die Bäckereiverkäuferin erwähnt hatte, spukte in Wallensteins Kopf herum und fand keinen passenden Platz.

»Maria Süß hat erwähnt, dass Sie oft Besuch von Männern in Anzug und Krawatte hätten.«

Ariadnes Bewegungen erstarrten für einen kurzen Augenblick. *Treffer*, dachte Wallenstein. Aber die Ladenbesitzerin hatte sich schnell wieder im Griff. Die Kaffeemaschine zischte und brodelte. Endlich erlosch das Heizlämpchen und die Maschine war einsatzbereit.

»Typisch Maria! Die erzählt viel, wenn der Tag lang

ist. Sie mischt sich gerne in die Angelegenheiten anderer, vor allem in meine. Warum sollten ordentlich angezogene Männer nicht mit Wolle oder Stricknadeln handeln?«

Darauf wusste Wallenstein keine Antwort, aber er wusste, dass Schäfer gerade die Flucht nach vorne angetreten hatte. Diese Männer waren keine normalen Wollhändler, darauf würde er seine neue Kaffeemaschine verwetten.

Ariadne servierte die Espressi auf einem silbernen Tablett mit zwei Gläsern Wasser und einem Schüsselchen voll Würfelzucker. Wallenstein nippte an seiner Tasse.

»Ausgezeichnet«, lobte er und kippte den Inhalt des Tässchens hinunter. Ariadne Schäfer wollte kein Lächeln gelingen. Sie nahm einen Würfelzucker in den Mund und trank dann ihren Kaffee in kleinen Schlucken.

Diese Angewohnheit hatte Wallenstein schon einmal beobachtet.

»Sie kommen aus Island?«, fragte er.

Erstaunt riss Ariadne ihre Augen auf. Erst jetzt entdeckte Wallenstein kleine Farbsprenkel im durchscheinenden Grau ihrer Iris.

»Ja, meine Mutter ist Isländerin, mein Vater Deutscher. Ich bin in Reykjavik geboren und zeitweise dort aufgewachsen.«

Wallenstein freute sich, dass er jetzt eine Erklärung für seine Wikingervergleiche und skandinavischen Assoziationen hatte. »Mit wem haben Sie sich gestern getroffen?«, nahm er den Gesprächsfaden wieder auf.

»Erik Sigursson aus Husavik. Er betreibt auf Island ein Gästehaus, und ich biete dorthin Strickreisen an. Freitag hat er mir Bescheid gegeben, dass er kurzfristig einen sehr günstigen Last-Minute-Flug nach München bekommen hat und seine Schwester und seinen Neffen überraschen wollte. Das macht er ab und zu. Wir haben gestern die Termine für die kommende Saison geplant. Wir haben bei Lilja zu Abend gegessen und sind dann zu zweit in eine Bar gegangen.«

Ariadne zählte dem Kommissar Namen und Adressen auf.

»Das glaube ich nie, dass Sie sich alles merken können«, zweifelte die Ladenbesitzerin. »Wahrscheinlich muss ich alles noch einmal aufschreiben.«

Zum Beweis seiner Merkfähigkeit wiederholte Wallenstein die Adresse von Lilja Sigursdottir in München.

»Haben Sie ein fotografisches Gedächtnis oder so etwas?«

Wallenstein schüttelte den Kopf. »Nur ein gutes. Es kann natürlich vorkommen, dass Sie Angaben, vor allem Adressen und Telefonnummern, für das Protokoll wiederholen müssen. Für mich aber ist es einfacher, mir Dinge zu merken, als sie aufzuschreiben und dann den Zettel zu verlegen. Die Schreiberei lenkt mich ab.«

»Das klingt logisch«, räumte Ariadne ein. »Ich schreib mir Dinge gerne auf.« Zuvorkommend öffnete sie das Keksglas. »Probieren Sie die Spitzbuben. Ein bayerisches Rezept. Mit Himbeermarmelade gefüllt. Die backt Irmingard Sonnleitner für mich. Die Himbeeren wachsen im Pfarrgarten.« Wallenstein fischte sich ein Plätzchen heraus. Ariadne schloss das Glas wieder.

»Sie machen wirklich der Bäckerei Konkurrenz«, scherzte er.

»Wem sagen Sie das«, erwiderte sie nüchtern. »Frau Süß versucht, mir seit der Ladeneröffnung den Verkauf von Lebensmitteln und Getränken zu verbieten. Aber hier sitzt man gemütlicher, und mein Kaffee ist besser.«

Das konnte Wallenstein bezeugen.

»Sie hat mir schon mit dem Anwalt gedroht. Aber ich verkaufe nichts. Außer den Handarbeitssachen natürlich. Kaffee kann sich jeder selbst machen. Kuchen und Kekse backen unterschiedliche Frauen und bringen sie vorbei. Um den Frieden zu wahren, hole ich ab und zu Nusshörnchen von der Bäckerei Süß. Die sind wirklich ein Gedicht. Bei mir läuft alles gegen eine Spende in das Sparschwein neben der Kasse.«

Wallensteins Blick wanderte zur Kasse. Das besagte Sparschwein fristete seine Sammelexistenz auf dem Verkaufstresen. Der Kommissar stand auf, hob das Keramiktier hoch und schüttelte es. Es war gut gemästet.

»Das hat der Räuber wohl genauso übersehen wie Frau Durands Handtasche.«

»Das sind doch nur ein paar Münzen.« Ariadnes Stimme versuchte, sich selbst zu überzeugen.

»Glauben Sie wirklich, Frau Durand hätte den Kasseninhalt mit ihrem Leben verteidigt?«

»Nein, vermutlich nicht«, gab Ariadne Schäfer kleinlaut zu. »Aber das hieße, Nicole wurde vorsätzlich getötet.« Ariadne zupfte eine Wollfluse von ihrem Pullover und schwieg.

Wallenstein wartete. »Und Sie wohnen hier im Haus?«, fragte er schließlich.

»Ja.«

»Gibt es von Ihrer Wohnung eine direkte Verbindung zum Laden?«

Ariadne sprang auf. Sie zwang sich zur Ruhe. Aber Wallenstein sah ihr an, dass sie am liebsten gerannt wäre.

»Ich zeig es Ihnen. Der Laden hat zwei Zugänge. Die Ladentür nach draußen und eine Tür zum Hausgang.«

Ariadne öffnete Letztere. Der Kommissar folgte ihr in den dunklen Flur. Ariadne deutete auf eine steile, mit Kartonstapeln vollgestellte Holztreppe. Es gab fast kein Durchkommen. »Hier geht es in den Keller.«

»Schaut gefährlich aus«, stellte Wallenstein fest.

»Der Ansicht ist …« Ariadne machte eine Pause und verbesserte sich: »… war Nicole auch immer. Die Stufen sind mein provisorisches Wolllager. Im Keller ist es für die Ware auf Dauer zu feucht, und den Flur will ich damit nicht zustellen. Der ist schmal genug.«

Tatsächlich war der weiß gestrichene Flur ein enger Schlauch. Drei unterschiedlich blaue Streifen liefen horizontal an der Wand entlang und gaben dem Raum dadurch eine Idee von Weite. Die Hausbesitzerin hatte Stil und ein gutes Gefühl für Räume. Ariadne öffnete auf der Hausrückseite eine weiß gestrichene Holztür mit Fenster. Der einfache Schlüssel steckte innen im Schloss. Es war nicht abgesperrt gewesen.

»Hier geht es in den Garten.« Sie ließ Wallenstein den Vortritt ins Freie. Beim Vorbeigehen bemerkte der Kommissar den schnellen Blick, den Ariadne Schäfer die Treppe hinauf zum ersten Stock warf.

»Sie schließen nicht ab?«

»Nie. Madlfing ist ein friedlicher Ort. Normalerweise.

Meine Tante sperrte nur den Laden ab. Um ihre Knöpfe und Reißverschlüsse sorgte sie sich mehr als um ihre eigene Sicherheit.«

Hinter dem Haus lag eine kleine grüne Oase. Bienen summten, und Ameisen krabbelten über dicke Pfingstrosenblütenknospen. Bald würden sie aufspringen. Zwischen zwei blühenden Obstbäumen war eine Hängematte gespannt, und an der Hauswand stand eine Holzbank, davor ein großer Tisch.

»Als Kind hatte ich eine Schaukel im Apfelbaum.« Wieder im Flur zeigte Ariadne zum ersten Stock, machte aber keine Anstalten, nach oben zu gehen. »Und jetzt wohne ich hier.«

Die Stufen der Holztreppe waren von vielen Schritten abgenutzt. Auch hier war die weiße Wand wie im Erdgeschoss mit blauen Streifen optisch gestreckt. Durch zwei kleine Fenster fiel Sonnenlicht auf die Stufen. In den Fenstern standen weiße, dicke Kerzen. Wallenstein mochte diese skandinavische Einrichtungsbesonderheit. Der Polizist in ihm sah jedoch vor allem die Brandgefahr von unbewachten Flammen. Wie schnell würde die alte Holztreppe Feuer fangen. Nur gut, dass es keine Vorhänge oder Gardinen gab.

»Sie leben allein?«

Ariadne nickte.

Selbst vom Fuß der Treppe aus erkannte Wallenstein eine moderne, einbruchsichere Wohnungstür. Was für ein Kontrast. Ihr schneller Blick hatte genau dieser Türe gegolten. Da war er sich sicher. Ariadne Schäfer hatte befürchtet, dass dort oben eingebrochen worden war.

»Hatte Frau Durand einen Schlüssel für ihre Wohnung?«

»Nur für den Laden. Der war in ihrer Handtasche.«

»Haben Sie Feinde, Frau Schäfer?«, fragte Wallenstein.

Ariadne antwortete prompt. »Nein. Ich bin nur eine Wollladenbesitzerin. Da hat man keine Feinde. Außer Motten vielleicht. Die sind gerade im Frühling ein echtes Problem.«

Ihr Lächeln war zauberhaft unschuldig. Doch so leicht ließ sich der Kommissar nicht ablenken.

»Und vorher? Was haben Sie gemacht, bevor Sie nach Madlfing gezogen sind?«

Ariadne hielt sich am Holzgeländer fest und drehte sich leicht von ihm weg.

»Ich habe in einer Unternehmensberatung gearbeitet. Trockenes Geschäft. Zahlen ohne Ende. Manchmal stressig, aber nicht sehr aufregend.«

Der Kommissar nickte und glaubte ihr kein Wort.

8. MASCHE

Lässt die Aufmerksamkeit nach,
passieren Fehler.

Ariadne schwitzte. Frühlingswetter war einfach unberechenbar. Gestern war ihr Strickpulli perfekt gewesen, heute kam sie darin fast um. Sie bereute, dass sie weder Wechselwäsche noch Zahnbürste, sondern nur ein ferngesteuertes Polizeiauto für Bjarni, Filzwolle für Lilja und Irmingards Spezialschnaps für Erik in den Koffer gepackt hatte.

Der forschende Blick von Wallenstein brannte in ihrem Nacken. Dieser Kerl war ein überheblicher Schnösel und witterte eine Spur. Normalerweise konnte Ariadne in Menschen lesen wie in einem Buch. Aber dieser Kommissar war aalglatt. Auch wenn sie die Zugfahrt verschlafen hatte, fiel es ihr immer noch schwer, einen klaren Gedanken zu fassen. Kein Wunder, dass sie unter Schock stand. Schließlich war in ihrem Laden ein Mord geschehen. Das war schrecklich, hatte aber nichts mit ihr zu tun. Oder doch? Hatte sie etwa einen Fehler gemacht? War das eine Warnung? Oder hatte Nicole mit ihren Nachbarschaftsstreitereien den Bogen überspannt? Aber dafür würde niemand töten, nicht in Madlfing. Ariadne war schwindelig. Sie brauchte unbedingt Zeit zum Nachdenken. Vor allem musste sie an ihren Rechner. Dringend.

So gelassen wie möglich drehte sie sich zu ihm um.

»Können wir die Befragung später fortsetzen? Ich muss mich ausruhen.«

Wallenstein betrachtete sie nachdenklich. Ariadne versuchte, ruhig zu atmen und sich ihre Nervosität nicht anmerken zu lassen. Entschlossen hielt sie seinem tiefsinnigen Blick stand. Der Typ hielt sich für eine Reinkarnation von Sherlock Holmes. Seine Augen waren braun, nein, dunkelbraun. Auf seinen Wangen lag ein dunkler Bartschatten. Oder lag das am spärlichen Licht im Flur? Sie würde nicht nachgeben und wegschauen. Endlich nickte Wallenstein.

»Ich komme später noch mal bei Ihnen vorbei.«

»Gerne.«

Ariadne folgte dem Kommissar zurück in den Laden, sperrte hinter ihm ab und hängte das gestickte Geschlossen-Schild an die Tür. Dann trug sie ihren Koffer in die Wohnung hinauf. Bereits in der Küche zog sie ihren Pulli über den Kopf und hängte ihn sorgfältig über einen Küchenstuhl. Mit nacktem Oberkörper, ihren BH hatte sie morgens im Hotelzimmer einfach nicht finden können, lehnte sie ihre Stirn erschöpft an die Kühlschranktür. Dann holte sie ein Glas Rollmöpse heraus und trank einen kräftigen Schluck von dem fischigen Essigwasser. Ihr verkaterter Körper gierte nach Salz und Flüssigkeit. Sie angelte sich ein um eine Essiggurke gewickeltes Fischchen heraus und steckte es sich in den Mund. Das tat gut! Sie kaute sorgfältig.

Während sie in langsamen Schlucken ein großes Glas Leitungswasser leerte, zog sie Schuhe, Jeans und Unterhose aus. Um klar zu denken, brauchte sie Wasser. Inner- und äußerlich. Vorher hatte es keinen Zweck, den Computer hochzufahren. Die verschwitzten Sachen ließ Ariadne auf dem Küchenboden liegen und ging ins Bad. Unter der breiten Regenbrause schloss sie die Augen und dachte an den Kommissar, der sich offensichtlich genauso wie sie nach einer Dusche gesehnt hatte. Er hatte sich nicht wohlgefühlt. Immer wieder hatte er unauffällig an seinem Hemd gezupft oder sich über das unrasierte Kinn gestrichen. Er war kein Mann, der einen Drei-Tage-Bart kultivierte. Da war Ariadne sich sicher. Ihre Beobachtungsgabe war mindestens so gut wie die von Mister-Super-Brain.

9. MASCHE

Eine Masche kann eine einfache Fadenschlinge oder gemeiner Betrug sein.

Aufmerksam schlenderte Wallenstein die Hauptstraße entlang. Er fand, es war an der Zeit, sich ein zweites Frühstück zu gönnen. Nach Nusshörnchen und dem marmeladengefüllten Spitzbuben brauchte er dringend etwas Salziges. Außerdem interessierte ihn, was die Madlfinger über die Ermordung von Nicole Durand dachten.

»Guten Tag«, grüßte er beim Eintreten.

»Grüß Gott«, schallte es im Chor von Metzger, Verkäuferin und Kundinnen zurück. Der Metzger rieb seine roten Hände an der weißen Schürze ab und ignorierte die Warteschlange. Die drei Kundinnen schien das nicht zu stören. Eine tippte eifrig auf ihr Handy ein.

»Was darf's sein?«

Wallenstein musterte das Angebot der warmen Theke.

»Eine Leberkäsesemmel«, bestellte er professionell. Dass Brötchen hier Semmeln hießen, hatte er schon bei seinem Vorstellungsbesuch gelernt.

Während der Metzger eine beachtliche Scheibe Leberkäse abwog, halbierte die fleischige Verkäuferin die Semmel.

»Mit Senf? Der ist unsere Spezialität, den machen wir selber.«

Wallenstein bejahte.

»Einpacken?«

Alle Augen verfolgten die Brotzeitzubereitung.

»Nein. Ich esse sie gleich.«

»Sie sind von der Polizei?«, fragte der Metzger schließlich. Wallenstein nickte und wartete auf seine Brotzeit und weitere Kommentare. Geduldiges Warten gehörte zu Wallensteins Spezialität. Er schaute sich im Laden um. Wie die Bäckerei Süß hatte auch die Metzgerei Zeiler einen ausgezeichneten Blick auf die Wolllust. Bestimmt wussten alle Anwesenden längst Bescheid, was passiert war.

»Die Lissi war schon da und hat für das Team eine g'scheide Brotzeit ins Rathaus bestellt. Wir liefern pünktlich um dreizehn Uhr«, informierte die Verkäuferin. »Sie hat natürlich nix gesagt. Sie ist ja ein Profi. Aber die Maria hat gerade frische Semmeln gebracht und erzählt, dass die Ariadne erschlagen worden ist.«

Wallenstein stutzte. Maria war die Frau aus der Bäckerei.

»Und die Irmi hat sich gerade ein paar Weißwürste geholt. Sie sagt, die Nicole wäre erwürgt worden«, mischte sich eine Kundin ein.

»Das sagen Roswitha und Pauline auch«, bestätigte die Verkäuferin. »Wäre ja nicht das erste Mal, dass die Süß Schmarrn daherredet.«

»Auf jeden Fall ein grausames Ende«, stellte der Metzger fest und legte den Leberkäse zurück unter die Wärmelampe. »So was verdient niemand.«

»Die alte Hex«, fauchte eine der Kundinnen in der Warteschlange. Sie war um die siebzig und hatte kurze graue Haare. Auf ihrem Stoffbeutel prangte die Aufschrift eines Biomarktes: *Leben und leben lassen.* »Es war nur eine Frage der Zeit, bis die einer um die Ecke bringt.«

»Jetzt hör aber auf. Du machst dich bloß verdächtig«, mahnte der Metzger und ordnete seine Messer auf der Arbeitsplatte.

»Sie kannten das Opfer?«, fragte Wallenstein die Frau.

»Die Durand war meine Nachbarin, und ich bin froh, dass der Psychoterror endlich vorbei ist.«

»Frau Gerlacher?«, fragte er und erntete damit die stille Bewunderung der Anwesenden. »Sie glauben, Frau Durand habe Ihren Hund vergiftet?«

In allen Gesichtern sah man die Frage aufblitzen, woher der fremde Polizist das wissen konnte. Auch Wallenstein war erleichtert, dass er die abgespeicherten Informationen verknüpfen konnte. Wenn auch langsamer, als er es gewohnt war.

Frau Gerlachers Hände krampften sich um ihren Baumwollbeutel. »Natürlich war sie das. Seit fünf Jahren wohnt sie neben mir und hat sich täglich über meinen Waudl beschwert. Vor ein paar Monaten hat der arme Sami dann eine vergiftete Wiener gefressen und ist jämmerlich eingegangen. Nachweisen konnte man ihr nix. Überhaupt hat sie alles vergiftet«, ereiferte sich die Frau. »Blattläuse, Ameisen, Schnecken. Ständig ist ein Giftnebel von ihr herübergezogen. Wegen ihr habe ich mein Gemüsebeet umgelegt, und auf die Terrasse bin ich auch nicht mehr gegangen. Ihre Umwelt war der egal.«

Die Anwesenden nickten zustimmend.

»Bei uns hat die nichts gekauft. Unser Angebot war ihr nicht gut genug«, informierte der Metzger. »Die ist lieber nach Murnau gefahren oder hat sich ihre italienische Feinkost und anderes exklusives Zeug direkt liefern lassen.«

»Jeder bekommt früher oder später, was er verdient«, steigerte sich Franziska Gerlacher in ihre Anklage hinein.

Diesen Satz bezweifelte Wallenstein. Seine berufliche und private Erfahrung hatte ihn etwas anderes gelehrt. Doch der Kommissar schwieg.

»Ich hab aber mit der Sache nichts zu tun. Gestern Abend war ich mit dem Frauenbund in Uffing bei einem Kochabend. Dafür gibt es mindestens zwanzig Zeuginnen. Die können Sie alle befragen: Roswitha, Ida, Betti, Vroni, Biggi, Zenzi, die Burger Maria, Rosa, Kunigund, Bärbel, Kathi, Monika …«

Wallenstein schaltete bei der Namensflut ab und realisierte, dass er sich definitiv Notizen machen musste. Zu voreilig hatte er vor Ariadne Schäfer mit seiner Merkfähigkeit angegeben.

Herausfordernd starrte Franziska Gerlacher den Kommissar an. »Es ging um vegetarische Frühlingsküche – gesunde Gerichte, die die Frühjahrsmüdigkeit vertreiben.«

Er nickte. Wahrscheinlich kaufte sie gerade Zutaten für die neuen vegetarischen Rezepte ein.

»Das macht zwei Euro fünfzig. Wir auf dem Dorf sind freundliche Leut'. Die Durand hat einfach nicht zu uns gepasst. Die hat nur Ärger gemacht. Aber deswegen bringen wir noch lange keinen um«, sprach die Metzgereiverkäuferin ein Schlusswort.

Wallenstein zahlte und nahm die Semmel in einer rotweiß-karierten Serviette entgegen. »Vielen Dank und einen schönen Tag«, verabschiedete er sich.

»Pfia Gott«, echote es zurück.

Offensichtlich war das das Gegenteil von *Grüß Gott*. Auf dem Gehweg versuchte er, die Semmel auszuwickeln. Aber die Serviette klebte am Leberkäse fest und hinterließ beim Abziehen kleine aufgeweichte Papierreste. Egal. Ein bisschen Papier konnte nicht schaden. Wallenstein beugte sich leicht vor. Senf auf dem Hemd wollte er nicht riskieren. Das hätte gerade noch gefehlt. Herzhaft biss er in das herrlich krosse Brötchen, das mit dem saftigen Leberkäse eine gelungene Kombination bildete. Genießerisch schloss er die Augen und kaute. *So schmeckt Bayern!* Beim zweiten Bissen riss Wallenstein die Augen erstaunt auf. Der Senf war kein Senf, sondern ein zuckersüßer, dickflüssig brauner Brei. Keine Spur von Senfschärfe. Wallenstein verging der Appetit. Aber Essen wegzuwerfen kam für ihn nicht infrage. Tapfer kaute er, und das kulinarische Erlebnis wurde von Bissen zu Bissen größer. Das Problem war wie so oft nicht die Realität, sondern die Erwartung, die man an sie hatte, philosophierte er gehend vor sich hin.

Auf dem Weg zum Rathaus kam Wallenstein an einem Schreibwarenladen vorbei, der sich zwischen Biggi's Frisierstüberl und einen Gemüseladen zwängte. Drehbare Ständer mit Gruß- und Trauerkarten verdeckten die Tür, und ein Lottoplakat informierte über den zu erwartenden Jackpot am Mittwoch. Er würde tun, was er noch nie getan hatte. Aber die Zeit ging an niemandem spurlos vorüber. Irgendwann würde er eine Lesebrille brauchen. Ihm graute vor einem dieser halbmondförmigen Modelle, die man zwischen Nasenspitze und Hemdtasche wechselte. Noch schlimmer war es, die Lesehilfe gegen Altersweitsichtigkeit an einem Kettchen um den Hals zu tragen. Mit einem Seufzer trat Wallenstein in den schmalen, schlauchförmigen Laden.

»Hereinspaziert«, tönte es freundlich aus dem hinteren, schlecht beleuchteten Teil.

»Guten Tag«, erwiderte Wallenstein. Er ließ seinen Blick über die schmalen Regale wandern, die rechts und links bis zur Decke reichten. Ordentlich sortiert gab es eine überraschend große Auswahl an Zeitungen und Zeitschriften, Schulheften und anderen Schreibwaren.

Eine etwa hundertjährige Frau kam aus dem Zwielicht auf einen Rollator gestützt auf ihn zu. Die Ladeneinrichtung war auf die Fahrzeugbreite ihrer Gehhilfe optimiert. Nur im Eingangs- und Kassenbereich gab es eine Wendemöglichkeit, entweder um den Schirmständer oder um eine altertümliche Ladentheke mit Registrierkasse herum.

»Sucht der Herr was Bestimmtes?«, erkundigte sich die alte Dame, die Wallenstein an eine Schildkröte erinnerte.

»Ja. Ein Notizbuch«, gestand er seine Schande ein.

Die Schildkröte nickte langsam und deutete auf ein Regal.

»Früher oder später braucht man das«, streute sie Salz in Wallensteins Wunde. »Irgendwann steigert sich das. Dann hat man zusätzlich überall Zettel herumliegen, auf die man seinen eigenen Namen und den seiner Kinder schreibt.« Sie lachte heiser. Zur Bestätigung zog sie aus ihrer Jackentasche ein paar zerknitterte Papierschnipsel. »Hier steht, ich heiße Emma Bond.«

»Freut mich, Sie kennenzulernen, Frau Bond. Ein vielversprechender Name.«

Wahrscheinlich gehörte sie auch zum Krimiclub und war eine Ex-Geheimagentin. Emma Bond kicherte wie ein junges Mädchen. »Pferde oder Ritter?«, fragte sie.

»Ich verstehe nicht.«

»Elfen oder Astronauten?«

Wallenstein zweifelte an Emma Bonds geistiger Verfassung.

»Schauen Sie selbst«, forderte die Ladenbesitzerin ihn auf. »Ich habe auch noch Fußball, Piraten, Avocados oder Emojis. Da wird doch was für Sie dabei sein.«

»Gerne etwas Neutraleres.«

»Das könnte schwierig werden.«

Frau Bond öffnete eine Schublade mit weiteren Notizbüchern. Wallenstein entschied sich für Wale. Wenigstens war der Umschlag dezent in Blau gehalten. Wenn man nicht genau hinschaute, konnten einem die Pottwal-Aufdrucke sogar entgehen, hoffte er.

»Zusammen mit dem Bleistift macht das fünf Euro, siebzig Cent.«

Wallenstein drückte der alten Dame einen Zwanzig-Euro-Schein in die Hand.

»Das Wechselgeld müssen Sie sich selbst herausnehmen. Ich seh nicht mehr so gut«, forderte sie ihn auf. »Vierzehn Euro, dreißig Cent.«

»Haben Sie keine Angst, dass Sie betrogen oder beklaut werden?«

»Nein. Seit ich hier lebe, und das ist schon lange, kann ich mich an keinen Ladendiebstahl erinnern.«

Eine interessante Information, fand Wallenstein.

»Ich habe von Frau Sonnleitner gehört, dass in der Kirche die Opferstöcke aufgebrochen worden sind.«

»Und hat Ihnen die Irmi auch gesagt, wer es war?«

»Nein. Ist der Täter bekannt?«

»Die Täter kennt das ganze Dorf. Es waren die beiden Buben von der Zenzi. Und aufgebrochen haben sie die Opferstöcke nicht. Die hatten als ehemalige Ministranten einen Nachschlüssel.« Frau Bond kicherte. »Die haben Spritgeld gebraucht und waren der Ansicht, der liebe Gott würde ihren Reisewunsch bestimmt gutheißen. Sie sind damit nach Rom gefahren, in die ewige Stadt. Aber nicht zum Papst, sondern in den Urlaub.«

Wallenstein schob die Kassenschublade zu. Emma Bond schien gut informiert zu sein. Die beschriebene Zettelwirtschaft hatte sie noch nicht nötig.

»Kennen Sie Frau Durand?«, fragte er direkt.

»Natürlich. Wer kannte die nicht? Sie sind von der Polizei.« Das war mehr eine Feststellung als eine Frage.

»Ja, Tim Wallenstein. Ich möchte einfach wissen, was für ein Mensch Frau Durand war. Oder ob Ihnen in letzter Zeit etwas aufgefallen ist.«

Das klang zu vage. Er war mit Zeugenbefragungen aus der Übung.

»Alles, was Sie bisher über sie gehört haben, stimmt. Sie war eine eingebildete, rechthaberische, boshafte Frau, und das weiß in Madlfing jedes Kind. Wahrscheinlich ist der halbe Ort froh, dass wir sie endlich loshaben. Sie müssen bestimmt eine ganze Menge Motive überprüfen.«

Ob es sich dabei vor allem um die weibliche Hälfte des Ortes handelte, fragte sich Wallenstein. Er hatte bisher nur zwei Madlfinger Männer getroffen. Aber weder Dr. Ellinger noch Metzger Zeiler hatten sich negativ über Nicole Durand geäußert.

»Bei mir hat sie höchstens mal eine Zeitschrift geholt. *Schöner Wohnen, Cosmopolitan* oder irgendein anderes Hochglanz-Lifestylemagazin. Wir waren beide sehr einsilbig.«

Diese Bemerkung sollte als Schlusssatz zum Thema Durand dienen. Emma Bond setzte sich auf einen abgewetzten Bürostuhl und griff entschlossen zu ihrem Strickzeug.

»Sie stricken?«, fragte Wallenstein verblüfft.

»Ja, und? Ist eine weitverbreitete Tätigkeit und, soweit ich weiß, nicht illegal.«

»Aber Ihre Augen?«

Hatte die alte Schildkröte nicht gerade noch behauptet, das Wechselgeld nicht abzählen zu können, und jetzt wickelte sie neongelbe Wolle über Stricknadeln.

Emma Bond lächelte. »Stricken kann ich, selbst wenn ich einmal komplett blind sein sollte. Lebenslange Übung. Für komplizierte Sachen reicht es natürlich nicht mehr, und auch mit den Farben muss ich aufpassen. Schwarz geht zum Beispiel gar nicht. Aber ein Schal in einer leuchtenden Farbe ohne Maschenzu- oder -abnahmen ist kein Problem. Irgendwie muss man sich hier im Laden die Zeit vertreiben. So viel wie früher ist nämlich nicht mehr los. Die Leute wollen jetzt ja alles vor die Haustüre geliefert bekommen und unterhalten sich lieber über ihre Smartphones. Lesen Zeitung und Bücher auf Tablets. Das stell sich mal einer vor.«

Wallenstein nickte mitfühlend. Er war trotz der digitalen Angebote immer noch Papierleser, wollte Buchseiten umblättern und Zeitungen rascheln hören.

Bevor er den Laden verließ, versteckte er das Notizbuch in der Innentasche seines Jacketts und hoffte, dass er ohne die Unterstützung der munteren Pottwale auskommen würde. »Reine Vorsorge«, sprach er sich selbst Mut zu und trat hinaus auf die Dorfstraße.

»Herr Kommissar«, grüßte eine junge Frau mit Kinderwagen und ging an ihm vorbei. Wallenstein blickte ihr nach und sehnte sich ein wenig nach der Anonymität von Großstädten. Auf dem Dorf kannte jede jeden. Ob das auch für den Mörder galt?

10. MASCHE

Wenn man im Dunkeln tappt,
sind sogar rote Fäden grau.

In Unterwäsche und dicken Wollsocken stieg Ariadne die schmale Klappleiter ins Dachgeschoss hinauf. Geschoss war für den niedrigen Raum eigentlich schon zu viel gesagt, Speicher traf es eher. Ariadne liebte diesen Ort. Hier gab es immer etwas zu entdecken: altes Spielzeug, einäugige Puppen, einen gefüllten Kleiderschrank, Schuhe, Brautkleider samt Tüllschleiern, Abendroben, Schulhefte, riesige Schrankkoffer, Regale voller Hüte, Bücherkisten, Schirme, Liebes- und Abschiedsbriefe, Bilder, Postkarten. Afra hatte alles aufgehoben, und auch Ariadne hatte es nicht geschafft, sich von diesen Schätzen zu trennen. Nach dem Einzug hatte sie aufgeräumt, sortiert und geputzt, das Dach isoliert und die rohen Balken weiß gestrichen. Zwischen den kollektiven Familienerinnerungen fühlte sie sich aufgehoben und geborgen. Der Krempel verband sie mit den Geschichten ihrer Vorfahren, der Internetanschluss und bald auch ein ultraschnelles Glasfaserkabel mit dem Rest der Welt.

Als Kind war sie hier stundenlang untergetaucht, hatte sich verkleidet und war in fremde Leben geschlüpft. Später hatte sie genau das am Computer getan. Seit sie jedoch in Madlfing lebte, nahm sie keine professionellen Aufträge mehr an. Eigentlich hatte sie fest vorgehabt, sich komplett zurückzuziehen und nur noch Wolle zu verkaufen. Aber ganz klappte das nicht. Bei manchen Themen wurde sie schwach.

Ariadnes Arbeitsplatz versteckte sich hinter Regalen und Kofferstapeln. Von der Bodenluke konnte man weder ihren Schreibtisch noch ihre Computerausstattung sehen. Sie drückte auf den roten Knopf, der die elektrische Dachbodentreppe in Gang setzte. Fast geräuschlos klappte die Leiter ein, und die Luke schloss sich. Natürlich gab es auch eine Entriegelung für den Handbetrieb mit einer Kurbel, die sie in ihrem Schlafzimmer hinter einem Bild versteckt hatte. In ihrem kleinen Reich wollte sie ungestört sein und bleiben.

Ariadne schob sich an Porzellan mit Goldrand und alten Emailletöpfen vorbei. »Das kommt davon, wenn man sich zu sicher fühlt. Dann ist man unaufmerksam und nachlässig. Ich hätte längst Überwachungskameras installieren sollen«, murmelte sie und schaltete die Tageslichtlampe über ihrem Schreibtisch an. Neben einem der Bildschirme saß Ariadnes alter Stoffaffe Lotti. »Dann hätten wir den Täter längst ohne jegliche Ermittlungsarbeit, und dieser Hercule Poirot könnte sich in Ruhe rasieren und mich in Frieden lassen«, informierte sie Lotti.

Irgendetwas stimmte an diesem Mann nicht. Er war selbstbewusst und unsicher zugleich. Eine seltsame Mischung. Der Zwiespalt war ihr sofort ins Auge gefallen.

Sie ließ sich auf ihren Bürostuhl sinken und schaltete

den Rechner an, der innerhalb weniger Sekunden hochfuhr. Ihre Hände zitterten. Sie nahm Lotti auf den Schoß. »Keine Sorge. Ich hab nur zu wenig geschlafen und bin verkatert.«

In ihrem Alter rächte sich der Körper für jede verlorene Stunde Nachtschlaf. Früher, als sie noch in Island gelebt hatte, hatte es gereicht, sich morgens kaltes Wasser ins Gesicht zu spritzen oder kurz in den Hotpool hinter dem Haus zu steigen. Dann war sie frisch für den folgenden Tag gewesen. Aber jetzt hatte sie Augenringe und fühlte sich trotz der Dusche matt. Und sie war noch nicht einmal vierzig. Wie sollte das weitergehen? Ihre Großmutter hatte sie vor dem Älterwerden gewarnt. Man müsse dem Alter wie einem aufziehenden Sturm begegnen. Standhalten und niemals nachgeben.

Während Ariadne ihr Passwort eingab, beschloss sie, dass sie ihre Oma möglichst bald wiedersehen wollte. Hildur lebte auf Grimsey, einer kleinen Insel nördlich von Island, die direkt auf dem Polarkreis liegt. Nördlicher konnte man in Island nicht wohnen und stürmischer wohl auch nicht. In Hildurs kleinem Haus gab es keinen Dachboden, keinerlei Raum für unnützen Krempel. Hildur lebte im Hier und Jetzt und beschwerte sich nicht mit fremden Angelegenheiten. »Loslassen und frei sein«, war ihre Devise. »Oder hast du schon mal einen Wal mit Gepäck gesehen?«

Augenblicklich spürte Ariadne Heimweh. Dieses Gefühl kannte die dreiundachtzigjährige Großmutter wahrscheinlich nicht. Sie lebte immer noch in dem Haus, in dem sie geboren worden war.

Aber Ariadnes Heimat war nicht so eindeutig wie Hildurs. Sie war in unterschiedlichen Welten zu Hause. Im meerumtosten Island wie im beschaulichen Oberbayern oder in Großstädten wie London oder Singapur. Aber auch Ariadne war standhaft und begegnete dem Leben wie einem aufziehenden Sturm. Nur auf eine andere Art. Hoch konzentriert tippte sie Nachrichten und las E-Mails. Dabei kaute sie nervös auf ihrer Unterlippe herum. Als sie ihren Posteingang durchgearbeitet hatte, atmete sie erleichtert auf und legte ihren Kopf in den Nacken. Falscher Alarm. Kein Grund zur Unruhe. Der Mord an Nicole Durand hatte nichts mit ihr oder ihrer Arbeit zu tun.

Erleichtert ging Ariadne in die Küche und brühte sich eine Tasse grünen Tee. Dazu aß sie Zimtschnecken, die ihr Erik aus Island, aus ihrer Lieblingsbäckerei in Akureyri, mitgebracht hatte. Damit fütterte sie ihre Sehnsucht nach der Insel im Nordmeer, anstatt sie zu stillen.

Aber die Frage blieb: Wer hatte Nicole Durand ermordet? Nach der letzten Zimtschnecke kehrte Ariadne an ihren Computer zurück, vertiefte sich erneut ins World Wide Web und lernte ihre Aushilfsverkäuferin neu kennen. Bisher hatte sie sich über ihre Mitarbeiterin wenig Gedanken gemacht. Vor der Einstellung hatte sie nur die wichtigsten Infos gecheckt. Jetzt ging Ariadne eine Stufe tiefer, recherchierte zu den Ehemännern, früheren Wohnorten und Arbeitsstellen. Was sie fand, gefiel ihr nicht. Besonders Daniel Durand und seine vielen Firmen machten sie skeptisch. Der gebürtige Berliner stammte aus einfachen Verhältnissen. Vater Maurer, Mutter Putzfrau. Er hatte eine Ausbildung zum Bürokaufmann gemacht und führte jetzt ein Bauunternehmen, das eine Vielzahl von europäischen Subunternehmern beschäftigte. Beste Voraussetzungen für Geldwäsche im großen Stil. Auch wenn Durands Name französisch klang, hatte er keine Familie in Frankreich. Mit seiner neuen Frau, einem achtundzwanzigjährigen Model, lebte er in Mailand. Ariadne betrachtete Fotos der jungen Frau. Sie sah Nicole verblüffend ähnlich. Nur war sie ein paar Jahre oder eher Jahrzehnte jünger.

»Männer«, murmelte Ariadne. »Gierige, alte weiße Männer!«

Einen Klienten zu durchleuchten hatte in der Unternehmensberatung zu ihren alltäglichen Arbeiten gehört. Sie war schnell und wusste, wo sie suchen musste. Je mehr sie über Durand las, desto wütender wurde sie. Hatte der Typ ihren Wollladen als Übergabestelle und toten Briefkasten für seine kriminellen Machenschaften benutzt? Und Nicole war die Mittlerin, die er für ihre Dienste großzügig bezahlte? Das ergab plötzlich alles Sinn.

Selbst dieser Wallenstein wusste schon, dass unbekannte Männer in ihrem Laden aufgetaucht waren, und sie hatte davon keine Ahnung gehabt. Als er es erwähnte, hatte sie es für eine von Marias Provokationen gehalten. Sie hatte noch nie einen dieser mysteriösen, Anzug tragenden Männer gesehen, weil sie nämlich nicht zu ihr, sondern zu Nicole gewollt hatten. Sie selbst vermied reale Treffen, und wenn diese unbedingt nötig waren, traf sie sich an neutralen Orten. Es durfte keine Spur in ihren Wollladen führen.

Ariadne fühlte sich ausgenutzt. Gutgläubigkeit gehörte normalerweise nicht zu ihren Schwächen. Aber wie es aussah, hatte Nicole sie hinters Licht geführt.

Nach und nach stellte Ariadne ein umfangreiches Dossier über Nicoles Ex-Mann zusammen. Vielleicht konnte sie es der Polizei anonym zukommen lassen, um die Ermittlungsarbeit zu beschleunigen. Ziemlich sicher war eine Übergabe schiefgelaufen, und Nicole hatte dafür mit ihrem Leben bezahlt. Wahrscheinlich würde es im Dickicht des organisierten Verbrechens für die Polizei mehr als schwierig werden, einen Täter zu ermitteln. Der Mörder war bestimmt längst über alle Berge. Aber das war Ariadne egal. Sie hatte die Zusammenhänge verstanden. Der Fall war in ihren Augen so gut wie gelöst. Entspannt lehnte sie sich zurück und streckte ihre Arme. Madlfing konnte wieder ruhig schlafen.

Mitten in der Bewegung hielt sie inne.

»Aber wo ist dieser grüne Schal her?«, fragte sie Lotti.

Lotti schwieg. Sie saß schließlich tagein, tagaus auf dem Speicher.

Das Strickstück musste im Lauf des Montags im Laden liegen geblieben sein.

»Ach, vergiss es. Das ist nur eine unbedeutende Kleinigkeit«, entschied Ariadne. »Wahrscheinlich will ihn jemand in den nächsten Tag abholen.«

Ariadne suchte nach der Mailadresse der Polizei, schrieb in die Betreffzeile *Wichtige Unterlagen zum Mordfall Madlfing* und verschickte das Dokument über das Darknet. Niemand würde es zu ihr zurückverfolgen können.

Dann setzte Ariadne ihren Stoffaffen vor den Bildschirm.

»Jetzt zeig ich dir den wenig wolllustigen Leiter der Ermittlungen. Kommissar Tim Wallenstein.« Sie tippte schnell.

Kurz darauf stellte Ariadne fest, dass es mehr Menschen wie sie selbst gab, die ihre persönlichen Daten schützten und es wie der Teufel das Weihwasser mieden, Informationen im Internet preiszugeben. Bei diesem Vergleich wurde ihr klar, dass sie ziemlich viel Kontakt mit Irmingard Sonnleitner hatte. Sie mochte die resolute Mesnerin.

Der Kommissar war weder in den sozialen Netzwerken unterwegs, noch gab es einen Fototreffer. Eigentlich unmöglich. Lebte er unter falscher Identität? Ariadne fühlte sich herausgefordert. Mit legalen Mitteln war nichts zu machen. Was eigentlich kein Problem für sie darstellte. Aber sie war müde. Daher schaltete sie den Rechner aus und setzte Lotti an ihren Platz zurück. »Wir machen später weiter. Dann knacken wir seine persönliche Firewall.«

Sie stieg in ihre Wohnung hinunter. Wallenstein hatte ein Geheimnis, und Ariadne liebte es, Geheimnisse zu lüften. Außerdem musste man seine Gegner kennen, um sie einschätzen zu können. Das war der einzige Grund, warum sie sich für den Kommissar interessierte, redete sie sich ein und kuschelte sich im Wohnzimmer auf die Couch. Sie zog sich eine geblümte Patchworkdecke bis zur Nasenspitze und schlief sofort ein.

11. MASCHE

Schafkopfen hat nichts mit Wolle zu tun.

Das Rathaus war tatsächlich das hässlichste Gebäude des ansonsten malerischen Ortes.

Wallenstein meldete sich an der Pforte.

»Endlich.« Eine Frau mit kunstvoller Hochsteckfrisur stöckelte ihm entgegen. Dank ihres Haarlacks bewegte sich kein einziges Haar auf ihrem Kopf. »Irene Goschenhofer, ich bin die Bürgermeisterin von Madlfing. Sie müssen den Mörder finden. Schnell!«

»Wallenstein, angenehm.«

Was hatte er auch erwartet? Einen männlichen Bürgermeister? Der Ortsname Madlfing blieb Programm.

»Bei mir steht das Telefon nicht mehr still. Wie schnell sich Mord und Totschlag herumsprechen. Die Investoren werden nervös.«

Nervöse Investoren! Eines von Wallensteins Lieblingsargumenten. Immer und überall ging es ums Geld. Er hasste es, wenn finanzielle Überlegungen vor der Frage nach Tathergang oder dem Wunsch nach Aufklärung standen. Von Gerechtigkeit wollte er gar nicht reden.

»Wir haben ein großes Neubaugebiet ausgewiesen. Wenn man hier jedoch um sein Leben fürchten muss, will da keiner ein Haus oder eine Wohnung kaufen. Geschweige denn eine Firma eröffnen.« Sie schaute ihn mit blau-türkis umrandeten Augen ernst an. Dabei kniff sie die Lippen aufeinander. »Sie wissen schon, wie schnell sich der Ruf und somit auch der Preis einer Immobilie verschlechtern kann. Wie sollen wir da expandieren! Wir brauchen Wachstum.«

Wallenstein war kein Konsumverächter. Er gab gerne zu viel Geld aus. Alleine seine handgenähten Schuhe hatten ein halbes Vermögen gekostet. Trotzdem war er überzeugt, dass man nicht alle Lebensbereiche dem schnöden Kapital unterwerfen durfte. Da war er immer noch Idealist.

»Wo finde ich Frau Wagner?«

»Im großen Besprechungssaal, erster Stock«, antwortete sie. »Aber für die Lissi ist das eine Nummer zu groß. Das müssen Sie in die Hand nehmen. Wir verstehen uns?«

Wallenstein nickte unbestimmt und ging zur ebenfalls betonierten Treppe. Das Stahlrohrgeländer war orange gestrichen. Wahrscheinlich noch der Originalanstrich aus den 70er-Jahren, wie auch bei der Bürgermeisterin.

»Sie berichten mir!«, rief sie ihm hinterher. Aber Wallenstein hatte immer zwei Stufen auf einmal genommen und war schon außer Hör- bzw. Reaktionsweite.

Auf der Suche nach dem Besprechungssaal ging Wallenstein den Flur entlang, der mit Fotos von unterschiedlichen örtlichen Großereignissen geschmückt war: Historische Umzüge, Volksfesteröffnungen, Maibaumaufstellen, die Einweihung der Feuerwehr und andere vermutlich wichtige Gruppenbilder reihten sich aneinander. Immer wieder erkannte Wallenstein seine Kollegin Elisabeth Wagner zwischen Männern mit Brezen- und Würstelketten. Sie selbst trug auf jedem Bild eine schwere Silberkette um den Hals und strahlte zuverlässig über das ganze Gesicht.

»Kollege Wallenstein? Hier sind wir!«, rief ein junger, massiger Mann vom anderen Ende des Flures. »Harald Floss, wir haben telefoniert.«

Wallenstein schüttelte seinem Kollegen erfreut die Hand. Floss trug, wie bei ihrer ersten und bisher einzigen Begegnung, Sportkleidung. Ein körpernahes Funktionsshirt, das bestimmt auch bei der Besteigung des Mount Everests gute Dienste geleistet hätte, und eine Zip-off-Hose mit drei unterschiedlichen Tragemöglichkeiten: lang, 3/4 und Short. Außerdem steigeisenfeste Bergstiefel.

»Sie kommen genau richtig. Brotzeit und Kollegin Wagner müssten jeden Moment eintreffen.« Harald Floss verteilte Teller, Servietten und Gläser.

»Kommen noch mehr?«, fragte er hoffnungsvoll.

»Vielleicht«, antwortete Floss ausweichend. »Die Chefin ist morgen zurück. Bis dahin sollen wir einfach mal anfangen. Sie meint, in Madlfing wäre ein Mörder schnell erwischt.«

Wallenstein setzte sich und schlug sein immer noch leeres Notizbuch auf.

Elisabeth Wagner kam schnaufend in den Sitzungssaal.

»Sorry. Aber der Anton wollte nicht zur Oma«, entschuldigte sie sich und zog einen etwa fünfjährigen, kaugummikauenden Jungen hinter sich her. Sie drückte ihm einen kleinen Rucksack in die Hand. »Du spielst jetzt ganz brav in der Ecke mit deinem Lego. Sonst musst du zur

Goschenhoferin ins Büro. Verstehst du mich? Die Mama muss arbeiten.«

Anton nickte. Wallenstein verbiss sich den Hinweis, dass eine Mordermittlung nichts für Kinder war, und schüttelte dem kleinen Jungen die Hand.

»Ich heiße Tim«, stellte er sich vor.

»Du bist der Neue?« Anton blies eine Kaugummiblase und ließ sie wieder platzen.

Wallenstein nickte.

»Ich bin der Toni. Meine Mama schießt am besten. Die trifft den Bösen, und dann können wir alle heim.« Lachend zeigte er seine Zahnlücke. Beide Schneidezähne fehlten. Beste Voraussetzungen für Kaugummiblasen.

Die Mutter schnippte mit den Fingern und deutete Richtung Ecke. Anton verzog sich. Dabei führte er Selbstgespräche über Raumschiffabstürze, explodierende Sterne und leere Sauerstofftanks.

»Wo bist du denn gerade?«, fragte Wallenstein ihn.

Toni blickte nicht auf. »Auf Naboo. Das ist weit hinter dem Mars. Sieht man doch.«

Wallenstein erkannte den Millennium Falken von *Star Wars*. »Ich dachte, das wäre Tatooine.«

Toni nickte anerkennend. »Spielst du auch Lego?«

»Nein, ich gehe nur gerne ins Kino.«

»Er hat viel Fantasie«, entschuldigte sich die Polizistin. »Mein Mann holt ihn ab, sobald er von der Arbeit heimkommt.«

Beruf und Kinder waren bestimmt nicht einfach zu vereinbaren. Elisabeth Wagner imponierte Wallenstein. Was für eine toughe Frau. Auch wenn er nicht glaubte, dass die

Kollegin oft zur Schusswaffe griff. Sie gehörte wahrscheinlich zu den beneidenswerten Polizisten, die nur beim vorgeschriebenen Schießtraining einen Schuss abgeben mussten.

Erwartungsvoll blickten seine Kollegen den Kommissar an.

»Ich schlage vor, wir sammeln erst einmal und jeder berichtet, was er herausgefunden hat«, übernahm Wallenstein die Gesprächsführung.

Floss begann. »Zu Frau Schäfer habe ich auf die Schnelle nicht viel gefunden. Sie wurde in Reykjavik geboren. Die Eltern Friedrich Schäfer und Fenja Jonsdottir waren nie verheiratet. Vor vier Jahren ist sie nach Madlfing gezogen. Das Haus hat sie von ihrer Tante, Afra Schäfer, der älteren Schwester ihres Vaters, geerbt. Die Tante hat darin einen Kurzwarenladen betrieben. Afra Schäfer war ledig und verbrachte ihr gesamtes Leben in Madlfing.«

Elisabeth Wagner nickte bestätigend. »Afra war die beste Schafkopfspielerin der Gegend. Keine Ahnung, ob sie es Ariadne beigebracht hat. Aber seit der Lindenwirt geschlossen ist, gibt's auch keine Schafkopfabende mehr. Es ist ein Elend.«

»Ist das ein Kartenspiel?«, fragte Wallenstein.

Floss und Wagner warfen ihm einen ungläubigen Blick zu.

»Es ist DAS Kartenspiel«, präzisierte Floss. »Wenn das hier vorbei ist, bringen wir es Ihnen auf der Dienststelle bei.«

»Ich kann's auch schon«, rief Toni aus seiner Weltraumecke.

»Ruhe da hinten. Zum Mars gibt es gerade keine Funkverbindung«, ermahnte Wagner ihren Sohn. »Ich hab mich beim Metzger, im Kindergarten und bei den Müttern vor der Schule umgehört. Nichts Konkretes. Jede weiß eine Geschichte über Nicole Durand. Sie hat Streit gesucht, wo sie nur konnte. Es wird viel Arbeit, den ganzen Hinweisen nachzugehen. Wobei ich fürchte, dass das nur Lappalien sind, die uns nicht zum Mordmotiv führen. Aber das ist nur so ein Gefühl.«

Die Polizistin deutete auf einen Aktenstapel. »Das sind Anzeigen, die Frau Durand bei mir erstattet hat, oder einfach nur Beschwerden, die ich entgegengenommen habe. Meistens ging es um Lärm- oder Geruchsbelästigung: unsere Kirchenglocken, Hundegebell, Babygeschrei aus der Hebammenpraxis, spielende Kinder, nicht geleerte öffentliche Abfalleimer, Sperrmüll am Straßenrand oder die Biotonnen im Sommer.« Sie zeigte auf eine zweite Mappe. »Und das sind die Beschwerden über Nicole Durand. Es ist auf beiden Seiten nie etwas herausgekommen, rechtlich gesehen.«

Für fünf Jahre Madlfing war die Stapelhöhe beachtlich.

Wallenstein griff nach einer Akte. Es ging um das verbotene Füttern von Enten am See. Nicole hatte die Bürgermeisterin angezeigt.

»Ich habe die Nachbarin Frau Gerlacher in der Metzgerei getroffen. Sie hat mir sofort ein Alibi für die Tatzeit geliefert.«

»Den Kochabend?«, fragte Lissi.

Der Kommissar nickte.

»Mehrere Zeuginnen bestätigen, dass Franziska Gerlacher von 19:30 bis 23:30 ohne Unterbrechung dort war.«

Das hatte er erwartet. Sonst hätte die Frau in der Metzgerei nicht so forsch reagiert. »Dann können wir sie als Verdächtige streichen. Aber was denken Sie? Hat die Durand wirklich den Hund vergiftet?«

Elisabeth Wagner fischte eine dicke Mappe aus dem Unterlagenstapel. »Nachweisen konnte man ihr nichts. Aber es ist eine schlimme Geschichte und leider nicht die einzige. Zwischen den beiden Parteien hat ein richtiger Nachbarschaftskrieg gewütet, der im Tod des Hundes vor…«, die Polizistin blätterte durch die Akte, »…vor knapp drei Monaten eskalierte. Seitdem war die Hölle los, und ich hab mindestens einmal pro Woche versucht, dort zu schlichten. Aber da ist nichts zu machen. Der Tierarzt hat die Vergiftung festgestellt, und der Sami ist leider qualvoll daran verendet. Die Gerlachers haben daraufhin sogar eine Obduktion bei einem Tierpathologen in Auftrag gegeben. Der Sami hat einen mit Rattengift präparierten Köder gefressen. Ich bin dem natürlich nachgegangen, konnte aber Frau Durand nichts nachweisen. Um Murnau herum werden immer wieder vergiftete Würstel gefunden. Aber bis jetzt ist der Hundehasser nicht bis Madlfing gekommen. Da Gerlachers mit ihrem Hund gerne lange Spaziergänge gemacht haben, könnte er den Köder auch irgendwo unterwegs erwischt haben.«

Elisabeth reichte dem Kommissar die Unterlagen.

»Oder eben auch im eigenen Garten«, warf Floss ein.

»Und trauen Sie es Frau Durand zu?«, fragte Wallenstein und überflog die Berichte. Sogar ein Foto des Labradorrüden war dabei. Sami blickte den Fotografen zutraulich an, hatte seinen Kopf schief gelegt und ließ die Zunge seitlich aus dem Maul hängen.

»Ja«, war die knappe, aber vielsagende Antwort. »Darum habe ich auch das Alibi von Hubert Gerlacher überprüft. Während Franziska beim Kochabend war, hat sich Hubert mit seinen Schützenkollegen zum Stammtisch getroffen. Wenn wir davon ausgehen, dass Nicole Durand vor Mitternacht ermordet wurde, waren beide zur Tatzeit nicht in der Nähe des Wollladens.«

Elisabeth Wagner war eine tatkräftige Kollegin. Wallenstein nickte anerkennend.

»Frau Süß von der Bäckerei hat angedeutet, dass Ariadne Schäfer Kaffee an Flüchtlinge verschenkt.«

Elisabeth Wagner zog die Augenbrauen hoch. »Das musste ja kommen. Bei Frau Schäfer gibt es tatsächlich Kaffee gegen eine freiwillige Spende, und das ist ja auch nicht verboten. Banna Khaled, Syrer, bedient in unserer italienischen Pizzeria und hat zur Tatzeit gearbeitet. Amaniel Kidane und Tulu Osmand, zwei junge Afrikaner, sind gestern mit dem letzten Zug aus München zurückgekommen. Die fahren regelmäßig in die Stadt und treffen sich dort mit Freunden.«

»Hast du sie überprüft?«, fragte Floss.

»Ja, die Fahrkarten. Außerdem hat die Kioskbetreiberin Monika Stigl sie aussteigen sehen. Alle drei Männer waren gestern Abend definitiv nicht bei Nicole Durand im Laden. Mehr habe ich bis jetzt nicht geschafft.«

Wallenstein fand das eine ganze Menge.

»Wir bekommen bestimmt bald Unterstützung«, fügte Floss hinzu.

Es klopfte an die Tür, und Metzger Zeiler streckte seinen Kopf zur Tür herein.

»Brotzeit!«, rief er gut gelaunt und stellte einen Korb mit Wurst- und Käsesemmeln auf den Tisch. Diese Brotzeit würden sie allein nie schaffen. Sie brauchten wirklich dringend Verstärkung.

Anton rannte auf den Metzger zu. »Hast du für mich eine Gelbwurst dabei?«, fragte er. »Ich helf hier nämlich mit.«

»Da sagt man bitte«, ermahnte ihn die Mutter.

»Bitte«, wiederholte der kleine Junge.

»Für den kleinen Hilfssheriff gibt's eine Wiener.«

Mit dem Würstchen in der Hand kehrte Toni in seine Spielecke zurück und widmete sich erneut seiner Weltraumschlacht. Wallensteins Hoffnung auf Zuckerverzicht wurde erneut enttäuscht. Auf den Wurstsemmeln entdeckte er den bereits bekannten braunen Senf, und die Käsesemmeln waren mit einem Klecks Preiselbeermarmelade versüßt.

»Zu Nicole Durand«, nahm Floss das Gespräch kauend wieder auf. Er reichte einige kopierte Blätter an seine Kollegen weiter. Wallenstein nahm einen dezenten, aber unangenehmen Schweißgeruch wahr. Er musste sich dringend ein Deo besorgen. Floss ließ sich wenigstens nichts anmerken.

»Wie gesagt, keine Vorstrafen. Zwei Bußgeldbescheide wegen Geschwindigkeitsüberschreitungen. Aber keine Punkte in Flensburg. Bankdaten und finanzielle Auskünfte habe ich angefragt. Auf den ersten Blick geregelte Verhältnisse.«

»Telefon?«, fragte Wallenstein.

»Die Anfragen zum Mobilfunk laufen noch. Bis spätestens morgen haben wir eine Anrufliste und wissen, welche Handys zur Tatzeit in den betreffenden Funkzellen eingebucht waren. Bestimmt nicht wenige. Der Tatort liegt schließlich im Ortszentrum. Sobald alles da ist, fang ich mit der Auswertung an.«

Lissi nickte anerkennend. »Perfekt. Harald ist mit so Computersachen einer der Besten. Da haben wir echt Glück, dass du dabei bist.«

Floss freute sich über das Lob seiner Kollegin, winkte aber lässig ab. Doch Lissi ließ nicht locker.

»Nur keine falsche Bescheidenheit. Die Münchner wollten ihn schon abwerben, aber Harald hält uns die Treue. Das soll Kollege Wallenstein schon wissen.«

Floss nahm sich eine Wurstsemmel. »Ich mag die Arbeit hier. Ist vielseitiger, als nur vor dem Bildschirm zu sitzen. Außerdem hängt meine Frau an der Gegend. Sie ist in Garmisch aufgewachsen.«

Lissi lächelte. »Ja, man ist hier tief verwurzelt. Das kenne ich. Wie geht es ihr denn?«

»Gut. Aber du weißt ja.« Hilflos zuckte er mit den Schultern.

Lissi tätschelte ihm die Hand. »Das wird schon.«

Wallenstein hoffte, dass Floss sich nicht weiter zu dem Problem seiner Frau äußern würde. Bei privaten Themen tat er sich schwer, die richtigen Worte zu finden, was ihm schnell als mangelnde Empathie ausgelegt wurde. Nervös wartete er. Aber Floss tippte auf seine Tastatur und kehrte zum Fall zurück. »Weil wir gerade über Computer und Heimat sprechen. Mir ist da was in Bezug auf Ariadne Schäfer aufgefallen. Sie ist ja fast eine waschechte Madlfingerin. Ich bin mir auch nicht sicher, ob es von Bedeutung ist. Ist eigentlich nur ein kurioses Detail.« Harald blickte fragend zu Wallenstein.

Da war sie wieder, die Frage nach der Bedeutung von Kleinigkeiten. Wallenstein war gespannt und nickte dem Kollegen aufmunternd zu.

»Eine Ariadne Schäfer hat vor fünfzehn Jahren an einer Cyber Security Challenge teilgenommen.«

»Davon habe ich noch nie was gehört«, erwiderte Wagner erstaunt. »Bist du dir sicher, dass es unsere Ariadne ist?«

Floss zeigte auf seinem Laptop einen kleinen Artikel, der in einer Computerzeitschrift erschienen war. Es gab nicht einmal ein Foto.

»Nein, es ist ein zufälliger Treffer meiner Internetrecherche. Sonst ist nur der Wollladen aufgetaucht. Kein früherer Arbeitgeber. Nichts.«

»Das klingt schon sehr sonderbar, fast so, als würde sie einen Teil ihres Lebens verbergen wollen«, stellte Wallenstein fest.

Lissi schüttelte den Kopf. »Und wenn schon? Falls sie es überhaupt ist. Dann ist sie eben aus dem Technikkram ausgestiegen. Manchmal will man nach einer bestimmten Zeit eben was Neues machen. Soll öfter vorkommen, als man denkt.« Lissi schaute Wallenstein an. »Mit diesem Mord hat das bestimmt nichts zu tun. Da verzetteln wir uns. Ich war früher auch einmal bayerische Meisterin im Hochsprung.«

»Wirklich?«, fragte Floss.

Elisabeth Wagner grinste. »Google mal, dann weißt du es. Könnte aber schwierig werden, da war ich nämlich noch nicht verheiratet. Du musst also erst mal meinen Mädchennamen rausfinden.«

Floss grinste. »Werde ich machen.«

Der Kommissar wartete.

»Außerdem habe ich mit Evers telefoniert«, referierte Floss weiter. »Nach dem Laden ist er mit seinem Team gleich zu Durands Haus weitergefahren. Er meldet sich, sobald er fertig ist.«

Wallenstein gefiel sein Team.

»Alarmstufe Rot, Alarmstufe Rot«, tönte es aus Tonis Ecke.

»Geht das auch ein bisserl leiser?«, beschwerte sich Elisabeth Wagner bei ihrem Sohn.

»Nein. Gerade nicht«, erwiderte der. »Das Raumschiff stürzt ab.« Er klopfte das Spielzeug auf den Boden, zischte laut und trampelte zusätzlich mit seinen kleinen Füßen. »Jetzt ist es kaputt, und alle sind tot«, stellte Toni traurig fest.

»Na, dann ist ja endlich Ruhe, und du baust was Neues«, kommentierte die Mutter nüchtern. »Vielleicht was weniger Gefährliches.«

»Wird in Madlfing noch jemand sterben?«, fragte Toni leise.

Die Polizisten schauten sich an.

»Nein, natürlich nicht«, antwortete Wagner schnell. »Wie kommst du denn auf so was?«

»Nur so.« Toni zuckte mit den Schultern.

Wallenstein ging zu Toni und steckte eines der Raumschiffe wieder zusammen. »Wir drei passen auf, dass nichts passiert.«

Wagner griff nach ihrem Telefon, entschuldigte sich und ging kurz vor die Tür. Floss schnappte sich in der Zwischenzeit eine zweite Wurstsemmel und schenkte sich ein Glas Cola ein. Wallenstein gab Toni eine Limo und holte sich selbst eine Flasche Wasser.

Dann blätterte er durch die Akten zu Nicole Durand. Bis jetzt hatte er noch keine einzige Notiz in sein Walbuch geschrieben. Floss telefonierte kauend und tippte synchron auf seinem ultraflachen Laptop. In Tonis Spielecke war es sehr ruhig.

Wagner kam nach etwa fünfzehn Minuten zurück. Sie hatte sich das Gesicht gewaschen. Einzelne Haarsträhnen, die sich aus ihrem geflochtenen Zopf gelöst hatten, waren nass.

»Der Papa ist gleich da. Pack schon mal dein Spielzeug ein.«

Kurz darauf klopfte es.

»Papa!«, schrie Toni und stürmte seinem Vater entgegen.

Mit einem knappen Nicken grüßte der schlanke, große Mann in die Runde. »Ich bin so schnell gekommen, wie es ging. Bleib nicht zu lang, Schatz. Du musst auf dich schauen«, bat er seine Frau. Sie drückte ihm einen Kuss auf den Mund und das Kind in die Hand.

»Es ist ein Mordfall«, erinnerte sie ihn. »Da macht man Überstunden. Da hilft nix.«

Toni winkte Wallenstein zu.

Die drei Polizisten warteten, bis Vater und Sohn die Tür geschlossen hatten.

»Sie können ja gut mit Kindern«, stellte Floss anerkennend fest.

Wallenstein hob abwehrend die Hände.

»Doch, das stimmt schon. Toni hat sie sofort ins Herz geschlossen«, stimmte Elisabeth Wagner lächelnd zu. »Haben Sie denn selbst Kinder?«

Wallenstein schüttelte den Kopf. »Was ist eigentlich mit dem Ex-Mann? Haben Sie den schon erreicht?«, wandte er sich an Floss.

»Bisher nur die Mailbox. Er ist Bauunternehmer, europaweit tätig, Firmensitz ist in Berlin. Dort hat er auch eine Wohnung.«

»Und ein Haus in Italien. Vielleicht ist er gerade dort«, schaltete sich Wagner ein. Sie war wieder ganz bei der Sache und blätterte in ihren Notizen. »Laut Hubert Gerlacher war Durand am Sonntag bei seiner Ex-Frau zu Besuch. Er parkte von vierzehn bis sechzehn Uhr vor dem Zaun der Nachbarn auf dem Gehweg. Gerlacher führt über die Besuche seiner Nachbarin seit Monaten Buch. Er ruft mich wegen jedem kleinen Parkvergehen sofort an.«

Wallenstein pfiff leise durch die Zähne.

»Für was ein Nachbarschaftsstreit doch gut ist. Da gibt es keinen Datenschutz«, kommentierte Floss.

»Hat er ihn gesehen?«, fragte Wallenstein.

»Ja, Daniel Durand scheint alleine gewesen zu sein. Gerlacher hat jedoch nicht mit ihm gesprochen. Er hat irgendwas ins Haus getragen.«

»Da bleiben wir dran. Wir müssen so schnell wie möglich mit ihm sprechen«, entschied Wallenstein. »Hatte das Opfer regelmäßig Besuch? Von Durand oder von anderen Männern? Streit?«

Floss und Wallenstein schauten ihre Kollegin an. Sie war die Ortskundige.

»Ich muss nachforschen. Aber persönlich kenne ich nur Herrn Durand. Einmal hab ich ihn in der Wolllust getroffen, als ich für Theresa, meine Älteste, eine Häkelnadel gekauft habe. Das ist aber schon Wochen her. Da schienen die beiden gut miteinander auszukommen. Aber sie sprachen Französisch. Das verstehe ich nicht. Durand hatte eine Kiste Wein dabei, daran kann ich mich noch erinnern. Eine Aufstellung über Besuch bzw. Männer, die zu Nicole Durand nach Hause kamen, kriegen wir bestimmt von Herrn Gerlacher.«

Floss hackte auf seinen Laptop ein. »Ich werde bei der Baufirma anrufen. Vielleicht erwische ich ihn dort.«

Wallenstein zeichnete in Gedanken kleine Kreise in sein Notizheft.

Floss zog seine Bergschuhe aus, was im nüchternen Besprechungsraum wenigstens geruchlich eine gemütliche Hüttenathmosphäre verbreitete. »Übrigens hat Frau Dr. Olowitsch angerufen. Sie nimmt die Leichenschau morgen um acht Uhr im Institut vor und fragt, ob Sie dabei sein wollen.«

Wallenstein nickte. Er hasste Obduktionen. Vielleicht hätte er sich lieber zur Abteilung Wirtschaftskriminalität versetzen lassen sollen. Aber den ganzen Tag vor einem Computerbildschirm zu sitzen wäre auch nichts für ihn. Er erinnerte sich an Schäfers Worte über die Arbeit in der Unternehmensberatung. Trockenes Geschäft. Zahlen ohne Ende.

»Ich werde da sein«, antwortete er.

»Da wird sich Frau Dr. Olowitsch freuen. Ich soll ihr Bescheid geben, ob Sie kommen.« Floss tippte bereits. »Ich schicke Ihnen alle wichtigen Infos, Adresse und so, auf Ihr Handy. Früh am Morgen kommen Sie hoffentlich staufrei durch. München ist inzwischen eine Verkehrskatastrophe.«

Schon sendete Wallensteins Smartphone bestätigende Klopfgeräusche aus.

Wallenstein klappte das Notizheft wieder zu und schaute sich die Wale an. Mit diesem Fall war er ins kalte Wasser geworfen worden, wo er jetzt zappelte und gegen das Untergehen kämpfte. Er kannte sich nicht aus, hatte kein Netzwerk, nicht einmal eine eigene dienstliche E-Mail-Adresse. Aber wenigstens ließen ihn seine Kollegen das nicht spüren.

»Ich danke Ihnen fürs Erste. Jeder kennt die nächsten Schritte. Wir treffen uns morgen Mittag zur nächsten Lagebesprechung hier im Rathaus«, schloss er die Besprechung ab. Er musste sich ein genaueres Bild vom Opfer machen, das nicht nur auf übler Nachrede und Streit beruhte. Wallenstein beschloss, als Nächstes das Ehepaar Ellinger zu befragen. Die besten Freunde von Nicole Durand wussten bestimmt mehr über das Privatleben des Opfers. Danach würde er noch einmal bei der Ladenbesitzerin Ariadne Schäfer vorbeischauen. Sie hatte Angst und verbarg etwas. Wallenstein fürchtete, dass sie sich in Gefahr befinden könnte. Solange der Fall derart unklar war, mussten sie in jede Richtung denken.

Harald Floss würde sich um das Handy kümmern und weiter über Daniel Durand recherchieren. Der klappte gerade seinen Laptop zu und steckte noch eine Käsesemmel für den Heimweg ein. Dann begann er umständlich, seine Bergstiefel zu schnüren. Vom Bücken lief sein Kopf rot an.

»Hätten Sie heute einen freien Tag gehabt?«, fragte Wallenstein.

Floss blickte erstaunt hoch. »Nein. Wie kommen Sie darauf?«

»Wegen der Bergausrüstung?«

»Ach so. Ich liebe einfach die Berge und alles was dazugehört. Und man weiß ja nie, wo der nächste Einsatz hingeht. Mit festem Schuhwerk ist man immer auf der sicheren Seite.«

War das eine Anspielung auf seine lederbesohlten Anzugschuhe?

»Bis morgen«, verabschiedete sich Floss. »Ich bringe Ihnen dann auch Ihren Dienst-Laptop mit.«

Wagner rührte sich nicht. Sie stand vor dem Panoramafenster des Sitzungssaals und starrte auf Madlfing.

»Gehen Sie zu Ihrer Familie. Ihr Mann hat recht, Sie müssen auf Ihre Gesundheit achten«, bat Wallenstein die Polizistin. »Außerdem arbeiten Sie nur halbtags.«

»Kein Problem. Mir geht es gut. Sebastian macht sich immer Sorgen um mich und die Kinder. Aber ich bin nicht krank. Ich fahre auf dem Heimweg noch bei den Gerlachers vorbei und hol mir die Liste mit den Besuchern. Vielleicht treffe ich nebenan auch noch die Spurensicherung und kann mich dort kurz umsehen. Ich berichte dann morgen. Dreizehn Uhr? Ich kümmere mich um das Essen. Bis dahin sind Sie bestimmt aus der Stadt zurück.«

Wallenstein ging zur Toilette, die eng und deckenhoch orange gefliest war. Auch die braunen Trennwände der

Kabinen und die Neonröhren über dem Spiegel schienen noch Originalinventar zu sein. Beim kurzen Blick in den Spiegel erschrak Wallenstein über seine ungesunde Hautfarbe. Das Lichtkonzept des Raumes war alles andere als schmeichelhaft. Ungeschminkt hielt man das kaum aus. Die Bürgermeisterin wusste offensichtlich damit umzugehen. Sorgfältig wusch er sich die Hände und wischte mit einem feuchten Papierhandtuch über Gesicht, Nacken und unter den Achseln. Frisch machen konnte man das kaum nennen. Wallenstein fragte sich, was er überhaupt hier tat. Seine Kollegen organisierten sich ausgezeichnet. Auf ihn hatte hier niemand gewartet. Er könnte am Nachmittag genauso gut zu einem Makler fahren. Dann wäre wenigstens seine Wohnsituation kein Provisorium mehr, anders als der Rest des Lebens.

12. MASCHE

Jedem Anstricken wohnt ein Zauber inne.

Pauline und Sarah radelten die Dorfstraße entlang. Dabei musste die Hebamme mit ihrem alten Dreigangrad kräftig in die Pedale treten, um mit dem orange-schwarz gestreiften E-Lastenrad der Kinderbuchautorin mithalten zu können. Nebeneinander nahmen sie fast die ganze Straßenbreite ein.

»Bin ich froh, dass wir nicht in dieser Betonburg arbeiten müssen«, stellte Sarah auf Höhe des Rathauses fest.

Pauline grinste. »Vielleicht stellt Camilla ihr Anwesen ja auch noch der Polizei zur Verfügung. Der Kommissar hat es ihr schon ziemlich angetan.«

»Der ist zu jung für sie.« Sarah klang entsetzt.

»Andersherum würdest du das nicht sagen. Alte Männer und junge Frauen sind gesellschaftlich akzeptiert. Wir müssen da geschlechtergerechter denken.«

Sie stoppten vor Camillas Anwesen.

»Ich weiß nicht«, murmelte Sarah. »Camilla hatte bisher nur ältere Männer.«

»Uralte«, erwiderte Pauline, drückte auf die Klingel und

winkte der Überwachungskamera munter zu. »Ein Junger täte ihr bestimmt gut.«

Geräuschlos schwang das Tor auf.

»Du meinst, sie braucht mehr Schwung?«, fragte Sarah skeptisch.

Camilla joggte in gebatikter Sportkleidung über die Wiese.

»Hallo, ihr zwei!«, rief sie. »Bin gerade mit meinem Power-Yoga-Programm fertig. Stellt eure Räder einfach in die Garage.«

»Wahrscheinlich hat sie genügend Schwung«, gab Pauline zu und rangierte ihr Lastenfahrrad rückwärts in die Doppelgarage. Neben Camillas neustem Tesla.

»Sorin ist nach Murnau zum Einkaufen gefahren, um ein paar Dinge für unsere Einsatzzentrale zu besorgen. Daher müssen wir erst mal ohne Technik auskommen. Aber ab morgen ist dann alles perfekt, und wir starten mit professionellem Equipment durch. Bis dahin müssen wir eben improvisieren.«

Pauline und Sarah zogen ihre Schuhe aus und folgten ihrer Freundin durch das Haus auf die Terrasse, wo eine Kaffeetafel gedeckt war.

»Ich würde vorschlagen, wir fangen erst mal mit Eiskaffee und Kuchen an.«

Sarah lächelte. »Ich mag es, wenn du improvisierst, Camilla.«

Pauline schnappte sich ein Stück Rhabarberkuchen. »Beim Radeln habe ich mir überlegt, dass es bei Morden einige Gesetzmäßigkeiten gibt.«

Sarah entschied sich für Sachertorte. »Zum Beispiel?«

»Der Mörder ist immer der Gärtner!«, rief Camilla und sprühte eine riesige Portion Sahne auf ihren Eiskaffee.

»Blödsinn!« Pauline drohte ihr mit der Kuchengabel. »Das ist ein Lied von Reinhard Mey.«

»In dem er sich über Stereotype in Krimis lustig macht«, ergänzte Camilla. »Ich erinnere mich an den Song noch ziemlich gut.« Sie begann zu singen.

Sarah schüttelte den Kopf. »Bert hat Nicole bestimmt nicht umgebracht. Der ist nämlich schwul und sehr nett«, verteidigte sie den Madlfinger Gärtnereibesitzer.

Camilla warf ihr einen strengen Blick zu und spießte ein Erdbeer-Eclair auf. »Als wäre das ein stichhaltiges Argument. Du sympathisierst mit der LGBTQ+-Community und bist nicht objektiv. Aber das ist bei der Ermittlungsarbeit das A und O. Vielleicht hat Nicole ihn beleidigt oder ihre Salatpflänzchen nicht bezahlt.«

»Nicole hat bestimmt keinen Salat angebaut«, antwortete Sarah.

Camilla zuckte mit den Schultern. »Aber jemand hat ihren Rasen gemäht. Das hat sie bestimmt nicht selbst gemacht.«

»Aber Bert ...«

Pauline klopfte energisch mit der Hand auf die Tischplatte und versuchte, ihr leicht ablenkbares Ermittlerinnenteam zur Ordnung zu rufen. »Können wir die abwegige Gärtnertheorie einfach mal beiseitelassen? Ich dachte eher an reale Erfahrungswerte. Jeder weiß doch zum Beispiel, dass Mörder an den Tatort zurückkehren.«

Sarah und Camilla nahmen einen kräftigen Schluck von ihrem Eiskaffee.

»Du hast recht. Davon hört und liest man immer wieder«, bestätigte Sarah.

Camilla sprang auf. »Wir müssen die Wolllust observieren. Sofort!«

»Erst brauchen wir einen Plan«, hielt Pauline Camilla zurück. »Sonst fällt das doch auf, und der Täter ist gewarnt. Die Überwachung muss ganz natürlich wirken.«

Camilla setzte sich wieder und legte angestrengt ihre Stirn in Falten. »Wir könnten im Lindenwirt einbrechen und uns dort mit einem dieser riesigen Ferngläser auf die Lauer legen.«

Sarah schüttelte den Kopf. »Die Linde ist im Weg. Der Baum verdeckt den Eingang zur Wolllust. Von dort sehen wir nichts.«

So schnell gab Camilla nicht auf. »Wir könnten eine Drohne aufsteigen lassen oder eine Wildkamera installieren.«

Sarah blieb skeptisch. »Bis wir das Zeug haben und uns damit auskennen, ist der Mörder längst schon wieder weg.«

»Sarah hat recht, wir brauchen eine schnelle, einfache Lösung.«

Sarah hob die Hand. »Wir graben ein Loch und verkleiden uns als Bauarbeiterinnen. Baustellen gibt es in Madlfing zurzeit an jeder Ecke.«

»Warnwesten nehmen wir aus dem Auto. Schaufeln und Arbeitshandschuhe liegen im Schuppen. Damit können wir sofort loslegen.«

Pauline schüttelte den Kopf. »Das nimmt uns doch niemand ab. Damit fliegen wir auf.«

Die drei schwiegen und saugten kalten Kaffee durch ihre Glasstrohhalme.

Plötzlich riss Pauline ihre Augen weit auf. »Ich hab's! Wir machen einen Verkaufsstand am Dorfplatz unter dem Motto: *Selbstgemachtes aus Madlfing*. Davon haben wir schließlich genug.«

Camilla und Sarah nickten begeistert.

»Handmade with blood, tears and love«, ergänzte die Gastgeberin.

»Das klingt super. Ich kann das auf ein altes Bettlaken schreiben«, bot Sarah an. »Und das hängen wir dann in den Baum.«

Pauline holte ihr Handy aus der Tasche und begann, mit fliegenden Daumen zu tippen. »Das Beste daran ist, wir müssen das nicht alleine machen, sondern können die Observation an die anderen MKHC-Mitglieder delegieren. Die warten doch nur darauf, dass sie mitarbeiten können. Ich denke, wir brauchen mindestens vier Schichten. Morgen früh übernehme ich die erste.«

»Und in der Nacht installieren wir die Wildkamera in der Linde. Das kann Sorin übernehmen. Spätestens am Freitag läuft das Ding.«

Pauline starrte auf ihr Handy. Der MKHC reagierte gewohnt schnell. Eine Nachricht nach der anderen traf ein.

»Wie es aussieht, können wir mehrere Wochen abdecken. Wir haben Gehäkeltes, Genähtes, Getöpfertes, Geknüpftes, Geklöppeltes, Gefilztes und natürlich massenweise Gestricktes und Gesticktes. Kurios wird's bei Traudl. Sie hat Puppen in Tontöpfen?«

Sarah lächelte. »Die sind total süß. Man sieht nur die

angedeuteten Schultern und den Kopf. Drei davon stehen bei mir auf dem Fensterbrett. Happy, Flower und Spring.«

Camilla starrte sie entsetzt an.

»Und Vera bietet ihre Trockenblumengestecke an«, fuhr Pauline fort.

»Die hingegen sind schwierig«, wusste Sarah. »Vera sprüht die Sachen mit Haarspray an, was Staub magisch anzieht und festhält.«

»Ist doch egal. Die meisten Dekosachen gehören in die Geisterbahn. Hauptsache Vera behält die Wolllust im Auge«, erwiderte Camilla.

Pauline schüttelte den Kopf. »Aber sie verwechselt alle.«

»Vera ist gesichtsblind. Das hat sie mir mal erzählt. Prosopagnosie ist eine sehr seltene Krankheit«, dozierte Sarah.

»Damit ist sie raus«, entschied Pauline.

Camilla brachte Kaffeenachschub. »In einem Krimi wäre sie mit dieser Prosoirgendwas eine interessante Zeugin. Stell dir vor, sie hat den Täter beobachtet, kann ihn aber nicht beschreiben. Das weiß natürlich der Mörder nicht und will sie beseitigen.«

Pauline nickte anerkennend. »Eine wirklich gute Idee. Die merke ich mir!« Sie machte sich eine Notiz.

»Dann musst du mich aber auch in der Danksagung des Buches erwähnen.«

Pauline hielt Camilla ihr Glas zum Auffüllen hin. »Immer gerne.«

»Was ist eigentlich mit Irmingard?«, fragte Camilla. »Die kennt doch wirklich jeden mit Augenfarbe, Kleidergröße und Namen. Sie könnte die ausgemusterten Liederbücher oder ihre selbst gebastelten Osterkerzen der vergangenen zwanzig Jahre anbieten.«

Pauline scrollte die Nachrichten durch. »Irmingard hat sich noch nicht gemeldet.«

Schweigen passte so gar nicht zur umtriebigen Mesnerin.

»Wahrscheinlich ist sie beschäftigt, die Kirche für heute Abend herzurichten«, suchte Sarah nach einer Erklärung.

»Wahrscheinlich. Aber komisch ist es schon«, antwortete Camilla.

Pauline starrte immer noch auf ihr Handy. »Apropos heute Abend. Ich lese euch mal ein paar Kommentare aus der MKHC-Gruppe vor. Die erste Frage ist von Biggi: *Ist es gegenüber Nicole respektlos, wenn ich heute in der Kirche etwas Selbstgestricktes trage?* Manuela antwortet: *Daran habe ich noch gar nicht gedacht. Aber vielleicht ist es besser, auf Handgestricktes zu verzichten. Wegen der Pietät und so.* Bea fragt: *Gilt das auch für Socken?* Darauf Hannah: *Die sieht doch keiner.* Jetzt noch Lola: *Und ich dachte, wir kommen alle mit selbst gestrickten schwarzen Laceschals.* Und so geht es noch zwanzig Nachrichten weiter.«

»Ein bisserl verrückt ist der MKHC ja schon«, stellte Sarah fest.

»Schön verrückt«, antwortete Pauline. »Ich freu mich schon auf später. Dann besprechen wir die Details der Observation. Wir müssen in der Kirche alle die Augen nach einem fremden Gesicht offen halten.«

Sarah schauderte. »Und dann?«

Die drei Frauen schauten sich an.

»Das entscheiden wir spontan«, beschloss Pauline.

Camilla lachte. »Wir verfolgen ihn. Ist doch klar. Aber ich kann mir nicht vorstellen, dass der Mörder sich in die Kirche traut.«

Sarah war beruhigt. »Danach gehen wir auf jeden Fall bei Ariadne vorbei. Wir dürfen sie nicht alleine lassen.«

»Eine gute Idee. Das machen wir.«

Zufrieden hievten sich die drei Ermittlerinnen jeweils ein zweites Stück Kuchen auf den Teller. Dann drehten sie ihre Stühle in Richtung See. Seite an Seite legten sie ihre nackten Füße auf die halbhohe Terrassenbalustrade und genossen den Seeblick, die wärmende Frühlingssonne, Käsesahne, Bienenstich und Himbeerbaiser.

»Traumhaft«, murmelte Pauline.

Eine Entenmutter mit Babys watschelte am Ufer entlang.

»Irgendwie fehlt mir jetzt nur noch ein Strickzeug zum völligen Glück«, fasste Sarah das Wohlgefühl zusammen.

Pauline griff wieder nach ihrem Handy und tippte: *Stricknadeln nicht vergessen! Wir setzen uns nach der Kirche noch bei Ariadne zusammen. Soll aber superspontan wirken.*

13. MASCHE

Ein Umschlag ist kein Tiefschlag.

Wallenstein fuhr offen. Der Fahrtwind tat ihm gut und vertrieb seine Zweifel. Er folgte seinem Navi, das ihn direkt vor die Garage der Ellingers lotste. Das große, aber schmucklose Einfamilienhaus lag am Hang. Der Rasen wirkte unnatürlich makellos, und auch die halbhohe Hecke war so exakt gestutzt, dass Wallenstein ein Blättchen abriss, um sich zu vergewissern, dass sie nicht aus Plastik war. Zwischen den Pflastersteinen gab es weder Steinchen noch Unkraut. Ein poliertes Messingschild wies zum Eingang der Praxis. Vor Schmutz oder Keimen musste man bei den Ellingers keine Angst haben, was für einen Arzt zweifellos ein wichtiges Aushängeschild war. Wallenstein hörte Stimmen und entdeckte das Ehepaar auf der Terrasse. Von dort hatte man bestimmt einen guten Ausblick auf das Alpenpanorama. Das wünschte er sich auch für seine zukünftige Wohnung. Wallenstein winkte.

»Gibt es schon etwas Neues?« Dr. Ellinger kam sichtlich aufgewühlt auf ihn zu.

Wallenstein schüttelte den Kopf.

»Ich möchte noch mal mit Ihnen sprechen, da Sie beide ja eng mit Frau Durand befreundet waren.«

Er folgte dem Arzt durch den Garten auf die Terrasse, wo Martina Ellinger gerade den Tisch deckte. Auch sie wirkte sehr mitgenommen und wischte sich eine Träne aus dem Augenwinkel. Wallenstein blickte diskret weg. Er wollte ihr Zeit geben, sich zu sammeln. Der Ausblick war noch besser, als Wallenstein erwartet hatte. Die schneebedeckten Berggipfel wirkten zum Greifen nah und strahlten in der Frühlingssonne.

»Darf ich Ihnen etwas anbieten? War bestimmt ein langer Tag für Sie«, fragte Martina fürsorglich. Sie trug eine karierte Schürze. »Gibt zwar nur einen einfachen, gedeckten Apfelkuchen. Nichts Besonderes. Aber mit Sahne. Und Kaffee ist auch gerade fertig.«

»Gerne nur ein Glas Wasser.«

Wallenstein setzte sich auf den angebotenen weißen Plastikstuhl. Martina verschwand im Haus und kam aber wenige Augenblicke später ohne Glas zurück.

»Still oder mit Sprudel? Ich hab ganz vergessen zu fragen.«

»Bring einfach beides«, schlug ihr Mann vor, ohne auf Wallensteins Antwort zu warten. »Meine Frau und ich haben gerade über Nicole gesprochen. Wir können es beide nicht fassen.«

Martina kam mit zwei Wasserflaschen zurück.

»Glas kommt gleich.« Hektisch strich sie über die mit rosa Rosen bedruckte Wachstuchtischdecke, die keine Falten werfen konnte. »Es ist so schrecklich.« Eine Träne tropfte auf eine Rosenblüte. Schnell drehte sie sich um und verschwand im Wohnzimmer.

»Ein kleines oder großes?«, rief sie durch die offene Tür.

»Ganz egal«, antwortete Wallenstein freundlich.

Mit einem Kopfschütteln ließ sich Dr. Ellinger in einen Gartenstuhl fallen. »So geht das die ganze Zeit. Sie steht komplett neben sich. Ich weiß gar nicht, für wen sie den Kuchen gebacken hast. Zu viel Zucker und zu viel Fett. Mit so was bringt man sich doch auf Dauer um.«

»Sie steht vermutlich unter Schock«, versuchte Wallenstein zu erklären. Aber eigentlich müsste sich der Arzt damit besser auskennen als er. Es war mehr als offensichtlich, dass es Martina Ellinger nicht gut ging.

Ellinger faltete die Hände vor der Brust. Im Gegensatz zu seiner Frau wirkte er gefasst. Martina kam zurück. Sie hatte drei unterschiedliche Gläser dabei: einen kleinen Krug, ein Wein- und ein Longdrinkglas.

»Ich war mir nicht sicher, welches Sie mögen«, entschuldigte sie sich. »Suchen Sie sich eines aus. Die anderen nehmen wir dann.« Sie schob die Gläser über den Tisch. Dabei fiel das Weinglas um, und der Stil brach ab.

Ellinger blies genervt Luft aus.

»Eigentlich ist Martina immer etwas verplant.« Er machte eine Pause. »Aber vielleicht haben Sie recht. So schlimm ist es normalerweise nicht.«

Martina lächelte bei dem Kommentar ihres Mannes gequält.

Wallenstein hatte diesen abfälligen Tonfall schon oft gehört. Der kam bei langen Ehen häufig vor. Man kannte sich und jeden Fehler einfach zu gut.

»Ich bin etwas tollpatschig. Da hat mein Mann schon recht. Aber heute ...« Sie wühlte in ihrer Schürzentasche nach einem Taschentuch und putzte sich geräuschvoll die Nase.

Wallenstein nahm sich das Longdrinkglas.

»Wie können wir Ihnen weiterhelfen?«, erkundigte sich Dr. Ellinger und schenkte Wallenstein stilles Wasser ein. Mit Sprudel wäre ihm lieber gewesen. In der Zwischenzeit war Martina schon wieder verschwunden und kam mit einer Kuchenplatte zurück.

»Jetzt setz dich bitte. Der Kommissar will auch mit dir sprechen.«

Martina Ellinger setzte sich und sprang augenblicklich wieder auf. »Das Messer. Ich hol nur schnell das Messer. Sonst kommen wir hier nicht weiter.«

Die beiden Männer warteten schweigend. Sie kam mit einer Schüssel geschlagener Sahne zurück. Das Messer hatte sie vergessen.

»Ich möchte Sie bitten, mir von Nicole Durand zu erzählen. Vielleicht ist Ihnen in letzter Zeit etwas Ungewöhnliches aufgefallen?«

Beide Ellingers schüttelten synchron den Kopf und schwiegen. Gleiche Reaktionen gehörten auch zu den Folgen langer Ehen.

»Wie war der Kontakt von Frau Durand zu ihrem Ex-Mann?«

Christian Ellinger zuckte mit den Schultern und blickte zu seiner Frau.

Martina strich erneut die Tischdecke glatt. »Nicole und Daniel verstanden sich gut. Sie hat ja sogar seinen Namen behalten. Wenn er geschäftlich in der Gegend war, schaute Daniel bei ihr vorbei. Meistens hatte er italienisches Essen dabei: Parmaschinken, Parmesan, Wein oder Feigen und so was. Nach der Scheidung kamen sie scheinbar sogar besser miteinander aus als zuvor.«

Martina verteilte auf zwei Kuchentellern je einen Klecks Sahne. »Sie bestimmt nicht, Herr Wallenstein?«

Er lehnte dankend ab und hoffte, dass sie zum Thema zurückfinden würde.

»Das soll vorkommen«, half er ihr.

»Ja, wirklich? Mich wundert das«, erwiderte Martina Ellinger.

»Wissen Sie, warum sich die beiden getrennt haben?«

»Eine Jüngere.« Martina griff nach der Kuchenplatte. »Das Messer.« Und schon wieder lief sie davon.

Wallenstein seufzte innerlich. »Kennen Sie Daniel Durand?«

Der Arzt schüttelte den Kopf. »Nein. Ich habe ihn nie kennengelernt.«

Martina kam nun mit einem großen Fleischmesser zurück.

»Das ist Kuchen und kein halbes Schwein«, kommentierte ihr Mann.

Martina lachte gekünstelt. »Wo ist heute nur mein Kopf.« Sie zog eine Grimasse und verschwand erneut, um wenig später mit einem Brotmesser zurückzukommen. Energisch zerteilte sie den Kuchen.

»Die ärmste Nicole. Was für ein schrecklicher Tod. Ich kann mir das nicht erklären. Es war alles wie immer.«

»Hätte sie Ihnen erzählt, wenn sie Angst gehabt hätte?«

»Bestimmt«, antwortete sie und griff zur Gabel. »Wir haben über alles gesprochen.«

Das tat man nie. Mit niemandem. Wallenstein wartete. Martina kaute. Christian trommelte mit den Fingern auf die Armlehne seines Gartenstuhls.

»Hatte Nicole eine Beziehung?«

Martina tauchte ein Stück Kuchen in Sahne ein. »Nein, das war ihr zu kompliziert. Zu viel Nähe ging ihr schnell auf die Nerven. Aber sie traf sich mit Männern. Mit unterschiedlichen. War aber nie etwas Ernstes.« Martina kaute ausgiebig.

Christian hob nichtwissend die Hände.

»Haben Sie Namen?«, fragte Wallenstein.

»Nein. Leider nicht. Nicole hat sich nicht in Madlfing mit ihnen getroffen, sondern ist lieber über's Wochenende weggefahren. Ich kann Ihnen da nicht weiterhelfen.«

Ellingers Handy vibrierte. »Ich muss los, meine Sprechstunde beginnt«, entschuldigte er sich und schob den Stuhl zurück. »Martina kann Ihnen bestimmt alle weiteren Fragen beantworten. Sie war schließlich ihre Freundin. Ich habe Nicole Durand nur sporadisch im Tennis- und Golfclub gesehen. Persönliche Gespräche haben wir so gut wie nie geführt. Unsere Beziehung war sozusagen rein sportlicher Natur.«

Martina lächelte entschuldigend. »Ich bin nicht so die Sportskanone.«

Wallenstein stand ebenfalls auf. »Ich will Sie nicht aufhalten, Frau Ellinger. Sie müssen bestimmt auch an die Arbeit.«

»Nein«, antwortete Martina Ellinger erstaunt.

»Heute Morgen haben Sie gesagt, dass Sie in der Praxis arbeiten. Ich dachte, Sie sind dort Sprechstundenhilfe.«

Ellinger lachte auf.

»Sie haben Martina doch gerade erlebt. Einmal hat sie während der Abrechnung beim Praxiscomputer den Stecker gezogen, weil sie staubsaugen wollte. Die geht da nur rein, wenn geschlossen ist.«

Wallenstein war sprachlos. Ellinger hatte den Kuchen nicht einmal probiert.

»Ich putze in der Praxis«, antwortete Martina leise und schob das Kuchenstück ihres Mannes auf ihren Teller. »Mit Computern kenne ich mich nämlich nicht besonders gut aus, und Blut kann ich auch keines sehen. Aber das mit dem Staubsauger war ein Versehen. Ich weiß schon, dass man die nicht einfach ausstecken darf. Also, die Computer, nicht die Staubsauger.« Sie lächelte verlegen.

»Eine Frage noch!«, rief Wallenstein dem Arzt nach. »Wo waren Sie gestern Abend?«

Ellinger drehte sich um und starrte Wallenstein an. »Was wollen Sie damit andeuten?«

»Nichts. Ist reine Routine.«

»Sie sollen einen Mörder finden und nicht ehrliche Bürger belästigen.«

»Wo waren Sie gestern Abend?«, wiederholte Wallenstein und ignorierte den schlagartigen Stimmungswechsel von arrogant zu aggressiv.

»Zu Hause. Mit meiner Frau. Wie immer.«

Wallenstein blickte Martina Ellinger an.

»Ja. So war es.«

In ihrem Zustand hätte sie wahrscheinlich alles bestätigt.

Kopfschüttelnd verschwand der Arzt.

Wallenstein schaute ihm nach, dann lächelte er die Arztgattin an. »Ich nehm doch noch ein Stück. Der Kuchen sieht einfach zu gut aus.«

Sofort schnitt ihm Martina Ellinger ein riesiges Stück ab. Wahrscheinlich deckte er damit seinen Tageskalorienbedarf. Vom Zucker ganz zu schweigen. Wenn es so weiterging, erhöhte er in Madlfing sprunghaft sein Diabetesrisiko.

Mit dem Messer in der Hand stand sie direkt neben ihm und starrte auf seinen Teller. Alle Versuche, das Gespräch wieder aufzunehmen, scheiterten. Schließlich gab Wallenstein auf.

»Legen Sie sich doch ein wenig hin oder gehen spazieren.« Entschlossen riss er eine Seite aus seinem Notizheft und schrieb seine Handynummer drauf. »Wenn Ihnen etwas einfällt oder Sie reden wollen, rufen Sie mich einfach an.«

Er hätte Martina Ellinger gerne mehr Hilfe angeboten.

Wie am Morgen stellte Wallenstein seinen Wagen direkt vor der Wolllust ab. Um sich vor Ariadne Schäfer keine Blöße zu geben, ließ er das Notizheft auf dem Beifahrersitz liegen. Die Haustür befand sich neben der Ladentür. Vergeblich suchte Wallenstein nach einer Klingel.

Irmingard Sonnleitner bog um die Hausecke und kam auf ihn zu. Wieder baumelte der schwarze Regenschirm an ihrem Unterarm. Dem herrlichen Sonnenschein zum Trotz oder als Warnung.

»Da müssen'S schon reingehen und rufen, Herr Kommissar. Wenn nicht abgesperrt ist, ist sie daheim. Die Ariadne hat an dem Haus nach dem Tod ihrer Tante so gut wie nichts verändert. Da ist alles noch wie früher«, klärte ihn die Mesnerin auf.

»Sie kommen ...?«

»... aus der Kirche«, vervollständigte sie seinen Satz. »Ich hab für heute Abend einen Sterberosenkranz organisiert. Kümmert sich ja sonst keiner um das Seelenheil der armen Frau.«

»Sie glauben, da kommt jemand? Obwohl Frau Durand hier doch keine Angehörigen hatte und im Dorf nicht beliebt war.«

Sonnleitner musterte ihn streng.

»Aber natürlich. In den letzten Dingen muss man zusammenhalten. Kleine Streitereien sind schließlich nichts im Vergleich zur Ewigkeit.«

Darauf gab es keine Erwiderung. Die Mesnerin nickte dem Kommissar huldvoll zu und setzte ihren Weg fort.

Wallenstein klopfte an die Haustür. Keine Reaktion. Dann testete er die Ladentür, die zwar noch immer nicht versiegelt, aber wenigstens abgesperrt war. Die daneben liegende Haustür hingegen war tatsächlich unverschlossen. Wallenstein trat in den blau gestreiften Flur.

»Frau Schäfer!«, rief er laut.

Nichts rührte sich. Er durchquerte den Flur und öffnete die Gartentür. Wieder nahm ihn das Idyll augenblicklich gefangen. Eine halb verwilderte Naturoase, Fliederduft und Hummelbrummen. Am liebsten hätte er sich in die Hängematte gelegt und kurz die Augen geschlossen.

Ungeduscht, überzuckert, unkonzentriert. Aber er war selbst schuld: Hätte er zwischen seiner Versetzung Urlaub genommen, ginge ihn der Mord in Madlfing nichts an, und er würde jetzt an irgendeinem Strand seine Füße in warmen Sand stecken, Delfine beobachten, Jetski fahren und Cocktails schlürfen. Hätte, wäre, wenn. Was war er für ein Idiot! Immer wieder erlag er dem Trugschluss, dass Arbeit Probleme lösen könne. Dabei schuf sie nur neue.

»Frau Schäfer?«

Auch hier keine Antwort. Die Hummel ließ sich beim Umherbrummen nicht stören.

Wieder im Flur stieg er die Treppe zum ersten Stock hinauf. Erst beim zweiten Hinsehen fiel ihm ein dezenter Klingelknopf aus gebürstetem Edelstahl auf. Ariadne Schäfer hatte nur die Fassade unverändert gelassen. Innen sah es ganz anders aus. Er drückte auf den Knopf. Ein tiefer Gong erklang.

Er wartete.

Es dauerte eine ganze Weile, bis die Ladenbesitzerin öffnete. Mit verstrubbelten Haaren stand sie vor ihm und schien direkt aus dem Bett zu kommen. Sie trug blassblaue Unterwäsche – ein Seidenunterhemd mit schmalen Trägern, einen dazu passenden Slip – und dicke Wollsocken. Ihre spärliche Bekleidung hatte sie entweder übersehen, oder es war ihr egal. Wallenstein wusste von seinen Urlauben und einem Auslandssemester in Norwegen, dass viele Skandinavier nackt schliefen, und war froh, dass Ariadne zur Hälfte Madlfingerin war. Auf jeden Fall war ihm jetzt klar, dass ihre helle Haut nicht nur im Gesicht von Sommersprossen gesprenkelt war. Die Tupfen bedeckten ihren Körper wie Zimt auf Milch.

»Herr Wallenstein, kommen Sie doch herein.« Damit öffnete sie ihm die Tür und ging in die Küche voraus.

Er folgte ihr und versuchte, dabei nicht auf ihre sommersprossengesprenkelten Beine zu starren. Stattdessen betrachtete er die Inneneinrichtung. Im Zentrum der Diele wand sich eine Holzwendeltreppe zum nächsten Stockwerk hinauf. Hinter der einzigen geschlossenen Tür lag vermutlich das Badezimmer. Zur Küche und einem weiteren Raum gab es offene Durchgänge. An den Wänden hingen großformatige Fotos, darauf tiefblaues Meer, hohe Wellen, schäumende weiße Gischt und ein einsames schiefergraues Haus in einer leuchtend grünen Mooswiese, eine Walfluke. Der alte Dielenboden knarrte bei jedem Schritt.

»Soll ich die Schuhe ausziehen?« Wallenstein erinnerte sich an eine weitere skandinavische Gewohnheit.

»Gern. Nett, dass Sie fragen«, erwiderte sie, ohne sich umzudrehen. »Was möchten Sie trinken? Kaffee, Tee, Wasser, Saft, Bier oder etwas Stärkeres?«

Auch wenn er ihr Gesicht nicht sehen konnte, war er sich sicher, dass sie bei dieser Aufzählung grinste.

»Wasser.«

»Ja, natürlich. Sie sind ja im Dienst. Sie müssen entschuldigen, aber ich hatte bisher noch nie mit der Polizei zu tun. Ich habe auch alkoholfreies Bier. Das wäre doch jetzt das Richtige«, bot sie an und traf damit ins Schwarze. Ein alkoholfreies Bier war tatsächlich genau das Richtige.

Ohne Wallensteins Antwort abzuwarten, holte sie zwei Flaschen aus dem Kühlschrank. Geschickt öffnete sie sie an einem an der Wand montierten Kapselheber und stellte Wallensteins Flasche auf den Tisch. Zusätzlich füllte sie drei kleine, blau glasierte Schälchen. Wallensteins Magen knurrte.

»Alles salzig«, deutete sie auf die Schalen. »Das ist Bitafiskur, getrockneter Fisch, viel Omega drei und fast kein Fett. Genauso bei den isländischen Algen, handgesammelt von meiner Großmutter und supergesund. Und als Letztes stinknormale Erdnüsse, falls Ihnen die anderen Sachen zu gefährlich sein sollten.«

Gefährlich war eine interessante Wortwahl. Auf jeden Fall war es genau das, was er nach der Überzuckerung brauchte. Besser wäre nur noch eine Schüssel gemischter Salat gewesen. Ariadne Schäfer prostete ihm mit der Flasche zu. Ein Glas hatte sie ihm nicht angeboten.

»Skål«, sagte er.

Sie lächelte.

»Haben Sie denn schon weitere Erkundigungen über mich eingezogen?«

»Ja, das ist bei einem Mordfall normal. Schließlich ist die Tat in Ihrem Laden passiert.«

Eigentlich wusste er gar nichts über sie, aber das gab Wallenstein nicht zu. Er wollte herausfinden, wie sie reagierte. Aber Ariadne Schäfer ließ sich nicht aus der Ruhe bringen.

»Sehr bedauerlich. Aber Zufall, mehr nicht.«

Davon wollte sie ihn überzeugen. Wallensteins Blick wanderte zum Fenster, das zum Dorfplatz hinausging. Auch hier standen auf dem Fensterbrett Kerzen.

»Sie halten mich für leichtsinnig«, stellte Ariadne fest

und fischte sich ein Algenstück aus dem Schälchen. Wallenstein wartete gespannt, was sie ihm mit diesem Satz sagen wollte. Er probierte den getrockneten Fisch.

»Aber ich bin vorsichtig.«

Wallenstein blickte ihr direkt in die Augen. »Wenn Sie etwas wissen oder eine Vermutung haben, müssen Sie es mir sagen.«

Ariadne zwinkerte. »Ach, ich habe von den Kerzen gesprochen. Ich lasse sie nie unbeaufsichtigt brennen.«

Trotz ihrer zarten Erscheinung war diese Frau eine harte Nuss. Anders als er musste sie in der Zwischenzeit geduscht und einige Stunden geschlafen haben. Die Angst, die Wallenstein am Morgen bei ihr wahrgenommen hatte, war verschwunden. Sie war eine andere. Tiefenentspannt.

»Was wollen Sie wissen?« Sie setzte sich und machte keine Anstalten, sich mehr anziehen zu wollen.

Hatte Ariadne Schäfer vor, ihn zu provozieren? Oder fühlte sie sich in Unterwäsche ausreichend bekleidet?

»Ist Ihnen nicht kalt?«, winkte Wallenstein mit dem Zaunpfahl.

»Nein. Die Socken sind aus Werdenfelser Bergschafwolle gestrickt. Wenn ich warme Füße habe, friere ich nie, und der Frühling ist dieses Jahr wärmer als sonst.«

»Ja dann«, versuchte Wallenstein, in die Spur zu finden. »Nicole Durand war nicht gerade beliebt im Ort. Ich frage mich, warum Sie sie als Verkäuferin beschäftigt haben? War das nicht eher geschäftsschädigend?«

Ariadne strich mit der flachen Hand über die helle Holztischplatte. Ahorn, vermutete Wallenstein. Die Küche war wie das ganze Haus eine gelungene Mischung aus alt und modern. Eckbank, Tisch und Stühle hätten jedem Heimatmuseum Ehre gemacht. In der Wandnische hing ein sogar geschnitztes Holzkreuz. Die Elektrogeräte hingegen waren auf neuestem technischen Stand.

»Ich sehe, Sie haben sich umgehört. Wissen Sie, Madlfing ist ein Dorf. Die meisten wohnen hier seit ihrer Geburt. Wenn jemand neu zuzieht, gibt es manchmal …«, sie suchte nach dem richtigen Wort, »… Spannungen. Sogar mir ging das so, als ich nach dem Tod meiner Tante den Laden übernommen habe. Und ich war keine Fremde. Ich habe hier jedes Jahr meine Sommerferien verbracht, war mit den anderen Kindern im Staffelsee schwimmen oder beim Zelten. Trotzdem gehöre ich nicht so ganz dazu, und es gab …« Wieder machte sie eine kleine Pause. »… Widerstände. Frau Süß hat mir mit dem Anwalt gedroht, weil ich mit ein paar hausgemachten Keksen ihr alteingesessenes Geschäft kaputt machen würde. Was glauben Sie, was ich mir anhören musste, als ich meinen Laden Wolllust nannte. Direkt neben der Kirche. Kaum war der Schriftzug montiert, war der Pfarrer da und wollte mich zur Vernunft bringen. Das Wortspiel fand keiner amüsant oder gab es wenigstens nicht zu. Außer Irmingard Sonnleitner. Der hat der Name auf Anhieb gefallen. Alles was neu und anders ist, braucht Zeit, um angenommen zu werden. Aber irgendwie ist das auch der Reiz des Landlebens. Und der Pfarrer ist inzwischen gestorben.«

Die Ladenbesitzerin nahm einen kräftigen Schluck aus der Bierflasche und schwieg. Wallenstein hätte gerne nachgefragt, wie sie es schließlich geschafft hatte, in Madlfing akzeptiert zu werden, zügelte aber sein persönliches Interesse. Hier ging es um einen Mordfall und keine Fragestunde zur geglückten Integration im bayerischen Oberland. Auch wenn das für ihn in den nächsten Wochen und Monaten ein wichtiges Thema sein würde. Ariadne Schäfer machte Wallenstein neugierig und misstrauisch zugleich. Vielleicht weil sie so oft seine Gedanken erriet, oder weil sie sich schnell veränderte. Er wusste es nicht.

Aber das Grundgefühl, dass sie ihn nicht ernst nahm, ging ihm gewaltig auf die Nerven. Er ließ sich seine Ungeduld nicht anmerken, betrachtete die Holzmaserung der Tischplatte und wartete. Nach seiner Erfahrung war das die beste Methode, Menschen zum Reden zu bringen.

Und wie erhofft nahm Ariadne den Gesprächsfaden wieder auf.

»Nicole war eine sehr selbstbewusste Frau und hat ihre Interessen geradlinig vertreten. Sie hat nie Anschluss gesucht. In einem Verein oder so. Eingekauft hat sie auch lieber in Murnau. Nicht einmal zu meinen Krimi- und Strickabenden ist sie gekommen. Aber im Laden war sie eine große Hilfe. Sie hatte Stil, ein gutes Gefühl für Material und Farben. Und sie war gewissenhaft. Bei den Online-Bestellungen gab es nie Beschwerden. Sie hat alles selbstständig erledigt. Zahlungseingänge überprüft, Pakete gepackt und verschickt. Aber Eingliederung ins Dorfleben war nicht so ihr Ding.«

Eingliederung ins Dorfleben würde bestimmt auch niemals zu seinen Stärken gehören, befürchtete der frisch Zugezogene.

»Hatte sie mit Geld zu tun?«

»Ja, da war sie absolut zuverlässig. Ich habe ihr da voll

und ganz vertraut. Finanziell war Nicole selbst gut abgesichert. Trotzdem hat ihr die Arbeit bei mir im Laden Spaß gemacht. Ich gab ihr viel Freiraum, zahle aber nicht überdurchschnittlich. Wegen des Geldes hat sie bestimmt nicht bei mir gearbeitet.«

»Gab es mit ihren Ex-Männern Streit?«

»Nein, keinesfalls. Sie hielt zu allen drei Männern Kontakt. Vor allem Daniel besuchte sie regelmäßig. Die Scheidungen waren einvernehmlich und …« Sie suchte nach dem richtigen Wort. »… gewinnbringend.«

Sie schaute Wallenstein an. Dieser nickte.

»Nicole war eine starke Frau, die wusste, was sie wollte, und das meistens auch bekam.«

Wallenstein trank einen Schluck. Das Bier schmeckte angenehm herb.

»Und der vergiftete Hund?«

»Üble Nachrede. Sami hat jeden Dreck gefressen und den Giftköder bestimmt auf irgendeinem Spaziergang gefunden. Um Murnau herum waren damals einige Hunde betroffen. Das stand in der Zeitung.«

»Sie trauen das Frau Durand nicht zu?«

»Nein.«

»Und die Kirchturmglocken?«

»Waren ihr einfach zu laut. Das Geläute ging ihr auf die Nerven. Religion interessierte sie nicht. Sie hätte sich auch über den Muezzin einer Moschee oder singende Druiden im Wald beschwert. Sie haben bisher nur die schlechten Sachen über Nicole gehört. Sie war jedoch nicht so eindimensional. Zum Beispiel hat sie den Metzger Zeiler angezeigt, weil er seinen Schäferhund Tag und Nacht in einen kleinen Zwinger sperrt und das Tier fast keinen Auslauf hat.«

Ariadne Schäfers Blick war aufmerksam, aber distanziert. Die Wollladenbesitzerin zeigte dem Kommissar eine perfekte Fassade und verbarg sich dahinter. So wie die gepanzerte Sicherheitstür ihre Wohnung abschirmte. Was versteckte Ariadne Schäfer? Ihre helle Haut auf jeden Fall nicht. Entspannt streckte sie ihre schlanken Beine aus und wippte mit den Zehen in den Werdenfelser Bergschafsocken auf und ab.

»Und Sie? Sie haben Ihre Stelle in einer großen Unternehmensberatung gegen ein kleines Handarbeitsgeschäft getauscht?«, wechselte er das Thema.

»Ja. Genau so ist es.«

»Muss finanziell eine ziemliche Einbuße sein.«

Sie zuckte mit den Schultern.

»Reicht zum Leben. Ich habe alles, was ich brauche: Essen, Kleidung, Strom, warmes Wasser, ein Haus, das ich im Winter sogar heizen kann. Mehr braucht keiner. Ich bin zufriedener, als ich es je in meinem Bürojob war. Und ich habe keinen Chef, der mir Vorschriften macht oder irgendwelche Zahlen verlangt. Ich bin hier«, sie machte eine ausladende Handbewegung, »die Königin meines kleinen Reiches und kann den ganzen Tag lang stricken, häkeln oder sticken.«

»Und das reicht Ihnen?«

Die Wollladenbesitzerin strich sich eine weißblonde Strähne hinters Ohr.

»Sie suchen doch auch nach einem ruhigeren Leben«, antwortete sie leise.

Wallenstein probierte den getrockneten Fisch. Etwas zäh, aber wunderbar salzig.

»Landleben, Ruhe, Rückbesinnung, Ausstieg aus der Schnelllebigkeit, weniger Hektik«, zählte sie auf und nahm sich eine Alge. Während sie kaute, betrachtete sie Wallenstein. »Es sind die einfachen Dinge, die glücklich machen. Sowie dieses salzige, schrumpelige Gemüse, das mich mit zwei Bissen in meine Kindheit versetzt und mir den Geschmack des Meeres zurückbringt. Natürlich, nachhaltig, echt. Danach sehnt sich unsere Zeit und irgendwie jeder Einzelne von uns.« Sie schleckte sich das Salz von den Fingern. »Da ist es kein Zufall, dass die Handarbeitsbranche boomt und die DIY-Bewegung wächst. Es gibt Urban Gardening, Upcycling, Brotbacken und noch andere Trends. Wir wollen unser Leben spüren, wieder wissen, was wir mit unseren eigenen Händen schaffen können. Wieder Mensch sein und nicht nur Konsument. Zufriedenheit kann keiner kaufen. Die müssen wir selbst schaffen. Kreativität ist der Schlüssel.«

Wallenstein wartete. Die Ladenbesitzerin war noch nicht fertig. Dieses Thema brannte ihr unter den Nägeln, das spürte er. Bisher war er nicht sicher gewesen, ob Ariadne Schäfer versuchte, ihn zu manipulieren und von einer Spur abzulenken. Sie verbarg etwas. Aber gerade war sie echt. Sie teilte ihm ihre tiefste Überzeugung mit, die Wallenstein seltsam naiv schien und ihm gleichzeitig zutiefst imponierte.

»Es geht dabei nicht nur um uns, sondern um das Ganze, um unsere Welt. Wie wir mit ihr umgehen.«

»Und Sie retten sie durch Handarbeiten?«, provozierte er sie.

»Unter anderem.« Sie beugte sich zu ihm. Er konnte ihr Parfüm riechen. »Entschleunigung. Wertschätzung für Produkte und Materialien ist ein Anfang. Sie unterschätzen die Wirkung der ehrlichen Handarbeit, Herr Wallenstein. Glauben Sie, es ist nur eine überflüssige Frauenbeschäftigung? Ein netter Zeitvertreib?«

Wallenstein lehnte sich zurück und entzog sich dem betörenden Maiglöckchenduft. »Ich kenne mich damit nicht aus, und ich kann die Auswirkungen auf das Seelenleben ehrlicherweise nicht einschätzen.«

»Dann sollten Sie es mal probieren. Muss ja nicht Stricken sein. Das lernt man in Ihrem Alter nicht mehr so leicht. Sie mögen Farben. Vielleicht könnten Sie malen?«

Wieder fühlte er sich durchschaut.

»Es scheint mir nicht weltbewegend, Socken oder Pullover zu stricken?«, konterte er und hoffte, sie aus der Deckung zu locken.

»Weil es überwiegend Frauen machen?«

»Damit hat es nichts zu tun«, wehrte er sich.

»Denken Sie, mein Job als Analystin war besser, als Wolle zu verkaufen?«

Wallenstein lächelte innerlich. Analystin klang nicht nach einem langweiligen Bürojob, wie sie ihm gerne weisgemacht hätte. Ariadne Schäfer hatte eine lukrative Stelle aufgegeben. Nur weil sie sich nach dem ruhigen Landleben sehnte?

»Typische Frauentätigkeiten«, Ariadne Schäfer zeichnete mit den Fingern in der Luft Anführungszeichen, »werden weniger geschätzt als Männerbeschäftigungen wie zum Beispiel Raketen ins All schießen, Boote bauen, Staudämme errichten oder Schwerter schmieden. Schwerter werden in Museen ausgestellt, Socken eher weniger. Aber ich frage Sie: Was ist nützlicher? Warme Füße oder eine durchbohrte Brust?«

Darauf erwartete sie keine Antwort.

Die getrockneten Algen hatte Wallenstein noch nicht probiert. Er biss hinein. Wer fraß das noch? Wale? Vegan lebende Robben? Die isländische Wollladenbesitzerin streckte sich nach den Erdnüssen. Dabei rutschte der dünne Träger ihres Seidenhemdchens von ihrer Schulter.

»Und Ihr Liebesleben?«

Was stellte er nur für Fragen. Hatte er dieses Wort schon jemals benutzt? Liebesleben! Er konnte nur hoffen, dass er nicht wie ein Schuljunge rot wurde.

Ariadne musterte ihn spöttisch. Dann stand sie auf.

»Warten Sie kurz. Ich zieh schnell etwas über. Mir wird langsam doch kühl.«

Sie kam in einem hellgrauen Strickkleid zurück, das nichts verbarg, sondern nur betonte.

»Verstehe ich Sie richtig, Sie interessieren sich für meine sexuellen Vorlieben?«

»Natürlich nicht. Das sind reine Routinefragen. Unterhalten Sie eine Beziehung?«

Noch schlimmer formuliert, stöhnte er innerlich.

»Ziemlich viele, ehrlich gesagt.« Ihre Augen blitzten. »Und ich wüsste nicht, was Sie die im Detail angehen.«

»Bei einer Mordermittlung gibt es keine Geheimnisse.«

»Das sagen die in Büchern und Filmen auch immer. Aber ich zweifle sehr daran, dass das wahr ist und Sie das alles fragen dürfen.«

»Ich habe den Verdacht, dass Sie etwas verheimlichen und damit die Ermittlungen erschweren. Was, wenn Sie das Opfer sein sollten und deswegen immer noch in Gefahr schweben? Das macht mir Sorgen. Ich bin mir sicher, dass Sie in den Fall verstrickt sind.«

War erzählte er hier? War er vollends irre? Provokationen zogen bei dieser Frau nicht. Er machte sich nur lächerlich.

Tatsächlich zuckten ihre Mundwinkel, als sie sich leicht zu ihm vorbeugte.

»Verstrickt – was für ein passendes Wort. Herr Wallenstein, Sie sind ja ein Poet. Nicht nur mit Wolle, auch mit Worten kann man kreativ sein. Vielleicht sollten Sie schreiben. Sprechen Sie mal mit Pauline Galka. Sie ist Schriftstellerin und hat eine ähnlich blühende Fantasie wie Sie, Herr Kommissar.« Sie lächelte.

Wallenstein schwitzte. Sein Hemdkragen war ihm zu eng. Pauline Galka war die geringelte Walkerin.

»Dass ich verstrickt sein könnte, das behaupten Sie. Aber eigentlich geht es hier nur um meinen Laden, weil er zufällig der Tatort war. Nicht um mich. Ich bin weder als Täterin verdächtig noch als Opfer. Mein Alibi haben Sie bestimmt schon überprüft. Ich habe mit dem Mord an Nicole Durand nichts zu tun. Und damit auch nicht meine vielschichtigen Beziehungen. Wenn Sie darüber mehr erfahren möchten, erkundige ich mich vorher bei meiner Anwältin, wie viel ich Ihnen offenbaren muss. Und jetzt sollten Sie anfangen, den Mörder zu suchen, oder ihren Anzug in die Reinigung bringen. Der braune Fleck auf der Hose …«

In der dramaturgischen Pause entdeckte Wallenstein den eingetrockneten Klecks süßen Senfs auf seinem Oberschenkel. Mit dem lief er seit dem Vormittag durch die Gegend!

»… wirkt wenig professionell«, vollendete Schäfer den Satz. Dann stand sie auf und räumte die Schälchen auf die Küchenarbeitsplatte.

Wallenstein reichte es. Ariadne Schäfer, Madlfing, sein erster Arbeitstag, überhaupt alles.

14. MASCHE

Nicht jede Verstrickung kann man aufribbeln.

Ariadne blickte dem Kommissar nach, wie er mehr oder weniger grußlos aufstand und die Treppe ins Erdgeschoss hinunterpolterte. Sie konnte seine Wut bei jedem Schritt hören. Das Gespräch war nicht so gelaufen, wie er erwartet hatte. Seine Verhörtaktik, sein fragwürdiger Charme und die schicken Klamotten zogen bei ihr nicht. Das war der Kommissar nicht gewohnt. Ariadne konnte sich ein Grinsen nicht verkneifen und wählte eine isländische Telefonnummer. Die Sprachbox sprang an. Erst beim dritten Versuch nahm Hakon das Gespräch entgegen. Ariadne hörte im Hintergrund Möwen kreischen. Er war auf dem Meer beim Fischen.

»Hallo, Schwesterherz«, brüllte er gegen tosenden Wind an.

»Ich muss mit dir reden«, schrie Ariadne ihm ins Ohr.

Hakon fragte nicht nach. Er gab seinen Männern Anweisungen und zog sich in den Führerstand seines Bootes zurück. Dort war es ruhiger.

»Was gibt es?«

Ariadne berichtete vom Mord an ihrer Mitarbeiterin. »Gerade hat mich dazu ein Polizist befragt. Er wittert eine Spur. Aber ich habe ihn auflaufen lassen.«

Hakon atmete hörbar aus und schwieg.

»Elin, Elin, mal wieder auf stürmischer See unterwegs. Und du bist der Ansicht, dass du noch sicher bist?«

»Das hier ist Madlfing!« Das war für Ariadne Begründung genug.

»Gerade deshalb. Da werden Verkäuferinnen nicht einfach so wegen ein paar Euros ermordet«, warf er ein. »Das ist nicht Mexico City oder San Pedro Sula. Was, wenn der Täter tatsächlich hinter dir her war und dich von weiteren Nachforschungen abhalten wollte? Du bist an einer ziemlich heißen Sache dran. Um dich zum Schweigen zu bringen, würden einige über Leichen gehen. Das ist kein Spiel mehr. Nicht so wie früher. Hörst du? Ich mache mir Sorgen um dich, und das solltest du auch tun.«

»Jetzt klingst du schon wie dieser Kommissar!«, beschwerte sich Ariadne. »Ich bin vorsichtig. Mir passiert nichts. Nur du weißt, an was ich dran bin.«

»Denk an Jóhannes. Der hat auch geglaubt, ihm könne nichts passieren.«

Das Gespräch lief nicht gut. Eigentlich hatte Ariadne sich gemeinsam mit ihrem Bruder über den eitlen Kommissar lustig machen wollen.

Hakon schwieg. Hatte er sich mit Wallenstein zusammengetan und hielt Schweigen für einen konstruktiven Gesprächsbeitrag? Abgehackte Funksprüche anderer Fischer füllten die Gesprächspause.

»Überschätz dich nicht«, mahnte er sie.

»Ich hab das im Griff. Mich erwischt keiner.«

»Erinnerst du dich, als bei uns die …«

»Hakon! Das sind uralte Geschichten, Sagas aus der Vorzeit. Ich bin da noch zur Schule gegangen. Seitdem habe ich viel dazugelernt. Ich mache das nicht zum ersten Mal«, verteidigte sie sich und lief unruhig durch die Küche. Ariadne hatte keine Lust, sich zu rechtfertigen.

»Und warum lag dann in deinem Laden eine Leiche? Erklär mir das!«, brüllte Hakon.

Ariadne verdrehte die Augen und stellte sich ans Küchenfenster. Von dort hatte sie einen guten Überblick über den Dorfplatz. Wallenstein lehnte noch an seinem Auto und checkte sein Smartphone. Jola strich ihm um die Beine. Was für eine treulose Katze sie doch war.

»Reg dich nicht auf. Der Mord hat hundertprozentig nur mit Nicole zu tun«, erwiderte sie. »Ich habe über sie recherchiert. Sie hat als junge Frau bei einem Escort-Service gearbeitet. Dort hat sie ihren ersten Mann kennengelernt. Jede Scheidung und erneute Hochzeit waren für sie ein lukratives Geschäft. Vielleicht hat sie nebenbei noch jemanden erpresst.« Die Tatsache, dass ihr Laden vom organisierten Verbrechen als Übergabeort genutzt worden war, verschwieg sie lieber. Sonst würde Hakon vermutlich austicken.

»Wie alt war sie?«, fragte Hakon.

»Einundfünfzig.«

»Du willst mir erzählen, dass diese Frau über Jahrzehnte jemanden erpresst hat? Niemals. Das glaubst du doch selbst nicht.«

Der Wind heulte. Hakon war ins Freie getreten und gab seiner Mannschaft Anweisungen, die Netze einzuholen.

»Mach dir keine Sorgen!«, schrie Ariadne gegen die Böen an.

»Ich bin dein Bruder, Elin. Mir liegt daran, dass du kein Fischfutter wirst. Ich komm so schnell ich kann.«

Er legte auf. Ariadne hielt noch eine ganze Weile unschlüssig das Telefon in der Hand. Dann ging sie in ihren Garten hinunter, streckte sich in der Hängematte aus und hörte einer zwitschernden Meisenfamilie zu.

»Ich kann sehr gut auf mich selbst aufpassen«, informierte sie die Vögel.

15. MASCHE

Muster- und Glaubenssätze leben von der Wiederholung.

Wallenstein stieg in sein Auto und rief wie vereinbart die Staatsanwältin an. Dass er sie nicht erreichte, störte ihn nicht. Er wollte nur noch raus aus diesem Kaff, was ihm jedoch nicht problemlos gelang. Die Umleitung war inzwischen in eine andere Richtung verlegt worden. *Wanderbaustelle* hatte Lissi dazu gesagt. Die Digitalisierung machte vor Madlfing nicht Halt, und meterweise Glasfaserkabel musste unter die Erde. Wallenstein fuhr unfreiwillig zweimal durch die Hauptstraße, vorbei an Wolllust und Kirche. Aber schließlich fand er einen Ausweg aus dem Labyrinth und die Straße nach Murnau.

Er hielt an einem Supermarkt. Obwohl er sich vorgenommen hatte, nach seiner Versetzung auf eine gesunde Ernährung zu achten, deckte er sich mit Tiefkühlware, überzuckerten Frühstückscerealien, H-Milch und einem Six-Pack Bier ein. Gegen das schlechte Gewissen legte er noch Bananen in seinen Einkaufswagen, suchte nach einer Fusselbürste und reihte sich in die Kassenschlange ein. Er konnte es kaum erwarten, endlich unter die Dusche zu kommen und die Füße hochzulegen.

»Das sieht mir verdächtig nach Strohwitwer aus«, kommentierte die Frau hinter ihm seinen Einkauf.

Wallenstein quälte sich ein Lächeln ab.

»Oder sind Sie Single? Dann können Sie gerne mal zum Abendessen vorbeikommen.«

Zum Flirten fehlte ihm wirklich jede Energie. »Ich bin einfach nur müde.«

Als er zu seinem Wagen zurückkam, balzte auch noch ein Taubenpaar auf seiner Rückbank. Er hätte das Verdeck schließen sollen. So musste er mit seinem Taschentuch Taubendreck von den Ledersitzen entfernen.

»Ist eben Frühling!«, rief ihm die Frau zu. »Sollten Sie mal drüber nachdenken.«

Eine halbe Stunde später saß er endlich auf dem Balkon der Ferienwohnung. Frisch rasiert, die Haare noch nass, biss er in eine Dr.-Oetker-Spinaci-Tiefkühlpizza und betrachtete die Berge, die abgestuft blau leuchteten. Mit dem schwindenden Licht änderte sich die Abendstimmung fast minütlich. Wallenstein war verzaubert. Auch wenn er heute mehrmals an seiner Versetzung gezweifelt hatte, war er bei diesem Ausblick mit der Welt und selbst mit Madlfing versöhnt. Es war so warm, dass er nur in Boxershort und T-Shirt auf die Dämmerung wartete. Und ja, es war Frühling. Er konnte ihn riechen, und wenn er ganz still war, glaubte er sogar, die Blüten in ihren Knospen wachsen zu hören.

Anstatt sich wie früher eine Zigarette anzuzünden, holte er das blaue Notizheft. Den Bleistift hatte er verloren. Es dauerte, bis er in den Umzugskartonstapeln die Kiste mit der Aufschrift *Büro* fand. Mit einem Kugelschreiber und einer Flasche Bier setzte er sich wieder auf den Balkon. Er schlug das Heft auf und betrachtete seine zusammenhanglosen, fragezeichengefüllten Kreise, die über das Blatt blubberten. Sie spiegelten seine Gedanken genauer wider, als ihm lieb war. Er blätterte um und überlegte. Aber immer wieder lenkten ihn die Berge ab.

Schnell zeichnete er die Umrisse des Wettersteingebirges ab. Über die Alpspitze schrieb er Ariadne Schäfer und über die Zugspitze Nicole Durand. Dazwischen lief ein zackiger Grat. Er betrachtete sein Werk. Wo stand der Mörder? Gab es eine Verbindung, die er noch nicht sah?

Er hatte gehofft, langsam in seine Aufgabe und ein neues Team hineinzuwachsen. Dass es vorerst nur aus einer schwangeren Kollegin und einem Computerfreak in Outdoorklamotten bestehen würde, hätte er sich heute Morgen nicht träumen lassen.

»Willkommen in der Realität«, prostete er sich selbst zu, und in diesem Augenblick fand er, dass er es gar nicht so schlecht getroffen hatte. Floss und Wagner waren engagierte Kollegen. Er schrieb ihre Namen auf. Sich selbst zeichnete er als einen kleinen Punkt an den unteren Blattrand.

Auf der gegenüberliegenden Seite legte er eine Liste mit Personen an, die ihm heute begegnet waren. Er unterteilte sie in Kategorien: Kollegen, MKHC, Bäckerei, Metzgerei, Schreibwarenladen und die Sammelgruppe ›andere‹. Schnell stieg die Gruppengröße an, und obwohl er klein und ordentlich schrieb, füllte sich die Seite rasch.

Wallenstein klappte das Notizbuch zu, ging hinein und putzte seine Schuhe. Dann stellte er das klapprige Bügelbrett auf und bügelte für den morgigen Tag ein weißes Hemd, das in der Umzugskiste knitterig geworden war. Mit der Fusselbürste entfernte er Wollflusen und Katzenhaare von seinem Anzug. Dann machte er sich mit einem feuchten Tuch an die Fleckbehandlung. Er dachte an die strickende Emma Bond, die ihre Wolle vermutlich nicht in der Wolllust kaufte. Neonfarben gehörten genauso wenig zu Schäfers Farbangebot wie das Wasabigrün der Mordwaffe. Immer wieder kehrten seine Gedanken zu Ariadne Schäfer und vor allem zu ihrer auffallenden Verwandlung zurück. Wie Nacht und Tag, wie Schatten und Licht. Irgendetwas Entscheidendes musste zwischen beiden Gesprächen, die er mit ihr geführt hatte, passiert sein.

Er dachte an ihre weiße Haut mit den vielen Sommersprossen, die sie ihm heute großzügig gezeigt hatte. Gleichzeitig hatte sie sich vor ihm versteckt. Wallenstein war eine längst verblasste Narbe auf ihrem linken Schulterblatt aufgefallen.

Auch wenn er wenig Hoffnung hatte, dem Internet mehr Informationen als Floss entlocken zu können, schaltete er seinen Laptop an. In seinem Mailpostfach fand er eine Nachricht von Mia Alt. Die Psychologin wollte wissen, wie sein erster Arbeitstag gelaufen war. Wallenstein löschte die Mail, ohne sie zu beantworten. Er würde ihr die Tage eine Postkarte schreiben.

Problemlos fand er die Homepage der Wolllust. Die Seite war übersichtlich und optisch an die Ladeneinrichtung angelehnt. Er klickte sich durch. Adresse, Telefonnummer und Öffnungszeiten, Shop und Kursangebote. Es gab Strickreisen auf die irischen Aran-Inseln oder nach Island. Wallenstein fand sogar das Hotel von Erik Sigursson, mit dem sich Ariadne in München getroffen hatte. Wallenstein scrollte weiter: Fair-Isle-Stricken auf den Shetlandinseln. Tweet- oder Tartan-Weben in Schottland. Klöppeln im Erzgebirge. Alle Reisen waren mit einem Besichtigungs- oder Wellnessprogramm erweiterbar. Für einige gab es Wartelisten. Das Geschäft schien gut zu laufen. Die Bewertungen der Kunden waren begeistert.

Obwohl es zur Wolllust viele Treffer gab, blieb Ariadne Schäfer selbst im Hintergrund. Es gab nicht einmal ein Foto von ihr. Auch in sozialen Netzwerken war sie genauso wenig vertreten wie Wallenstein selbst. Die Wolllust hingegen hatte einen Facebook- und Instagram-Account.

Das Internet würde ihm nichts über Ariadne Schäfer verraten. Selbst die ungefähr gleichaltrige Elisabeth Wagner wusste fast nichts über das frühere Leben der Wahl-Madlfingerin, obwohl sie viele Sommerferien zusammen schwimmen gewesen waren.

Wallenstein hängte sich mit den Fingerspitzen an den Türrahmen der Küche und machte fünf Klimmzüge. Plötzlich hatte er eine Idee.

Er schüttelte seine Hände aus und griff zum Telefon. Aus dem Gedächtnis tippte er die Handynummer, die Ariadne ihm diktiert hatte.

»Lilja«, meldete sich eine Frauenstimme. Im Hintergrund war Kindergeschrei zu hören.

Erst jetzt fiel Wallenstein auf, dass er sich keine Gesprächsstrategie überlegt hatte. Daher blieb er bei der Wahrheit.

»Hallo, mein Name ist Tim Wallenstein. Ich bin von der Polizei. Ariadne Schäfer hat mir Ihre Nummer gegeben.«

»Bjarni!«, rief die Frau. Danach war es ruhig.

»Wer hat Ihnen meine Nummer gegeben?«

Wallenstein ging auf den Balkon. Die untergehende Sonne leuchtete die Berge jetzt von hinten an. Goldene Strahlen hinter dunklem Blau. Mystisch.

»Ariadne Schäfer«, wiederholte Wallenstein.

»Ariadne«, murmelte die Frau und überlegte. »Kenne ich nicht. Sie müssen sich irren.«

Offensichtlich platzte gerade Schäfers Alibi.

»Aus Madlfing. Sie sagt, sie wäre gestern Abend bei Ihnen gewesen«, unternahm er einen letzten Versuch.

Lilja Sigursdottir lachte auf. »Ach, sagen Sie das doch gleich. Wusste ich doch, dass ich den Namen Ariadne schon mal gehört habe. Aber da wäre ich ja nie im Leben draufgekommen, dass Sie Elin meinen.«

Wallenstein lehnte sich gegen das Balkongeländer. »Elin?«

»Ja, Elin Fenjasdottir. In Island nutzt sie ihren Mutternamen. Sonst weiß ja keiner, wer sie ist, und das ist in Island mehr als unpraktisch. Ariadne ist ihr zweiter Vorname. Natürlich war sie gestern da. Erik, mein Bruder, hat uns besucht.« Lilja zögerte. »Sie sind von der Polizei? Ist Elin etwas passiert?«

»Nein, nein. Es geht ihr gut. Vielen Dank für die Auskunft.«

Er legte auf.

»Elin Fenjasdottir«, testete er den Klang. Der Name passte zu einer Fee.

Wallenstein setzte sich wieder vor seinen Rechner und suchte erneut nach der Wollladenbesitzerin. Diesmal wurde er fündig.

16. MASCHE

Ruhe bewahren und weiterstricken.

Ariadne stand im Garten und schaute in den wolkenlosen Himmel hinauf.

Die Glocken der benachbarten Kirche riefen zum Gebet für Nicole. Auch wenn Ariadne Irmingard Sonnleitner sehr schätzte, tat sie sich mit institutionalisierten Religionen schwer. Es gefiel ihr nicht, wenn ihr jemand sagte, was sie zu tun und zu glauben habe. Aber Seelen mussten verabschiedet werden und brauchten bei der letzten Reise Orientierung, vor allem wenn sie gewaltsam aus dem Leben gerissen worden waren. Ihre Großmutter Hildur glaubte sogar an Geister. Besonders während heftiger Stürme versammelten sich diese in ihrem kleinen Haus, und Hildur besänftigte sie mit uralten Liedern und Räucherwerk. Als Kind war Ariadne von der unheimlichen Präsenz der Geisterwelt fasziniert gewesen, heute war sie ihr fern. Trotzdem würde sie auf Nummer sicher gehen und ihrer Mitarbeiterin beim Weg in die Anderswelt Mut zusprechen. Eine verwirrte Seele war das Letzte, was sie in ihrem Laden oder ihrem Leben beherbergen wollte.

Sie dachte an Wallenstein. Jagende Schwalben schossen dicht über ihrem Kopf hinweg.

Was, wenn die Polizei anonymen Absendern misstraute und die Hinweise erst umständlich überprüfen würde, bevor der Kommissar sie auswerten konnte? Auch wenn sie gerne Krimis las, hatte sie von wirklicher Polizeiarbeit wenig Ahnung und befürchtete, dass sie in der Realität wesentlich bürokratischer ablief als im Fernsehen oder in Büchern. Was, wenn ihre erhellenden Hinweise zu Daniel Durand auf dem Dienstweg stecken blieben?

Ob sie den Kommissar direkt anrufen und ihn darüber informieren sollte, dass die Unterlagen von ihr stammten? Aber das würde nur weitere misstrauische Fragen aufwerfen. Andererseits war alles, was die Ermittlung beschleunigen würde, zu ihrem Vorteil. Sie könnte den Laden wieder öffnen, und vor allem gäbe es keine unnötigen Nachforschungen zu ihrer Person. Konnte sie Wallenstein vertrauen? Um diese Frage beantworten zu können, musste sie erst verstehen, wer er war.

»Schritt für Schritt«, erklärte sie Jola, die zusammengerollt auf einem Stuhl schlief, und strich über ihr struppiges Fell. Erst einmal würde sie sich um Nicoles Seelenheil kümmern, dann um Wallensteins Geheimnis. Aus dem Keller holte sie Kerzen, klebte sie mit ein paar Wachstropfen in alte Einmachgläser und auf Teller und zündete sie an. Still setzte sie sich an den Gartentisch und dachte an Nicole. An das erste Kennenlernen im Laden. Nicole hatte sich über das unübersichtliche Schaufenster beschwert, und Ariadne hatte sie kurzerhand gefragt, ob sie das nicht übernehmen wolle. Empört hatte Nicole abgelehnt und sie wegen des angebotenen Stundenlohnes ausgelacht. Zwei Wochen später hatte sie jedoch ohne weitere Verhandlungen zugesagt. Da hätte Ariadne eigentlich hellhörig werden sollen. War sie aber nicht. Wahrscheinlich war Nicole in der Zwischenzeit klar geworden, dass die Wolllust der perfekte Übergabeort für Waren aller Art war. Leider hatte ihre Mitarbeiterin ihre krummen Geschäfte mit dem Leben bezahlt. Voll Mitgefühl wünschte sie Nicole, dass sie Frieden finden möge.

Leise summte sie eines der alten isländischen Lieder.

»Ariadne? Bist du im Garten?«

»Ja, ich bin hier«, antwortete Ariadne und erhob sich.

Lissi Wagner stand auf dem Gehweg. Sie hatte ihre Polizeiuniform gegen ein geblümtes Kleid getauscht und trug ihre Haare offen.

»Ich habe gerade die Kinder ins Bett gebracht, und dann fiel mir ein, dass ich die Ladentüre noch versiegeln muss. Der neue Kollege will das«, entschuldigte sie sich fast. Sie war mit dem Fahrrad gekommen.

»Aber natürlich. Ich gehe durchs Haus nach vorne. Wir treffen uns vor der Ladentür.«

Wagner hatte einen unscheinbaren Aufkleber in der Hand und klebte ihn über das Türschloss. »Das war's schon.«

»Wie geht's denn jetzt weiter?«

»Die Ermittlungen laufen. Morgen ist Kollege Wallenstein bei der Obduktion in München. Dann werden wir sehen.«

Auf Elisabeth Wagners Wangen zeigten sich rote Flecken.

»Jetzt geh heim, Lissi, und ruh dich aus. Die Sache nimmt uns alle mit. Aber du darfst dich nicht überanstrengen, und morgen ist auch noch ein Tag. Da kommt ihr dem Täter bestimmt schnell auf die Spur.«

»Du klingst fast schon wie mein Mann, meine Hebamme oder Kommissar Wallenstein«, beschwerte sie sich lächelnd. »Mütter und Kinder zuerst. Sonst zählt für die nichts.«

»Und recht haben sie damit, oder?«

»Stimmt schon.« Elisabeth Wagner stieg umständlich auf ihr Fahrrad.

»Wie findest du denn den Kommissar?«, fragte Ariadne.

»Ist ein ganz ein Netter. Der muss sich zwar erst einarbeiten und sich einen Überblick verschaffen. Aber wirst schon sehen, der hat das bestimmt im Griff.«

Das wagte Ariadne zu bezweifeln. Ihre Dateien hatten die kleine Soko offensichtlich noch nicht erreicht. Ariadne wollte sich gerade umdrehen, als ihr Lissi zurief: »Kennst du dich eigentlich mit Computern aus?«

Verdutzt blickte sie die Polizistin an.

»Nicht sonderlich. Was man halt so braucht.«

»Dacht ich mir doch, dass es da nicht um dich ging«, murmelte Wagner und fuhr langsam los.

Ariadne fröstelte und kehrte zu ihrer stillen Kerzenandacht zurück. Die ersten Motten wurden von den Flammen angezogen. Warum erkannten die Insekten die Gefahr nicht und stürzten sich ins Verderben? Ariadne schloss die Augen und lehnte den Kopf an die Hauswand. Menschliches Verhalten war oft ähnlich. Manchmal erkannte man die Gefahr erst, wenn es zu spät war.

Vor allem, wenn man zu sehr verstrickt war. Die Wortwahl des Kommissars gefiel ihr. Fäden entwirren, Muster verstehen und Knoten lösen. Nicht umsonst betrieb sie schließlich einen Wollladen.

Warum hatte Lissi sich nach ihren Computerfähigkeiten erkundigt? Was hatte der Kommissar herausgefunden? Wusste der inzwischen mehr über sie als Ariadne über ihn? Der Gedanke ärgerte sie.

Wallenstein! Allein der Name war Fassade. Wer hieß schon wie ein bekannter Feldherr im Dreißigjährigen Krieg. Wäre er nicht Polizist, und wären die Umstände nicht derart dramatisch gewesen, hätte Ariadne bei seiner Vorstellung vermutlich einen Lachanfall bekommen. Wie war sein Vorname noch gleich? Tim? Für den gewaltigen Nachnamen lächerlich kurz. Und dann sein Outfit. Polierte, handgenähte Schuhe. Passende Socken. Silberne Manschettenknöpfe. Der schmal geschnittene Anzug aus hochwertigem Wollstoff deutete auf einen teuren italienischen Designer hin. Ariadne hatte einen Blick für Qualität, konnte sich aber nicht vorstellen, dass ein gewöhnlicher Kriminalbeamter sich einen Anzug von Brioni oder Dolce & Gabbana leisten konnte.

»Hallo«, tönte es erneut vom Gartenzaun.

Ariadne blickte auf. Sarah Weierling winkte zwischen dem blühenden Flieder- und einem Stachelbeerstrauch hindurch. »Störe ich dich?«

Ariadne stand auf und ging zum Zaun. »Natürlich nicht. Wie geht es dir, Sarah?«

»Besser. Ich komm gerade aus der Kirche. Irmi hat das ganz wunderbar gemacht. Da merkt man gar nicht, dass wir keinen Pfarrer mehr haben. Alle waren ganz ergriffen.« Sarah legte ihre Hand über ihr Herz.

Ariadne lächelte. Seit der alte Pfarrer gestorben war, lag die Seelsorge in Irmingards tatkräftigen Händen. Durch eine Fortbildung zur Wortgottesdienstleiterin hatte sie dafür sogar einen kirchlichen Segen. Mit den Grenzen ihres Amtes nahm sie es jedoch nicht immer so ganz genau.

»Zum Schluss, da war der offizielle Teil natürlich schon vorbei, hat Irmi erwähnt, dass die neue Strumpfwolle angekommen ist. Sie hat heute Morgen den Lieferschein neben der Kasse gesehen. Wahrscheinlich wollte Nicole die Lieferung kontrollieren, bevor …« Sarah brach ab. »Bevor der Mörder …« Wieder stockte sie. »Auf jeden Fall habe ich beim Vorbeigehen die Kerzen bei dir brennen gesehen und, na ja, ich weiß auch nicht recht. Wahrscheinlich wäre es besser heimzugehen. Aber Marion hat heute Dienst«, überlegte sie laut.

Ariadne öffnete das Gartentürchen. »Komm rein. Ich zeig dir die Wolle. Nach dem heutigen Tag mag keiner einfach heimgehen und allein sein, oder?«

»Geht das denn? Ich meine wegen Tatort und Spuren und so?«

»Der Karton steht auf der Kellertreppe. Nicole hat ihn tatsächlich nicht mehr ausgepackt, sondern nur den Lieferschein herausgenommen. Normalerweise hätte ich euch die Wolle heute beim Strickabend gezeigt.«

»Und jetzt hat sich unser heiteres MKHC-Treffen in bittere Realität verwandelt. Einfach schrecklich! Ein Mord! In deinem Haus! Wie geht's dir damit?« Sarahs Stimme war so sanft und einfühlsam, dass sich jedes Neugeborene auf dieser Welt willkommen und sicher fühlen musste.

»Mach dir keine Sorgen. Mir geht's gut. Setz dich doch. Ich hol die Wolle. Vielleicht ist ja was dabei für deine Mamas und Babys.«

Sarah umarmte die Wollladenbesitzerin und drückte sie an ihr weiches Herz. »Zusammen finden wir den Mörder. Der entkommt uns nicht.«

Ariadne spürte, wie viel Unsicherheit hinter diesen Worten steckte.

»Ganz bestimmt, Sarah.« Ariadne tätschelte ihr den Rücken.

Sarah suchte sich einen geschützten Platz an der Hauswand.

Als die Wollladenbetreiberin mit einem großen Karton zurückkam, hatten sich zu Sarah noch andere Kirchgängerinnen gesellt. Dicht gedrängt saßen sie um den Gartentisch und blickten sie erwartungsvoll an. Ariadne zögerte kurz. Eigentlich wollte sie an ihren Rechner und das Geheimnis um Tim Wallenstein lüften. Aber sie brachte es nicht übers Herz, ihre treuen Kundinnen wegzuschicken.

»Wir möchten alle die neuen Farben sehen«, sprach Pauline für die Gruppe. »Irmi hat sich an ein paar erinnert: Burning Fuchsia, Hard Candy, Apricot Buttercream und irgendwas mit Pistazie und Kiwi. Ihr Englisch ist ja nicht so gut, aber es klingt so vielversprechend, und ich habe wirklich gar keine Wolle mehr zu Hause.«

Camilla, die in ein karibikblaues, wallendes Seidenkleid gehüllt war, zuckte mit den Schultern. »Ich gebe zu, ich will mich einfach nur ablenken. Niemand kann sich vorstellen, wie schrecklich es im Laden war.«

Maria beugte sich zu ihr. »Wie sah es denn genau aus? Gab es Kampfspuren? Blut?« Die Wangen der Bäckersgattin glühten.

Camilla legte ihre Hände aneinander. An jedem Finger steckte ein türkisbesetzter Silberring. »Darüber kann ich nicht sprechen. Diese Bilder werden mich bis ans Ende meiner Tage verfolgen.«

Ariadne stellte den Karton auf den Tisch, und Camilla zog ihn sofort zu sich heran. »Farben haben eine heilende Wirkung auf die Seele. Das wird uns allen guttun.«

Zustimmendes Nicken der Anwesenden.

»Dann machen wir jetzt eine kurze Farbtherapie, und jede, die mag, sucht sich ihre Wolle aus«, schlug Ariadne vor und hoffte, dass dann alle zufrieden heimgingen. »Bezahlen könnt ihr sie, wenn ich den Laden wieder aufmachen darf.«

Erneut nickten alle. Fast ehrfürchtig. Ariadne wollte sich setzen und Jola auf den Schoß nehmen. Aber die Katze öffnete ein Auge und verteidigte ihren Schlafplatz mit einem unmissverständlichen Fauchen. Ariadne holte sich einen Klappstuhl.

Normalerweise hätten sie heute aus dem neuesten Thriller von Sebastian Fitzek gelesen, sich gefürchtet, mehr oder weniger fleißig gestrickt und süß-saure Limettencreme gelöffelt. Die neue Strumpfwolle hätte dabei nur eine Nebenrolle gespielt. Stattdessen war aus der gruseligen Abendunterhaltung eine seltsame Mischung aus Sensationslust, Beklemmung und Angst geworden.

»In manchen Situationen kann nur weiche Wolle und Stricken die Nerven beruhigen«, ergriff Sarah die Initiative und holte aus ihrer Hebammentasche ein Nadelspiel. Bambus, Stärke 3,5.

Pauline legte ihre Holznadeln daneben. Sie waren eine Spezialanfertigung, blau-weiß geringelt. Ihr Mann Paul hatte sie ihr zum Geburtstag geschenkt. Stärke 2. Pauline strickte, wie sie lebte, extrem locker. Ariadne war verblüfft. Bis auf Martina hatten alle Frauen ihre Stricknadeln mitgebracht. Dafür gab es nur eine Erklärung. Das hier war keine spontane Zusammenkunft der heimkehrenden Kirchgängerinnen, sondern ein geplantes Treffen. Die Einladung war vermutlich über die MKHC-WhatsApp-Gruppe verbreitet worden. Das erklärte auch, warum Ariadne und Martina nadellos waren und von der Aktion nichts mitbekommen hatten. Martinas altes Klapphandy war nicht internetfähig. Die Wollladenbesitzerin hingegen misstraute dem Messengerdienst und nutzte ihn nicht.

Die aufgekratzten MKHC-Mitglieder beugten sich über den Karton.

»Zitronengelb«, entschied sich Pauline. »Daraus mache ich mir Kniestrümpfe. Ich brauche aber noch eine zweite Farbe.«

Pauline testete verschiedene Varianten. Lavendel, Mohn, Irisches Moos. Für die Ringelspezialistin passten grundsätzlich alle Farben zusammen. »Papaya«, entschied sie endlich. Mit flinken Fingern begann sie, die Maschen anzuschlagen.

»Orange-gelb. Ziemlich dezent, um nicht zu sagen konventionell«, kommentierte Camilla.

Pauline bewarf ihre Walkingkollegin mit einem türkisen Wollknäuel. »Du musst ja nicht überlegen. Hauptsache wasserfarben.«

Camilla fing die Wolle auf und las den Etikettaufdruck vor. »Melting Blue Glacier. Der schmelzende Gletscher ist, vom Klimawandel mal abgesehen, wirklich sehr schön. Diese Farbe stärkt das Thymus-Chakra und damit den Selbstausdruck.«

»Dann brauchst du sie doch nicht«, konterte Pauline und nahm Camilla die Wolle wieder weg. »Nimm Maronenbraun, das erdet.«

Camilla lachte tief und laut. Zu wenig Selbstausdruck war tatsächlich nicht ihr Thema. Sie war trotz ihres Alters eine aufsehenerregende Frau.

Martina griff nach dem türkisen Wollknäuel. »Mir gefällt die Farbe. Ist mal ganz was anderes.«

Alle schauten sie erstaunt an.

»Für wen strickst du denn?«, fragte Sarah.

Martina betrachtete das Wollknäuel. »Für Christian oder eins der Kinder.«

»Dann nimm doch lieber eine neutralere Farbe. Du suchst doch immer Töne, die zu allem passen«, gab Ariadne zu bedenken. »Was hältst du von diesem wunderbaren Schiefergrau? Wäre ja schade, wenn deine Arbeit nur wegen der Farbe im Schrank liegt, oder?«

Martina nickte »Da hast du recht. Zwischen Schuh und Hose ist das wirklich zu auffällig.«

Immer noch hielt Martina die Wolle in der Hand.

»Vielleicht wäre die Farbe was für dich selbst?«, schlug Camilla vor. »Dir könnte sie guttun. Intuitive Farbwahl zeigt unsere innersten Bedürfnisse. Wenn dich dieses Türkis anspricht, tu dir etwas Gutes, und strick dir selbst damit Socken.«

Martina schüttelte den Kopf und legte die Gletscherfarbe in den Karton zurück.

»Seit den Wechseljahren habe ich heiße Füße. Ich kann nur Baumwollsöckchen ertragen, wenn überhaupt. Aber Nicole hätte die Wolle gefallen.« Sie kämpfte mit den Tränen.

»Niemals«, entgegnete Camilla entschieden. »Der wäre Schurwolle zu ordinär gewesen. Nicole hätte mindestens Kamelhaar oder noch besser Yak oder Kaschmirziege gebraucht.«

»Sprich nicht schlecht von ihr«, bat Martina leise und schnäuzte sich lautstark in ein gebrauchtes Papiertaschentuch. »Jetzt, wo sie tot ist.« Sie steckte das Taschentuch in den Bund ihrer schwarzen Leggings.

»Das ist nur die Wahrheit.« Camilla tätschelte Martinas Hand. »Aber ich weiß schon, sie war deine Freundin.«

»Meine einzige und beste«, schluchzte Martina. Sie tastete nach dem zerfledderten Taschentuch, aber Sarah Weierling war schneller und zog aus ihrer riesigen Tasche eine frische Packung hervor. Sarahs Tasche war legendär. Je nach Bedarf holte sie daraus Windeln, Spucktücher, Stillhütchen, Kekse oder im Notfall eine Packung Zigaretten. Einmal sogar einen Flachmann mit Whiskey.

»Soll ich dir Nadeln holen?«, wandte sich Ariadne an Martina.

Maria schüttelte empört den Kopf und griff, ihrer Vorliebe für bluttriefende Thriller folgend, zu Dunkelrot, schwankte aber noch zwischen Blood Queen und Rhesus negativ. »Du kannst auf keinen Fall in den Laden gehen. Der ist polizeilich versiegelt.«

Ariadne presste für einen kurzen Augenblick ihre Lippen aufeinander, lächelte dann aber. »Nur gut, dass du dich immer für die Einhaltung von Regeln einsetzt. Ich habe Nadeln in meiner Wohnung.«

Martina winkte ab. »Bloß keine Umstände. Meine Hände zittern, da würde ich jede Masche fallen lassen. Ich muss immer an Nicole denken.« Tränen liefen über ihre Wangen.

Sarah legte der Trauernden ihre Hand auf die Schulter. Mit der anderen griff sie zielstrebig in den Karton. »Ich nehme Grün.« Sie bestrickte jedes ihrer Babys mit Söckchen und Mützchen. Dazu machte sie auch farblich passende Socken für die werdenden oder frischgebackenen Mütter und Väter. Selbst Geschwisterkinder wurden mitbestrickt.

»Die Farbe der Hoffnung«, schniefte Martina.

Camilla nickte bestätigend. »Und des beginnenden Lebens. Grün symbolisiert das Herzchakra und steht für universelle Liebe und Heilung. Was könnte für Babys und ihre Familien besser passen? Wie immer eine gute Wahl, Sarah. Du bist auf natürliche Weise mit dem Leben verbunden.« Sie hatte den Karton inzwischen auf ihre Knie gestellt und ließ ihre Hände über die einzelnen Wollknäuel wandern. Dabei hatte sie ihre Augen geschlossen und spürte den Farbenergien nach.

»Von wegen Beginn des Lebens. Grün war ja auch der Schal, mit dem Nicole erdrosselt worden ist«, schaltete sich Irmingard Sonnleitner ein, die als Letzte durch das Gartentürchen kam. Sie war spät dran, weil sie noch die Kirche aufgeräumt und abgesperrt hatte. An ihrem Unterarm pendelte ungeachtet des milden Wetters ein Regenschirm. In der Hand hatte sie eine Flasche Wein. Ariadne tippte auf den Rest des Messweines aus der Kirche. Bei der sparsamen und umsichtigen Irmingard wurde nichts schlecht.

»Erwürgen hätte mit jeder Farbe funktioniert. Da kann das Grün nichts dafür«, erwiderte Camilla sachlich.

Martina holte ein weiteres Taschentuch aus der Packung.

»Aber wie schön das Garn war«, schwärmte Pauline. »So weich und doch stabil. Ich habe es nur ganz kurz angefasst. Das war bestimmt nicht billig.«

»Aber dann dieses sonderbare Muster. Was sollte das überhaupt sein?«, fragte Camilla.

»Mich hat es an kleine Spinnenbeinchen erinnert«, sagte Pauline.

»Du siehst zurzeit überall Spinnen«, amüsierte sich Ariadne. »Könnte es vielleicht an deinem neuesten Projekt liegen?«

Die Kinderbuchautorin schüttelte entschieden den Kopf. »Meine Arbeit beeinflusst niemals mein Leben!«

Alle grinsten. Als Pauline einmal ein Buch über Motten geschrieben hatte, war zwei Monate später ihr unbehandelter Bio-Schafwoll-Teppich von einer Motteninvasion fast restlos aufgefressen worden.

»Du schreibst ein Buch über Spinnen?«, wunderte sich Maria. »Das kauft doch keiner.«

Sarah krabbelte mit den Fingern über Paulines Hals und zwickte der geringelten Schriftstellerin ins Ohr.

Pauline grinste. »Wer weiß. Euch wird meine Spinne bestimmt gefallen. Sie häkelt, knüpft und webt nämlich ganz spezielle Netze. Das ist richtige Handarbeitsladenlektüre.«

»Ich werde das Buch auf jeden Fall für meine Praxis kaufen.« Sarah holte aus ihrer Hebammentasche ein zweites, viel kleineres Nadelspiel, das eigentlich zum Stricken von Fingerhandschuhen gedacht war, aber auch perfekt für Babysöckchen passte.

»Mich hat das Schalmuster an Blütenblätter erinnert. Mir hat's gefallen«, warf Martina ein.

Camilla hielt Martina den Wollkarton vor die Nase. »Dir gefällt immer alles, Martina. Das kann doch gar nicht sein. Wähle deine Farbe und sag, was du denkst. Wir beleidigen hier niemanden. Von uns hat dieses Ding ja keine verbrochen.«

Pauline strickte schnell. Nur rechte Maschen, was zu einem Rollrand führte, der sich lustig einkringelte. »Ich denke, dass die Nadelstärke nicht gepasst hat. Wir sollten den Kommissar fragen, ob wir ein Foto von der Tatwaffe bekommen. Dann können wir uns ein fundiertes Urteil bilden.«

Ariadne vermutete, dass der Schal in die Kategorie der gescheiterten Projekte gehörte, die Kundinnen manchmal vorzeigten.

Camilla kreiste immer noch mit den Händen über der Wolle. »Wenn man schon Geld für ein Lacegarn ausgibt, sollte man beim Entwurf nicht sparen. Gibt doch wunderbare Anleitungen von bekannten Designerinnen. Ein kleines Lochmuster zu wiederholen ist Kleinscheiß. Langweilig und einfallslos«, lautete ihr vernichtendes künstlerisches Urteil. Anders als Martina fiel ihr Kritik sehr leicht.

Ariadne hatte sich den Schal genauer angeschaut. »Am Muster lag es nicht, sondern an der Umsetzung. Wer das gemacht hat, tat sich mit der Strickschrift schwer, ist mehrfach in der Zeile verrutscht oder hat den Rapport falsch wiederholt. Daher kommt das Muster nicht richtig zur Geltung.«

»Ein Maschenmarkierer hätte da Wunder vollbracht«, bestätigte Irmingard.

»Und die anderen Fehler erst«, stieg Pauline ein und wechselte zur zweiten Farbe. »Mir sind bereits beim kurzen Hinsehen zwei Laufmaschen ins Auge gestochen. Von dem unregelmäßigen Strickbild oder dem fehlenden Spannen will ich gar nicht erst anfangen. Den eigentlich hübschen Zackenrand hat man so fast nicht erkennen können. Wer auch immer das gestrickt hat, hätte erst mal mit günstiger Wolle üben sollen.«

»So wie die Emma«, erwiderte Irmingard, »die übt seit über fünfzig Jahren mit billigem Synthetikzeug. Besser wird's aber nicht. Ich möchte nicht wissen, wie viele Schals sie in ihrem Laden schon gestrickt hat.«

»Wäre wirklich interessant zu wissen, welcher Schal mehr Fehler hat«, überlegte Camilla.

»Emma sieht sehr schlecht«, verteidigte Sarah die Schreibwarenladenbetreiberin. Damit die Babybeinchen nicht kalt würden, arbeitete sie den Schaft ihrer Söckchen im plastischen Wellenmuster.

»Die ist fast blind. Aber auch als sie noch sehen konnte,

hat sie nicht schöner gestrickt. Bei manchen Leuten hilft üben auch nichts. Entweder man kann's oder eben nicht.« Irmingard Sonnleitner holte aus ihrer abgewetzten Handtasche Metallstricknadeln und ihre Lesebrille. Dann schlug sie ein Sockenbündchen in der Farbe Ebenholz für den indischen Aushilfspfarrer an, der im Sommer für vier Wochen in Madlfing Urlaub machen würde.

Camilla wartete immer noch auf eine Farbeingebung.

»Was macht Emma eigentlich mit den vielen Schals?«, wunderte sich Martina.

Die Frage stand in der erstaunlich lauen Abendluft. Die Frauen schauten von ihren Strickzeugen auf.

»Willst du andeuten, dass Emma nicht nur Schreibwaren, sondern auch tödliche Schals verkauft?«, fragte Camilla.

Martina zuckte mit den Schultern.

Pauline hingegen klatschte begeistert in die Hände. »Was für eine geniale Geschäftsidee! Denkt doch mal nach. Vielleicht beliefert Emma seit Jahrzehnten weltweit Serienwürger*innen mit anschmiegsamen Mordwaffen, und der Schreibwarenladen ist nur Tarnung. So schlecht wie ihr Laden läuft, braucht sie ein zweites Standbein. Die paar Lottoscheine und Zeitungen reichen doch nicht zum Leben.«

Ariadne starrte die Ringelstrickerin an. Pauline hatte keine Ahnung, wie nah sie damit der Wahrheit kam. Wenn auch nicht in Hinsicht auf den Schreibwaren-, sondern auf den Wollladen. Nicole hatte das Geschäft als Tarnung genutzt, und sie selbst tat es auch.

»Und wenn's so wäre. Schals verkaufen ist nicht illegal«, gab Sarah zu bedenken.

»Aber Waffenhandel schon. Und der grüne Schal war ein Mordwerkzeug«, antwortete Maria.

Camilla schüttelte den Kopf. »Dann müsste jeder Baumarkt schließen. Da kann das halbe Sortiment töten. Ein über die Straße gespannter Draht wie bei Charlotte Link oder …« Helga, die lieber fernsah als las, vollendete den Satz. »… ein Hammer, wie beim Münsteraner *Tatort* mit Börne und Thiel.«

Dem MKHC war natürlich klar, dass jeder Alltagsgegenstand zur tödlichen Waffe werden konnte. Er kannte dafür unzählige Beispiele aus der älteren und neuen Kriminalliteratur.

Pauline war bereits zwei Ringel weiter. »Mit etwas Handgestricktem erdrosselt zu werden ist irgendwie wertschätzender als mit einer Drahtschlinge oder einem Kabel aus dem Baumarkt.«

Zustimmendes Nicken.

Maria ließ den blutroten Wollfaden durch ihre Finger laufen. »Manche Mörder haben eben mehr Stil als andere und legen Wert auf Details.«

Irmingard hob den Zeigefinger. »Das fünfte Gebot – *Du sollst nicht töten* – gilt grundsätzlich, und es ist egal, ob es ein stilvoller oder einfallsloser Mord war.«

Pauline schüttelte den Kopf. »Das ist schon klar. Trotzdem ist eine gute Story besser als eine langweilige. Sowohl im Krimi als auch im Leben. Ich bin gespannt, ob das Tatmotiv unseres Wollladenmörders was taugt. Stell dir vor, es ist total banal.«

Ariadne fröstelte, stand auf und ging zum Gartenschuppen, um die Feuerschale zu holen. Sie war froh, den

MKHC-Spekulationen kurz zu entkommen. Daher ließ sie sich Zeit und hoffte, dass die Frauen sich bei ihrer Rückkehr über die neusten Varianten zum Stricken von Fersen oder andere technische Fragen austauschen würden. Aber als sie mit Brennholz und Streichhölzern zurückkam, diskutierten die Strickerinnen immer noch die Mordqualität.

Sarah kettete bereits das erste Babysöckchen ab. »Erdrosseln. Das stelle ich mir schrecklich vor. Da braucht man bestimmt Kraft.«

Maria beugte sich vor. »Vor allem muss man die körperliche Nähe aushalten. Vielleicht gibt es bei der Tat eine sexuelle Komponente«, fantasierte sie.

Irmingard winkte mit der freien Stricknadel ab. »Nicole war komplett angezogen.«

»Als würde das etwas heißen«, murmelte Maria.

Ariadne schichtete Holz auf und dachte an Wallensteins Frage nach ihrem Liebesleben. Von Nicoles Beziehungen hatte sie keine Ahnung. Wie wenig sie sich für ihre Mitarbeiterin interessiert hatte. Sie entzündete ein Streichholz.

Camilla hielt sich währenddessen ein hellrosa Wollknäuel vor die Brust und erfühlte seine Aura. »Ich bin von unserem Mörder schon etwas enttäuscht. Warum hat er keinen Hinweis hinterlassen? So was wie eine geköpfte Barbiepuppe oder ein blutgeschriebenes Zeichen an der Wand.«

»Letzteres wäre beim Erwürgen eher schwierig«, antwortete Irmingard.

Camilla ließ sich nicht beirren. »Ich habe den Verdacht, dass unser Täter nicht sonderlich qualitätsbewusst ist.

Diesen Schal hätte ich nicht einmal benutzt, um meinen schlimmsten Feind zu töten.«

Pauline grinste. »Wenn wir ihn erwischen, werden wir ihm als Erstes erklären, wie ein Laceschal auszusehen hat.«

Die Runde kicherte nervös.

»Und wenn Nicole den Schal selbst gestrickt hat und der Täter ihn ihr aus der Hand gerissen hat?«, fragte Helga.

Pauline wiegte ihren Kopf. »Ich habe Nicole nie stricken gesehen. Ob sie es überhaupt konnte?«

»Bestimmt. Sie hat super erklärt«, verteidigte Martina ihre Freundin.

Irmingard schaltete sich ein. »Theorie und Praxis! Nur weil man die zehn Gebote kennt, heißt das noch lange nicht, dass man sich daran hält. Das könnt ihr mir glauben.«

Das Gespräch verhedderte sich. Ariadne beobachtete, wie die Flammen sich langsam über das Holz hermachten.

Maria kam auf die ursprüngliche Frage zurück. »Wir haben immer noch nicht geklärt, was Emma mit den vielen Schals macht? Das ist schon sehr verdächtig.«

»Ich denke, dass sie die Dinger im Altkleidercontainer entsorgt. Ich hab Emma schon dabei gesehen, wie sie eine Tüte reingesteckt hat«, wusste Helga. Ihr filigranes Lochmuster forderte volle Konzentration. Sie las die Strickschrift vom Handybildschirm ab.

»Ihr Sohn Richard ist auf jeden Fall sehr, sehr komisch. Der hat's doch immer wieder bei Nicole probiert«, stellte Maria fest und klemmte sich die fünfte Nadel zwischen die Lippen. Kritisch betrachtete sie ihren Mausezahn-Rand.

Irmingard hingegen strickte das Bündchen ganz konventionell, abwechselnd zwei rechte und zwei linke Maschen. »Erinnert ihr euch noch, als er im Bierzelt für Nicole ein selbst geschriebenes Lied aufgeführt hat. War eine schlimme Blamage. Alle haben ihn ausgelacht und Nicole am lautesten.«

Sarah überlegte. »Das ist mindestens zwei Jahre her.«

Irmingard zuckte mit den Schultern. »Ja und? Richies Künstlerseele ist bestimmt immer noch gekränkt. Zeit heilt nicht alle Wunden.«

»Dem sollten wir …«, schnell verbesserte sich Pauline, »… also, dem sollte die Polizei auf jeden Fall nachgehen. Vielleicht geben wir dem Kommissar damit einen guten Tipp. Wer weiß.«

Ariadne blickte in die Runde. Offensichtlich war sie nicht die Einzige, die die Polizeiarbeit mit eigenen Recherchen unterstützten wollte. Auch der MKHC befand sich auf Mörderjagd, verfolgte aber gänzlich andere Fährten.

Camilla starrte in den Wollkarton wie in eine Kristallkugel. »Ach, der Richie. Welcher Mann in oder jenseits der Midlife-Crisis ist nicht auf Nicole scharf gewesen? Bei Männern hat sie irgendetwas freigesetzt.«

»Bei Frauen hat das hingegen nicht funktioniert«, sinnierte Pauline.

Camilla sortierte die Wollknäuel jetzt von hell nach dunkel. »Könnt ihr euch erinnern, als der Goschenhofer beim Maitanz die Durand aufgefordert hat und ihr förmlich ins Dekolleté hineingekrochen ist?«

»Die Macht des Testosterons«, analysierte Irmingard. »Hier im Ort hat Nicole die Männer ganz schön in Wallung und dadurch bestimmt auch die ein oder andere Ehe ins Wanken gebracht. Da hätte so manch einer zur Beichte gehen müssen. Gesündigt in Gedanken, Worten und Werken. Der Pfarrer fehlt uns schon sehr.«

Die Beichte durfte Irmingard leider nicht abnehmen. Wenigstens offiziell.

»Nicole hätte so was nie gemacht«, ergriff Martina Partei. »Einen von hier. Das hatte sie nicht nötig.«

»Das ist wahre Freundschaft«, nickte die Mesnerin anerkennend. »Aber von den Männern verstehst du nichts, Martina.« Irmingard Sonnleitner war unverheiratet und lebte allein.

»Wo ist der Richie eigentlich? Ich habe ihn schon lange nicht mehr gesehen«, stellte Maria fest. »Ist er auf Tournee?«

»Auf Reha. Wegen der Bandscheiben.« In medizinischen Angelegenheiten war Sarah immer up to date.

»Wie kann man sich die beim Gitarrespielen kaputt machen?« Missbilligend schüttelte Irmingard den Kopf. Ihr war gerade eine Masche von der Nadel gerutscht. Sarah half ihr, sie wieder aufzufangen. Die dunkle Wollfarbe und die einsetzende Dämmerung machten es der Mesnerin schwer.

»Und wenn er's bei Nicole noch mal probiert hat? Im Laden, allein, und dann völlig ausgetickt ist? Verletzte Gefühle, Affekt und so.« Camilla musterte ihre beringten Finger.

»Den Richard kenn ich schon, seit er ein kleiner Bub war«, überlegte Irmingard. »Brutal war er nie. Eher ein bisserl verträumt. Aber sein Alibi mit der Reha, das sollten wir auf jeden Fall überprüfen.«

Der Wechsel zwischen linken und rechten Maschen regte die Gedanken der Strickerinnen an.

»Das würde grundsätzlich schon passen. Emma hat den Schal gestrickt, und Richie hat ihn sich genommen«, fasste Pauline zusammen.

»Bestimmt nicht.« Ariadne legte Holz nach. »Richard bringt ihr von Woolworth oder Kaufland diese riesigen Dinger für zwei Euro. Knallbunt und zu hundert Prozent aus Polyester.«

»Vielleicht hat Richard seiner Mutter einmal ein kostspieliges Geschenk von einer seiner Konzertreisen mitgebracht«, fantasierte Pauline weiter. Sie wollte den Gedanken noch nicht aufgeben.

»Der ist geizig wie Dagobert Duck.« Kurz stoppten die Stricknadeln. Ein Comic-Vergleich aus Irmingard Sonnleitners Mund war komisch. Normalerweise erwählte sie Heilige, um Charaktereigenschaften hervorzuheben. Aber wahrscheinlich gab es keine geizigen Heiligen. »Geld gibt der nur für sich und seine Gitarren aus.«

»Und für seinen pseudojugendlichen Aufzug. Schwarzes Leder, Nieten, Schlangenlederschuhe. Der Richard ist irgendwann in der Zeit stehen geblieben«, urteilte Camilla. Ein Vorwurf, den man ihr nicht machen konnte.

Pauline runzelte die Stirn. »Aber wann? Ich glaube, das war nie modern.«

Sarah war mit der ersten Babysocke fertig. »Er wär halt gerne ein Rockstar. Auf der Bühne kann man so was schon tragen.«

»Der ist doch mehr hinter als auf der Bühne.« Camilla stand auf und streckte sich. »Übrigens hätte ich noch ein paar Flaschen Prosecco im Kofferraum. In der Kühltasche. Falls jemand Durst haben sollte. Eigentlich wären die für den Krimiabend gewesen. Aber der ist ja wegen Nicole ausgefallen.« Das klang nach einem Vorwurf.

Alle schauten zu Irmingard Sonnleitner. In Fragen der Pietät war sie eine zuverlässige Ansprechpartnerin.

»Der Mensch muss was trinken. Keine Frage«, antwortete die Mesnerin und begleitete Camilla.

»Ich hole uns Gläser«, bot Ariadne an.

»Warte, ich helfe dir.« Sarah stand auf. Zusammen verschwanden sie in Ariadnes Wohnung, brachten die angekündigten Sektgläser, dazu eine Flasche Hochprozentiges, Bier und Chips. Das sollte zur Versorgung der Strickerinnen reichen.

»Auf Nicoles ewiges Leben. Möge sie in Frieden ruhen!« Irmingard Sonnleitner hob ihr mit Bier gefülltes Sektglas. Die Mesnerin trank nicht einfach aus der Flasche. Nicht für einen derartig wichtigen Trinkspruch.

»Und auf dass der Mörder bald gefunden werde und bis zum Jüngsten Tag in der Hölle schmore«, fügte Pauline hinzu.

Irmingard nickte. Die Strickerinnen hoben ihre Sektgläser.

»Martina, was ist los? Du bist ganz blass«, bemerkte Sarah plötzlich.

Martina starrte vor sich hin. Das Glas zitterte in ihrer Hand.

»Mir ist übel.«

»Das mit der Nicole setzt ihr zu«, stellte Irmingard das Offensichtliche fest.

Ariadne öffnete eine grüne Kunststoffflasche mit schwarzem Etikett und befüllte die mitgebrachten Schnapsgläser.

»Das ist isländische Medizin. Schmeckt nach Kümmel und ist gut für den Magen«, erklärte die Wollladenbesitzerin.

»Lieber nicht«, lehnte Martina mit erhobenen Händen ab. »Mein Mund brennt schon, wenn ich die Flasche nur anschaue. Schnaps vertrage ich nicht.«

»Das hilft, glaub mir. Ich hab mit dem Zeug Erfahrung. Du musst es in einem Zug hinunterkippen. Bloß keine Angst.« Ariadne machte es vor. Folgsam setzte Martina das Glas an ihre Lippen, nippte und verzog das Gesicht.

»Auf ex, sonst wird das nix«, wies Camilla an und ging mit gutem Vorbild voran.

Martina schloss die Augen und kippte sich die Flüssigkeit in den Rachen. Alle beobachteten sie, ob eine Besserung eintreten würde. Ihre Hautfarbe ähnelte jedoch immer mehr dem Grün der Kunststoffflasche.

»Ich muss heim«, flüsterte sie.

Ariadne stand auf. »Ich fahr dich.«

»Nein, nein. Keine Umstände. Du hast getrunken.«

»Ich hab noch nicht mal damit angefangen. Bis der Alkohol in meinem Blut ankommt und meine Reaktionsfähigkeit beeinflusst, bin ich längst zurück.«

»Passt nur auf! Nicht dass euch die Lissi erwischt und dich blasen lässt«, lachte Pauline.

»Der reicht ein Mord am Tag. Die liegt bestimmt gemütlich auf der Couch und lässt sich vom Sebastian die Füße massieren«, versuchte Sarah, Martina zu beruhigen. »Lass dich doch von Ariadne heimfahren.«

»Ich geh zu Fuß. Die frische Luft wird mir guttun.« Martina stand unsicher auf. »Bis morgen!«

Ariadne umarmte sie. »Pass auf dich auf, Martina. Wenn du reden willst, ruf an. Zu jeder Zeit.«

Alle blickten der treuen Freundin nach, wie sie leicht gekrümmt den Garten verließ.

»Gute Besserung und trink zu Hause noch eine Tasse Kamillentee!«, rief ihr Sarah nach. »Das beruhigt den Magen und die Nerven.«

»Kamillentee«, schnaufte Maria verächtlich. Sie ließ ihr Strickzeug sinken und blickte in die Runde. »Da draußen läuft ein Mörder frei herum. Nur so zur Erinnerung.«

Kurzes Schweigen samt Gänsehautalarm.

»Der braucht erst mal Pause«, entschied Irmingard.

»Ich werde mich trotzdem abholen lassen«, flüsterte Maria Helga ins Ohr. »Sicher ist sicher.«

Die Frauen widmeten sich wieder ihrem Strickzeug und spannen feucht-fröhlich weiter an abwegigen Mordtheorien. Der MKHC war in Hochform.

»Wir besprechen hier kein Buch«, versuchte Ariadne immer wieder zu bremsen. Aber nachdem Martina weg war und man sie nicht mehr schonen musste, gab es kein Halten mehr.

Pauline öffnete eine weitere Proseccoflasche. »Was, wenn die Tat mit einem lang zurückliegenden Ereignis in der Vergangenheit zusammenhängt? Das kann so lange her sein, dass sich nicht einmal mehr Nicole daran erinnert hat. Davon liest man doch immer wieder.«

»So wie beim ersten Fall von Carl Mørck. Wie hieß der noch?«, überlegte Camilla.

»*Erbarmen*«, antwortete Ariadne und meinte es auch so.

»Mit der Frau in der Druckkammer. Das war so genial und so grausam. Davon hatte ich wochenlang Albträume«, erzählte Maria und strahlte dabei.

Bis spät in die Nacht klapperten die Nadeln, klirrten die Gläser und liefen die Gehirne heiß. Es wurden ausgefallene Tatmotive diskutiert, nach Parallelen in Thrillern und Krimis gesucht und halb Madlfing samt Tagestouristen und Gästen verdächtigt.

Gegen ein Uhr hatten die Strickerinnen endlich Mitleid mit ihrer Gastgeberin. Das Feuer war längst heruntergebrannt, und Ariadne gähnte seit Mitternacht im Minutenrhythmus. Einige Socken wurden schnell noch abgekettet. Aufgrund der Dunkelheit und des Alkoholpegels ging dabei die ein oder andere Masche verloren. Dann löste sich der MKHC nach und nach auf und taumelte in die Nacht.

17. MASCHE

Stricken ist die perfekte Tarnung.

Die drei Walkerinnen schlenderten über den nächtlich stillen Dorfplatz.

»Das war einer unserer besten Krimiabende«, stellte Camilla fest. »Wir waren wie Miss Marple mit dem Strickstrumpf auf Mördersuche und haben einige vielversprechende Spuren entdeckt.«

Sarah lächelte. »Handarbeitende Frauen werden eben gerne unterschätzt. Das Strickzeug war Miss Marples geniale Tarnung.«

»Und das wird auch unsere sein! Agatha Christie ist immer noch die Beste.« Camilla verehrte die englische Schriftstellerin.

Pauline verkniff sich die Bemerkung, dass Camilla beim Treffen gar nicht gestrickt hatte. »Morgen packen wir's an. Ich sag nur 132. So viele Nachrichten haben wir bis jetzt auf WhatsApp bekommen. Kombinationsgabe alleine reicht eben nicht. Wir müssen uns einen Überblick verschaffen, allen Hinweisen nachgehen und die Alibis der Verdächtigen überprüfen. Außerdem müssen wir den

Überwachungsstand koordinieren. Der Mörder wird uns nicht durch die Lappen gehen.«

Sarah ließ sich auf die Bank unter dem Lindenbaum fallen. »Meint ihr nicht, wir sollten Ariadne einweihen? Schließlich ist Nicole in ihrem Laden ermordet worden.«

Pauline schüttelte den Kopf. »Wir halten sowohl Ariadne als auch Martina raus. Die sind beide emotional ziemlich angeschlagen. Ist euch aufgefallen, wie still Ariadne heute Abend war? Sie hat sich eigentlich gar nicht an unserem Brainstorming beteiligt. Ungewöhnlich. Und Martina war kurz vor dem Zusammenbruch, aber verständlich, so eng wie die Nicole und sie waren.«

Camilla nickte zustimmend.

»Wir hingegen haben den nötigen professionellen Abstand, und anders als die Polizei verfügen wir in Madlfing über ein Netzwerk zuverlässiger Informantinnen. Dabei ist es egal, ob wir es mit einem regionalen oder überregionalen Mörder zu tun haben.«

Sarah gähnte und legte den Kopf in den Nacken. »Wenn das Motiv tatsächlich verschmähte Liebe war, ist die Hälfte der Madlfinger Männer verdächtig. Euch ist schon klar, wie viel Arbeit das ist?«

Pauline zog Sarah hoch. »Kein Problem. Wir arbeiten schnell, effektiv und unbürokratisch. Aber erst brauchen wir ein paar Stunden Schlaf. Morgen um halb acht bin ich wieder zur Stelle und errichte den Beobachtungsposten.«

»Ich komme mit dem Werbebanner vorbei und helfe dir beim Aufbauen«, bot Sarah an.

Camilla strahlte. »Und dann präsentieren wir Kommissar Wallenstein à la Monsieur Poirot den Täter und erklären ihm die Zusammenhänge. Der wird Augen machen. Da freue ich mich jetzt schon drauf.«

Die Wege der Soko trennten sich. Jede malte sich auf dem Heimweg aus, wie sie den Fall in Rekordzeit lösen und Wallenstein vor dem MKHC seinen Hut ziehen würde.

EIN VERHÄNGNISVOLLER MITTWOCH IM MAI

18. MASCHE

*Im Prinzip gibt es nur rechte
und linke Maschen.*

Wallenstein war früh wach geworden. Statt einer Laufrunde hatte er eine Umzugskiste mit Anziehsachen ausgepackt und alles ordentlich in den Schrank geräumt. Jetzt freute er sich auf seinen allerersten Kaffee. Endlich. Er schaltete die Maschine an. Seit gestern wartete das Kaffeepulver gemahlen und getampert im Siebträger. Während das Luxusgerät aufheizte, schüttete Wallenstein Cornflakes und Milch in eine Glasschale und biss in eine Banane. Normalerweise reichte ihm für den Tagesstart ein starker Kaffee. Auf nüchternen Magen würde er die Obduktion jedoch nicht durchstehen.

Wallenstein ging auf den Balkon und staunte. Im Morgenlicht wirkten die Berge fern, und die Landschaft davor war zart und still. So als würden die Farben noch schlafen. Mit einem Lächeln kehrte er zur Kaffeemaschine zurück.

Das Lämpchen flackerte hektisch, ganz anders als in der Gebrauchsanleitung beschrieben. Er wartete. Endlich erlosch es. Wallenstein drückte den Hebel nach unten und schaltete damit die Pumpe an. Er konnte hören, wie der Druck sich aufbaute und dann mit einem Zischen irgendwo entwich. Aber leider war kein heißes Wasser durch den Siebträger gedrückt worden. Das grüne Lämpchen blinkte erneut. Wahrscheinlich war das gepresste Pulver inzwischen zu fest. Sein Fehler. Er leerte den ungenutzten Kaffee in die Biomülltüte. Das Pulver war nicht einmal befeuchtet worden. Nach einem kurzen Blick auf die Uhr entschloss er sich, morgen in aller Ruhe einen neuen Versuch zu unternehmen. So startete er wieder nicht mit frisch gebrühtem Espresso, sondern mit einem Glas Leitungswasser in den Tag. Wenigstens war die Autobahn erfreulich frei, und Wallenstein genoss die Fahrt. Ab der Auffahrt Starnberg wurde es jedoch voll. Wallenstein reihte sich in den morgendlichen Berufsverkehrswahnsinn im Großraum München ein. In der Ferne konnte er bereits die Türme der Münchner Frauenkirche erkennen. Im Schneckentempo bewegte er sich darauf zu. Genervt trommelte er auf sein lederbezogenes Lenkrad. Durch den Stau würde er zu spät kommen. Was nicht das Schlimmste wäre, aber unangenehm. Er hasste es, unpünktlich zu sein. Wobei die Aussicht, der Obduktion zu entgehen, natürlich verlockend war. Wallenstein versuchte, Floss und Wagner zu erreichen. Bei Floss meldete sich die Mobilbox, bei Wagner ging Toni ans Telefon, der ihm freimütig berichtete, dass die Mama gerade auf der Toilette sei.

»Soll ich ihr das Telefon bringen?«, bot er an. »Das kann nämlich dauern.«

»Passt schon, Toni. Ich ruf die Mama einfach später an. Dir viel Spaß im Kindergarten.«

»Spaß!«, empörte sich der Junge. »Ich hab da keinen Spaß. Der Martin ärgert mich immer. Heute hau ich ihm auf die Nase.«

Toni legte auf. Lissi Wagner hatte gestern noch behauptet, Madlfing wäre einer der friedlichsten Orte dieser Welt. Das Landleben wurde überschätzt.

Auf dem mittleren Ring lief es zügiger als gedacht, und Wallenstein kam nur mit einer halben Stunde Verspätung am Institut an.

Elvira Olowitsch stand vor der Tür. Sie trug bereits Arbeitskleidung. Grüne Hose und Oberteil. Darüber eine weiße Gummischürze. Wallenstein schluckte.

»Ah, der Herr Kommissar. Ich wollte nicht ohne Sie anfangen«, begrüßte sie ihn mit einem schiefen Grinsen. Im Mundwinkel hing eine Zigarette. »Na, dann wollen wir mal.«

Dr. Olowitsch warf ihre Zigarette auf den Boden und trat sie aus. Den bereitstehenden Aschenbecher ignorierte sie. Entgegenkommend öffnete sie Wallenstein die Tür. »Ab mit Ihnen in die gute Stube. Ich denke, da werden wir uns noch öfter begegnen.«

Wallenstein trat ein und erstarrte. Aber es war nicht der Geruch nach Tod, nach Putz- und Desinfektionsmittel, der ihn zögern ließ, sondern die Tatsache, dass die Gerichtsmedizinerin ihn beim Vorbeigehen kräftig in den Po gekniffen hatte.

»Ein gut trainierter Gluteus maximus, Herr Wallenstein. Ich schätze, Sie sind Radfahrer.« Olowitsch lachte heiser. »Folgen Sie mir unauffällig, Sie Prachtbursche.«

War er gerade erneut das Opfer eines sexuellen Übergriffes geworden? Sollte er sich beschweren? Doch bei wem? Bei Dr. Olowitsch, die das scheinbar sehr spaßig fand? Bei seiner Chefin, die er noch nicht einmal richtig kannte? Wahrscheinlich würden ihn die Kollegen auslachen. Mit großem Abstand folgte er der Gerichtsmedizinerin an ihre Wirkungsstätte. Nicole Durand lag bereits auf dem Seziertisch.

»Los geht's. Frau Weide ist verhindert.«

Die Gerichtsmedizinerin nickte ihrem Assistenten zu. Die beiden waren ein eingespieltes Team und begannen ihre Arbeit.

Wallenstein hielt Abstand und atmete flach. Beim Anheben der Bauchdecke hielt er die Luft an. Er hasste das schmatzende Geräusch, das dabei entstand. Nächstes Mal würde er Floss schicken, nahm er sich vor. Er hatte vom Tod genug. Was natürlich für eine Arbeit bei der Kripo nicht gerade die beste Voraussetzung war.

Olowitsch bestätigte die vermutete Todesursache durch Erdrosseln. Nicole Durand war bei bester Gesundheit gewesen.

»Genauer Todeszeitpunkt?«, fragte Wallenstein.

Olowitsch schaute auf und grinste. Ihre Goldzähne blitzten. Scheinbar konnte Nikotin das Edelmetall weder verfärben noch mattieren.

»Was für eine Frage! Herr Kommissar! Wir sind doch hier nicht im Fernsehkrimi. Einen Zeitpunkt bekommen Sie von mir nicht.«

»Sondern?«, fragte er irritiert.

»Einen Zeitraum.«

»Dann eben den Zeitraum.«

»Zwischen neunzehn und einundzwanzig Uhr.«

Wallensteins Handy vibrierte. Floss. Er verabschiedete sich vorzeitig.

»Den vollständigen Bericht mit Toxikologie und so weiter haben Sie morgen auf dem Tisch. So schnell geht das normalerweise nicht. Nur weil Sie so ein Sahneschnittchen sind!«, rief ihm Dr. Olowitsch nach.

Der Assistent warf dem Kommissar einen entschuldigenden Blick zu. Schnell verließ er das Gebäude und war froh, diesen Termin hinter sich zu haben.

Im Auto steckte Wallenstein sich die Freisprecheinrichtung ins Ohr. Er brauchte jedoch ein paar Minuten, um sich einigermaßen zu sammeln. *Sahneschnittchen*, so hatte ihn noch niemand genannt. Immer noch fassungslos schüttelte er den Kopf. Dann rief er Floss zurück.

»Ich glaube, wir haben was«, begrüßte ihn der Kollege. »Lissi hat mich vor fünf Minuten angerufen. Im Haus der Durand haben die Kollegen 750000 Euro in bar gefunden.«

Beinahe hätte Wallenstein im Tunnel die Ausfahrt auf die Garmischer Autobahn verpasst.

»Wo?«, fragte er und quetschte sich im letzten Moment auf die Abbiegespur, was der nachfolgende Land Rover mit lautem Hupen quittierte. Wallenstein hob entschuldigend die Hand. Von hinten folgten Lichthupe und nahes Auffahren. Wallenstein konnte nicht einmal das Kennzeichen im Rückspiegel erkennen.

»War super versteckt.« Floss machte eine bedeutungsschwere Pause. »In einem Koffer unter Durands Bett. Nicht einmal das Zahlenschloss war verdreht.«

Wie unvorsichtig konnte man sein und so viel Bargeld im Haus aufbewahren?

»Interessant«, antwortete Wallenstein, fragte sich aber gleichzeitig, warum der Täter nicht einfach in Durands Haus eingebrochen war. 750 000 Euro würde die Frau schließlich nicht in ihrer Handtasche herumtragen. Der Mörder hingegen hatte sowohl die Tasche, als auch den Hausschlüssel zurückgelassen, und nach jetzigem Ermittlungsstand gab es keinen Hinweis, dass er im Laden gestört worden wäre.

»War das Haus gut gesichert? Gibt es Einbruchsspuren?«, fragte er.

Wieder hupte der Land Rover hinter ihm und gab demonstrativ Gas. Wallenstein umklammerte das Lenkrad und hielt sich stur an die Geschwindigkeitsbegrenzung. Er hatte nicht einmal ein mobiles Blaulicht. Wahrscheinlich würde es am Cabriofaltdach auch nicht halten.

»Lissi ist vor Ort und kann diese Frage später bestimmt beantworten. Ich durchleuchte bis dahin Durands finanzielle Situation. Um elf Uhr habe ich einem Termin mit ihrem Anwalt und später mit dem Bankdirektor. Wir treffen uns wie besprochen im Rathaus, oder?«

Wallenstein bestätigte und legte auf. Sobald es möglich war, überholte ihn der dunkelgrüne Land Rover. Die Fahrerin mit Trachtenhut zeigte ihm den ausgestreckten Mittelfinger. Wallenstein merkte sich das Kennzeichen. Man wusste nie, wann man sich wieder begegnete.

750 000 Euro. Dagegen war der Kasseninhalt des Wollladens nicht mal die Portokasse. Hatte Nicole Durand mit jemandem über ihr Vermögen gesprochen? Damit ange-

geben? Hatte sie Banken misstraut? Vielen Menschen gab Bargeld im Haus ein sicheres Gefühl. Das konnte er als Polizist nicht verstehen. Er schaute auf die Uhr. Vor der Lagebesprechung hatte er noch Zeit, bei Ariadne Schäfer nachzufragen, ob Nicole Durand die Geldsumme jemals erwähnt hatte.

Außerdem war er gespannt, wie sie reagieren würde, wenn er sie als Elin Fenjasdottir anredete.

19. MASCHE

So viel Wolle, so wenig Zeit.

Ariadne verfluchte ihr Schlafbedürfnis. Aber unter acht Stunden war sie ein unzurechnungsfähiger, willenloser Zombie. Daher hatte sie ihren Wecker, als sie gestern bzw. heute um 1:23 Uhr ins Bett gekrochen war, exakt auf 9:23 Uhr gestellt. Nach einer kalten Dusche und zwei Tassen Grüntee fühlte sie sich sogar einigermaßen ausgeschlafen. Sie saß am Computer, checkte ihre E-Mails. Gerade als sie sich an die Suche nach Tim Wallensteins Geheimnissen machen wollte, klingelte ihr Telefon. Hildur.

Mit einem breiten Lächeln nahm Ariadne das Gespräch an.

»Hast du gemerkt, dass ich gestern an dich gedacht habe, *amma*?« Ariadne schaltete den Bildschirm aus und überprüfte kurz, ob die Kühlung ihres Servers funktionierte. Langsam wurde es auf dem Dachboden wieder wärmer, als es der Computertechnik lieb war.

»Natürlich, Elin. Dein Heimweh reicht bis zum Polarkreis und wieder zurück.«

Ariadne kletterte die Leiter vom Dachboden in ihr

Schlafzimmer hinunter. »Gib zu, du hast entweder mit Erik oder mit Hakon telefoniert.«

»Nein, habe ich nicht.«

Im Hintergrund hörte Ariadne Wellenrauschen. Mit geschlossenen Augen lauschte sie und erkannte dazwischen die knarrenden Rufe von Papageientauchern. Im Mai kamen die bunten Vögel zum Brüten auf die Insel. Ja, ihre Großmutter hatte recht. Sie hatte Heimweh nach dem Meer, nach der Weite, dem Wind und natürlich nach ihrer Familie.

»Ich hab beide getroffen. Erik und Hakon«, sprach Hildur weiter.

Typisch!

»Lass mich raten. Sie sind zu dir gefahren, haben dir beunruhigende Dinge erzählt, und jetzt machst du dir Sorgen um mich.« Ariadne zog sich ein Kleid über den Kopf und ging barfuß in die Küche. Beim Blick aus dem Fenster stutzte sie. Was machte Pauline dort unten? Bücher verkaufen? Normalerweise überließ sie das dem Buchhandel. Hatte sie etwa ihre Hühner dabei?

»Nein, ich war in Husavik.«

Jetzt war Ariadne beunruhigt. »Bist du krank?«

»Wo denkst du hin. Ich musste zum Zahnarzt. Danach habe ich mit Hakon bei Erik gegessen und bin am selben Tag wieder zurückgeflogen.«

Ariadne entdeckte Wallensteins BMW auf der Dorfstraße. Zwei Straßenbauarbeiter sperrten gerade ab und ließen ihn nicht durch.

»Hin habe ich die Fähre genommen. Hat aber ewig gedauert, weil die See rau war. Die ganzen Touristen und Vogelbeobachter hingen über der Reling«, erzählte Hildur munter.

Der Kommissar wendete seinen Wagen und bog in die nächste Querstraße ab. Pauline winkte ihm zu. Ariadne war sich sicher, dass er zurückkommen würde, und ging in den Garten. Dort putzte Jola sich mitten auf dem Tisch. Um sich Platz zu machen, hatte sie zwei Sektgläser umgeworfen. Eines war zerbrochen.

»Unterwegs habe ich deinen Wal gesehen. Dreimal.«

Ariadne hob eine leere Proseccoflasche auf. »Ich weiß, dass er wieder da ist. Erik hat mir Fotos gezeigt.«

»Er kommt nicht ohne Grund, Elin.«

Langsam atmete Ariadne aus. Ihre Großmutter sah nicht nur Geister, sondern glaubte auch an Vorzeichen. An Feen, Trolle und Riesen natürlich auch. Ariadne hingegen wollte von alledem nichts hören. Seit sie zurückdenken konnte, hasste sie es, bevormundet zu werden. Egal ob von Familie, Lehrern, Männern, magischen Wesen oder Vorzeichen. Immer wenn andere zu wissen glaubten, was gut für sie sei, wurde sie schwierig. Das packte sie einfach nicht.

Jemand klopfte an die Haustüre. Ariadne reagierte nicht. Kurz darauf hörte sie Schritte entlang des Gartenzauns. Jola spitzte die Ohren und begann, stotternd zu schnurren.

»Tu doch nicht so. Du bist doch schon längst taub«, beschwerte sich Ariadne bei der Katze.

»Da täuscht du dich, ich höre und sehe noch ausgezeichnet«, antwortete Hildur.

Ariadne lachte. »Ich hab mit Jola gesprochen.«

»Die lebt noch? Die muss inzwischen uralt sein.«

»So schaut sie auch aus, wie ein mottenzerfressener Fellsack.«

Die Katze drehte ihr demonstrativ den Rücken zu.

Wallenstein hob die Hand zum Gruß. Heute war er rasiert und unangenehm selbstsicher. Das sah Ariadne drei Meter gegen den Wind. Noch mehr Warnungen oder Ratschläge konnte sie im Moment nicht ertragen.

»Ich muss jetzt leider los, *amma*. Ich ruf dich zurück«, beendete sie das Gespräch und öffnete Wallenstein die Gartentür.

Wäre sie früher aufgestanden, müsste sie dem Möchtegern-Superermittler jetzt nicht ahnungslos gegenübertreten. Auch wenn ihr Kleid ihre Schultern nur knapp bedeckte – sie hätte jetzt gerne einen Trumpf gegen ihn im Ärmel gehabt.

20. MASCHE

Bei Geständnissen und beim Stricken
muss man Farbe bekennen.

Wallenstein trat in den Garten. Die Wollladenbesitzerin hatte sich über Nacht erneut verwandelt. In ihrem romantischen Blumenkleid wirkte sie heute wie ein junges Mädchen. Bei jeder Bewegung schwang der weite Rock mit. Ihre Haare waren zu zwei Zöpfen geflochten, und sie war barfuß. Fehlten nur noch ein grasendes Island-Pony und ein Blumenkranz auf dem Kopf, dachte Wallenstein. Aber Ariadnes Beschäftigung passte nicht ganz in das idyllische Bild. In einer blauen Getränkekiste sammelte sie Bierflaschen und leerte halbvolle Gläser ins Gebüsch. Die Gläser stellte sie auf ein Tablett, das bereits eindrucksvoll mit Proseccoflaschen gefüllt war.

»Guten Morgen, Herr Wallenstein«, begrüßte sie ihn, als hätte sie ihn erwartet. »Ich hoffe, Sie standen nicht zu lange im Stau. Der Verkehr um München wird von Jahr zu Jahr schlimmer.«

»Haben Sie das wieder an meinem Atmen erkannt?«, fragte er weniger gelassen, als er es vorgehabt hatte.

Sie lächelte ihn nachsichtig an.

»Lissi hat mir erzählt, dass Sie heute Morgen in München bei der Obduktion sein werden. Sie sehen, für meine Frage gibt es eine logische Erklärung.«

Seelenruhig kehrte sie die Scherben eines zerbrochenen Sektglases auf.

Was war gestern Abend hier los gewesen? Ein Dorffest?

»Kommen Sie doch herein. Wir sind gestern noch ein wenig zusammengesessen. In schweren Momenten sucht man Gemeinschaft.«

Für das Gemeinschaftsgefühl war scheinbar auch eine ansehnliche Menge Alkohol notwendig gewesen. Der Kommissar wusste weder, wie er auf die Partyspuren noch auf Ariadnes Gedankenleserei reagieren sollte, und ignorierte beides.

»Ist das Ihre Katze?«, fragte er stattdessen.

»Die gehört niemandem. Sie kommt und geht, wie sie will. Aber ich darf sie füttern. Ich nenne sie Jola, bin mir aber sicher, dass ihr das egal ist.«

Jola stand auf, dehnte sich yogamäßig im Katzenbuckel und sprang vom Tisch. Mit aufgestelltem Schwanz verließ sie den Garten.

»Nach Jolakötturinn?«, fragte er.

Schäfer zog kaum merklich die Augenbrauen hoch. »Sie kennen die isländische Weihnachtskatze?«

»Jola kenne ich erst seit gestern. Aber über die Weihnachtskatze habe ich irgendwann einmal gelesen, dass sie faule Menschen frisst.«

Schäfer lächelte. »Besonders die, die ihre Wolle nicht gesponnen haben. Sie scheinen wirklich ein ausgezeichnetes Gedächtnis zu haben, Herr Kommissar, wenn Sie sich derartige Details merken können.«

Ein wunder Punkt. Wie gerne hätte er manchmal Dinge einfach wieder vergessen. Aber er war eine wandelnde Datenbank für unnützes Wissen.

»Interessieren Sie sich denn für Island?«, fragte sie weiter.

»Ich habe mal einen Reiseführer überflogen. Gestern Abend habe ich mich aber tatsächlich länger mit einer Isländerin beschäftigt. Genauer gesagt, mit Elin Fenjasdottir«, sprengte er die belanglose Plauderei.

Schäfer blickte ihm direkt in die Augen. Angriffslustig. »Und?«

Das war eine berechtigte Frage.

»Ich habe das Gefühl, dass Sie mir etwas verschweigen.«

»Gefühl«, echote Schäfer. »Bei einer Mordermittlung geht es hoffentlich vor allem um Fakten und nicht um diffuse Ahnungen, Herr Kommissar. Und ich kann Ihnen versichern, dass ich gestern jede Ihrer Fragen wahrheitsgemäß beantwortet habe. Natürlich wissen Sie dadurch nicht alles über mich. Sie haben mich schließlich auch nur nach einem Alibi und nicht nach meinem vollständigen Lebenslauf gefragt.«

Wallenstein beobachtete eine Wildbiene beim Anflug auf eine Glockenblume. Sie kroch fast vollständig in die Blüte hinein. Schäfer war noch nicht fertig, ihm seine Worte im Mund umzudrehen.

»Als aufmerksamer Reiseführerleser wissen Sie bestimmt auch, wie isländische Nachnamen gebildet werden und dass sich Isländer gerne über gemeinsame Freunde oder Verwandte unterhalten. Das ist so eine Art Volkssport. Den Namen meines Vaters Friedrich Schäfer kennt aber leider fast keiner auf Island. Als Ariadne Elin Schäfer Friedrichsdottir wäre es daher unnötig kompliziert. Meine Mutter Fenja Jonsdottir hingegen ist als Journalistin und Sängerin im ganzen Land bekannt, und daher nutze ich in Island meinen Mutternamen Fenjasdottir. Das ist viel einfacher. Damit kann man meine Ahnenreihe nämlich mühelos bis zur Landnahme im Jahr 874 zurückverfolgen. In meinen Adern fließt noch, wenn auch stark verdünnt, das Blut von Ingólfur Arnarson, einem der ersten Siedler.«

Wallenstein schwieg.

»Aber Sie sind doch bestimmt nicht nur wegen eines Gefühls oder meines isländischen Namens gekommen, Herr Kommissar?«

Wallenstein sammelte sich. »Nein, natürlich nicht. In Frau Durands Haus wurde eine größere Geldsumme gefunden. Wissen Sie davon?«

Ariadne schüttelte den Kopf. »Wie groß?«

»Das kann ich nicht sagen. Aber hat sie in letzter Zeit erwähnt, dass sie eine teure Anschaffung plant? Oder irgendetwas anderes Ungewöhnliches?«

Ariadne überlegte lang. Währenddessen wischte sie mit einem feuchten Lappen über den Gartentisch und legte eine blaue Tischdecke auf. Mit weißer Farbe waren allerlei Meerestiere darauf gedruckt. In der Bordüre kringelten Seepferdchen ihre Schwänze um Seegrashalme, und Quallen waberten ziellos umher. Wallenstein wartete geduldig auf eine Antwort und starrte währenddessen auf die Tischdecke. Auf den zweiten Blick war das Motiv weniger heiter. Plastikmüll und alte Dosen lagen zwischen Steinen und Seegras. Schäfer beschwerte den Stoff mit glattgeschliffenen Flusskieseln. »Nein. Da fällt mir nichts ein. Am besten fragen Sie ihren Ex-Mann Daniel Durand. Nicole vertraute ihm. Er könnte etwas darüber wissen.«

Wallenstein nickte und entdeckte immer mehr Tiere. Am linken Ende des Stoffstückes lauerte ein Hai mit weit aufgerissenem Maul und spitzen Zähnen auf einen Tintenfisch, der wiederum einem kleinen Fisch nachjagte. »Fressen und gefressen werden«, fasste er das Unterwassertreiben zusammen.

»Sprechen Sie vom Motiv der Tischdecke oder des Mordfalls?«, fragte Schäfer.

Wallenstein war seine Bemerkung unangenehm. Seine Detailwahrnehmung wuchs sich mehr und mehr zum Problem aus.

»Eigentlich egal«, fuhr Ariadne fort. »Gute Jäger verstecken sich. Die anderen werden gefressen. Das gilt für Fische wie Menschen.«

Wallenstein strich mit der Hand über den Stoff.

»Blaudruck. Ist eine alte Textiltechnik. Im Sommer biete ich dazu einen Workshop an. Vielleicht mögen Sie ja mitmachen?«

»Eher nicht.«

»Haben Sie Angst vor der Tiefe des Meeres, seinen gefräßigen Bewohnern oder dem Abfall, der dort entsorgt wird, Herr Kommissar?«

Wieder einmal amüsierte sich die Wollladenbesitzerin über ihn. »Ich brauche einfach keine Tischdecke«, antwortete er und bückte sich nach einem Papierstreifen mit Piratenlogo. *DyeForYarn* stand unter einem Totenkopf mit gekreuzten Säbeln.

»Ach, das ist von der neuen Wolllieferung. Auf die haben alle schon gewartet.«

Wallenstein drehte den Zettel um und las: *Blood Queen, 100% Wolle (Bio-Merino extra-fine), maschinenwaschbar.* Die anderen Informationen zu Nadelstärke und Lauflänge sagten ihm nichts. Kommentarlos legte er das Papierstück auf den Tisch.

»Ich verstehe ja, dass Sie das Wortspiel im Zusammenhang mit einem Mord im Wollladen etwas schräg finden, aber *DyeForYarn* hat wunderbare Farben. Alles handgefärbt. Wir haben daraus gestern Socken gestrickt.«

»Sie haben gestrickt?«

»Natürlich. Alle waren sehr aufgeregt und wollten über Nicole sprechen. Stricken beruhigt ungemein. Die Nerven, den Geist und die Seele. Dazu gibt es wissenschaftliche Studien. Könnte Ihnen sogar helfen, das Nichtrauchen zu ertragen.«

Woher wusste sie, dass er nicht mehr rauchte und sich oft nach einer Zigarette sehnte? Vor allem dann, wenn er nervös oder gestresst war. Gleichbedeutend mit: Wenn er in Madlfing war.

»Wir mussten uns hier im Garten zusammensetzen, weil Lissi gestern Abend den Tatort versiegelt hat.« Ariadne nahm das übervolle Tablett. »Mögen Sie mir die Türe aufmachen, Herr Wallenstein? Ich bring das nur kurz rein. Die Unordnung gefällt mir nicht.«

Wallenstein stieß die Tür auf und folgte der Ladenbesitzerin in den Flur. Dort kam ihnen Martina Ellinger entgegen. Sie trug einen Eimer in der Hand. Darin klapperten Gläser und Flaschen aneinander.

»Guten Morgen, Herr Kommissar«, grüßte sie leise.

Sie sah noch schlechter aus als am Vortag. Der Mord an ihrer Freundin setzte ihr seelisch wie körperlich zu. Oder hatte sie gestern mit den anderen Trauernden gestrickt und dabei zu tief ins Glas geschaut? Den Madlfingerinnen traute Wallenstein das durchaus zu.

»Ich bring die Sachen aus dem Ladenkühlschrank nach oben in die Küche«, wandte sie sich an Schäfer. »Sonst wird alles schlecht und die Milch sauer und …« Sie lehnte sich an die Wand. Schweißperlen standen ihr auf der Stirn. »Wer weiß, wann du wieder aufmachen kannst.«

Ariadne Schäfer nickte. »Danke, Martina.«

»Ich habe das Gefühl, ich seh Nicole noch immer dort liegen. Da drinnen kann ich kaum atmen.« Mit der gummibehandschuhten Hand wischte Martina eine Träne weg.

»Geh heim, und ruh dich aus«, schlug Schäfer vor und wollte nach dem Eimer greifen. Aber Martina klammerte sich an den Henkel.

»Wie geht es eigentlich deinem Mann?«, fragte Schäfer.

»Er hat sich hingelegt. Die Praxis ist heute geschlossen. Er meint, wir haben entweder einen Schock oder ein Magen-Darm-Virus«, erklärte Martina. »Wenn ich die Sachen aufgeräumt habe, gehe ich. Es tut mir wirklich leid, dass ich keine große Hilfe bin.«

»Mach dir deswegen keine Sorgen. So lieb, dass du überhaupt gekommen bist. Nimm mit, was du brauchen kannst.«

Mit schweren Schritten schleppte sich Martina in den ersten Stock.

»Ich dachte, der Tatort wurde versiegelt?«, fragte Wallenstein irritiert.

»Nur der Außeneingang«, lächelte Ariadne entschuldigend. »Aber das ist nicht Lissis Schuld. Ich hätte sie auf die zweite Tür hinweisen müssen. Aber sie wirkte so erschöpft. Machen Sie ihr bitte keine Vorwürfe. Martina hat sich auch nur die Putzsachen im Laden geholt und den Kühlschrank ausgeschaltet. Sonst rührt hier keiner etwas an.«

»Sie putzt bei Ihnen?«

»Nicht regelmäßig. Aber manchmal hilft sie mir.«

»Hat sie das nötig?«, rutschte es Wallenstein heraus. Als es ausgesprochen war, bereute er die Frage. Er sah, wie es in Schäfers grauen Augen spöttisch aufblitzte. Damit hatte er ihr die nächste Steilvorlage geboten.

»Herr Wallenstein, unterschätzen Sie neben der Handarbeit auch das Putzen? Nur weil es ebenfalls meistens von Frauen ausgeführt wird?«

Mit einer Antwort würde er sich wie gestern um Kopf und Kragen reden.

»Nicole hatte den Job auch nicht nötig, Herr Kommissar, und hat ihn trotzdem gern gemacht. Darüber sollten Sie mal nachdenken. Falls Sie jedoch generell ein Problem mit Frauen haben, egal, ob handarbeitend oder arbeitend, dann wären Sie für Ermittlungen in Madlfing befangen.«

Dieses Madlfing war schlimmer als der Kölner Hauptbahnhof. Bisher dachte er, dass er ein emanzipiertes Frauenbild hätte. Aber Ariadne witterte jedes kleine Vorurteil.

Martina schlich die Treppe herunter und verabschiedete sich. Nachdem sie das Haus verlassen hatte, kam Ariadne zum Thema zurück.

»Vielleicht putzt sie gerne. Das ist keine schlechtere Tätigkeit als shoppen oder musizieren oder bei der Polizei Mörder suchen«, gab Ariadne Schäfer ihm eine Breitseite mit. Wallenstein musterte die schlagkräftige Frau.

»Nicht schlechter, als Hackerangriffe auf Regierungsseiten zu unternehmen?«, fragte er.

Schäfers Pupillen weiteten sich für den Bruchteil einer Sekunde. Dann hatte sie sich wieder unter Kontrolle. Wenigstens einigermaßen. »Das ist ewig her. Der Vorwurf wurde fallen gelassen. Eine Jugendsünde. Wenn überhaupt. Wahrscheinlich haben *Sie* nie etwas angestellt und sind mit einem Stock im Arsch geboren worden.«

Endlich hatte er sie aus der Reserve gelockt. Jetzt wurde es interessant.

»Mathematikstudium in Reykjavik, Oxford und München. Abschluss mit Auszeichnung.«

Ariadne lächelte süßsauer. »Selbst wenn man einen Wollladen führt, ist das nicht verboten. Und mein Studium hilft mir sogar bei meiner jetzigen Arbeit. Stricken ist ein logisches System und hat mehr mit Mathematik zu tun, als Sie sich vorstellen können. Ich kann Ihnen aber versichern, dass mein beruflicher Werdegang nichts mit dem Mord an meiner Mitarbeiterin zu tun hat. Was wollen Sie eigentlich von mir?«

»Dass Sie vorsichtig sind und mit der Polizei zusammenarbeiten. Mehr nicht.«

Ariadne Schäfer verschränkte ihre Arme vor dem Bauch.

Sie kochte innerlich wie ein Geysir kurz vor dem Ausbruch. »Ich werde nicht Ihre Arbeit übernehmen. Und auch wenn Ihnen die Vorstellung gefällt, mein Retter in der Not zu sein, oder was weiß ich, welche Fantasien ich in Ihrem Kopf triggere oder warum Sie Polizist geworden sind. Sie müssen sich nicht um mich kümmern. Das kann ich sehr gut selbst. Ihr Job ist, Nicoles Mörder zu finden. Und dafür wäre es besser, sich mit Ihren Kollegen auszutauschen, als in meinem Haus rumzustehen und mir auf die Nerven zu gehen.«

»Falls Ihnen doch noch etwas einfällt …«

Grußlos lief sie die Treppe zu ihrer Wohnung hinauf und schlug die Tür hinter sich zu.

»… rufen Sie mich an oder kommen im Rathaus vorbei«, brachte Wallenstein seinen Satz zu Ende. Als er durch den Hausflur ging, konnte er nicht anders als schmunzeln.

21. MASCHE

100% Madlfing. Handmade with blood, love and tears

Pauline hatte sowohl die Wolllust, als auch ihre beiden Hühner voll im Blick. Pippa und Polly pickten eifrig die Körnermischung, die sie ausgestreut hatte, aus den Ritzen des Kopfsteinpflasters. Seit das mit Fingerfarben bemalte Bettlaken an einem Lindenast flatterte, registrierte Pauline jede und jeden, der an Ariadnes Geschäft vorbeiging oder auch nur in die Richtung blickte, mit Uhrzeit, Verweildauer und Verhalten. Mit dem Handy machte sie sogar mehr oder weniger unauffällig Fotos der Passanten.

Fünf DIN-A4-Blätter waren bereits eng beschrieben. Den Kommissar hatte sie nicht aufgenommen. Der gehörte nicht zum Kreis der Verdächtigen. Aber was machte er so lange bei Ariadne? Sie musste die Wollladenbesitzerin unbedingt fragen, welche Spur Wallenstein verfolgte. Das wäre für den MKHC ein wichtiger Hinweis.

Pauline war derart auf die Wolllust fokussiert, dass sie übersah, dass sich ihr eine Passantin mit resoluten Schritten näherte.

»Und, wie läuft's?«, fragte Roswitha und wuchtete ihren Korb auf den Tapeziertisch. Wie immer trug sie ein Dirndl. Heute war es dunkelblau mit roter Schürze.

Pauline ließ sich nicht anmerken, dass Roswitha sie erschreckt hatte. »Bis jetzt war alles normal. Erst haben die Schulkinder das Polizeisiegel bewundert, dann kamen die üblichen Einkäufer*innen.«

Die Dirndlträgerin zog eine Augenbraue hoch. Obwohl Roswitha die Ortsvorsitzende des katholischen Frauenbundes war, fand sie Paulines gegenderte Sprechweise albern, verbiss sich jedoch einen Kommentar.

Pauline rückte verschobene Bücher zurecht. »Maria war die neugierigste. Sie hat sich die Nase an der Scheibe plattgedrückt, weil sie sehen wollte, ob die Spusi die Lage von Nicoles Leiche markiert hat.«

»Hat sie denn?«

»Natürlich. Später kamen dann der Postbote, ein anderer Polizist, Bea mit drei Hunden, Martina zum Putzen und ein Urlauberpaar aus Hamburg, das bei der Betti wohnt.«

»Wie hast du das denn gesehen?«, fragte Roswitha bewundernd.

»Ich hab gefragt. Die beiden haben mir sogar acht Bücher abgekauft. Das waren bisher aber auch die besten Kunden. Der Mörder hat sich jedoch noch nicht blicken lassen.«

»Na, dann hoffen wir, dass der bald auftaucht.« Als Roswitha ihre Tasche anhob, warf sie einen Bücherturm um. »Wenn ihr mich braucht, übernehme ich eine Schicht. Wie du weißt, hab ich's nicht so mit dem Wollzeug. Aber ich könnte ein paar Strümpfe vom Albert und von mir ein paar Gläser Marmelade anbieten. Und Franziska hat mir beim Kochabend Bärlauchpesto mitgegeben.«

Pauline checkte den Belegungsplan des Standes. »Nach mir kommt Bea mit ihren gestrickten Hundeoutfits. Aber heute von vierzehn bis fünfzehn Uhr wäre super. Danach kommen Lola und Barbara. Die wechseln sich ab und bleiben bis zum Abend.«

Roswitha runzelte die Stirn. »Haben die mal wieder illegal einen Altkleidercontainer ausgeräumt?«

»Sie nennen das Kleiderrettung«, erwiderte Pauline.

»Und Lissi muss sie dann wieder rausziehen, wenn sie kopfüber stecken bleiben. Das nennt man dann wohl Menschenrettung.«

Pauline griff nach Roswithas Arm. »Dir ist schon klar, dass du deiner Tochter nichts von unserer Überwachung erzählen darfst?«

»Kein Wort zur Lissi. Versprochen. Der ist das alles zu viel. Darum müssen wir die Polizei unterstützen, wo wir können.« Ein Huhn näherte sich neugierig. »Verkaufst du eigentlich auch dein Federvieh?«

Pauline schüttelte entsetzt den Kopf. »Natürlich nicht. Polly und Pippa sind einfach neugierige Hühner und wollten mit.«

»Aha«, erwiderte Roswitha und winkte Pauline zum Abschied zu.

In diesem Moment kam Wallenstein aus der Haustür. Er lächelte. Offensichtlich hatte ihm das Gespräch mit Ariadne gefallen. Oder vielleicht gefiel ihm auch Ariadne, überlegte Pauline. Die beiden wären ein hübsches Paar. Die würden viel besser zusammenpassen als Camilla und der Kommissar.

»Herr Kommissar!«, brüllte Pauline über den Dorfplatz. Vielleicht war er dem MKHC einen entscheidenden Schritt voraus und kurz davor, den Fall aufzuklären. Pauline konnte sehen, wie er zögerte. Dann überquerte er die Straße.

»Was machen Sie denn hier?«, fragte Wallenstein.

Pauline streichelte über ihre Werke. »Bücher verkaufen. Mein Mann ist heilfroh, wenn ich mich von ein paar trenne. Bücherstapel schießen bei mir nämlich in die Höhe wie bei anderen das Unkraut im Garten. Die vermehren sich fast von alleine.« Pauline lächelte. »Alles selbst geschrieben oder selbst gelesen. Was brauchen Sie?«

Eine eigene Wohnung, dachte Wallenstein. Dann hätte er auch wieder ein Regal und Platz für Bücher. Im Moment wären sie nur weiterer Ballast.

»Nichts«, antwortete er.

Pauline stemmte ihre Hände in die Taille. »Das glaub ich nicht. Der Mensch muss doch lesen, um zu überleben«, brach es aus ihrer tiefsten Schriftstellerinnenseele hervor. »Und Sie sind ein Leser. Das sehe ich auf den ersten Blick. Ich hab alles. Humor, Liebe, Wissen, Rezepte, Blut und Tränen.«

Wallenstein bemerkte das Laken. *100% Madlfing. Handmade with blood, love and tears*. Mit weniger gaben sich die Madlfingerinnen nicht zufrieden.

»Das hier ist eine einmalige Chance, ein Pop-up-Stand mit selbst gemachten Produkten. Wir sind echt vielfältig und wechseln uns ab. Jede kommt aber nur einmal. So gibt es immer wieder Neues zu entdecken. Es lohnt sich also, dass Sie möglichst oft bei uns vorbeikommen und uns über Ihre Fahndungserfolge auf dem Laufenden halten.«

Pauline strahlte. Wallenstein war sprachlos. Ein drohendes Knurren ließ ihn zu seinem Auto blicken. Dort lauerte Jola auf der Motorhaube. Zwei Hühner pickten in seinen Vorderreifen.

»Jola, du lässt die beiden in Frieden«, ermahnte Pauline das magere Fellbündel.

Der Schwanz der Katze zuckte.

»Sind das Ihre Hühner?«

»Klar.«

»Die sind gar nicht geringelt«, rutschte es Wallenstein heraus.

Pauline lachte. »Hühner gibt es nur getupft. Das sind Perlhühner. Schön, oder?«

»Wunderschön«, bestätigte Wallenstein und ging zu seinem Auto.

22. MASCHE

Manchmal muss man dem Stricksal auf die Sprünge helfen.

Isländische Flüche ausstoßend, stellte sich Ariadne ans Küchenfenster und beobachtete, wie der Möchtegern-Wallander erst mit Pauline sprach und dann Jola von der Motorhaube seines Angeberautos hob. Paulines Hühner flüchteten vor der Katze in den Laderaum des Lastenfahrrads ihrer Besitzerin. Ein neugieriger Besserwisser war das Letzte, was sie in der angespannten Situation gebrauchen konnte. Was, wenn er sie auffliegen ließ? Dann war nicht nur ihr Leben in höchster Gefahr. Ihre Informanten vertrauten ihr und ihren Fähigkeiten. Sonst hätte keiner geredet.

Die Frage war: Was wusste der Kerl wirklich über ihre Arbeit? Scheinbar mehr, als sie ihm zugetraut hätte. Warum sonst sollte er minutenlang ihre Tischdecke samt Meeresgetier anstarren? Aber so schlau, wie er sich gab, war der Herr Detektiv nicht, versuchte sie, sich zu beruhigen. Und vielleicht lag genau hier das Problem. Er hatte keine Ahnung, welchen Schaden er anrichten könnte. Ariadne kaute auf ihrer Unterlippe herum.

»Dein Freund und Helfer«, grummelte sie. Eine Plage war dieser Kommissar. Jola plusterte ihren Schwanz auf und setzte sich demonstrativ vor sein Auto. Dafür würde Ariadne ihr heute ein Extrastück Trockenfisch spendieren.

Wallenstein legte den Rückwärtsgang ein und rangierte umständlich um die alte Katze herum. Ariadne blickte ihm nach. Sie hatte ihm ausreichend Informationen zur Aufklärung des Verbrechens geliefert. Jetzt konnte sie nur hoffen, dass der Superdetektiv sie bekam, und vor allem, dass er sie kapierte. Bis dahin musste sie ihn von sich ablenken.

Vielleicht könnte ihr dabei der MKHC helfen. Ariadne entsperrte ihr Handy und versuchte ihr Glück: Pauline, Sarah, Camilla. Keine ging ran.

Nicht einmal Irmingard. Die Standardansage des Mobilfunkanbieters informierte sie auf Deutsch und Englisch, dass zurzeit niemand erreichbar sei.

»Wette, die bügelt Altardecken oder poliert die Kerzenleuchter«, schimpfte Ariadne. Bei derart heiligen Tätigkeiten ließ sich Irmingard nur ungern unterbrechen. Aber ans Telefon ging sie normalerweise immer. Vielleicht hatte sie es im Weihwasserbecken versenkt oder beim Radfahren verloren. Kurzerhand machte sich Ariadne auf den Weg zur Kirche. Sie war sich sicher, dass die Madlfingerinnen längst auf Mörderjagd waren. Dass sie nicht gefragt worden war, ob sie mitmachen wollte, versetzte ihr einen kleinen Stich.

Sie öffnete die Holztür. Vom Altarbild blickten ihr ernst drei Frauen aus dem Team der vierzehn Nothelfer entgegen. Ariadne erinnerte sich an den Merkspruch, den ihre

Tante ihr beigebracht hatte: »Margareta mit dem Wurm, Barbara mit dem Turm, Katharina mit dem Radl, das sind die drei heiligen Madl.«

Kein anderes Motiv, keine anderen Heiligen hätten besser zu Madlfing gepasst.

In einer Wandnische flackerten vor einer kleinen Marienfigur unzählige Teelichter. Wahrscheinlich für Nicoles Seelenheil. Sonst war die Kirche leer.

Ariadne brachte es nicht über sich, die Stille zu stören und nach Irmingard zu rufen. Wie immer verblüffte sie ihre körperliche Reaktion auf die freundliche Atmosphäre. Innerhalb von Augenblicken verlangsamte sich ihr Herzschlag. Ob Irmingard für diese positive Energie zuständig war oder hier ein uralter Schutzzauber wirkte? Ihre Großmutter würde sich damit bestimmt auskennen. Falls Hildur jemals die weite Reise nach Madlfing auf sich nehmen sollte, würde Ariadne ihr diesen Kraftort zeigen.

Eigentlich war auch Camilla stets auf der Suche nach Energieplätzen, reiste um die halbe Welt und nahm bei Schamanen Unterricht. Aber für die feinen Schwingungen der Kirche interessierte sie sich nicht. Wie oft man für das Naheliegende blind und taub ist, wunderte sich Ariadne.

Nach kurzem Zögern setzte sie sich und betrachtete Kinderzeichnungen, die mit Stecknadeln an eine Pinnwand gesteckt waren. Farbenfroh hatten die Erstkommunionskinder Bibelstellen illustriert. Das unschuldige Gottvertrauen rührte Ariadne. Irmingard hatte es sich bewahrt. Sie behauptete steif und fest, Gott würde ihr auf jede Frage eine Antwort oder ein Zeichen geben. Das könnte Ariadne gerade gut gebrauchen. Ihr Blick blieb an einem riesigen

Wal hängen, der sein Maul aufriss und Jona verschlang. Beim nächsten Bild warfen Fischer ihre Netze aus. Und so ging es weiter: Fischer, Netze, Wale, Meer.

Wieder kaute Ariadne auf ihrer Unterlippe. Ihre Wut löste sich auf und wurde von einer vibrierenden Unruhe ersetzt.

Sie horchte in sich hinein, hörte zwar keine Stimme, wusste aber plötzlich, dass sie sich dringend aus ihrem derzeitigen Projekt zurückziehen musste.

Schnell.

Drei Jahre hatte sie daran gearbeitet, aber jetzt war es an der Zeit, ihre Ergebnisse weiterzugeben. Die Sache spitzte sich seit Monaten zu. Hakon, Erik und auch Hildur warnten sie schon lange. Nicoles Tod und dieser Wallenstein waren jetzt die entscheidenden Tropfen, die das Fass zum Überlaufen bringen konnten.

Sie stand auf und beugte den Kopf. »Danke«, flüsterte sie den heiligen drei Madln zu.

An der Tür traf sie Irmingard.

»Kann ich dir helfen? Ich hab gesehen, dass du mich angerufen hast.«

»Hat sich alles schon geklärt.«

Irmingard strahlte. »Dann hast du deine Antwort schon bekommen?«

»Irgendwie schon. Ja.«

»Dank sei Gott, dem Herrn und den drei Madln!« Irmingard blickte zum Himmel. »Weißt du eigentlich, wann Nicole geheiratet hat?«

Ariadne schüttelte den Kopf. »Warum willst du das denn wissen?«

»Wegen des Trauergottesdienstes. Sonst können wir da nichts von ihrem Leben erzählen.«

»Dann ruf doch einfach ihren Ex-Mann an. Der ist dir bestimmt behilflich.«

Irmingard ignorierte den Vorschlag. »Man findet doch sicherlich auch was im Internet, oder?«

»Vielleicht. Du kannst Nicoles Namen ja mal bei Google eingeben.«

Irmingard strahlte. »Das werde ich machen. Ich hab ja jetzt einen Anschluss im Pfarrbüro. Man muss ja mit der Zeit gehen, und ich habe gehört, das Internet vergisst nichts. Bei Gott ist das genauso.«

»Aber das Internet weiß nicht alles«, erwiderte Ariadne.

Zu Hause stieg Ariadne ins Dachgeschoss hinauf, startete ihren Rechner und betrat über den TOR-Browser das Darknet. Obwohl Irmingard Abkürzungen liebte, hatte sie wahrscheinlich noch nie von *The Onion Router*, kurz TOR, gehört. Das Programm, das wie eine Zwiebel in Schichten aufgebaut war, half dabei, dass sich das Internet an möglichst wenig erinnerte. Anonymität war für Ariadne lebenswichtig. Niemand sollte die Daten mit ihr in Verbindung bringen können. Ohne Umwege steuerte sie die SecureDrop-Seite der *Süddeutschen Zeitung* an, die eine sichere Kommunikation zwischen Journalisten und Whistleblowern ermöglichte, und lud dort ihre mühsam recherchierten Erkenntnisse, Beweise und Anschuldigungen hoch. Ab jetzt würde sie in der Zeitung verfolgen, welche Wellen ihre Arbeit schlagen würde. Über einen verschlüsselten Messengerdienst verabredete sie sich für den nächsten Tag mit einem Journalisten aus dem Ressort investigative Recherche in München. Ihm würde sie die Zusammenhänge erklären und noch einige Originalunterlagen übergeben. Dann wäre sie raus, und weder Hildur noch Erik oder Hakon hätten noch einen Grund, sich Sorgen um sie zu machen.

Selbst Herr Wallenstein könnte sich dann endlich auf die Mordermittlung konzentrieren. Vielleicht würde sie ihm sogar einmal erzählen, dass sein Instinkt nicht ganz schlecht war. Dass er sich mit seiner Beobachtung, dass sie etwas zu verbergen hatte, nicht getäuscht hatte. Mit einem wohligen Gefühl von Sicherheit lehnte sie sich im Bürostuhl zurück.

»Jetzt kümmern wir uns nur noch um Wolle und Strickanleitungen«, teilte sie Lotti, ihrem Stoffaffen und neben Jola geduldigsten Zuhörer, mit. »Für Fische und Netze sind ab jetzt andere zuständig.«

23. MASCHE

Netzwerke können töten.

Kurz vor dreizehn Uhr betrat Wallenstein das Rathaus und war erleichtert, dass er den Sitzungssaal erreichte, ohne der Bürgermeisterin in die Arme zu laufen.

»Hallo zusammen«, grüßte er sein kleines Team.

Floss hantierte mit einer Kabeltrommel und verlegte Verlängerungskabel quer durch den Raum.

»Viel zu wenig Steckdosen«, entschuldigte er sich. »Als das Rathaus gebaut wurde, hat noch keiner mit der Digitalisierung gerechnet. Wir müssen improvisieren und können nur hoffen, dass nicht gleich die Sicherung rausfliegt.«

»Provisorien sind besser und vor allem langlebiger als ihr Ruf«, antwortete Wallenstein. Dabei dachte er schon wieder an seine eigene improvisierte Wohnsituation, die hoffentlich nicht allzu lange dauern würde.

»Sie kommen pünktlich zum Essen.« Wagner strahlte und holte eine Pizza aus der Verpackung. Kleine weiße Plastikabstandhalter verhinderten, dass der Karton mit der klebrigen Käseschicht in Berührung kam. Warum verbot niemand diesen Unsinn? Irgendwann würden diese Teile, zu Mikroplastik zerrieben, im Meer landen und im Magen eines Fisches enden. Schäfers Tischdecke zeigte Nachwirkungen. Und nicht nur die. Die heftige Reaktion der Wolladenbesitzerin beschäftigte Wallenstein. Zweifellos hatte er bei ihr einen neuralgischen Punkt getroffen. Aber wo lag der genau?

Wagner drapierte die Pizza auf einem Kuchenteller. Die Ränder hingen bis zum Tisch herunter. Wie am Vortag trug die Polizistin ihre Uniform so gut es ging.

»Pizza?«, fragte er unnötigerweise.

»Hawaii!«, ergänzte Floss und vollführte wippende Tanzbewegungen. Er selbst trug weder Bastrock noch geblümtes Hemd, sondern körperbetont enge Fahrradbekleidung. Wallenstein erinnerte sich an eine Postkarte, die bei einem ehemaligen Kollegen am Bildschirm klebte: *Kinder und Leggings sagen immer die Wahrheit.* Da war was dran. Aber offensichtlich war der Mann sportlicher, als er aussah oder sich ernährte. Wenn er mit dem Fahrrad vom Revier kam, war er heute schon mindestens dreißig Kilometer geradelt.

»Aloha und guten Appetit.« Wallenstein setzte sich und musterte sein Mittagessen. Ananasstückchen schwammen auf der erkaltenden Käsemasse. Ab und an blitzte ein Schinkeninselchen aus dem Fettmeer hervor.

»Die Pizza hat uns Frau Goschenhofer vorbeigebracht, kurz bevor sie zum Mittagessen heimgegangen ist. Richtig nett von ihr, dass sie an uns denkt.« Lissi schnitt sich ein Stück ab und kaute bedächtig.

Selbst die Pizzawahl passt zu Irene Goschenhofers 1970er-Jahre-Look. Wurde damals nicht der legendäre Toast Hawaii erfunden? Oder gab's den schon länger?

»Haben Sie keinen Hunger?«, fragte Floss, rollte seine Pizza wie einen Pfannkuchen auf und biss ein großes Stück ab.

»Nein, danke, ich hab schon gegessen«, log er.

Floss zeigte auf Wallensteins Platz. »Ich hab Ihnen übrigens ein paar Visitenkarten ausgedruckt, den Laptop eingerichtet und Ihren Dienstausweis mitgebracht. Passwort ist die Höhe des K2 und die Buchstaben klein ü und zweimal groß N.

»K2?«, fragte Wallenstein.

»Sie wissen schon, der Achttausender im Karakorum-Gebirge. 8611 üNN. Die Dienstwaffe müssen Sie sich jedoch selbst abholen.«

»Vielen Dank.«

Neben Floss' aufgeklapptem Laptop lag ein Stapel Romane.

»Ah, Sie waren schon am Madlfinger Bücherstand?«, fragte Wallenstein.

»Ganz tolle Sachen.« Floss zeigte mit der pizzafreien Hand fröhlich bunte Cover aus der Sparte Frauenunterhaltung.

»Super, dass du für deine Frau was gefunden hast«, stellte Wagner fest.

»Nein, die sind für mich. Ich brauche Happy Ends, sonst kann ich nicht einschlafen. Ich mag nicht, wenn jemand stirbt.«

»Dann bist du ja bei der Kripo genau richtig«, antwortete Lissi trocken.

Wallenstein konnte Floss gut verstehen.

»Ich brauche einfach einen Ausgleich. Veronika liest

total gerne Thriller und Krimis.« Immer noch einhändig zog er aus dem Stapel die düsteren Cover heraus. »Sie liebt Spannung und Nervenkitzel. Wir ergänzen uns da ganz ausgezeichnet. Frau Galka hat mich übrigens gut beraten. Sie war sehr an unserer Arbeit interessiert.«

Das konnte sich Wallenstein vorstellen. Floss biss in sein Pizzastück.

»Sie haben ihr aber nichts erzählt?«

»Iwo. Wir haben ja auch nichts«, antwortete Floss mit vollem Mund.

Mit dieser niederschmetternden Zusammenfassung hatte er natürlich recht.

»Pauline Galka hat quasi ein professionelles Interesse. Sie sagt, sie will irgendwann mal einen Kriminalroman schreiben. Stellen Sie sich vor, sie nimmt sich jemanden von uns als Vorbild? Wäre toll, oder? In einem Buch wird man doch ein Stück unsterblich. Ich wäre da schon sehr stolz drauf.«

Lissi wischte sich die Hände an einem Stück Küchenrolle ab. »Pack mas. Ich bin so weit.«

»Du bist schon satt?«, fragte Floss besorgt. »Du hast so gut wie nichts gegessen. In deinem Zustand musst du doch für zwei essen.«

Die erfahrene Mutter lächelte.

»Das ist ein Gerücht. So viel mehr braucht man in der Schwangerschaft nicht. Und wenn ich zu viel esse, bekomme ich Sodbrennen. Der kleine Mann hier drinnen drückt meinen Magen nach oben.« Liebevoll tätschelte sie ihren Bauch und den darunterliegenden kleinen Mann. Wallenstein bemerkte irritiert, dass sich die Bauchdecke da, wo gerade noch Wagners Hand gelegen hatte, kurzzeitig ausbeulte.

Floss nickte skeptisch.

»Vielleicht wärme ich mir später noch ein Stückchen auf.« Wagner zog ihr weißes T-Shirt glatt, das sie unter dem offenen Uniformhemd trug.

»Sie waren bei Nicole Durand zu Hause?«

»Ja. Tolles Haus. Ein Münchner Architekt hat es in den 70ern gebaut, aber schnell wieder verkauft, weil ihm Madlfing zu abgelegen war. Seitdem gab es einige Eigentümerwechsel. Die Goschenhoferin hat sich auch mal dafür interessiert, muss aber ziemlich teuer gewesen sein. Wenn man da schon gewusst hätte, wie sich die Immobilienpreise hier in der Gegend entwickeln würden.«

»Einbruchspuren?«, versuchte Wallenstein, Wagners Vortrag zu beschleunigen.

»Nein. Auch den Gerlachers ist nichts aufgefallen. Drinnen war alles aufgeräumt und sauber geputzt. Die Einrichtung ist nach meinem Geschmack ein bisserl zu nüchtern. Da steht kein Krimskrams herum, nicht mal Fotos.«

»Nur ein gut gefüllter Geldkoffer unter dem Bett«, stellte Wallenstein fest.

Die Kollegin nickte und zeigte Wallenstein Fotos des wertvollen Gepäckstückes.

»So viel Geld hab ich noch nie auf einmal gesehen. Alles in Hundert-Euro-Scheinen. Ordentlich gebündelt. Das braucht nicht einmal viel Platz.«

»Ist das Haus gut gesichert?«

»Gar nicht. Ich würde mal sagen, normaler Madlfinger Standard. Fenster und Türen sind noch original, keine zusätzlichen Sicherungen, keine Alarmanlage. Offensichtlich hat Frau Durand nicht einmal ein neues Schloss einbauen lassen.«

Was Schloss und Wohnungstür anging, lebte Ariadne Schäfer deutlich über dem Madlfinger Sicherheitsstandard.

»Vielleicht Erpressung«, schlug Floss vor und tippte vor sich hin.

»Hmm«, brummte Wallenstein. »Bargeld im Haus zu haben ist erst einmal nicht illegal.«

»Das Geld nicht«, erwiderte Wagner, »aber bei den Schuhen haben wir in einem leeren Karton eine Kleinkaliberpistole gefunden.«

Sogar Floss schaute von seinem Computerbildschirm auf.

»Genauer gesagt handelt es sich um eine Sig Sauer Mosquito SD mit deutlichen Gebrauchsspuren. Bei diesem Modell gibt es am Lauf vorne ein Gewinde, wo ein Schalldämpfer aufgeschraubt werden kann. Die Pistole ist viel kleiner als ihr Vorbild, die Sig Sauer P226, und durch Kunststoffteile erstaunlich leicht, hat aber eine hohe Eigenpräzision. Evers hat die Waffe mitgenommen und lässt sie untersuchen. Ich tippe auf eine nicht registrierte Waffe.«

»Munition?«, fragte Wallenstein.

Wagner schüttelte den Kopf. »Mit der Waffe können sowohl Standard- als auch High-Velocity-Patronen verschossen werden. Aber Nicole Durand hatte nichts davon im Haus. Daher glaube ich auch nicht, dass sie die Pistole zum eigenen Schutz aufbewahrte.«

»Sondern für jemand anderen«, spann Floss den Gedanken weiter.

Die Pistole warf ein völlig neues Licht auf das Opfer.

»Kannte sich Nicole Durand mit Waffen aus?«, fragte Wallenstein.

Wagner zuckte mit den Schultern. »Das weiß ich nicht. Sie hatte auf jeden Fall in Deutschland keine Waffenbesitzkarte, keinen Jagdschein und war auch nie beim Schießstand unseres Sportschützenvereins.«

Wallenstein mischte den Stapel seiner neuen Visitenkarten, als wären es Spielkarten. »War die Pistole in einem Schuhkarton?«

Wagner wischte über ihr Handy. »Nein, es war eine Keksverpackung. Warten Sie, ich hab ein Foto gemacht. Meine Kinder lieben die. Sind aber ziemlich teuer.«

Amaretti morbidi, las Wallenstein und hätte beinahe gelacht. Die Madlfingerinnen und ihr Hang zu makabren Wortspielen! Die Frage war: Hatte Nicole Durand diesen Karton für die Waffe gewählt, weil er sich von der Größe eignete und ihr der Aufdruck gefiel, oder war sie ihr in dieser Verpackung geliefert worden?

»Herr Zeiler, der Metzger, hat erwähnt, dass Frau Durand Lebensmittel direkt aus Italien geschickt bekam«, sprach Wallenstein seinen nächsten Gedanken aus.

»Ja, das stimmt«, antwortete Wagner. »Sie meinen, Nicole Durand wurden nicht nur Lebensmittel geliefert?«

Floss tippte schnell. »Dazu passt vielleicht dieser Hinweis. Gestern kam eine anonyme Mail mit Informationen zu Daniel Durand rein. Ich hab es bisher nur überflogen, aber es sieht nach Geldwäsche im richtig großen Stil aus.«

»Kann man die Nachricht zurückverfolgen?«

»Leider nicht. Der Absender war vorsichtig.«

Wallenstein ahnte, wer eventuell hinter der Nachricht

steckte. *Ich kann nicht Ihre Arbeit machen*, hatte Schäfer ihm vor wenigen Minuten noch an den Kopf geworfen. Er erinnerte sich auch an einen weiteren Satz von ihr: *Erfolgreiche Jäger verstecken sich.* Damit hatte sie offensichtlich nicht nur die Meerestiere auf der Tischdecke gemeint. War sie selbst eine Jägerin und wollte verhindern, dass Wallenstein hinter ihre Tarnung kam? War er ihr zu nahe gekommen?

Eigentlich hätte er an dieser Stelle die Wollladenbesitzerin als mögliche Quelle ins Spiel bringen sollen. Floss wäre von Ariadne Schäfers Computerkenntnissen bestimmt schwer beeindruckt gewesen. Aber Wallenstein schwieg.

Floss tippte immer noch. »Durands Konten in Italien sind auf jeden Fall gesperrt. Auch hier Verdacht auf Geldwäsche und Mafianähe. Vielleicht war seine Ex-Frau eine Art Bankfiliale für Bargeld, Waffen, Informationen.«

In dieses Szenario fügten sich die Männer in Anzug, die Maria Süß beschrieben hatte, nahtlos ein.

Wagner stützte ihren Kopf in die Hände. »Und der Wollladen war ein Treffpunkt, bis irgendwas schiefging.«

Was aber, wenn die Wollladenbesitzerin in die Sache verwickelt war? Vielleicht wollte sie mit den Informationen zu Daniel Durand nur ablenken. Viele Fragen. Aber eines war sicher: Eine Ermittlung im Dunstkreis des organisierten Verbrechens über Landesgrenzen hinweg war aufwendig und schwierig. Wahrscheinlich war der Mörder inzwischen längst untergetaucht und außer Landes.

»Falls es wirklich um Geldwäsche geht, ist die gefundene Summe nur die Spitze des Eisberges.« Wallenstein starrte die speckige Sichtbetonwand an. »Was ist eigentlich mit Nicole Durands Handy?«

»Passt perfekt ins Bild. Ein sogenanntes Kryptohandy eines kanadischen Herstellers. Wird mit einem eigenen Betriebssystem geliefert. Eine spezielle SIM-Karte ohne Registrierung bei einem örtlichen Netzanbieter bietet größtmögliche Anonymität und Datensicherheit.«

»Und können wir damit etwas anfangen?«, fragte Wagner.

Floss zog bedauernd die Schultern hoch. »Der Speicher hat sich leider komplett gelöscht. Alle Funktionen sind auf Werkseinstellungen zurückgestellt«, erklärte Floss.

»Wie passiert denn so was?«, fragte Wagner erstaunt.

»Kann man einstellen. Entweder wenn der Sicherheitscode zu oft falsch eingegeben wurde, oder jemand schickt an das Gerät einen entsprechenden Befehl. Ich hab schon mit dem LKA telefoniert. Die kennen sich mit Kryptohandys und Verschlüsselungssoftware besser aus als ich.«

»Das heißt, wir haben keine Anrufliste und keine Kontakte«, fasste Wallenstein zusammen. »Wir brauchen dringend Unterstützung. Amtshilfe, Ansprechpartner in Italien, das volle Programm. Hat sich Daniel Durand eigentlich in der Zwischenzeit bei Ihnen gemeldet?«

Floss schüttelte den Kopf. »Seine Sekretärin in Berlin hat mir …«

Es klopfte.

Bevor jemand reagieren konnte, wurde die Tür von der Bürgermeisterin aufgerissen. »Haben Sie sich die Pizza schmecken lassen?«

Wagner streckte beide Daumen nach oben. »Super. War nur ein bisserl viel.«

»Dann nimm den Rest den Kindern mit. Die mögen

bestimmt Pizza«, bot die Bürgermeisterin großzügig an. »Aber jetzt ratet's mal, wen ich euch mitgebracht habe!«

Die drei Beamten warteten auf eine Erklärung. Wallenstein fühlte sich wie im Kasperltheater.

Trotz fehlender Vorschläge schob Irene Goschenhofer einen elegant gekleideten Mann durch die Tür. »Den Monsieur Durand. Ex-Mann von Nicole und einer unserer wichtigsten Investoren im Neubaugebiet. Der Daniel baut die Doppelhaushälften und die Ladenzeile. Ich hab ihn gestern natürlich sofort über den schrecklichen Vorfall informiert. In unserem friedlichen Madlfing, das ist einfach unbegreiflich.«

Wallenstein stand auf. »Vielen Dank, Frau Goschenhofer. Wir haben in der Tat einige Fragen an Herrn Durand.«

»Wenn du hier fertig bist, Daniel, kommst noch in meinem Büro vorbei, gell?«

Wagners Telefon klingelte. Sie entschuldigte sich und verließ mit der Bürgermeisterin den Sitzungssaal. Vielleicht der Toni, der wissen wollte, wo seine Mama so lange bleibe, vermutete Wallenstein.

»Mein Name ist Wallenstein. Ich leite die Ermittlung.« Wieder kam ihm der Satz wie Hochstapelei vor.

»Daniel Durand. Irène hat mich informiert. Ich bin sofort losgefahren«, stellte sich der Mann mit übertrieben französischem Akzent vor.

Wallenstein registrierte, dass die Hände des etwa Sechzigjährigen zitterten, als er den Sitz seiner tadellos gebundenen Krawatte überprüfte. Kurz überlegte er, ob er ihn provozieren und das Gespräch auf Französisch fortsetzen sollte.

»Sie kommen aus Italien?«, fragte er stattdessen.

»Ja, ein Geschäftstermin in Bologna.«

Hemd und Anzug erweckten nicht den Eindruck, als habe er stundenlang im Auto gesessen.

Durand zupfte an seinen goldenen Manschettenknöpfen. »Ein Raubüberfall im friedlichen Madlfing. Damit hätte ich nie gerechnet. Aber manchmal überschätzt man das Landleben.«

Und all seine Vorteile, ergänzte Wallenstein in Gedanken.

»Wie war das Verhältnis zu Ihrer Ex-Frau?«

»Gut. Darum bin ich jetzt auch hier. Ich will mich um die Beisetzung kümmern.«

»Haben Sie sie regelmäßig besucht?«

»Nur gelegentlich, wenn ich auf der Durchreise war und etwas Zeit hatte.«

»Ich habe gehört, dass Sie ihr immer etwas mitgebracht haben.«

»Nicole liebte die italienische Küche«, antwortete Durand gelassen. »Ehrlicherweise verstehe ich nicht, was Olivenöl und Pasta mit ihrem Tod zu tun haben sollen, Herr Kommissar. Wenn Sie keine weiteren Fragen haben, werde ich mich jetzt verabschieden. Zur Aufklärung des schrecklichen Verbrechens kann ich leider nichts beitragen.« Er drehte sich um und wäre beinahe über eines der Kabel gestolpert, die Floss von der Kabeltrommel zu seinem Arbeitsplatz gespannt hatte.

Wallenstein ignorierte den genervten Unterton.

»War es normal, dass Frau Durand eine größere Menge Bargeld zu Hause aufbewahrte?«, legte er nach.

»Das weiß ich nicht. Ich bin über die aktuelle finanzielle Situation meiner Ex-Frau nicht informiert. Aber soweit ich Irène verstanden habe, wurde nicht Nicoles Haus, sondern die Kasse des Wollladens ausgeraubt. Sie suchen am falschen Platz, Herr Wallenstein.«

Diesen Vorwurf hörte er nicht zum ersten Mal.

Floss hatte längst das Interesse am Gespräch zwischen Wallenstein und Durand verloren. Herzhaft biss er in ein Pizzastück und wischte sich mit dem Handrücken über den Mund, bevor er wieder wie ein seelenloser Zombie auf den Bildschirm starrte. Schwer atmend betrat Elisabeth Wagner den Besprechungsraum.

Durand schüttelte den Kopf. »Vor allem sollten Sie sich um ein einsatzfähiges Team und bessere Ausstattung kümmern, Herr Kommissar.«

Wagner winkte. »Ich muss Sie kurz sprechen.«

Missbilligend legte Durand seine Stirn in Falten.

Auch wenn Wallenstein den Zeitpunkt unpassend fand, ging er demonstrativ langsam zu seiner Kollegin. Wahrscheinlich musste sie zu einem ihrer Kinder. Wagner flüsterte ihm jedoch eine äußerst interessante Information ins Ohr.

Wallenstein dreht sich zu Durand um. »Hatten Sie gehofft, wir hätten den Geldkoffer und die Waffe noch nicht gefunden?«

Durands Blick war eisig. »Ich habe keine Ahnung, wovon Sie sprechen.«

»Die Nachbarn haben beobachtet, wie Sie vor einer Stunde Nicoles Haus betreten haben.«

»Ja und? Ich habe einen Schlüssel.«

»Was wollten Sie dort?«

»Mich kurz frisch machen und mein Hemd wechseln. War eine lange Fahrt«, konterte er souverän.

»Um was ging es eigentlich bei Ihrem Termin in Bologna? Ihre eingefrorenen Konten?«, erwachte Floss aus seinem Stand-By-Modus.

Durand zog an seinem Krawattenknoten. »Das geht Sie gar nichts an. Wenn Sie noch etwas wissen wollen, wenden Sie sich an meinen Anwalt.« Dann knallte er eine Visitenkarte auf den Tisch. »Wissen Sie eigentlich, wie schnell das in Italien geht? Die wittern überall Geldwäsche. Ich bin Bauunternehmer, da steht man sowieso unter Generalverdacht und bei jeder Baustelle mit einem Bein im Gefängnis. Ich verbitte mir hiermit weitere Unterstellungen.«

»Haben Sie Nicole eigentlich die rote Tasche geschenkt?«, fragte Wagner. »Die ist schon sehr schön.«

Durand zögerte. »Soweit ich weiß, ist das nicht verboten.«

Plötzlich drängte in Wallensteins Kopf eine Erinnerung an die Bewusstseinsoberfläche. Evers hatte den Tascheninhalt in durchsichtige Plastikbeutel gepackt. Darunter war ein weißes Ladekabel.

»Und bevor Sie nachfragen: Ja, das Auto ist auch von mir. Habe ich Nicole zu Weihnachten geschenkt«, ereiferte sich der Madlfinger Großinvestor.

Wallenstein reichte ihm ungerührt einen Stift. »Können Sie mir bitte die Mobilnummer Ihrer geschiedenen Frau aufschreiben?«

Durand ignorierte den Werbekugelschreiber der Metzgerei Zeiler und holte stattdessen einen goldenen Füllfederhalter aus seiner Jackettinnentasche. Nach einem kurzen Blick auf sein Smartphone notierte er die Nummer auf die Visitenkarte.

»Was für ein Gerät hat Frau Durand genutzt?«

»Ein iPhone. Aber das finden Sie trotz Ihrer primitiven, technischen Ausstattung bestimmt selbst heraus.« Schnell drehte Durand sich um. »Amateure«, schimpfte er.

»Kabel!«, rief Wagner.

Im allerletzten Moment wich Durand einer weiteren Fußangel aus, die Floss von der Kabeltrommel zum Drucker gelegt hatte. Der Bauunternehmer schlug die Tür hinter sich zu.

»Ziemlich nervös«, fasste Wagner seine Reaktion zusammen.

Floss nahm die Visitenkarte mit der Handynummer. »Zwei Handys. Wir haben am Tatort jedoch nur eines gefunden.«

»Im Haus war kein iPhone. Vielleicht hat es der Mörder mitgenommen«, überlegte Wagner.

Floss hackte auf seine Tastatur ein. »Ich geh dem nach.«

Danach referierte er über Nicole Durands Kontostand, Geldanlagen und Aktienpakete. Die Frau war überaus vermögend gewesen. Wallenstein hörte mit einem Ohr zu.

War es wirklich so einfach? War Nicole Durand zum Opfer eines Verbrechernetzwerkes geworden, in das sie sich von ihrem Ex-Mann hatte verwickeln lassen? Verwickeln, verstricken, vernetzen. Was war nur mit seiner Wortwahl los! Der Wollladen färbte ab. Wieder dachte er an das tiefe Blau der Unterwasserwelt. Unergründlich. Bodenlos wie das organisierte Verbrechen.

24. MASCHE

Man muss die Maschen stricken,
bevor sie fallen.

Sarah stellte gerade ihr Fahrrad vor Camillas Doppelgarage ab, als Pauline wild klingelnd durch das sich schließende Tor schoss.

»Das ist gefährlich!«, rief Sorin, der gerade Einkäufe aus dem Auto lud. »Wenn Licht rot, musst du warten. Das ist wie bei Ampel.«

»Ich bin im Einsatz und hab keine Zeit zu warten!«, rief Pauline zurück und stellte ihr Lastengefährt neben Sarahs Drahtesel. Sie hängte ihren Helm an den Hänger und strubbelte einmal durch ihre kurzen Haare. »Vielleicht sollte ich mir ein Blaulicht besorgen. Dann würde mein Auftritt professioneller wirken.«

»Wie läuft die Observation?«, fragte Sarah.

»Die Standplanung ist aufwendiger als gedacht. Neben der Auswertung der Beobachtungen und Fotos muss ich ständig Schichten umplanen, Getränke bringen oder Klopausen vertreten. Nur gut, dass Roswitha angeboten hat, kurzfristig einzuspringen.«

Sarah drückte die angelehnte Haustür auf. »Einfach toll, wie alle zusammenhelfen.«

Der Eingangsbereich war voller Verpackungsmaterial und Kabel. Die beiden Freundinnen warfen sich einen fragenden Blick zu.

»Hier bin ich«, hörten sie Camillas Stimme aus dem Wohnzimmer. »Ihr werdet staunen.«

Tatsächlich war das ehemalige Wohnzimmer kaum wiederzuerkennen.

»Wahnsinn«, drehte sich Pauline im Kreis. »Sorin hat sich mal wieder selbst übertroffen.«

Camilla grinste. »Ich hab ihm gesagt, wir brauchen eine richtige Einsatzzentrale so wie beim *Tatort* oder bei *James Bond*. Ich habe dafür keine Kosten und Sorin keine Mühen gescheut.«

In dem großzügigen Wohnzimmer standen drei Whiteboards, ein Beamer, drei Laptops, Getränke, Nusshörnchen und Butterbrezen. Neben einer üppig gefüllten Obstschale gab es auch noch einen Korb mit bunter Wolle und Stricknadeln. Auf jedem Arbeitsplatz lag eine schwarze Konferenzmappe, die das MKHC-Logo zierte.

Sarah blätterte durch den Ausdruck der WhatsApp-Hinweise und stutzte bei einer englischen Strickanleitung.

»Die ist für einen Miss-Marple-Schal«, erklärte Camilla. »Nach dem gestrigen Abend habe ich im Internet recherchiert, was Miss Marple während ihrer Ermittlungen strickt. Bei der internationalen Strick-Community *ravelry* habe ich dann tatsächlich diese Anleitung entdeckt.« Camilla spießte mit einer Stricknadel eine Weintraube auf.

»Ein Schal?«, fragte Sarah.

»Keine Sorge. Der ist viel zu breit und zu kurz, um jemanden damit zu erwürgen«, beruhigte Camilla sie. »Wenn wir eine kreative Pause brauchen, greifen wir zur Wolle und synchronisieren strickend unsere Gehirnhälften. Das ist ein effektiver Weg, Intuition und Verstand zu verbinden.«

Sarah pickte die angebotene Traube von der Stricknadel. »Das ist eine geniale Idee. Beim Stricken habe ich tatsächlich immer die besten Ideen. Wir könnten die Anleitung zur Inspiration auch in der MKHC-Gruppe teilen.«

Pauline nickte. »Wegen mir. Erst machen wir uns aber an die Arbeit.«

Camilla zeigte auf die Tische. »Ich hab schon einiges vorbereitet. Wir teilen die Nachrichten auf. Jede von uns übernimmt vierundvierzig Nachrichten und überprüft sie. Anschließend präsentieren wir unsere Ergebnisse, bündeln die Infos …«

»… und ziehen unsere Schlüsse«, brachte Pauline den Satz zu Ende. Sie griff zu einem roten Marker und schrieb auf die erste Tafel *Motiv*, auf die zweite *Alibi* und auf die dritte *Verdächtige*. »Wie wir wissen, steckt hinter den meisten Morden Habgier oder eine Beziehungstat. Habgier können wir eigentlich ausschließen, da der Täter nur ein paar Euros erbeutet hat. Ich gehe von einer ungeplanten Tat aus. Der Täter greift zur nächstbesten Waffe und erdrosselt Nicole. Danach legt er eine armselige falsche Fährte und verschwindet. Für mich klingt das nach starken Emotionen, Liebe, Leidenschaft und Rache. Alles, was eine gute Story eben braucht. Das ist so cool! Ich muss unbedingt als Nächstes einen Krimi schreiben.«

Sarah schüttelte entsetzt den Kopf. »Bleib lieber bei Kinderbüchern. Die kann ich wenigstens in meiner Praxis auslegen.«

Camilla schlug ihre Mappe auf. »Vielleicht steckt auch ganz was anderes dahinter. Wir sollten so neutral und unvoreingenommen wie möglich vorgehen.«

»Eh klar«, erwiderte Sarah. »Wir haben keine Vorurteile.«

Alle drei griffen zu Stift und Telefon. Zwei Stunden und unzählige Gespräche später standen die drei Ermittlerinnen auf und gönnten sich einen frisch gebrühten dreifachen Espresso.

»Wisst ihr eigentlich schon, dass Floh vermisst wird?«, fragte Sarah und fischte aus dem Wollkorb ein erfrischendes Himbeerrot. »Die gute Bruni ist deswegen ganz außer sich. Ich habe ihr versprochen, dass wir bei unserer nächsten Walkingrunde nach ihm rufen werden.«

Camilla winkte ab. »Der Kater macht einfach mal wieder einen längeren Ausflug, und Bruni veranstaltet schon nach zwei Tagen einen regelrechten Flohzirkus, hängt Plakate auf, ruft mehrmals täglich im Tierheim an und alarmiert die Tierretter. Die braucht langsam, aber sicher selbst Hilfe.«

»Sie lebt eben schon lange allein. Da sind Haustiere besonders wichtig«, erwiderte Sarah und studierte die Schalanleitung. »Das ist ganz normal. Was bedeutet eigentlich *garter stitch*?«

»Krausrippen«, übersetzte Camilla. »Ob es normal ist, für Katzenfutter mehr als für das eigene Essen auszugeben, finde ich fraglich.«

Sarah schlug drei Maschen an. »Von wegen ›Geld‹:

Ottilie braucht für ihre Eichhörnchenauffangstation dringend finanzielle Unterstützung. Sie rechnet mit vielen Neuzugängen und bittet um Spenden.«

Pauline klopfte auf den Tisch. »Bitte nur sachdienliche Hinweise, die Bezug zu unserem Fall haben. Keine vermissten Haustiere, bedürftige Wildtiere, Spendenaufrufe, Backrezepte, Krankheiten oder Schulprobleme von Kindern oder Enkeln. Und gestrickt wird erst in der Pause.«

Sarah legte die Nadeln weg. »Haben wir eigentlich noch einen freien Slot an unserem Überwachungsstand?«, fragte Sarah. »Da könnte Ottilie doch was Gestricktes für die Eichhörnchen verkaufen. Ich habe genügend daheim, und wenn wir uns ranhalten, können wir auch noch ein paar Miss-Marple-Schals dazulegen.«

»Ich zweifle ja an Ottilies Überwachungsfähigkeiten. Wenn eines der Eichhörnchen hustet, übersieht die doch jeden Mörder«, warf Camilla ein und erdolchte eine Erdbeere mit einer Rundnadel.

Pauline ging den Belegungsplan des Standes durch. »Ottilie ist nicht schlimmer als der Rest. Donnerstagnachmittag ist noch unbesetzt. Das könnten wir ihr anbieten.«

Sarah strahlte und rief die Eichhörnchenfrau an.

Pauline wartete mehr oder weniger geduldig mit einem schwarzen Marker in der Hand, bis Sarah Ottilie den Undercover-Tarneinsatz erklärt hatte.

»Ich fang mal mit meinem vielversprechendsten Verdächtigen an.« In Großbuchstaben schrieb sie Richard Bond auf die Tafel.

»Der Richie ist doch auf Reha. Da bin ich mir absolut sicher«, warf Sarah ein.

Pauline nickte. »Stimmt. Aber am Montagabend hat er seine Wassergymnastik und später auch den Singkreis geschwänzt. Das wissen wir von Helga. Ihre Schwester arbeitet in der Ohlstadtklinik als Physiotherapeutin. Damit hat er für den Tatabend kein Alibi. Wir müssen überprüfen, ob ihn jemand in Madlfing gesehen hat. Habt ihr dazu eine Info?« Erwartungsvoll blickte sie in die Runde.

Camilla und Sarah schüttelten verneinend den Kopf.

»Der kann auch einfach früh schlafen gegangen sein. So eine Reha ist anstrengend.«

Pauline ließ sich nicht beirren und malte in die Kategorie Alibi ein dickes Minus. »Möglich ist alles. Aber Fakt ist, von Ohlstadt braucht er mit dem Auto nach Madlfing nur fünfzehn Minuten. Erst mal bleibt er ein Verdächtiger.«

»Und sein Motiv? Unerwiderte Liebe? Ist das nicht zu schwach?« Camilla massierte ihre Schläfen mit den Zeigefingern.

Entschlossen notierte Pauline in der Kategorie Motiv: *gekränkter Stolz/unerwiderte Liebe*.

»Er ist aber nicht der Einzige, dessen Alibi geplatzt ist«, meldete sich Camilla. »Hubert Gerlacher hat mindestens eine Stunde beim Stammtisch der Schützen gefehlt. Biggi meint, zwischen zwanzig und einundzwanzig Uhr.«

»Der Hubert ist ein herzensguter Mensch«, verteidigte ihn Sarah.

Pauline schrieb seinen Namen zu den Verdächtigen. »Mit einem tierisch starken Motiv. Ich sag nur Sami. Die Gerlachers sind immer noch fest davon überzeugt, dass Nicole ihren Hund auf dem Gewissen hat. Wäre nicht der erste Nachbarschaftsstreit, der tödlich endet.«

Camilla fuhr fort. »Christian Ellinger hingegen ist fein raus. Er war mit seiner neuen Sprechstundenhilfe Frauke in Murnau im Kino. Der Film war erst um 23:30 Uhr zu Ende.«

Pauline biss in eine Butterbreze. »Der lässt auch wirklich nichts anbrennen.«

»Ellinger hätte sowieso kein Motiv. Der war mit Nicole befreundet und hat mit ihr viel Sport getrieben. Golf und Tennis«, verteidigte Sarah jetzt den Gynäkologen und strickte weiter in Himbeerrot.

Pauline blätterte in ihren Notizen. »Obwohl Gerdi darauf hinweist, dass Nicole und Ellinger am Freitag auf dem Tennisplatz miteinander gestritten haben.«

Camilla beugte sich vor. »Um was ging es?«

»Sie war zu weit weg. Aber Ellinger hat wild gestikuliert, und die Durand hat ihn, bevor sie gegangen ist, noch angeschrien.« Pauline las ab: »›*Darauf kannst du Gift nehmen*‹, hat Gerdi verstanden.«

»Vielleicht ging es um das Spiel?«, schlug Sarah vor und nahm eine Masche zu. »Nicole waren Regeln wichtig.«

Pauline zuckte mit den Schultern. »Eigentlich egal. Er hatte zur Tatzeit ein Alibi und ist damit raus.«

Christian Ellinger wurde von der Liste gestrichen. Nach einer weiteren Stunde war die Soko Bayerischer Schal trotz vitamin- und koffeinreicher Verpflegung erschöpft. Wenigstens Sarahs Miss-Marple-Schal nahm bereits Formen an. Die vielen Hinweise waren diffus. Niemandem war am Tatabend in der Nähe des Wollladens etwas Ungewöhnliches aufgefallen. Alles war wie immer gewesen.

Sarah betrachtete über ihr Strickzeug hinweg die mickrige Liste der Tatverdächtigen. »Und wenn es niemand ist, den wir kennen, und wir ihn deshalb übersehen?«

»Du meinst den geheimnisvollen Unbekannten?«, fragte Camilla.

Sarah nickte. »Nicole hat nie viel von sich erzählt. Wir wissen doch gar nicht, mit wem sie sich getroffen hat.«

»Mit dem Zug ist der Mörder auf jeden Fall nicht gekommen«, stellte Camilla fest. »Laut Monika ist am Montag kein Unbekannter am Madlfinger Bahnhof ausgestiegen. Von ihrem Kioskfenster hat sie schließlich einen guten Überblick.«

»Er könnte ja auch zu Fuß, mit dem Auto oder dem Rad gekommen sein«, gab Sarah zu bedenken.

Pauline strich ihr gekringeltes T-Shirt glatt. »Falls der Täter tatsächlich niemandem aufgefallen ist und nicht von hier ist, ist die Polizei gefragt. Die haben ganz andere technische Möglichkeiten«

Sarah schien erleichtert. »Von wegen Polizei: Wir müssen die Informationen über Gerlacher und Bond weitergeben. Wir haben dem Kommissar schließlich versprochen, dass wir ihm helfen.«

»Was haltet ihr davon, wenn Ariadne das übernimmt?«, fragte Pauline.

»Ach, ich würde das gerne machen«, bot sich Camilla an.

Pauline betrachtete die bisherigen Ergebnisse. »Ich denke, es ist besser, wenn wir erst mal im Hintergrund bleiben und weiter regional ermitteln. Mein Gefühl und die Verbrecherstatistik sagen mir, dass wir den Täter kennen. Ich schlage vor, jede von uns konzentriert sich auf eine Fährte, und morgen treffen wir uns erst zum Walking und um dreizehn Uhr zur großen Lagebesprechung. Sarah kümmert sich um Richard, ich übernehme Hubert und du, Camilla …«

»… den geheimnisvollen Unbekannten. Das gefällt mir. Je mysteriöser, desto besser. Vielleicht gibt mir die Geisterwelt den entscheidenden Hinweis. Vielleicht sogar Nicole selbst. Ich werde heute Abend die Schwitzhütte anheizen und mich in Trance begeben. Wenn ihr mögt …«

Sarah und Pauline reagierten blitzschnell.

»Ich hab Dienst«, rief Sarah.

»Und ich eine Abgabefrist«, log Pauline.

Einmal hatte der MKHC bei einem mehrstündigen Mondscheinritual mitgemacht. Aber nackt geräuchert zu werden, sich anschließend mit Birkenzweigen gegenseitig auszupeitschen und dann im kalten See zu schwimmen, hatte weder zur versprochenen geistigen Klarheit noch zum körperlichen Wohlgefühl beigetragen. Damals hatte die Hälfte der Teilnehmerinnen eine leichte Rauchvergiftung erlitten. Die anderen hatten mit vorübergehenden Sehstörungen und Kreislaufproblemen gekämpft. Pauline hatte allergisch auf die Birkenzweige reagiert und brauchte sogar medizinische Hilfe. Nur Ariadne war begeistert gewesen. Sie hatte mit der Gastgeberin mehrere Durchgänge in der Schwitzhütte absolviert.

Camilla blickte aus dem Fenster auf den See. »Und wenn es so ist wie bei *Das indische Tuch*, wo erst der Lord erdrosselt wird und dann einer nach dem anderen stirbt?«

Pauline klappte ihre Mappe zu. »Wir sind aber weder in einem schottischen Schloss noch von der Außenwelt abgeschnitten. Und es gibt nur eine Tote.«

»Bisher«, orakelte Camilla. »Wer weiß, was noch passieren wird. Auf jeden Fall wird der MKHC bei diesem Fall eine entscheidende Rolle spielen.«

Sarah packte den halb fertigen Schal in ihre Hebammentasche und stand auf. »Ich muss leider los. Hab heute Nachtschicht. Morgen früh wie immer?«

»Klar, wie immer.« Pauline folgte ihr.

»Nehmt euch für den Heimweg noch Wolle mit«, eilte Camilla ihren Freundinnen mit dem Wollkorb hinterher.

25. MASCHE

Fallmaschen können zu Fallstricken werden.

Wagner und Wallenstein saßen sich im Sitzungssaal des Rathauses gegenüber und arbeiteten sich durch die anonymen Hinweise zu Daniel Durand. Floss brauchte wegen des Kryptohandys einen leistungsstarken Computer und war zur Dienststelle gefahren.

Wagner schüttelte immer wieder den Kopf. »Organisiertes Verbrechen. Das gibt es doch nur in Großstädten. Und jetzt soll das, samt Mord- und Totschlag, bei uns in Madlfing angekommen sein? Ich kann das gar nicht glauben.«

Wallenstein schwieg. Irgendwie hatte er das auch gehofft. Die Polizistin stand auf und öffnete ein Fenster. Statt guter Landluft strömte ein penetranter Farbgeruch ins Zimmer. Wagner schien davon unbeeindruckt und setzte sich wieder. »Wenn auch nur die Hälfte der Informationen stimmt, hat der Mann ein echtes Problem. Der hat ein riesiges, ziemlich undurchsichtiges Netzwerk von Firmen und Konten auf der ganzen Welt. Eine davon kauft zum Beispiel ganze Schiffsladungen mit billigem Elektroschrott an. Eine andere Firma im Ausland erwirbt dann genau diesen Schrott als hochwertige Computerausstattung.«

»Typische Methode für Geldwäsche. Die Frage ist, was man Daniel Durand wirklich nachweisen kann. Für unsere Mordermittlung bringen uns die Informationen aus der Mail erst mal gar nichts.« Jetzt ging Wallenstein zum Fenster. »Nach was riecht es denn hier?«

Wagner blickte von den Unterlagen hoch. »Ach, das ist der Sigi. Der lackiert irgendwelche Autoteile im Freien. Je nach Windrichtung riecht man das im Ort. Würde die Durand noch leben, hätte sie sich längst beschwert und mit einer Anzeige wegen Verletzung irgendwelcher Umweltgesetze gedroht.«

Zu Recht, dachte Wallenstein. Sein Telefon klingelte. Floss. Er blickte auf die Uhr. »Der ist ja schnell unterwegs.«

Wagner zog die Augenbrauen hoch. »Wie meinen Sie das?«

»Ich hätte nicht gedacht, dass man die Strecke mit dem Fahrrad so schnell schafft.«

Wagner lachte. »Harald fährt nicht mal zum Bäcker mit dem Radl. Der macht alles per Auto.«

»Und sein Outfit?«

»Solange er sich nicht selbst bewegen muss, ist er total sportbegeistert.«

Wallenstein schaltete den Kollegen auf Lautsprecher.

»Wie befürchtet, war zur Tatzeit halb Madlfing in der Funkzelle um den Wollladen eingebucht. Ich versuche gerade, mir einen Überblick zu verschaffen, und schicke die Ergebnisse dann rüber. Aufgefallen sind mir bisher ein paar ausländische Nummern. Können natürlich harmlose Touristen sein.«

»Ist es möglich, die Nummern zu identifizieren?«, fragte Wallenstein.

»Bin dran. Könnten aber auch Prepaid-SIM-Karten aus dem Ausland sein. Außerdem taucht Ellingers Handy dort auf, obwohl er doch angegeben hat, den ganzen Abend zu Hause gewesen zu sein.«

»Wie lange war er dort?«, fragte Wallenstein.

Floss tippte lautstark. »Siebenundzwanzig Minuten.«

»Das war bestimmt ein Hausbesuch«, ereiferte sich Wagner und ging erneut zum Fenster. »Da hat er sicher nicht dran gedacht.«

»Ich werde ihn fragen«, entschied Wallenstein. »Danke, Floss.«

Wagner starrte den Kommissar an. »Der Doktor ist doch kein Mörder. Für den würde ich die Hand ins Feuer legen.«

Plötzlich fasste sich die Polizistin an die Hose.

»Ich verliere Fruchtwasser.«

Wallenstein schaute sie verdattert an.

»Wie meinen Sie das?«

»So, wie ich es sage.«

Sofort sprang Wallenstein auf und eilte zu seiner Kollegin. »Fühlen Sie sich schlecht?«

»Nein, alles in Ordnung«, versuchte sie, ihn zu beruhigen. In diesem Moment platzte die Fruchtblase. Wallenstein und Wagner starrten auf die Pfütze, die sich auf dem Fußboden ausbreitete. Die Polizistin zog entschuldigend die Schultern hoch. »Hoppala«, war ihr ganzer Kommentar.

»Was soll ich tun?«, fragte Wallenstein. »Ich ruf den Notarzt.« Schon hatte er sein Handy in der Hand.

»Auf keinen Fall. Bis der Krankenwagen mit den ganzen Umleitungen herfindet, ist das Kind da.«

Wallenstein schluckte.

»Und ich will es nicht im Rathaus bekommen.«

Wallenstein stimmte dem voll und ganz zu.

»Sie werden mich fahren. Das geht am schnellsten«, entschied Wagner.

»Ihr Mann?«, fragte Wallenstein vorsichtig. Er hielt den Ehemann für die geeignetere Unterstützung. Ihm wurde schon bei dem Gedanken an eine bevorstehende Geburt schummrig.

»Ist auf Montage in München«, nahm sie ihm alle Hoffnung. »Der kommt auf jeden Fall zu spät. Beim vierten Kind wird es nicht lange dauern.«

Wallenstein stürzte zur Tür. Dann drehte er sich zu seiner Kollegin um.

»Können Sie gehen? Soll ich Sie tragen?«

Wagner stützte ihren Bauch.

»Passt schon. Wir gehen zum Lift, und dann lege ich mich in Ihr Auto. Das schaffen wir zwei schon.« Sie lächelte ihn an.

Wallenstein machte sich Vorwürfe. Elisabeth Wagner hatte sich überanstrengt. Als Leiter des Ermittlungsteams und damit ihr Vorgesetzter hätte er sie mittags heimschicken sollen. War er für die Frühgeburt verantwortlich? Was, wenn das Kind zu Schaden kam? Der Kommissar atmete durch. Wahrscheinlich hätte sie sich nicht an seine Anweisungen gehalten.

»Natürlich schaffen wir das«, erwiderte er möglichst entspannt. Auf keinen Fall durfte er die werdende Mutter nervös machen.

Wallenstein öffnete ihr die Beifahrertür.

»Ich leg mich auf die Rückbank. Die Gefahr bei einem Blasensprung ist, dass die Nabelschnur vorfällt und das Kind zu wenig Sauerstoff bekommt.« Als sie Wallensteins bleiches Gesicht sah, fügte sie hinzu: »Das ist aber sehr selten. Reine Vorsichtsmaßnahme. Haben Sie eine Decke? Sonst ruiniere ich Ihnen noch die Ledersitze.«

Die Ledersitze waren im Moment das Letzte, um was sich Wallenstein sorgte. Wagner wartete. Daher holte er aus dem Kofferraum eine karierte Wolldecke.

»Dachte ich mir doch, dass Sie eine Decke haben.« Die werdende Mutter rutschte in eine halb liegende Position.

Sollte er langsam oder schnell fahren. Was war besser? Wallenstein war unsicher, ließ sich aber nichts anmerken. Von einer Geburt hatte er keine Ahnung. Die Polizistin war ruhig, fast schon gelassen.

Nach und nach telefonierte sie mit ihrem Mann, ihrer Mutter, mit Schule und Kindergarten. Zwischendurch blickte sie aus dem Fenster und gab Wallenstein Anweisungen, wo er abbiegen sollte. Als es sich um einen notdürftig gekiesten Feldweg handelte, zögerte er.

»Fahren Sie da rein. Das ist der schnellste Weg. Ich kenn mich hier aus.«

Wagner hatte gerade ihren Sohn Anton am Telefon.

»Mein Kollege Wallenstein bringt mich jetzt ins Krankenhaus. Das geht ganz schnell.« Sie lachte. »Ja, genau. Mit Blaulicht und Tatütata!«

Was, wenn sie stecken blieben? Sein Cabrio war kein SUV oder Jeep. Zwischen Kühen und Schafen würde das bestimmt eine sehr natürliche Geburt werden. Wallenstein wischte sich den Schweiß von der Stirn. Konzentriert wich er gefühlt knietiefen Schlaglöchern aus. Sein Navi kannte die Route nicht und behauptete, dass er mitten durch das Murnauer Moos fahre. Gerade war ihm völlig egal, dass es sich dabei um ein Naturschutzgebiet handelte.

»Die Oma holt dich dann vom Kindergarten ab, und später kommt ihr alle zusammen zu mir. Bald haben wir unseren Felix. Freust dich?«

Ein tiefes Stöhnen folgte. Wallenstein warf einen besorgten Blick auf die Rückbank. Seine Kollegin hatte die Augen geschlossen, hielt sich an der Beifahrerkopfstütze fest und atmete konzentriert.

»Haben Sie Wehen?«, stellte er die einzige Fachfrage, die ihm einfiel. Wagners gebrummtes *Mhm* machte ihm Angst, und er drückte trotz der Straßenverhältnisse aufs Gaspedal. Die höhere Geschwindigkeit machte die Schotterpiste sogar erträglicher.

»Da vorne links«, keuchte Wagner, »und am Feldkreuz gleich wieder rechts. Dann …« Sie machte eine Pause. »Dann sind wir da.«

Erleichtert stieg Wallenstein an der Notaufnahme aus.

»Ich bin Polizist!«, rief er und öffnete die Autotür. »Ich bringe eine Kollegin.«

Ein Sanitäter rannte auf ihn zu. Dann sah er Elisabeth Wagner auf der Rückbank liegen und mit einer Wehe kämpfen.

»Schussverletzung?«, fragte der Mann grinsend.

»Depp«, stöhnte Lissi.

»Die Frau bekommt ein Kind«, erwiderte Wallenstein.

»Gut, dass Sie's erwähnen«, bedankte sich der Sanitäter.

»Tun Sie doch was«, forderte Wallenstein ihn auf.

»Ich warte darauf, dass die Wehe vorbei ist«, antwortete dieser ruhig. Dann wandte er sich an die werdende Mutter. »Sie geben Bescheid. Dann helfe ich Ihnen beim Aussteigen.«

Eine Ärztin schob eine Liege heran.

Elisabeth Wagner stieg selbstständig aus und legte sich hin. »Sechs Wochen zu früh«, informierte sie die Ärztin.

»Machen Sie sich keine Sorgen. Wir bringen Sie jetzt auf die Entbindungsstation.«

Wagner winkte Wallenstein zu.

Der Sanitäter klopfte ihm auf die Schulter. »Nichts für ungut. Aber Sie müssen Ihr Auto hier wegfahren.«

Wallenstein stieg ein und machte sich auf den Rückweg nach Madlfing. Seiner Kollegin konnte er gerade nicht helfen. Sie war jetzt in guten Händen, und er war darüber heilfroh. Als er an der ersten Ampel bremste, rutschte Elisabeth Wagners Handy unter dem Sitz hervor. Sie hatte es beim Aussteigen vergessen. Er legte es auf den Beifahrersitz. Unvermittelt begann es zu vibrieren.

Dahoam erschien auf dem Bildschirm. Wallenstein ging ran.

»Hallo, hier Wallenstein«, meldete er sich.

Lautes Atmen war die Antwort.

»Toni?«, fragte er.

»Ist die Mama da?«, fragte der Bub.

»Nein. Die ist im Krankenhaus. Sie hat ihr Handy bei mir im Auto vergessen.«

»Gib mir die Mama.«

»Das geht gerade nicht.«

»Warum? Ist was?« Tonis Stimme war unsicher.

»Nein. Es ist alles in Ordnung«, versuchte Wallenstein, den Jungen zu beruhigen. »Ist dein Papa oder deine Oma da?«

Darauf bekam Wallenstein keine Antwort.

»Ich will die Mama«, beharrte Toni. »Du musst der Mama das Telefon bringen. Sonst kann sie mich nicht anrufen.«

Da war nichts zu machen.

»Gut. Ich bring es ihr.«

»Aber schnell.« Toni legte auf.

Wallenstein wendete und fuhr zurück. Er stellte seinen Wagen auf dem Klinikparkplatz ab und ging zum Haupteingang. Dort erkundigte er sich an der Pforte nach der Entbindungsstation.

»Bekommen Sie ein Kind, oder wollen Sie einen Besuch auf der Wöchnerinnenstation machen?«, strahlte ihn die Empfangsdame an.

»Weder noch. Ich will nur meiner Kollegin ihr Telefon bringen. Sie hat Wehen und soll zu Hause anrufen.«

»Aha. Kreißsäle sind im zweiten Stock. Aber da können Sie nicht rein, wenn Sie nicht der Vater sind. Die Frauen brauchen ihre Ruhe. Da kann nicht jeder einfach so ein Telefon vorbeibringen.«

»Danke«, unterbrach er die Erklärung und drehte sich um. In diesem Moment betrat Ariadne Schäfer in Jeans und weißer Bluse die Eingangshalle.

Sie war außer Atem und offensichtlich aufgeregt. Ihre Haare waren hochgesteckt. Einzelne Strähnen hatten sich jedoch gelöst.

»Frau Schäfer?«, rief er ihr zu.

Suchend blickte sie sich um. Als sie ihn entdeckte, riss sie erschrocken die Augen auf. »Was machen Sie denn hier? Wer hat Sie alarmiert?«

Was war jetzt schon wieder in Madlfing los? Wurde vielleicht jemand im Schreibwarenladen mit einem Kugelschreiber gepfählt oder in der Bäckerei von einem Mehlsack erschlagen oder mit kaltem Kaffee vergiftet? Was hatte er nur für Gedanken?

Langsam ging er auf sie zu. »Was ist passiert?«

»Sind Sie nicht wegen der Ellingers hier?«, antwortete sie mit einer Gegenfrage.

Die Wollladenbesitzerin war kalkweiß. Auf ihrer Unterlippe zeichneten sich die Abdrücke ihrer Schneidezähne ab.

»Wieso wegen der Ellingers?«

Ariadne atmete hörbar aus. »Sie haben mir gerade einen riesigen Schreck eingejagt, Herr Wallenstein.« Fahrig steckte sie eine Haarsträhne hinter ihr Ohr. »Aber es gibt bestimmt eine einfache Erklärung. Es ist Zufall, ein Versehen, keine Absicht, kein Anschlag oder sonst was. Kein Zusammenhang. Verstehen Sie?«

Halt suchend stützte sie sich mit einer Hand an der Wand ab.

»Ich habe keine Ahnung, wovon Sie sprechen.« Er wusste nur, dass sie jeden Moment umkippen würde, und er wollte nicht schon wieder eine Frau in der Nothilfe abgeben. »Möchten Sie etwas trinken?« Er lotste Schäfer zur

Cafeteria. Ein Kaffee würde nicht nur ihr guttun. Ariadne setzte sich an einen Tisch am Fenster. Die große Handtasche stellte sie auf den Boden, ihre schlanken Hände legte sie auf die rote Kunststofftischplatte. »Espresso. Doppelt.«

Zusätzlich brachte er stilles Wasser und ein Stück Marmorkuchen. Schäfer schaufelte zwei Löffel Zucker in das Tässchen und stürzte das Gebräu wie Medizin hinunter. Gedankenversunken drehte sie dann die leere Tasse zwischen den Händen und traktierte mit den oberen Schneidezähnen ihre Unterlippe.

»Ich hab meine Kollegin in die Klinik gebracht«, begann er ein Gespräch.

Ariadne blickte hoch. »Lissi? Kommt das Kind?«

»Ja, ich denke schon. Sie sagt, die Fruchtblase sei geplatzt. Dabei hat sie sehr gefasst gewirkt.«

Ariadne lächelte. »Beim vierten Kind ist das kein Wunder, oder? Sie ist ein Profi.«

Wallenstein hatte keine Ahnung, nickte aber.

»Sie hat ihr Telefon bei mir im Auto liegen lassen. Ich bringe es ihr vorbei. Toni besteht drauf.«

Schäfer brach ein Stück vom Kuchen ab. »Das wegen heute Vormittag tut mir übrigens leid. Ich möchte mich entschuldigen.«

»Für was genau?«

»Für den Stock im Arsch. Ich habe schon befürchtet, dass ich deswegen eine Anzeige wegen Beamtenbeleidigung bekomme, und jetzt kaufen Sie mir Kaffee und Kuchen.«

Wallenstein trank einen Schluck Wasser. »Passt schon.«

Schäfer schüttelte ungläubig den Kopf. »Wissen Sie,

dass das eine ziemlich bayerische Antwort ist? Wenn Sie noch ein bisserl an der Aussprache arbeiten: Basst scho«, sprach sie vor.

Der Kommissar beobachtete die Ladenbesitzerin. Innerhalb von Minuten hatte sie sich gefangen. Auch ihre Hautfarbe war wieder normal. Milchweiß, statt gespensterfahl.

»Ich mag es einfach nicht, wenn man mir nachspioniert. Da bin ich empfindlich. Fragen Sie einfach, wenn Sie etwas wissen wollen.«

Wallenstein schluckte einen Kommentar hinunter. Bisher war sie bei persönlichen Fragen nicht gerade auskunftsfreudig gewesen. »In Ordnung. Was ist mit Ellingers?«

»Sie sind mit dem Notarzt in die Klinik gebracht worden. Martina hatte schon gestern Abend beim Stricken über Übelkeit und ein seltsames Brennen im Mund geklagt und meinte, sie habe wohl was Falsches gegessen. Ich hab ihr dann einen Schnaps eingeschenkt. Brennivin. Kennen Sie den?«

Wallenstein verneinte.

»In Island nennen wir ihn auch den schwarzen Tod. Der bringt normalerweise alles um. Ich meine alle Krankheitserreger. Martina hat er leider nicht geholfen. Sie ist früher als die anderen heimgegangen. Gegen zehn Uhr kam sie dann zum Aufräumen. Da war sie immer noch schwach auf den Beinen. Das haben Sie ja selbst gesehen.« Sie trank ein Glas Wasser. »Ihr Mann war gestern früh ins Bett gegangen. Als Martina heimkam, hat er schon geschlafen. Heute Morgen ging es ihm immer noch schlecht, und die Sprechstundenhilfe sagte alle Termine ab. Gegen vierzehn Uhr rief mich

Martina an. Der Durchfall ihres Mannes war inzwischen blutig. Ich riet ihr, sofort den Notarzt zu rufen. Das hat sie dann auch gemacht. Seitdem habe ich nichts mehr gehört.«

»Sie haben vorhin von einem Anschlag oder Absicht gesprochen. Was haben Sie damit gemeint?«, hakte er nach.

Schäfer hob abwehrend die Hände. »Nichts Konkretes. Das ist mir nur so rausgerutscht. Die Aufregung. Mehr nicht. Wir lesen einfach alle zu viele Krimis und Thriller.«

Wallenstein glaubte ihr kein Wort.

»Was denken Sie wirklich, Frau Schäfer? Ich wäre froh, wenn Sie Ihre Befürchtungen nicht für sich behalten würden«, erinnerte er sie an ihre Entschuldigung.

»Martina hat mir erzählt, dass Christian und sie gestern Spaghetti mit Bärlauchpesto gegessen haben. Die Nudelsauce war anonym in der Praxis abgegeben worden. Das ist überhaupt nicht ungewöhnlich. Aber nach dem Mord an Nicole ist mit mir offensichtlich die Fantasie durchgegangen.« Ariadne griff nach ihrer grauen Filztasche und stand auf. »Ich will jetzt nach den beiden sehen. Wahrscheinlich sind meine Sorgen völlig unbegründet.«

»Ich begleite Sie«, entschied Wallenstein.

»Und, haben Sie Mutter und Kind schon gefunden?«, fragte die Frau am Empfang und musterte Wallenstein interessiert.

Schäfer ignorierte die Frage und erkundigte sich nach den Ellingers.

»Eine Martina Ellinger finde ich im System nicht. Die ist nicht aufgenommen worden. Aber ein Dr. Christian Ellinger liegt auf der Intensiv«, teilte die Frau mit. »Da können Sie nicht rein, und Auskunft bekommen Sie auch nicht, wenn Sie keine Angehörigen sind.«

Wallenstein zückte seinen nagelneuen Dienstausweis.

Die Empfangsfrau ließ sich von dem offiziellen Dokument nicht weiter beeindrucken, las es aber sehr aufmerksam.

»Mit so was kann ja jeder kommen.«

Wallenstein wollte schon antworten. Aber Ariadne legte beschwichtigend ihre Hand auf seinen Arm und machte ihn damit sprachlos.

»Klären Sie das mit den Ärzten auf Station«, beendete die Frau das Gespräch und wandte sich wieder ihrem Computerbildschirm zu.

Als sich die Aufzugtür schloss, kroch langsam, aber unaufhaltsam die Angst aus einer der hinteren Windungen in Wallensteins Gehirn heraus. Er spürte, wie sein Mund trocken und seine Hände taub wurden. *Flashbacks* nannte Mia Alt dieses Phänomen, wenn die Erinnerung die Kontrolle über seinen Körper und seinen Geist übernahm und ihn mit Wucht in die Vergangenheit zurückkatapultierte.

»Geht es Ihnen nicht gut?«, fragte Schäfer und drückte auf den Knopf für den dritten Stock.

»Alles in Ordnung«, presste er hervor. Mia hatte ihm erklärt, dass die Symptome meistens innerhalb von zehn Minuten ihren Höhepunkt erreichten und dann wieder verschwanden. Aber erst mal wurde es schlimmer.

»Schaut aus, als würden sie das Liftfahren nicht vertragen«, versuchte Ariadne einen Witz. »Oder in Madlfing geht wirklich ein fieser Virus um.«

Wallenstein hörte Schäfers Stimme gedämpft, seinen eigenen Herzschlag hingegen laut und schnell. Der Aufzug fuhr in den Keller, dann hielt er sowohl im Erdgeschoss, im ersten, als auch im zweiten Stock. Aber nie wollte jemand einsteigen. Beide schwiegen. Die Tür öffnete und schloss sich jedes Mal umsonst. Er zwang sich, ruhig zu atmen. Überhaupt zu atmen.

»Als Polizist«, keuchte er »verbindet man …« Wieder schnappte er nach Luft. »… mit Krankenhäusern schlechte Erfahrungen.«

»Nicht nur als Polizist«, antwortete sie. Dann drehte sie ihm den Rücken zu und drückte noch einmal auf den Knopf für den dritten Stock.

Wallenstein war froh, dass sie nicht nachfragte oder ihn beobachtete. Vielleicht konnte er deshalb weitersprechen. »Eine Kollegin wurde vor fünf Monaten bei einem Einsatz, den ich geleitet habe, angeschossen. Die Ärzte konnten ihr nicht mehr helfen.«

Und ich auch nicht, dachte Wallenstein.

»Es ist nicht Ihre Schuld«, antwortete Ariadne auf den unausgesprochenen Zusatz und drehte sich zu ihm um. Ihr Blick war mitfühlend. »Vorwürfe bringen niemanden weiter. Was geschehen ist, ist geschehen. Wir alle müssen damit leben und uns der Erinnerung stellen. Nur dann findet sie ihren Platz.«

Die Aufzugtür öffnete sich endlich im richtigen Stockwerk. Seit Sonjas Tod hatte er kein Krankenhaus mehr betreten. Mia Alt hatte Wallenstein geraten, in seinem Umfeld über *den Vorfall*, so nannte sie es, zu sprechen. Wahrscheinlich hatte sie dabei eher an private Kontakte als an eine laufende Ermittlung gedacht. Aber gegenüber seinen Freunden war er stumm geblieben. Selbst in den angeordneten Therapiestunden hatte er sich geweigert, das Geschehen durch seine Worte noch einmal aufleben zu lassen. Was hätte er dafür gegeben, wenn die Kugel ihn erwischt hätte. Immer noch.

Ariadne stand still neben ihm.

Sein Kehlkopf, sein Kopf, sein Brustkorb. Alles war zu eng. »Vor Jahren waren wir ein Paar. Ich hätte sie beschützen müssen«, fügte er sehr leise hinzu.

Ariadne ging mit ihm zu einer kleinen Sitzgruppe. Dort plätscherte ein Aquarium vor sich hin, und ein paar Fische glotzten durch die Glasscheibe. Wallenstein glotzte zurück. Zwischen bemoosten Grünpflanzen versteckte sich ein Schiffswrack samt Schatzkiste, ein altes Handy und eine Kaffeetasse ohne Henkel. Ein Putzerfisch hatte sich an der Scheibe festgesaugt.

Vorsichtig legte Ariadne ihre Hand an das Glas des Aquariums. »Manchmal scheitern wir und fühlen uns machtlos. Und trotzdem müssen wir immer wieder versuchen, die zu schützen, die wir lieben. Auch wenn es gefährlich ist oder wehtut. Wir haben keine Wahl. Denn nur so bleiben wir lebendig«, erzählte sie den Fischen.

Pfleger, Ärzte und Besucher liefen eilig vorbei. Diesmal holte Ariadne aus einem Getränkespender einen Becher kaltes Wasser und wartete, bis Wallenstein es ausgetrunken hatte.

»Wenn das rauskommt, bin ich erledigt.«

Ariadne musterte ihn. »Sie meinen die kleine Panikattacke?«

Er nickte.

»Von mir wird niemand erfahren, dass Sie ungern Lift fahren«, erwiderte sie leichthin. »Sie kennen mit Elin Fenjasdottir eines meiner kleinen Geheimnisse und ich jetzt eines von ihnen. Damit sind wir quitt.«

Das bedeutete, dass die Wollladenbesitzerin noch andere kleinere oder größere Geheimnisse verbarg, überlegte Wallenstein. Gerade fehlte ihm jedoch die Energie nachzufragen.

»Danke«, war alles, was er über die Lippen brachte. Dieses Wort meinte er jedoch sehr ernst.

»Wir gehen jetzt rein. Auch wenn es auf der Station ähnlich aussieht und das in Ihnen alte Bilder wachruft. Es ist anders. Sie können es ändern. Hier drinnen.« Schäfer deutete auf ihren Kopf. Nichts Spöttisches lag in ihren Worten. »Ich bin sicher, Sie werden das hinbekommen, Herr Kommissar.«

Wallenstein stand auf und drückte auf die Klingel an der Intensivstationstür. Er staunte, wie ruhig er sich dabei fühlte. Es dauerte ein paar Minuten. Dann öffnete ein schlaksiger Pfleger und grüßte freundlich.

»Wie kann ich Ihnen helfen?«

Wallenstein zeigte seinen Dienstausweis.

»Wir kommen wegen Dr. Ellinger.«

Der junge Mann machte ein verdutztes Gesicht.

»Ah, Sie sind schon da? Wir haben doch gerade erst bei der Polizei angerufen«, erwiderte er und öffnete die Tür.

»Wegen Herrn Ellinger?«

»Ja. Alles deutet auf eine schwere Vergiftung hin. Wir wollten sichergehen, dass niemand Weiteres zu Schaden kommt. Aber warten Sie, ich hole Ihnen die diensthabende Ärztin. Sie hat mit der Ehefrau des Patienten gesprochen.«

»Ist sie da?«, fragte Ariadne Schäfer. »Geht es ihr gut?«

»Ja, sie ist bei ihrem Mann.«

Der Pfleger verschwand im Dienstzimmer. Wenig später kam eine etwa fünfzigjährige Frau auf sie zu.

»Sie sind von der Polizei?«, fragte sie und streckte ihnen die Hand entgegen.

Der Kommissar zeigte erneut seinen Ausweis vor.

»Dann kommen Sie bitte mit.« Die Ärztin ging offensichtlich davon aus, dass Ariadne Schäfer ebenfalls Polizistin war, und Wallenstein stellte es nicht richtig. In dem winzigen Arztzimmer gab es nur zwei Stühle. Wallenstein setzte sich auf die Untersuchungsliege.

»Dr. Ellinger leidet an einer schweren Vergiftung, vermutlich durch Colchicin.«

Schäfer atmete hörbar aus. »Herbstzeitlose?«

Wallenstein schaute sie erstaunt an.

»Davon hab ich erst vor Kurzem in einem Krimi gelesen«, erklärte sie und wurde ein wenig rot.

Die Ärztin nickte anerkennend. »Das kommt um diese Jahreszeit leider immer mal wieder vor. Wie es ausschaut, hat das Ehepaar gestern Abend ein Bärlauchpesto gegessen, das mit Herbstzeitlosenblättern verunreinigt war. Das Heimtückische ist, dass zu dem Zeitpunkt, wenn die ersten Symptome auftreten, die Aufnahme des Giftes schon weit fortgeschritten ist. Es sollten mehr Leute Krimis lesen, dann wären sie vor Verwechslungen gewarnt.«

»Das heißt?«, fragte Wallenstein, der von dem Krimithema wegwollte.

Der Blick der Ärztin war bedauernd. »Wir können leider nicht viel tun. Es gibt für Colchicin kein spezifisches Antidot, also kein Gegenmittel. Uns bleibt nur die symptomatische Therapie. Sein Zustand ist ernst.«

»Und Frau Ellinger? Wie geht es ihr?«

»Sie hatte gestern Abend keinen Appetit. Das hat sie gerettet. Ihre Angaben waren sehr verworren. Sie sagte, eine Freundin sei ermordet worden.« Ratlos zuckte die Ärztin mit den Schultern. »Auf jeden Fall hat sie weit weniger gegessen als ihr Mann und hat dadurch eine geringere Dosis zu sich genommen. Ihre Vergiftungssymptome klingen bereits ab.«

Nicole Durand hatte ihrer Freundin durch ihren Tod das Leben gerettet. Nur gut, dass Elisabeth Wagner erst nach der Geburt ihres Kindes von diesem Unglücksfall erfahren würde.

»Warum genau haben Sie die Polizei verständigt?«, fragte Wallenstein.

»Frau Ellinger hat uns erzählt, dass sie das Pesto nicht selbst hergestellt hat, sondern das Glas in der Praxis ihres Mannes abgegeben worden ist. Sie weiß nicht, von wem. Meine Sorge ist, dass vielleicht noch mehr Gläser davon im Umlauf sind und sich weitere Menschen vergiften könnten.«

Diese Möglichkeit war ein Albtraum. Plötzlich weitete sich der Unfall zu einer handfesten Krise aus.

»Ich muss mit Frau Ellinger sprechen«, entschied Wallenstein. »Können wir uns hier zusammensetzen?«

»Ich fürchte, sie weicht nicht von der Seite ihres Mannes«, erwiderte die Ärztin. »Und eine Befragung beim Patienten kann ich nicht zulassen. Er darf sich nicht aufregen.«

»Wenn wir die Herkunft des Lebensmittels nicht zurückverfolgen können, müssen wir die Bevölkerung warnen. Bei Gefahr in Verzug haben wir keine Wahl.«

Die Ärztin zögerte, stimmte dann aber zu.

Wallenstein folgte den beiden Frauen ins Krankenzimmer. Dort lagen durch Vorhänge abgetrennt noch zwei weitere Patienten. Piepende und pumpende Geräte, schweres Atmen und leises Jammern bildeten einen bedrückenden Klangteppich. Wallenstein kämpfte erneut mit seinen Erinnerungen. Erst als er ans Bett trat und dort Dr. Ellinger und nicht Sonja lag, löste er seine zu Fäusten geballten Hände. Wallenstein erkannte den Mann kaum wieder. Gestern noch hatte Ellinger vital und braun gebrannt vor ihm gestanden. Jetzt war er blass und eingefallen und kämpfte um jeden Atemzug. Eine durchsichtige Sauerstoffmaske bedeckte Mund und Nase. Aber er war bei Bewusstsein.

Die Ärztin nickte ihrem Patienten aufmunternd zu, kontrollierte die Infusion und die Anzeigen der angeschlossenen Geräte.

Martina Ellinger kauerte auf einem Besucherstuhl und hielt die Hand ihres Mannes.

»Kann ich Sie kurz sprechen, Frau Ellinger?«

Martina Ellinger schaute auf. Ihr Blick wanderte Halt suchend von Wallenstein zur Ärztin, zu Ariadne und wieder zurück. So als verstünde sie nicht, was um sie herum vor sich ging. Ariadne kniete sich neben sie und redete leise auf sie ein. Dann tauschten die beiden Frauen Plätze, und Martina Ellinger kam langsam auf Wallenstein zu.

»Ja?«

»Ich habe ein paar Fragen. Kommen Sie doch bitte mit.«

Mit hängendem Kopf schlurfte sie in das Arztzimmer. Wallenstein wartete, bis sie sich gesetzt hatte, und brachte ihr ein Glas Wasser.

»Es tut mir sehr leid. Aber wir müssen verhindern, dass noch jemand anderes zu Schaden kommt.«

Martina Ellinger schaute ihn irritiert an.

»Das Pesto«, half Wallenstein nach. »Das ist wichtig.«

Erschrocken riss sie die Augen auf. »Ich kann nichts dafür. Ich hab nur Nudeln gekocht. Aber ich konnte nichts essen. Nicole. Immer seh ich ihre Augen vor mir. Ich muss die Kinder anrufen.«

Wallenstein wartete. Am liebsten hätte er sie geschüttelt. Aber das half nie.

»Das Pesto«, wiederholte er.

»Das habe ich nicht gemacht. Das müssen Sie mir glauben. Sonst hätte Christian das doch nicht gegessen. Er ist der Ansicht, dass ich nicht einmal Schnittlauch von Gras unterscheiden kann.«

Nach dem kurzen Zusammentreffen mit dem Ehepaar konnte Wallenstein sich das lebhaft vorstellen.

»Ich glaube Ihnen, keine Sorge. Aber von wem stammt es?«

Martina schloss erschöpft die Augen.

»Keine Ahnung«, sie zögerte und dachte angestrengt nach. »Ich denke, es war aus dem kleinen Geschenkkorb mit den italienischen Mandelkeksen und einer Flasche Rotwein. Der Korb stand am Dienstagmorgen vor der Tür.« Sie trank einen großen Schluck Wasser. »Ja, genau. Oder war das schon am Montag?« Sie zog ihre Stirn in Falten. »Nein. Es war am Dienstag. Da bin ich mir sicher.«

Wallenstein sah Martina Ellingers Unsicherheit. Der Stress der vergangenen Stunden blockierte ihr Gehirn.

»Und Sie sind sich sicher, dass das Glas in diesem Korb war?«

Martina zögerte. »Servietten waren auch noch dabei. Mit kleinen Kätzchen drauf. Einem weißen und einem getigerten. Ich mag Katzen. Aber Christian findet sie falsch und hinterhältig. Ich hab den Korb reingeholt, bevor ich mit meiner Limettencreme zur Wolllust gefahren bin. Christian war da schon golfen. Die Praxis öffnet ja erst um neun Uhr.«

»War eine Nachricht dabei? Hat jemand geklingelt? Oder haben Sie jemanden wegfahren sehen?« Wallenstein versuchte, sich seine Unruhe nicht anmerken zu lassen.

»Nein.« Ratlos blickte sie Wallenstein an.

»Hat Sie das nicht gewundert? Haben Sie sich gar keine Gedanken gemacht, von wem das Präsent sein könnte?«

Martina schüttelte den Kopf. »Nein, natürlich nicht. Das ist doch ganz normal. Bei uns wird fast täglich was abgegeben. Meistens persönlich in der Praxis. Aber es steht immer mal wieder eine Schachtel Eier oder ein Kuchen oder was Selbstgemachtes vor der Tür. Man erfährt dann erst später, von wem das war. Christian oder eine der Sprechstundenhelferinnen. Ich meistens nicht. Mein Mann ist bei seinen Patientinnen nämlich sehr beliebt. Er hat schon vielen zu einem Kind verholfen. Dafür sind die Frauen natürlich dankbar.«

Es war zum Haareraufen. Martina Ellinger schaffte es gerade nicht, den Ernst der Lage zu erfassen. Als würde sie ein Selbstgespräch führen, redete sie weiter wirres Zeug und ignorierte den Kommissar.

»Ich wollte eigentlich Schnitzel panieren. Aber ich konnte nicht kochen, nie hätte ich das kalte Fleisch …« Sie schauderte. »Das Pesto war ganz normal. Hat nach Knoblauch gerochen und geschmeckt. Mit viel Käse und Pinienkernen. Ich habe es auf den Tisch gestellt und dazu noch ein Glas der Limettencreme. Das Einzige, das heil geblieben war.« Sie brach in Tränen aus.

Hier kam er nicht weiter. Sie mussten eine Warnung rausgeben, über Radio, Presse, Rathaus oder wie auch immer. Leider konnte ihm Elisabeth Wagner gerade nicht helfen. Sie hätte gewusst, wie man die Madlfinger am besten erreichte.

Als er das Gespräch beenden wollte, fiel Wallenstein Ellingers Handy ein, das in der Nähe des Tatortes eingebucht gewesen war. »War Ihr Mann Montagabend noch mal weg?«

Martina Ellinger zog ihre Stirn in Falten. »Nein.« Sie zögerte. »Doch. Aber höchstens eine halbe Stunde. Eine Patientin hatte angerufen. Sie meinen doch nicht, dass er das Körbchen selbst mitgebracht hat? Warum sollte er es dann vor die Praxistüre gestellt haben? Das hätte er doch erzählt.«

Wallenstein zweifelte, dass Ellinger seiner Frau viel erzählte. »Wo ist der Korb jetzt?«

»Steht in der Küche. Mit dem Wein und den Keksen und …« Sie verstummte.

»Wir brauchen die Sachen. Können Sie uns die geben?«

Sie schüttelte den Kopf.

»Kann jemand aufsperren?«

Martina Ellinger griff in ihre Hosentasche und drückte

Wallenstein einen Schlüsselbund in die Hand. »Hätte ich mehr gegessen, wäre ich jetzt bei ihm.«

Wallenstein kannte dieses Gefühl. Überleben war manchmal kein Glück, sondern eine Bürde.

Beim Aufstehen taumelte Martina Ellinger. Wallenstein griff schnell nach ihrem Arm. Sie klammerte sich wie eine Ertrinkende an ihm fest. Die Frau tat ihm leid. Zwei Schicksalsschläge innerhalb von zwei Tagen. Was für ein schrecklicher Zufall. Wallensteins Hirn machte sich selbstständig. Was, wenn beide Ereignisse zusammenhingen? Was, wenn es sich hier nicht um eine bedauernswerte botanische Verwechslung, sondern um einen Anschlag auf das Ehepaar Ellinger handelte, die ja schließlich beide gut mit Nicole Durand befreundet waren. Ariadne Schäfer hatte einen ähnlichen Verdacht gehabt. War das eine der Querverbindungen, die er suchte? Das würde aber bedeuten, Martina Ellinger wäre ebenfalls in Gefahr und ein gefährlicher Mörder auf freiem Fuß?

Am Krankenbett beugte sich die Wollladenbesitzerin fürsorglich über Dr. Ellinger und tupfte ihm mit einem feuchten Tuch die Stirn ab. Eine lose Strähne streifte dabei sein Gesicht. Offensichtlich war er eingeschlafen. Seine Gesichtszüge waren seltsam entspannt. Martina blieb wie versteinert stehen. Ein heiserer Schrei drang aus ihrer Kehle. Wahrscheinlich vermutete sie das Schlimmste. Aber ein regelmäßiges Piepen zeugte davon, dass Ellingers Herz noch schlug.

Ariadne drehte sich erschrocken um.

Martina hatte sich immer noch nicht von der Stelle gerührt. Plötzlich drehte sie sich zu Wallenstein um. »Wissen Sie schon, wer Nicole getötet hat?«

»Die Ermittlungen laufen«, erwiderte er ausweichend.

Ariadne kam auf Martina zu und legte ihr einen Arm um die Schulter. »Wer auch immer ihr das mit diesem schlecht gestrickten Schal angetan hat, wird dafür büßen.«

Das klang, als ob die Tat mit einem gut gestrickten Schal weniger verachtenswert wäre. In den Augen des MKHC war das vermutlich tatsächlich so.

»Büßen«, wiederholte sie Ariadnes Worte. »Das ist gut.« Sie sank auf den Besucherstuhl und drückte die Hand ihres Mannes. »Alles wird gut. Alles kommt wieder in Ordnung. Vertrau mir. Nur einmal. Du schaffst das.«

Ihre Worte waren ein beschwörendes Flüstern.

Wallenstein fühlte sich unwohl. Normalerweise ein untrügliches Zeichen dafür, dass er etwas übersah oder eine wichtige Frage nicht gestellt hatte. Er redete sich ein, es sei eine Folge seiner Panikattacke, verabschiedete sich und rief Floss an. Der erkannte sofort die Dringlichkeit und übernahm die Warnung der Bevölkerung.

»Wir können nur hoffen, dass Dr. Ellinger sich schnell erholt und weiß, wer ihm dieses zweifelhafte Geschenk gemacht hat.«

Ariadne kam zu Wallenstein auf den Flur.

»Ich bleibe hier. Vielleicht kann ich mich irgendwie nützlich machen. In dieser schrecklichen Situation sollte niemand allein sein. Falls Martina nach Hause will, kann ich sie fahren. Sie ist ja mit dem Notarzt gekommen.«

Der viel beschworene Zusammenhalt auf dem Land gefiel Wallenstein. In seiner Jacketttasche vibrierte ein Handy. Wieder stand *dahoam* auf dem Bildschirm. Wallenstein nahm ab.

»Mama?«, fragte Toni aufgeregt.

»Hallo, Toni.«

»Du hast der Mama das Telefon nicht gegeben. Ich muss mit der Mama reden. Jetzt!«

»Warte. Ich bin schon unterwegs.«

»Du bist eine lahme Ente, Kommissar Tim!«, schrie Toni so laut, dass es selbst Ariadne noch hören konnte. Wallenstein lief zur Treppe.

»Bis morgen!«, rief Ariadne ihm wie selbstverständlich nach. Als wäre sie Teil des Ermittlungsteams. Wallenstein überraschte sich selbst bei dem Gedanken, dass sie das auch irgendwie war. Vermutlich wie der gesamte Krimi-Strickclub. Nur die Vernetzung oder besser gesagt Verstrickung mit der Polizei klappte nicht.

Am Eingang zur Entbindungsstation drückte Wallenstein einer Schwester das Telefon in die Hand.

»Für Elisabeth Wagner. Ihr Sohn Toni will unbedingt mit ihr sprechen.«

Entsetzliche Schreie waren aus einem der Kreißsäle zu hören. Hoffentlich ging es seiner Kollegin gut. Er war heilfroh, kein werdender Vater zu sein, und suchte eilig das Weite.

26. MASCHE

Stricken verbindet nicht nur Maschen.

Ariadne rief Irmingard an. Sie war die beste Multiplikatorin, um die Madlfinger vor einem giftigen Lebensmittel zu warnen. Ein außerplanmäßiges Läuten der Kirchturmglocken würde innerhalb kürzester Zeit den gesamten Ort alarmieren.

»Hier ist der Anschluss von Irmingard Sonnleitner. Leider bin ich gerade nicht zu erreichen. Aber mein Chef, seine Engel und Heiligen sind rund um die Uhr im Einsatz und kümmern sich um Ihre Anliegen. Bei Notfällen wenden Sie sich bitte vertrauensvoll an Ihren Namenspatron oder die vierzehn Nothelfer«, schaltete sich die Mailbox ein. Ariadne staunte. Seit wann wusste Irmingard, wie sie die Ansage änderte und personalisierte? Und wo trieb sich die Mesnerin überhaupt rum?

Vorhin in der Kirche hatte Ariadne vergessen, sie zu fragen, warum sie nicht ans Telefon gegangen war. Dafür nahm Pauline das Gespräch nach dem ersten Klingeln an.

»Wie geht es dir, Ariadne?«

»Mir? Gut. Aber was ist eigentlich mit Irmingard?«

»Keine Ahnung. Heute Morgen habe ich sie gesehen, wie sie Richtung Bahnhof geradelt ist. Sie hatte es ziemlich eilig.«

Irgendetwas stimmte nicht. Hoffentlich hatte die Mesnerin keine ernsten gesundheitlichen Probleme. Ariadne konnte sich nicht vorstellen, dass sich Irmingard unter normalen Umständen eine echte Ermittlung entgehen lassen würde. »Macht sie etwa nicht bei der Mördersuche mit?«

»Nicht direkt. Im aktiven Team sind nur Sarah, Camilla und ich. Hast du einen Hinweis?«

»Lass uns später über den Mord sprechen. Jetzt geht es um etwas Dringenderes. Ellingers haben Bärlauchpesto gegessen, das mit giftigen Herbstzeitlosenblättern verunreinigt war. Es wurde anonym abgegeben.«

»Wie schrecklich. Wie geht es ihnen?«

»Martina gut. Bei Christian ist die Vergiftung lebensgefährlich. Wir müssen die Madlfinger warnen, bevor noch jemand zu Schaden kommt.«

»Wird gemacht.« Pauline hatte bereits aufgelegt.

Augenblicklich entspannte sich Ariadne. Auf diese Antwort war Verlass.

Im Krankenhauskiosk kaufte Ariadne drei Snickers. Sie wusste, dass Martina diesen Schokoriegeln nicht widerstehen konnte. Christian warf seiner Frau zwar regelmäßig vor, zuckersüchtig zu sein, aber in seinem Zustand würde er von der Nascherei nichts mitbekommen. Und Martina brauchte jetzt Energie und Nervennahrung.

Im Lift dachte Ariadne an den Kommissar. Obwohl sie endlich etwas über ihn herausgefunden hatte, wollte sich nicht das Hochgefühl einstellen, das sie von erfolgreichen

Recherchen kannte. Bei Wallenstein blieb nur Mitgefühl. Er hatte sich verletzlich gezeigt und von einem einschneidenden Erlebnis aus seiner Vergangenheit erzählt. Ariadne war sich sicher, dass er das nicht oft tat.

Seite an Seite saßen Martina und Ariadne am Krankenbett und bissen von ihren Snickers ab.

»Das tut so gut.« Martina lehnte sich zurück und schloss kauend die Augen. Dann riss sie die Verpackung des zweiten Riegels auf. »Manchmal hilft nur Zucker.«

27. MASCHE

Nicht nur lose Fäden brauchen Anknüpfungspunkte.

Auf der Rückfahrt nach Madlfing telefonierte Wallenstein erneut mit Floss. Die Buschtrommeln des Ortes liefen bereits warm. Die Bürgermeisterin hatte kurzerhand die Freiwillige Feuerwehr alarmiert. Ein Einsatzwagen fuhr mit einem Lautsprecher durch die Straßen und informierte über die Gefahr, dass ein giftiges Bärlauchpesto im Umlauf sein könnte.

»Und, funktioniert die Aktion?«, fragte Wallenstein.

Floss lachte. »Halbwegs. Die Nachricht, dass Ellinger mit dem Tod ringt, verbreitet sich wie ein Lauffeuer. Die stammt jedoch nicht von mir, sondern von den wilden Strickerinnen. Keine Ahnung, wer ihre Quelle ist. Das vergiftete Bärlauchpesto ist da weit weniger interessant. Aber inzwischen dürfte die Warnung die Runde gemacht haben.«

Dem MKHC und der Freiwilligen Feuerwehr sei Dank.

»Gute Arbeit. Ich fahre jetzt zu Ellingers nach Hause. Vielleicht finde ich dort Reste des Pestos oder den Geschenkkorb oder zumindest einen anderen Hinweis auf den Überbringer.«

Mit Martinas Schlüssel sperrte Wallenstein die Haustür auf. Im Flur bog er nach links zu den Privaträumen ab.

Die Küche war blitzblank sauber. Wallenstein mochte Ordnung. Aber hier war es derart aufgeräumt, dass der Raum fast schon ungenutzt wirkte. Ariadne hatte erwähnt, dass Martina Ellinger Spaß am Putzen habe. So wie Wallenstein sich in den Hochglanzküchenfronten spiegelte, gab es daran keinen Zweifel. Alle Küchengeräte und Vorräte waren in Schränken verstaut. Die Arbeitsflächen waren vollkommen leer. Wallenstein öffnete den Kühlschrank. Nach Haltbarkeitsdatum sortiert standen laktosefreie Milchpackungen im Türfach. Wurst und Käse waren in Tupperboxen sortiert, Joghurt- und Sahnebecher lagerten in gerader Reihe. Gemüse war ebenfalls eingetuppert im Kühlfach. Nichts war angebrochen. Kein Pestoglas. Der Gefrierschrank enthielt gekaufte Tiefkühlware und in durchsichtige Tüten verpackte, mit Datum beschriftete Kuchenstücke. Zuoberst lag der Apfelkuchen von gestern. Suchend öffnete er Schränke und Schubladen. Auch hier war alles aufgeräumt. Die typische Durcheinander-Schublade, wo sich normalerweise Betriebsanleitungen, Flaschendeckel, Pfandmarken, Gummiringe, Schaschlikspieße und anderes Wichtiges sammelten, fehlte. Selbst die Spülmaschine war ausgeräumt und der Mülleimer leer.

Neben der Küche gab es eine kleine Speisekammer. Dort fand Wallenstein auf einem Regalbrett unterschiedliche Geschenkkörbe und -verpackungen. Dr. Ellinger schien wirklich viele Präsente von seinen Patientinnen zu erhalten.

Selbst die Körbe waren nach Größe sortiert ineinandergestellt. Wallenstein fotografierte sie. Er ging die Gläser mit Eingelegtem durch. Wieder kein Pestoglas, das einen Hinweis auf den Schenker oder die Schenkerin gegeben hätte.

»Hallo?«, rief eine Frau unsicher. »Ist da jemand? Martina?«

»Wallenstein, Polizei!«

Eine blond gelockte, vermutlich gefärbte und dauergewellte Frau von etwa dreißig Jahren kam in die Küche.

»Die Wohnungstür war offen. Daher …« Sie zögerte. »Warum Polizei? Ist etwas passiert?«

»Wer sind Sie?«, reagierte Wallenstein mit einer Gegenfrage.

»Frauke Appel. Ich bin hier Sprechstundenhilfe.«

»Kommen Sie zur Arbeit?«

»Nein. Die Praxis ist geschlossen. Ich habe heute Morgen alle Termine abgesagt, weil es Christian, ich meine Dr. Ellinger, nicht gut ging. Ich habe ihn mehrmals auf dem Handy angerufen, aber er ging nicht ran. Das passt gar nicht zu ihm. Daher wollte ich nachschauen, ob alles in Ordnung ist.«

Offensichtlich war Frauke Appel bisher weder von der Freiwilligen Feuerwehr noch vom MKHC erreicht worden.

»Ich bin nämlich gerade auf dem Rückweg vom Nagelstudio in Murnau«, erklärte Appel. »Was ist denn los? Was machen Sie hier in der Küche?«

»Das Ehepaar Ellinger ist wegen einer Vergiftung im Krankenhaus.«

Appel schlug sich die Hand vor den Mund. Ihre Fingernägel waren rosa-weiß lackiert und mit Strasssteinchen-Blumen verziert.

»Kein Magen-Darm-Virus?«

»Nein. Wissen Sie, wer am Dienstagmorgen einen Geschenkkorb vor die Tür gestellt hat?«

Appel schüttelte die blonden Locken.

»Bei mir hat sich niemand gemeldet. Aber was hat ein Geschenkkorb damit zu tun? Sie meinen doch nicht ...« Sie starrte Wallenstein erschrocken an. »Sie meinen doch nicht, jemand wollte dem Doktor schaden?«

»Wir wissen es nicht, daher suchen wir den Überbringer. Frau Ellinger hat am Dienstagabend Nudeln mit Bärlauchpesto aus diesem Korb zubereitet. Wahrscheinlich war das Pesto mit Herbstzeitlosenblättern verunreinigt.«

»Das ist ja schrecklich. Wer tut so etwas? Wie geht's dem Doktor?«

Wallenstein wunderte sich. Appel ging ganz selbstverständlich von einem mutwilligen Anschlag auf den Arzt aus. Das Befinden seiner Ehefrau schien sie dagegen nicht im Geringsten zu kümmern.

»Hat Dr. Ellinger Feinde?« Das klang schon sehr nach Mordermittlung. Aber das war es nicht. Noch nicht. Wallenstein hoffte inständig, dass es dazu auch nicht kommen würde. Er schwächte seine Frage ab. »Könnte ihm jemand etwas Schlechtes wollen?«

Appel besah sich ihre Fingernagelkunstwerke.

»Wissen Sie, der Herr Doktor ist ein sehr attraktiver Mann, und manche Damen machen sich vielleicht ...« Sie suchte nach dem richtigen Wort. »... Hoffnungen und werden enttäuscht.«

»Im privaten Bereich?«

»Na klar. Aber er kann sich gut abgrenzen. Medizinisch ist Herrn Ellinger nichts vorzuwerfen. Er ist ein ausgezeichneter Arzt und würde alles für seine Patientinnen tun. Aber natürlich kommt es auch bei ihm zu tragischen Diagnosen und Verläufen, und dann hat schnell der Doktor Schuld. Das hat er natürlich nicht in der Hand. Medizin hat schließlich ihre Grenzen.«

Wallenstein fragte nach. Aber mehr als vage Andeutungen waren Frauke Appel nicht zu entlocken. Sie wollte keine Namen nennen und berief sich auf ihre Schweigepflicht.

»Christian steckt das mit der Vergiftung weg. Der ist körperlich total fit und achtet auf seine Gesundheit. Der isst nicht einmal Zucker. Können Sie sich das vorstellen?«

»Soll es geben.«

Die Sprechstundenhilfe bemerkte Wallensteins fehlenden Enthusiasmus nicht und schwärmte weiter von den Heldentaten ihres Chefs. »Und Tai-Chi kann er auch und ist total beweglich. Der überlebt uns noch alle.«

Nachdem er noch die Wein- und Kekssammlung fotografiert und die Mülltonne inspiziert hatte, fuhr Wallenstein zum Rathaus. Dort stieß Floss gerade mit der Bürgermeisterin Goschenhofer und dem Kommandanten der Freiwilligen Feuerwehr Madlfing auf die gelungene Warnung der Bevölkerung an. Alle drei hatten ein Weißbierglas in der Hand.

»Bleifrei«, klärte Floss den eintretenden Kommissar auf. »Darf ich Ihnen auch eines einschenken?«

Wallenstein nahm das Angebot gerne an. Er war durstig.

»Der ganze Ort weiß Bescheid. Wir haben die Situation unter Kontrolle. Da passiert nichts mehr«, klärte ihn Frau Goschenhofer auf.

Wallenstein trank einen großen Schluck. Über die Pesto-Aufregung schien der Mord an Nicole Durand in den Hintergrund gerückt zu sein.

»Wie geht's der Lissi?«, fragte der Mann in Feuerwehruniform.

»Ich weiß es nicht«, gab Wallenstein zu. »Ich hab sie nur in die Klinik gefahren.«

»Es war einfach zu viel für sie«, lamentierte Frau Goschenhofer. »Ein Mordfall ist nichts für eine Schwangere. Man hätte sie aus der Sache raushalten müssen. Das war unverantwortlich.«

Damit schlug sie eine Kerbe in Wallensteins schlechtes Gewissen gegenüber seiner Kollegin. Er hätte besser auf sie aufpassen müssen. Sie hatte zu viel gearbeitet, und er hatte nichts dagegen unternommen.

»Ich mach dann Schluss für heute«, kündigte Floss an und leerte sein Glas. »Morgen um acht Uhr. Wieder hier zur Lagebesprechung?«

Wallenstein nickte. Auch der Feuerwehrkommandant und Frau Goschenhofer verabschiedeten sich.

Wallenstein blieb alleine im Sitzungssaal zurück und griff zum Handy. Schnell tippte er eine Nachricht, löschte sie jedoch vor dem Abschicken. Was sollte er schreiben? Ist das Kind schon da? Lebt es? Geht es Ihnen gut? Wallenstein stützte den Kopf zwischen die Hände. Am liebsten hätte er bei Ariadne Schäfer vorbeigeschaut. Wenn es Neuigkeiten gäbe, würden die vermutlich sofort an die

Informationszentrale Wolllust gemeldet werden. Aber er wollte vermeiden, dass ihn die Ladenbesitzerin zu seiner Reaktion im Fahrstuhl oder zum Stand der Ermittlungen ausfragte.

Mechanisch blätterte er durch die Unterlagen an Wagners Platz, konnte sich jedoch nur schlecht konzentrieren und machte sich auf den Weg zu seinem Wagen. Er hatte den Motor bereits gestartet, als ihm einfiel, dass am Dorfplatz auch Eingemachtes angeboten wurde. Ob die wechselnden Verkäuferinnen von Floss gewarnt worden waren? Was, wenn eine, wie Frauke Appel, durch das Informationsnetz gerutscht wäre? Mit einem Seufzer lehnte sich Wallenstein gegen die Kopfstütze. Auch wenn er der Madlfinger Feuerwehr eine flächendeckende Informationsbeschallung des Ortes zutraute, stieg er aus und machte sich wegen der Straßenbauarbeiten zu Fuß auf den Weg zur Dorflinde. Sicher war sicher.

28. MASCHE

Strickwut äußert sich unterschiedlich.

Ariadne stand am Küchenfenster. Wie Jola erkannte sie den Kommissar schon von Weitem. Anders als ihre Katze lief sie ihm jedoch nicht entgegen. Sollte sie nach unten gehen und ihn zum Essen einladen? Aber erstens war ihr Kühlschrank so gut wie leer, und zweitens war sie sich nicht sicher, ob er nach dem Zwischenfall im Lift nicht lieber seine Ruhe haben wollte.

Ariadne wartete. Vielleicht würde er ihr die Entscheidung abnehmen und bei ihr klingeln. Er warf jedoch nur einen kurzen Blick zur Wolllust, streichelte die Katze und unterhielt sich mit Barbara. Wahrscheinlich drehte die Alte ihm einen ihrer geflickten Janker an.

Bestimmt steckten Pauline und der MKHC hinter dem Stand. Aber niemand fand es nötig, sie zu informieren. Nicht einmal Irmingard. Ariadne fühlte sich seltsam ausgeschlossen. Sie griff zum Telefon, wählte die Nummer der Mesnerin und erreichte wieder nur die Mailbox. »… bei Notfällen wenden Sie sich an die Nothelfer oder Ihren Namenspatron.«

»Dann eben nicht«, murmelte Ariadne, schaltete ihren Wollladenlaptop an und kümmerte sich um Anfragen zu Strickreisen und Bestellungen. »Wer ist eigentlich meine Namenspatronin? Die heilige Adria, Fürsprecherin bei Italienurlauben und Sonnenbrand«, nörgelte sie.

Wütend hämmerte sie auf ihre Tastatur ein. Sollten die anderen doch machen, was sie wollten. Sie würde sich nur um ihre eigenen Angelegenheiten kümmern. »Nicht mein Zirkus, nicht meine Affen«, informierte sie Madlfing. Das war einer der Lieblingssätze ihrer Tante Afra gewesen. Nun verstand sie, warum.

29. MASCHE

Wollsucht kann schwerwiegende Folgen haben.

Als Wallenstein näher kam, rappelte sich die alte Frau hinter dem Verkaufsstand mühsam auf und griff nach einem Krückenpaar, das am Stamm der Linde lehnte.

»Guten Abend. Hat Sie jemand gewarnt?«, fragte Wallenstein.

Die Frau schüttelte den Kopf. »Ich hätte doch nie gedacht, dass es gefährlich ist. Wenn die Lissi nicht vorbeigekommen wäre, würde ich die Radieschen jetzt von unten betrachten. Aber die Lissi ist eine von den Guten, mit dem Herz am richtigen Fleck.«

Wallenstein zögerte. Elisabeth Wagner hatte vom Pesto-Rückruf nichts mitbekommen. Wie hätte sie die Frau warnen sollen?

»Die Lissi hat aber nicht nur mich gerettet. Die versteht, um was es geht. Die kauft ihren Kindern Secondhandkleidung. Wussten Sie das?«

»Nein. Aber wissen Sie, wer das Bärlauchpesto gemacht hat?«, versuchte es Wallenstein mit einer Gegenfrage.

Jetzt zögerte die Verkäuferin.

»Keine Ahnung. Das machen doch zur Zeit alle. Ich mag es nicht. Bärlauch schlägt mir auf den Kreislauf. Dann wird mir ganz schwindelig. Und seit dem Unfall«, sie hob demonstrativ eine Krücke in die Luft, »bin ich nicht mehr gut zu Fuß. Ich will aber nicht klagen. Die Lissi hat wirklich ihr Bestes gegeben.«

Wallenstein war irritiert, was in Madlfing sein Normalzustand war. »Welchen Unfall meinen Sie genau?«

Die Frau schüttelte ob so viel männlicher Begriffsstutzigkeit den Kopf.

»Als ich damals beim Kleiderretten in diesem verdammten Container stecken geblieben bin und mich nicht mehr befreien konnte. Weil ich ein handgestricktes Ärmelbündchen entdeckt habe, habe ich mich ein bisserl zu weit vorgebeugt. Meine Beine hingen in der Luft, und ich wäre beinahe zwischen Billig-T-Shirts und Synthetikpullovern erstickt. Das wäre kein schöner Tod gewesen. Seitdem ist mein rechtes Bein gelähmt.«

»Sie sind Kleiderretterin?« Wallenstein kannte Containern bisher nur von Food-Aktivisten, die noch essbare Lebensmittel aus Supermarkttonnen holten und verteilten. Mit Kleider- und Altpapiercontainern hatte er es bisher nur zu tun bekommen, wenn sie mutwillig angezündet worden waren.

Mit sichtlichem Stolz deutete die Frau auf ihre Auslage. Ein dicker neongelber Schal erinnerte ihn an Emma Bonds Strickarbeit.

»Ich rette nur Unikate. Handgestricktes, höchstens noch Gehäkeltes. Ich wasche und repariere die Sachen. Wenn nötig, ergänze ich auch mal einen Ärmel oder stricke einen neuen Kragen dran. Am schwierigsten ist es, passende Wolle zu finden. Aber Ariadne hilft mir dabei. Nicole hatte da weniger Verständnis.«

»Aha.« Mehr fiel ihm nicht ein. Er spürte, wie erschöpft er war.

»Früher waren meine Schränke überfüllt. Aber seit Lola dabei ist, bekommen fast alle Teile eine zweite Chance. Der Verkauf läuft komplett über das Internet, so mit Homepage und eigenem Shop.«

Während die Frau weiter von geretteten Strickwaren erzählte, ließ Wallenstein seinen Blick über den Dorfplatz wandern. Die Baustelle war ein Stück weitergezogen. Es wunderte ihn nicht mehr, dass überall im Ort Glasfaserkabel verlegt wurden. Die geschäftstüchtigen Madlfingerinnen brauchten für ihr jeweiliges Business schnelles Internet.

»Lola kennt sich mit Marketing und Vertrieb aus. Sie macht schöne Fotos und überlegt sich zu jedem Stück eine kleine Geschichte. Ich konnte mir das nicht vorstellen, aber darauf stehen die Leute total.«

Wallenstein strich über die raue Wolle einer naturfarbenen Strickjacke, dachte an irische Pubs und Schafe, die am Rand von Steilklippen saftig grünes Gras fraßen. Gutes Storytelling funktionierte immer und half dem Kunden beim Selbstbetrug durch Konsum. Er selbst hatte sich bei seiner Kaffeemaschine mit italienischem Lebensgefühl ködern lassen, obwohl er eigentlich wusste, dass ein Gegenstand nicht erfüllen konnte, wonach er sich sehnte.

»Sie kann damit ihr BWL-Studium finanzieren und ich

meine Rente aufbessern. Nur mit den Madlfingern würde das nicht funktionieren. Die stricken lieber selber. Viel geht nach Berlin, Düsseldorf oder München. Schon witzig, dass gerade die Großstädter am meisten kaufen, wo sie doch am meisten wegwerfen.«

Eigentlich logisch, dachte Wallenstein.

»Sie haben nur Stricksachen, kein eingemachtes Bärlauchpesto verkauft?«, versuchte er, zum Grund seines Besuches zurückzukommen.

»Ich nicht, aber Roswitha. Sie war vor mir am Stand. Sie hat aber alle Gläser ins Rathaus gebracht. Scheinbar hat die Goschenhoferin eine Großbestellung aufgegeben.«

Wallenstein war erleichtert. Damit war sein Einsatz für heute beendet.

»Schönen Abend«, verabschiedete er sich.

»Ich zeig Ihnen noch was«, flüsterte die Frau verschwörerisch und breitete einen mehrfarbigen Norwegerpullover vor ihm aus. »Das ist er. Wegen diesem Pullover bin ich tief in den Container getaucht. Der wäre sonst zerrissen und zu Dämmstoff verarbeitet worden oder wäre auf irgendeinem afrikanischen Markt gelandet und hätte die dortige traditionelle Textilindustrie ruiniert. Wer den gestrickt hat, kannte sich aus. Schauen Sie mal, wie schön der Kragen gearbeitet ist. Ich musste nur ein paar Mottenlöcher flicken. Sonst nichts. Der war meinen Einsatz auf jeden Fall wert.«

Das bezweifelte Wallenstein, bewunderte aber das filigrane Sternen- und Zackenmuster.

Die Frau drückte ihm den Pullover in die Hand. »Mir hat er beinahe das Leben gekostet. Ihnen könnte er passen.«

Die Wolle war unerwartet weich. »Der ist wirklich sehr schön.«

Die Alte lächelte. »Stellen Sie sich vor, was dieser Pullover schon alles erlebt haben könnte. Vielleicht hat ihn ein norwegischer Fischer auf dem Meer getragen. Darin Wind, Wetter und Stürmen getrotzt. Vielleicht war er ein Geschenk seiner Liebsten. Sie könnten diese Gefühle von Weite, von Freiheit und Liebe direkt auf der Haut tragen.«

Wallenstein legte den Pullover zurück. Weite, Freiheit und Liebe. Das war ihm mehr als eine Nummer zu groß.

»Ich wollte den eigentlich nicht verkaufen. Aber für Sie würde ich eine Ausnahme machen.« Die Frau blickte ihn treuherzig an. »450 Euro, und er gehört Ihnen.«

Wallenstein lehnte dankend ab, ging zu seinem Auto und wunderte sich einmal mehr über die Madlfingerinnen. Bescheidenheit war nicht ihr Problem. Wenn es um Handarbeit, Wolle und Stricken ging, nahm ihr Verhalten fast schon fanatische Züge an.

Der Kommissar war froh, als er wenig später die Tür seiner Ferienwohnung hinter sich schloss. Floss hatte ihm noch einmal telefonisch versichert, dass Irene Goschenhofer alle im Umlauf gewesenen Pesto-Gläser im Rathaus gesammelt hatte und wirklich alle, auch das Madlfinger Umland von Murnau über Ohlstadt bis Eschenlohe informiert waren. Sogar Radio Oberland hatte eine Durchsage gebracht, und morgen würde ein Warnhinweis in der Tageszeitung gedruckt werden. Hauptsache heute schmierte sich niemand mehr giftiges Pesto auf sein Brot oder vermischte es mit Nudeln.

Wallensteins Abendessen bestand abermals aus gehobener Tiefkühlkost, die er auf dem Balkon einnahm. Ein leerer Umzugskarton diente ihm für die original italienische Lasagne aus der stilvoll geriffelten Aluschale als Tisch und ein gefaltetes Küchenrollenblatt als Serviette. Je weiter er sich beim Nudelblock vorarbeitete, desto kälter wurde er. In der Mitte stieß er sogar auf pures Eis. Ihm war schon beim Vorheizen des Backofens aufgefallen, dass nur die Ober-, nicht aber die Unterhitze funktionierte. Bei der gestrigen Pizza waren die Auswirkungen jedoch nicht so gravierend gewesen wie bei der Lasagne. Resigniert legte er die Gabel weg und riss stattdessen eine Packung Erdnüsse auf.

Sein Leben wurde Tag für Tag mehr zum Provisorium. Von wegen, alles wird besser. Es wurde einfach schlimmer. Er war samt seinen Altlasten alleine. Seine Freunde und Kollegen fehlten ihm, und sein Job überforderte ihn.

Was hatte er sich nur gedacht? Dass ihn hier irgendjemand brauchen würde? Er hatte keine Ahnung von nichts und niemandem. Das hatte ihn Frau Goschenhofer heute deutlich spüren lassen.

Wenigstens die klare Luft und der Blick auf die blaue Gebirgskette waren besser, als er sich erträumt hatte. Er blieb sitzen, bis es vollständig dunkel war. Nicht nur Farben waren hier intensiver, sondern auch die Nacht war schwärzer als in der Stadt.

In Gedanken ließ er den Tag Revue passieren: die Fahrt nach München, die Obduktion, das Gespräch mit Schäfer, Wagners Blasensprung, seine Panikreaktion im Krankenhaus, Ellingers Vergiftung, der verhängnisvolle Norwegerpulli. Wieder kritzelte er in sein Notizbuch. Erst zeichnete er das Sternenmuster des Pullis nach, dann erweiterte er die Madlfinger Personenliste um Daniel Durand, Frauke Appel, den Feuerwehrkommandanten und die Kleiderretterin. Am Ende der Aufzählung zeichnete er ein Fragezeichen.

Unfall oder Anschlag? Das war die drängende Frage. Und falls es ein Giftanschlag war, gab es einen Zusammenhang zum Mord im Wollladen?

30. MASCHE

Immer dem eigenen Faden folgen.

Das war auch eine der Fragen, die Camilla umtrieb. Sie hatte Steine gesammelt, das Feuer entzündet und sich für das Ritual Federn und Blüten in die Haare geflochten. Ihr Gesicht war mit Erdfarbe bemalt. Am Eingang zur Schwitzhütte streifte sie ihr Kleid ab und rief ihre Anliegen in den Wind.

Dann kroch sie in die völlige Dunkelheit der Schwitzhütte, kauerte sich auf den Boden und wartete singend auf eine Antwort. Mit geschlossenen Augen horchte sie. Aber da waren nur das Knistern des Feuers und ihr eigener Atem. Langsam glitt sie in einen tranceartigen Zustand hinüber. Aber kein Name und kein Gesicht tauchten auf, dafür dehydrierte sie rapide. Die ockerfarbenen Querstreifen auf ihren Wangen lösten sich auf und tropften wie Tränen auf den Boden.

Ihre Augenlider flatterten.

Der grüne Schal schmiegte sich um den Hals. Kräftige Hände zogen ihn mit einem Ruck fest, eng und enger. In der Ferne hörte sie eine hallende Stimme, gefolgt von entsetzten Schreien. *Hello, hier spricht Edgar Wallace.* Schwarz auf Rot erschien in zittriger Schrift: *Der Schal des Grauens.*

Über ihr brauste es, als würde sich draußen ein gewaltiges Gewitter zusammenbrauen. Oder hörte sie nur ihr eigenes Blut in den Ohren rauschen?

»Wer bist du? Zeig dich«, flüsterte sie.

Die Steine glühten. Der Sauerstoff wurde knapp. War der Rauch beißender als sonst? Ihr Hals war wie zugeschnürt. Was, wenn das Holz vergiftet war und sie hier ersticken würde?

Wie Nicole.

Wie war das noch mal bei Herbstzeitlosen? Trat der Tod durch Atemlähmung ein? Hatte der Täter für Christian und Martina Ellinger den gleichen Tod durch Ersticken geplant? Sie sollte die Wirkweise des Giftes dringend nachlesen.

Die Luft wurde immer knapper. Sie musste abbrechen. Raus! Gerade als sie sich mühsam hochrappelte, flutete eine Welle von Hass den dunklen Raum und zwang sie erneut in die Knie. Demütigungen, Scham, Wertlosigkeit. Sie röchelte.

»Camilla? Sie sollten Schluss machen. Sie sind schon fast eine Stunde drin.«

Schnell griff sie sich an die Kehle. Glücklicherweise war dort weder ein bayerischer Schal noch ein indisches Tuch. Sie hustete.

»Mir geht es gut!«, rief Camilla. »Danke, Sorin.«

Erschöpft lehnte sie sich gegen das Weidengeflecht der Hütte. Sie war nah dran gewesen, hatte sogar schon die Emotionen des Täters gespürt. Aber das reichte nicht. Vielleicht waren ihre Fragen zu allgemein formuliert gewesen, oder sie hatte sich nicht gründlich genug vorbereitet. Mit den Handflächen wischte sie sich über das Gesicht und verrieb damit die Erdfarbenreste wie Make-up.

Zu gerne hätte sie dem MKHC und vor allem dem Kommissar eine heiße Spur geliefert. Das Universum wusste Antworten auf alle Fragen, hatte aber mal wieder geschwiegen. Vielleicht lag das Problem darin, dass sie es zu sehr gewollt hatte. Visionen ließen sich nicht erzwingen. Sie dankte der Erde für diese Erfahrung und schlug die Decke vor dem Eingang zurück. Langsam krabbelte sie ins Freie, richtete sich auf, atmete mit ausgebreiteten Armen die frische Abendluft ein.

Auch wenn sie nichts Konkretes erfahren hatte, sah sie sich bestärkt in der Vermutung, dass sie es mit einem Serientäter zu tun hatten. Martina und Christian Ellinger waren Opfer, die noch einmal davongekommen waren. Aber das Morden würde weitergehen.

Jede Madlfingerin und jeder Madlfinger waren in Gefahr.

Zur gleichen Zeit saß Pauline an ihrem Schreibtisch und kaute auf ihrem Erste-Ideen-Bleistift herum. Die Zwillinge schliefen in ihren Betten, ihr Mann vor dem Fernseher und die Hühner im Stall. Pauline liebte diese stillen Abendstunden und verbrachte sie fast immer vor einem Blatt Papier. Schreibend konnte sie ihre Gedanken ordnen und verborgene Strukturen aufdecken. Sie war überzeugt davon, dass das Leben die besten Geschichten schrieb. Man musste sie nur finden und aufschreiben.

Daher würde sie den Mord an Nicole jetzt auch schriftstellerisch betrachten. Zur detektivischen Einstimmung hatte sie am Nachmittag das Buch *Wie schreibe ich einen verdammt guten Kriminalroman* durchgearbeitet, das schon sehr lange auf ihrem Lesestapel lag. Jetzt notierte sie die Namen der Protagonisten. Erst die Opfer in der Blattmitte: Nicole sowie Christian und Martina Ellinger, eingeklammert, schließlich hatten beide überlebt. Bisher. Drum herum schrieb sie Richard Bond, Hubert Gerlacher, der Unbekannte, Daniel Durand, Patientinnen, Familienangehörige. Sie starrte auf das Blatt und versuchte, Verbindungen herzustellen, ging eine Liste von Mordmotiven durch und tappte weiter im Dunkeln.

Kurz vor Mitternacht und einen vollen Papierkorb später fiel es ihr wie Schuppen von den Augen. Warum war ihr das nicht früher aufgefallen? Nicole hatte Christian im Streit »darauf kannst du Gift nehmen« an den Kopf geworfen, und kurz darauf war er wirklich vergiftet worden. Paulines Fantasie war jetzt nicht mehr zu zügeln. Der Erste-Ideen-Bleistift flog über das Papier. Was, wenn Nicole das mörderische Pesto zubereitet und Ellinger nach ihrem eigenen Ableben, quasi posthum, vergiftet hatte? Noch perfider wurde der Plot, wenn Christian zuvor die Durand erdrosselt hätte. Dann wäre das Mordopfer nach dem eigenen Tod zur Mörderin geworden.

Genial!

Dieser Twist wäre einer Ruth Rendell oder Patricia Highsmith würdig.

Welches Motiv könnte Nicole gehabt haben? War sie mit Ellinger nicht nur golfen und Tennis spielen gewesen?

Sondern war da mehr gewesen? Der Arzt war schließlich für seine Frauengeschichten bekannt. Pauline machte sich eine Notiz im Handy. Dem würde der MKHC nachgehen. War Nicole gekränkt gewesen, dass der Arzt sie wegen seiner neuen jungen Sprechstundenhilfe absägte? War es bei dem Streit auf dem Tennisplatz darum gegangen? Aber hätte Nicole den Tod ihrer Freundin Martina wirklich billigend in Kauf genommen?

Eigentlich konnte Pauline sich das nicht vorstellen. Die souveräne Nicole hängte ihr Herz doch nicht an einen alternden Möchtegern-Playboy. Oder hatte Ellinger damit eine alte Wunde aufgerissen? Vielleicht eine, die ihr Ex-Mann geschlagen hatte?

Das klang schon plausibler.

Leider hatte Ellinger ein wasserfestes Alibi. Er war mit seiner neuen Flamme Frauke Appel im Kino gewesen. Aber vielleicht hatte sich auch die Gerichtsmedizinerin mit dem Todeszeitpunkt getäuscht.

Pauline kaute auf ihrem Stift herum. Diese Auflösung war absolut romantauglich.

Sarah hingegen beschäftigte sich nicht mit Mord und Totschlag, sondern begrüßte in ihrer Nachtschicht zwei neue Erdenbürger und beschenkte sie mit je einem selbst gestrickten Mützchen.

31. MASCHE

WWW – das wollweiche Web

Ariadne hatte sich beruhigt. Zusammen mit Jola saß sie im Kerzenschein am Gartentisch. Beide kauten auf einem Stück Trockenfisch herum. Als sich ein Fahrradlicht näherte, blickten sie synchron auf.

»Du kennst dich doch gut mit diesem Computerzeug aus?«, drang eine wohlbekannte Stimme durch den duftenden Fliederstrauch.

Ariadnes Sicherheitsgefühl verflog innerhalb von Augenblicken.

»Nicht sonderlich«, erwiderte sie so beiläufig wie möglich.

»Sei doch nicht so bescheiden, Ariadne. Ich hab dich problemlos im Internet gefunden, und das war sehr interessant.«

War das eine Warnung? Jola sprang vom Tisch und verschwand durch das hohe Gras.

»Was willst du denn wissen?«

Irmingard stellte ihr Fahrrad ab, nahm den Regenschirm vom Gepäckträger und kam zur Gartentür.

Wenn ihr jetzt schon die Mesnerin auf die Schliche gekommen war, gab es irgendwo ein Leck. Hatte sich Wallenstein nicht an die Abmachung gehalten und ihre Vergangenheit ausgeplaudert? Hatte sie sich in ihm getäuscht?

»Was mache ich, wenn ich die PIN am Handy falsch eingegeben habe?«, fragte Irmingard.

Erleichtert öffnete Ariadne der Mesnerin die Tür und merkte mal wieder, wie dünnhäutig sie seit dem Mord an Nicole war. »Das ist kein Problem. Du hast drei Versuche.«

Irmingard ließ sich erschöpft auf einen Gartenstuhl sinken. »Und wenn ich die schon verbraucht habe?«

»Auch kein Problem. Dann entsperrst du es mit dem PUK, dem Personal Unblocking Key.«

»Steht der irgendwo auf dem Handy?«

»Nein. Der achtstellige Code wurde dir mit der SIM-Karte zugeschickt.«

Irmingard wechselte ihren Regenschirm von einer Hand in die andere. Ariadne war nicht die Einzige, die nervöser war als sonst.

»Da kommt man nicht anders dran? Durch Hacken oder Entschlüsseln oder so was?«

Ariadne schüttelte den Kopf. »Davon habe ich keinen blassen Schimmer. Ich würde da nicht selber rumprobieren. Gibst du den PUK zehnmal falsch ein, geht gar nichts mehr. Am besten wendest du dich an deinen Mobilfunkanbieter.«

»Ich habe da wirklich einen großen Fehler gemacht«, murmelte die Mesnerin und legte ihre Hand auf den schlichten Kreuzanhänger, den sie um den Hals trug.

»Kann doch jedem mal passieren. Das lässt sich morgen schnell klären.«

Hoffentlich auch der Mordfall, dachte Ariadne. Ob Wallenstein ihre anonyme E-Mail endlich erhalten hatte?

»Dein Wort in Gottes Ohr!«, seufzte Irmingard. »Ich hab mir die Sache einfacher vorgestellt.«

»Ich mach uns zur Beruhigung einen Lavendeltee.«

Irmingard lächelte schwach.

Als Ariadne mit zwei großen Tassen zurückkam, hatte sich Jola auf Irmingards Schoß zusammengerollt. Jeden Streichelversuch wehrte sie jedoch mit einem tiefen Knurren ab. Aus ihrer Jackentasche holte die Mesnerin einen Flachmann und kippte daraus einen großzügigen Schuss in den Tee. Ariadne tippte auf Irmingards selbst gebrannten Schnaps »Heiliger Geist«. Vermutlich ein göttliches Lizenzprodukt, das sie nur äußerst sparsam einsetzte. Die Sache mit dem Handy schien Irmingard wirklich zu belasten.

»Möge uns der Heilige Geist leiten.« Sie stieß mit Ariadne an.

»Amen«, antwortete Ariadne.

Schweigend tranken sie ihre Tassen leer.

»Und noch mal wegen dem Internet und deiner Seite. Ich hab mir alles durchgelesen. Auch die Erklärung von Fachbegriffen, die Anleitungen, die Reisebeschreibungen. Meinst du, du könntest so was auch für unsere Kirche machen? Gottesdienstzeiten, Feste, Baugeschichte, ein bisserl was aus dem Leben von unseren Heiligen Madln, ein paar Gebete und so. Zahlen kann ich leider nichts. Aber Gottes Lohn ist dir sicher.«

»Wenn das so ist, mache ich es natürlich gerne«, antwortete Ariadne.

Irmingard holte ein altes Schulheft aus ihrer Handtasche. »Hier habe ich das Wichtigste zusammengeschrieben.«

Ariadne überflog die eng beschriebenen Seiten. Die Mesnerin hatte wie immer genaue Vorstellungen. Manche Punkte waren ausführlicher als ein Wikipediaeintrag. Seitenweise ging es um die drei heiligen Frauen, ihre Legenden und Bräuche. Bei den Katharinenblumen lief Ariadne ein kalter Schauer über den Rücken. Am Allerseelentag wurden sie von Angehörigen auf die Gräber ihrer Verstorbenen gelegt. Wegen der späten Blüte waren Herbstzeitlose dafür sehr beliebt. Gegen ihr Gift kämpfte Christian Ellinger gerade an. Ariadne blätterte um.

»Ich wusste noch gar nicht, dass die heilige Katharina vor allem Mädchen und Frauen beschützt.«

Irmingard kippte einen weiteren Schluck vom Heiligen Geist in die leeren Tassen. »Und außerdem hält sie noch die Hand über etliche Handwerksberufe. Vom Nähen über Spinnen bis zum Töpfern. Bestimmt ist sie auch für Strickerinnen und andere Wollsüchtige zuständig. Als Patronin unserer Kirche kümmert sie sich mit ihren Freundinnen um die Anliegen Madlfings. Damit ist doch klar, dass die was von Handarbeiten versteht.«

»Kann gar nicht anders sein«, bestätigte Ariadne. »Wie soll denn die Seite heißen? Wir brauchen nämlich eine Adresse, damit sie im Netz gefunden wird.«

Irmingard legte ihre Stirn in Falten. »Du meinst so was mit *www* und *de*?«

»Genau. Gut ist, wenn es nicht zu kompliziert ist und man es sich leicht merken kann.«

Beide nahmen einen großen Schluck heiligen Geist und überlegten.

»Ich hab's! www.madlfing.de!«, rief die Mesnerin schließlich. »Da kommen dann nicht nur Infos über die Kirche drauf, sondern auch vom Seniorennachmittag oder vom MKHC. Dann kennt uns nämlich jeder.«

Beide lachten. Da sie nicht wussten, ob der Lavendeltee oder der hochprozentige Kräuterauszug für die angenehme Entspannung und Inspiration verantwortlich war, schenkten sie sich von beidem großzügig nach.

EIN VERWIRRENDER DONNERSTAG IM MAI

32. MASCHE

Seelenstricktease tut gut.

Wallenstein hatte schlecht geschlafen und von Frauen geträumt. Das war jedoch alles andere als ein erotischer Traum gewesen. Die Frauen steckten in Altkleidercontainern fest, verhedderten sich in riesigen Netzen oder gingen mit Stricknadeln auf ihn los. Dabei stießen sie, wie die werdenden Mütter im Kreißsaal, markerschütternde Schreie aus.

Noch im Bett liegend, griff er zum Telefon und rief seinen Freund und ehemaligen Kollegen Arne an.

»Und? Nichts zu tun in den Bergen?«, nahm Arne das Gespräch an. »Sollen wir dich abholen, bevor du dich zu Tode langweilst?«

Mit dem Fuß schob Wallenstein den Vorhang ein Stück zur Seite. Die Bergkette leuchtete in der Morgensonne. Überirdisch blau. »Für Langeweile hatte ich leider noch keine Zeit. Hier ist mehr los, als du dir vorstellen kannst. Wir suchen in einem kleinen Ort sowohl nach einem Schalmörder als auch nach dem Koch oder der Köchin einer vergifteten Nudelsauce.«

Arne lachte. »Du nimmst mich auf den Arm. Das klingt verdammt nach *Arsen und Spitzenhäubchen*. Meine Oma mochte das total.«

»Deine Oma hat auch keinen Musikantenstadl verpasst.«

Im Hintergrund hörte Wallenstein Arnes Kaffeevollautomaten starten. »Sie wusste einfach, was gut ist.«

Zischend füllte sich Arnes Tasse. Wallenstein ließ sich ins Kopfkissen zurückfallen. »Außerdem herrscht in dem Kaff Madlfing totaler Frauenüberschuss«, legte er nach.

Arne verschluckte sich. »Jetzt tust du mir wirklich leid.«

»Die stricken alle«, präzisierte Wallenstein.

Arne nahm schlurfend den ersten Schluck. »Finde ich ziemlich heiß. Du bist wirklich zu beneiden. Wenn ich Urlaub habe, komme ich zu dir runter, und du zeigst mir dieses Madlding. Vielleicht verguckt sich ja auch eine in meinen hübschen Arsch und strickt mir ein Paar Socken.«

Wallenstein grinste. »Du kannst ja nicht mal gehäkelt von gestrickt unterscheiden.«

Wieder lachte Arne. »Von uns allen bist du eben die beste Hausfrau. Nur gut, dass Tim Frauenversteher alles im Griff hat.«

Von wegen Frauenversteher, dachte Wallenstein. Frauenmissversteher würde wahrscheinlich besser passen.

»Jetzt muss ich leider los. Training. Du weißt ja. Abseilen und so 'n Scheiß. Ich beneide dich wirklich. Nur Ladys. Und ich quetsche mich mit schwitzenden, stinkenden Kerlen in einen Helikopter. War schön, mit dir zu quatschen.«

Das fand Wallenstein auch.

Bevor er unter die heiße Dusche ging, schaltete er wenig zuversichtlich die Kaffeemaschine an. »Die Hoffnung stirbt zuletzt«, murmelte er. Was für ein dämlicher Spruch das doch war.

Mit einem Handtuch um die Hüften stellte er sich dann der Espressozubereitung. Punkt für Punkt ging er die Liste der Störungen in den schlecht übersetzten *Istruzioni d'uso* durch, die davor warnten, Kindern und Ungeschickten die Bedienung der Höllenmaschine zu erlauben. Wie empfohlen veränderte er den Mahlgrad und verringerte die Kaffeemenge im Siebträger. Und tatsächlich baute sich der Druck auf, und die ersten Kaffeetropfen fielen in das vorgewärmte Tässchen. Dann jedoch begann der Druckanzeiger, schnell zwischen fünf und sechzehn Bar hin und her zu pendeln. Die Pumpe jammerte, und das Kaffeerinnsal versiegte.

Wallenstein ballte seine Rechte zur Faust und holte aus. In der Bewegung hielt er inne, atmete einmal ein und aus und drückte dann auf den Hauptschalter.

Sein Handy summte. Mia. Er drückte die Psychologin weg. Kurz darauf kam ihre Frage per WhatsApp: *Rückfall oder Neubeginn?*

Alles gut, aber viel Arbeit, tippte er.

Dann zog er sich an. Er hatte Mia seine Symptome nie genau beschrieben. Stattdessen hatte er von Albträumen berichtet. Als Psychologin hatte sie seine Vermeidungsstrategie bestimmt durchschaut, ihn aber nach einer gemeinsamen Nacht diensttauglich erklärt. Sie hatten über die unprofessionelle Grenzüberschreitung nie gesprochen. Daher wusste Mia auch nicht, dass der Weihnachtsfeier-Tequila sie zwar mutig gemacht, dann aber außer Gefecht gesetzt hatte. In Socken und Unterwäsche war sie auf Wallensteins Sofa eingeschlafen. Er hatte die schnarchende Psychologin in sein Bett getragen und sich selbst auf das Sofa gelegt.

Ohne Frühstück fuhr er nach Madlfing und freute sich über die grünen Wiesen, die von Butterblumen und Löwenzahnblüten gelb gesprenkelt waren. Wie gerne wäre er durch das Gras gelaufen. Barfuß.

Er parkte vor dem Rathaus.

»Hallo, Herr Kommissar!«, rief das Walking-Dreigestirn im Chor und steuerte resolut auf ihn zu.

»Guten Morgen«, grüßte er zurück.

»Wir starten unsere Donnerstagsrunde heute in der Bäckerei«, informierte ihn Camilla. In ihren roten Haaren steckten zwei große Federn. Sie wirkte heute nicht so frisch wie am Dienstag.

»Normalerweise gehen wir ja in die Wolllust. Aber wegen Nicole …« Sarah erschrak selbst über den Vorwurf, der in diesem Halbsatz steckte, und schlug sich eine Hand vor den Mund.

Pauline grinste. »Sag's nur: Weil einer die Nicole umgebracht hat, müssen wir jetzt die Kaffeebrühe von der Süß trinken. Das ist mehr als kriminell.«

Die drei lachten. Eine wirklich muntere Truppe war das.

Irmingard Sonnleitner hielt mit dem Fahrrad und wünschte allen einen gesegneten Morgen. Am Lenker baumelte ihre Handtasche, der schwarze Regenschirm war am Gepäckträger festgeklemmt.

»Wissen Sie, wie es Frau Schäfer geht?«, fragte Wallenstein.

»Der Mord nimmt sie mit. Gestern war sie sogar alleine in der Kirche. Da sehe ich sie sonst so gut wie nie«, antwortete die Mesnerin mit ernster Miene. »Ich hab sie dann am Abend noch mal besucht und mit ihr ein Tasserl Tee getrunken.«

Camilla rückte ihre Adlerfedern zurecht. »Wir schauen später bei ihr vorbei.«

Vielleicht sollte er die Wollladenbesitzerin auch kurz anrufen, überlegte Wallenstein.

»Falls es Sie interessiert, am Stand gibt es heute Vormittag handgestrickte Hundebekleidung, geflochtene Halsbänder und Ponchos aus Hundewolle. Normalerweise verkauft Bea die Sachen nur im Internet. Ohne Versandkosten ist eine Gelegenheit, die man sich nicht entgehen lassen sollte«, informierte ihn Pauline.

Dem Onlinehandel gehört die Zukunft, dachte Wallenstein. *Wenigstens in Madlfing.*

»Und übrigens ist der Felix da«, fügte Sarah Weierling hinzu.

»Der Felix?«

Die Hebamme lächelte sanft. »Ja, der Jüngste von der Lissi. Er ist gestern Nacht auf die Welt geschlüpft. Er hätte sich ruhig noch Zeit lassen können.«

»Und, ist alles in Ordnung?«, fragte Wallenstein.

»Er ist ein bisserl klein, schlägt sich aber ganz tapfer und atmet selbstständig. Mutter und Kind sind wohlauf. Ich hatte gestern Nachtdienst und hab die beiden bei der Geburt begleitet. Um zwei Uhr war er da. Er ist ein ganz Süßer. Aber was würde man von einem Polizistenkind auch anderes erwarten?«

Beim letzten Satz musterte sie ihn von Kopf bis Fuß. Seit den Erlebnissen mit Elvira Olowitsch war er hellhöriger als sonst. Reagierte er über?

»Das ist die erste gute Nachricht, die ich in Madlfing bekomme«, bedankte er sich.

»War für die beiden gar nicht so einfach. Steißlage!«, fuhr Sarah fort.

Die Frauen nickten wissend. Wallenstein hatte keine Ahnung, um was es ging.

»Aber die Lissi hat gute Nerven und ist eine starke Frau. Die lässt sich nicht aus der Ruhe bringen.«

Daran zweifelte Wallenstein keine Sekunde. Die Hebamme gab noch einige medizinische Details preis. Wallenstein wunderte sich. Aber wahrscheinlich gab es für so freudige Ereignisse keine Schweigepflicht, und er war froh, nicht alles zu verstehen. Hauptsache, den beiden ging es gut.

»Dafür geht's dem Ellinger gar nicht gut«, legte die Hebamme nach.

»Woher wissen Sie das?«, fragte er.

»Bevor ich heute früh heimgefahren bin, hab ich noch schnell bei den Ellingers auf der Intensiv vorbeigeschaut. Mit Herbstzeitlosen ist wirklich nicht zu spaßen. Wie kann man die nur mit Bärlauch verwechseln!«

»Weil der Mensch sich immer mehr von der Natur entfremdet und die kleinen Unterschiede nicht mehr wahrnimmt. Die Blätter vom Bärlauch und der Herbstzeitlosen ähneln sich und wachsen gerne nebeneinander. Da muss man beim Pflücken schon genau hinschauen. Ich zeig euch das heute bei unserer Runde«, bot Camilla an.

Irmingard nickte bedächtig. »Zwei, drei falsche Blätter, und schon hat man eine gemeingefährliche Rezeptur. Und ausgerechnet der armen Martina passiert so ein Missgeschick! Eine gute Köchin war sie ja noch nie.«

Sarah schüttelte den Kopf. »Martina hat das Pesto nicht gemacht. Sie sagt, es wäre in der Praxis abgegeben worden.«

»Das würd ich auch behaupten«, erwiderte Pauline Galka. »Schlecht kochen ist ja okay, aber tödlich schlecht kochen ist schon ziemlich krass. Wer würde freiwillig zugeben, dass die eigene Küche ein unkalkulierbares Risiko ist.«

Ein interessanter Aspekt, fand Wallenstein.

»Nur gut, dass bei euch meistens dein Mann kocht«, erwiderte Irmingard trocken.

Pauline grinste. »Von wegen Essen: Ich habe jetzt richtigen Nusshörnchendampf.«

»Kommen Sie mit in die Bäckerei, Herr Kommissar. Sie brauchen doch auch ein Frühstück«, schlug Pauline vor.

Camilla tätschelte seinen Arm. »Mit nüchternem Magen erwischt man weder Mörder noch Köche.«

»Noch Mörder*innen oder Köch*innen«, genderte Pauline. »Wir könnten doch eine gemeinsame Lagebesprechung abhalten.«

Wallenstein schüttelte den Kopf. »Ich kann nicht über eine laufende Ermittlung sprechen.«

Irmingard schwang sich in den Sattel.

Mit kräftigem Stockeinsatz starteten die Frauen zur Bäckerei. »Und übrigens meldet sich heute noch der MKHC bei Ihnen!«, rief ihm Camilla über die Schulter zu. »*Wir* teilen nämlich unsere Erkenntnisse.«

War das ein Hinweis auf die anonyme E-Mail? Stammte sie etwa nicht von Ariadne, sondern von den wilden Strickerinnen?

Wallenstein blickte die Dorfstraße entlang. Emma Bond schob gerade einen Postkartenständer auf den Gehweg. Der Metzger half ihr dabei. Alles wirkte so normal und friedlich.

33. MASCHE

Faden und Krimi brauchen Spannung.

Als Ariadne mit nassen Haaren in die Bäckerei kam, hatten sich Pauline, Camilla und Sarah bereits mit Gebäck und Kaffee um den Stehtisch versammelt. Ihre Walkingstöcke steckten im Schirmständer.

»Warst du schwimmen?«, fragte Maria.

»Ja, hat mir richtig gutgetan. Der See ist schon wärmer, als ich erwartet habe.«

»Du badest ja auch in Eislöchern«, kommentierte Pauline und nippte an der Kaffeetasse. »Vor Juli bringt mich keine*r ins Wasser.« Angewidert verzog sie das Gesicht und ließ offen, ob wegen des Getränks oder der Vorstellung von kaltem Wasser.

»Tee und Nusshörnderl?«, fragte Maria unbeeindruckt.

»Unbedingt.« Ariadne stellte sich zum MKHC-Führungsteam. »Ich denke, ihr müsst mir einiges erklären.«

Betreten blickten die drei Frauen auf ihre Nusshörnchen. Dann setzte Pauline zu einer längeren Erläuterung an und fasste die bisherigen Ermittlungsansätze des MKHC zusammen.

»Und der Stand auf dem Dorfplatz?«, fragte Ariadne.

»Ist dazu da, den Mörder zu stellen, wenn er zum Tatort zurückkehrt.«

»Das machen früher oder später alle Täter«, bekräftigte Camilla mit vollem Mund.

Sarah legte ihre Hand auf Ariadnes Schulter. »Außerdem passen wir auf dich auf.«

Ariadne war von der Solidarität der Frauen gerührt.

»Danke. Das ist aber nicht nötig.«

Camilla wiegte ihren Kopf. »Wer weiß, wer weiß. Ich denke, wir haben es mit einem Serientäter zu tun.«

Maria ließ ein Blech mit Brezen fallen. »Wie kommst du darauf?«

»Ich hatte gestern eine Vision in meiner Schwitzhütte.«

»Ach so.« Sichtlich beruhigt sammelte Maria die Brezen ein. Anschließend erzählte Pauline ihre Theorie.

»Du brauchst nicht erschrecken. Das ist nur eine Krimiidee!«, rief Camilla Maria zu. »Pauline lässt sich mal wieder von der Realität inspirieren.«

»Wenn ich die wirklich einmal aufschreibe, dann nenne ich das Buch *Verstrickung.*«

Maria lehnte sich über die Theke. »So wie bei Stieg Larssons *Millenium*-Trilogie. *Verblendung, Vergebung* und *Verheißung.*«

»*Verdammnis*«, berichtigte Camilla. »*Verheißung* hat Adler-Olsen geschrieben. Ist der sechste Fall von Carl Mørck. Ich dachte, dass du dich bei den Skandinaviern besser auskennst. Sind doch deine Lieblingsautoren.«

»Dann habe ich mich eben getäuscht«, räumte Maria ein.

Camilla war in Hochform. »*Die Täuschung* ist übrigens von Charlotte Link.«

Maria ignorierte die Besserwisserin. »Und warum *Verstrickung*?«

Pauline freute sich über die Nachfrage. »Der Titel ist mehrdeutig. Zum einen, weil so viele in die Tat verstrickt sind, und zum anderen, weil die Mordwaffe gestrickt ist.«

»Und wenn die Mordwaffe eine Stopfnadel wäre, würdest du das Buch dann Verstopfung nennen?«, fragte Camilla.

Sarah grinste. »Wäre auch mehrdeutig. Aber wer will schon über Darmbeschwerden lesen?«

»Ihr seid blöd und nehmt meine Arbeit nicht ernst«, klagte Pauline.

Maria brachte ein neues Blech mit ofenfrischen Brezen. »Rita Falk würde das Buch *Bärlauch-Fiasko* nennen.«

»Pauline würde sich aber nie einen Helden wie den Eberhofer Franz ausdenken«, entgegnete Ariadne. Die Diskussion machte ihr Spaß. Der MKHC war einfach unschlagbar.

Sarah grinste. »Der Franz würde nämlich nie gendern.«

»Meine lieben Mitmensch*innen, ich muss jetzt heim. Mann, Kinder und Schreibtisch warten auf mich.«

34. MASCHE

Sticheleien tun nicht immer weh.

Frau Goschenhofer lauerte Wallenstein bereits an der Pforte auf. »Gerade hab ich Ihnen und dem Floss ein paar Nusshörnderl in den Saal gebracht, und mein Sekretär kocht noch eine Kanne Kaffee. Sie müssen schließlich weiterkommen. Und zwar zügig.« Ihr Lidschatten schimmerte silbern. »Sie erinnern sich an die Investoren?«

Sah man ihm an, dass er hungrig war, oder war hier eine Nusshörnchen-Verschwörung im Gange?

»Es pressiert. Einen Täter jagt man, solange die Spur heiß ist.« Damit verschwand Irene Goschenhofer im Büro des Standesamtes.

Floss war wieder komplett in Outdoorkleidung ausstaffiert, auch wenn diese eher für eine Safari oder Großwildjagd in Afrika taugte als für die Mörderjagd in Madlfing. Beige und schlamm. Seine Füße steckten in Wüstenstiefeln.

»Guten Morgen«, grüßte Wallenstein.

Langsam löste Floss seine Augen vom Bildschirm des Laptops. Ein seliges Lächeln umspielte seine Lippen. Neben der Maus lag eines der angekündigten Nusshörnchen und verbreitete einen verlockenden Duft. Wallenstein fischte sich auch eines aus der Bäckereitüte und legte es auf einen Teller. Floss schob er ebenfalls einen sauberen Teller hin.

»Neuigkeiten?«, fragte er.

»Ein Wunder«, kündigte Floss an und drehte seinen Laptop zu Wallenstein.

Auf dem Bildschirm war ein winziges Babygesicht zu sehen. Der Kopf verschwand fast in einem zitronengelben Mützchen.

»Was würden meine Frau und ich dafür geben. Wir probieren es seit Jahren. Und bei der Lissi …« Er zog die Schultern hoch und ließ sie fallen.

Wallenstein blickte stumm auf den Bildschirm. Er war sich nicht sicher, wie Floss das meinte. Witzig klang es auf jeden Fall nicht. Die beiden Männer studierten das Foto eingehend. Der kleine Gnom hatte die Augen fest geschlossen. Auf der Nase war ein roter Fleck zu sehen.

Floss klickte weiter. Eine müde und gleichzeitig glückliche Elisabeth Wagner lächelte in die Kamera. Neben ihr saß Toni. Er strahlte und drückte seinen neuen Bruder an sich. Daneben standen zwei Mädchen. Das kleinere hatte einen riesigen Teddybären dabei, der genauso groß war wie der Säugling. Die große Schwester brachte der Mama einen bunten Blumenstrauß. Auf dem nächsten Foto sah man zwei kleine Füße in der Hand eines Mannes, vermutlich der von Sebastian Wagner.

»Felix.«

»Sie haben es schon gehört?« Floss wirkte fast ein bisschen enttäuscht.

»Ja, die Walkerinnen haben mich am Parkplatz auf den neusten Stand gebracht.«

»Das ist Madlfing«, grinste Floss. »Hier bleibt nichts geheim.«

»Fehlt uns nur noch der Mörder von Nicole Durand«, erinnerte er seinen Kollegen.

Floss klickte die glückliche Familie weg und zeigte zum Fensterbrett. Dort reihten sich zweitverwendete Senf-, Honig- oder Marmeladengläser aneinander. Alle waren mit einer mehr oder weniger grünen Masse befüllt und trugen einen Aufkleber mit Nummer und den Kontaktdaten der Überbringer. Manche hatten sogar ein Stoff- oder Häkeldeckchen über dem Deckel, festgebunden mit einer Schleife.

»Das ist die bisherige Bärlauchpesto-Ausbeute, die noch nicht verspeist wurde. Müssen wir alles untersuchen lassen. Ein Kollege holt das heute Nachmittag ab und bringt es ins Labor. Die lieben uns jetzt schon dafür.«

»Aber wenn irgendwo Herbstzeitlose drin sind, kennen wir die Quelle.«

»Vielleicht. Bei manchen Gläsern könnte es mit der Zuordnung schwierig werden. Die sind nämlich nicht alle selbst gemacht.«

In Madlfing ein schwerer Vorwurf.

»Das Zeug wird zum Beispiel jeden Freitag auf dem Markt angeboten, und beim Kochabend am Montag wurde ebenfalls ein veganes Rezept vorgestellt und gruppenweise zubereitet. Das sind die Gläser mit der Aufschrift *Muntermacher*. Bisher hat leider niemand angegeben, dem Doktor ein Gläschen im Geschenkkorb gebracht zu haben.«

Wallenstein goss sich aus einer orangen Plastikthermoskanne einen Schluck Kaffee ein. »Wenigstens sind jetzt alle Madlfinger sensibilisiert.«

Floss schenkte sich ebenfalls Kaffee nach. »Das kann man laut sagen. An der Pforte werden sogar aus den Nachbarorten Gläser abgegeben. Frau Goschenhofer bringt sie dann persönlich rauf und überwacht meine Arbeit.«

Das konnte Wallenstein sich lebhaft vorstellen.

»Aber solange sie Gebäck mitbringt, kann sie das gerne machen.« Floss hielt Wallenstein erneut die Bäckereitüte hin. Der Kommissar griff zu. »Es gab keine weitere Vergiftung?«

»Nein, zum Glück nicht.« Auch Floss biss von einem Hörnchen ab. »Aber kurz bevor Sie gekommen sind, hat ein Rolf Meier angerufen. Er gibt sowohl zu, Nicole Durand erwürgt, als auch das Pesto vergiftet zu haben.«

Wallenstein runzelte die Stirn. Auf dem Flur näherten sich Absatzklappern und Frauenstimmen.

»Nachschub!«, rief die Bürgermeisterin. An ihr vorbei drängten fünf Frauen mit Stoffbeuteln und Weidenkörben in den Sitzungssaal. Glas um Glas wanderte auf Wallensteins Tisch.

»Sumpfwiese am Waldrand, Sonnenhang hinterm Kindergarten, von der Schwiegermutter«, notierte er. Was wie Weinlagen klang, war der Ernteplatz der Hauptzutat.

»Bekommen wir die Gläser zurück, wenn sie nicht giftig sind?«, fragte eine kleine Frau mit Gretelfrisur.

»Das geht leider aus organisatorischen Gründen nicht«, antwortete Wallenstein.

»Bekommen wir dann wenigstens eine Entschädigung?«

Die Bürgermeisterin ging energisch dazwischen. »Natürlich nicht. Wer soll denn das zahlen?«

»Zum Schluss verpflegt sich die halbe bayerische Polizei mit unseren selbst gemachten Schmankerln. Bei mir ist kaltgepresstes Olivenöl und Ziegenparmesan drin. Halt nur das Beste«, nörgelte die Frau weiter.

»Kannst es ja wieder mitnehmen und selber essen«, antwortete die Bürgermeisterin trocken.

Floss fügte neue Zeilen in seine Excelliste ein. Er nahm die Kontaktdaten auf und vergab Probennummern. Handschriftlich notierte er sich Mengenangaben und Zubereitung. Unter dem wachsamen Blick der sechs Frauen etikettierte Wallenstein die Gläser. Erst nachdem neunundzwanzig Nudelsaucen beziehungsweise Brotaufstriche ihren Platz auf dem Fensterbrett gefunden hatten und der Kommissar sich wenig auskunftsfreudig zu Dr. Ellingers Gesundheitszustand gezeigt hatte, verabschiedeten sich die Frauen.

Floss packte die Rezeptsammlung in seine sandfarbene Leinenumhängetasche. »Die bringe ich meiner Frau mit. Die isst total gerne Bärlauch. Wegen der Blutreinigung. Sie wissen schon.«

Wallenstein hatte keine Ahnung. »Rolf Meier?«, nahm er den Faden wieder auf.

»Frau Goschenhofer meint, der hätte nicht alle Latten am Zaun. Der gesteht immer alles.«

Er schob ein Gesprächsprotokoll über den Tisch. Wallenstein überflog es und rief den Mann zurück. Er hatte keinerlei Täterwissen.

»Wahrscheinlich einsam«, fasste Wallenstein das Gehörte zusammen. »Der will sich nur wichtigmachen.«

Kaum hatte er aufgelegt, klingelte das Telefon.

»Nein, Frau Fischer. Bärlauchnudeln müssen Sie nicht vorbeibringen. Die sind unbedenklich«, antwortete Wallenstein.

Floss grinste. »Man hat das Gefühl, die Madlfinger roden den gesamten Bärlauchbestand der Gegend und verarbeiten ihn zu Lasagne, in Knödeln, Spätzle oder Pflanzerln. Wenn das so weitergeht, muss man das Grünzeug noch unter Naturschutz stellen.«

Wallenstein öffnete sein E-Mail-Postfach. Wie versprochen fand er eine Mail von Dr. Olowitsch mit dem Obduktionsbericht. Die Gerichtsmedizinerin grüßte mit einem Kuss-Smiley. Wallenstein bedankte sich sachlich.

»Heute Nachmittag kommt übrigens Unterstützung«, informierte Floss ihn zwischen zwei weiteren Pestolieferungen. »Und die Anfrage zur Amtshilfe wegen Durand und seinen Geschäften läuft auch. Mit der Staatsanwältin habe ich ebenfalls telefoniert.«

Wallenstein war erleichtert. »Konnten Sie inzwischen das verschwundene Handy von Nicole Durand orten?«

Floss schlug sich gegen den Kopf. »Sorry. Das habe ich total vergessen. Da kümmere ich mich gleich drum.« Floss hämmerte in die Tasten. »Aber diese Pestosache raubt mir noch den Verstand.«

Wem nicht, dachte Wallenstein.

Um zwölf Uhr brauchten die beiden Polizisten dringend eine Pause vom Eingemachten.

Floss wollte zum nächsten McDonald's. Da Wallensteins täglicher Junkfoodbedarf mit dem Abendessen mehr als gedeckt wurde, entschied er sich, in Madlfing zu bleiben. Er steckte sein blaues Notizheft ein und schlenderte die Dorfstraße entlang.

Trotz zwei Nusshörnchen hatte er Hunger, aber weder das Metzger- noch das Bäckereiangebot konnten ihn locken. Ihm war nach Gemüse. Am liebsten asiatisch oder indisch, gerne scharf und gut gewürzt. Allein der Gedanke an Kokosmilch, Curry oder Garam Masala ließ ihm das Wasser im Mund zusammenlaufen. Heute Abend würde er einkaufen gehen und kochen. Jetzt, wo Verstärkung kam, könnte er für Samstag sogar ein paar Wohnungsbesichtigungstermine organisieren.

Wallenstein erreichte den Dorfplatz.

Erleichtert stellte er fest, dass der 100%-Madlfing-Stand unbesetzt war. Die Betreiberinnen hatten offensichtlich keine Angst, beklaut zu werden. Was entweder am vermeintlich friedlichen Madlfing oder am Warenangebot liegen mochte. Wallenstein warf einen Blick auf die bunte Auslage gerahmter und ungerahmter Sinnsprüche.

»*Es ist STRICKSAL*«, las er in rotem Kreuzstich auf naturfarbenem Leinen. Das klang verhängnisvoll.

Daneben lag weiß auf violett gestickt: *Stricken ist mein Yoga.*

Komme, was Wolle, *Ich stricke besser, als ich koche* und *So viel Wolle, so wenig Zeit* zierten den Saum von karierten Geschirrtüchern.

Wallenstein nahm das oberste in die Hand. Die farbenfrohen Stickereien waren exakt ausgeführt, teilweise mit kleinen Blumen oder Ornamenten verziert. Sogar die Rückseite war eine Augenweide. Er faltete das Geschirrtuch und legte es zurück auf den Tisch. Seine Mutter hütete immer noch die bestickten Handtücher aus der Aussteuer seiner Großmutter. Ihn wunderte, dass sich heute noch jemand so viel Mühe mit Alltagsgegenständen machte. Das konnte doch längst eine Stickmaschine erledigen. Bestimmt war das hier die Arbeit einer alten Frau, die sich gerne an die guten alten Zeiten erinnerte. Nur die Weisheiten hatte sie modernisiert.

Auf den Satz *Wenn ich Nervenkitzel brauche, stricke ich ohne Maschenprobe* konnte sich Wallenstein keinen Reim machen. Den Witz *Alexa, vernäh die Fäden* verstand er jedoch auf Anhieb.

Ruhe bewahren und weiterstricken klang nach dem Motto des MKHC. Oder vielleicht noch besser: *Ich stricke mir die Welt, wie sie mir gefällt.*

Wahrscheinlich beriet der MKHC die Stickerin bei der Textauswahl und hatte dabei auch eine internationale Käuferschar im Blick. In weißen Holzrahmen steckten die Sätze *All you knit is love*, *knit happens* oder *I need yarn, not a prince*.

Wallenstein nickte zustimmend. Auf einen Prinzen warteten die Madlfingerinnen bestimmt nicht. Die kümmerten sich schon selbst um ihr Königinnenreich.

Von der Dorfstraße kam eine junge Frau mit Rastalocken und löchrigem T-Shirt auf ihn zu.

»Wollen Sie was kaufen?«, rief sie und nahm ihre weißen AirPods aus den Ohren.

»Nein danke«, wehrte er schnell ab.

»Hab ich mir schon gedacht.« Als sie an ihm vorbeiging, blitzte ihr silberner Nasenstecker. Sie war höchstens siebzehn. »Wenn Sie sich's anders überlegen: Ich verkaufe den Kram auch im Internet, auf Etsy unter *hannahfadenzauber*. Das läuft spitze. Oft arbeite ich nach Kundenwunsch. Bestickte Windeln und Ringkissen und so. Schon schräg, für was Leute Geld ausgeben.«

Dabei konnte Wallenstein der jungen Frau voll und ganz zustimmen. Hannahfadenzauber packte aus einem gewachsten Baumwolltuch ein belegtes Brot aus und biss herzhaft hinein. Wallenstein setzte sich auf die Bank unter der großen Linde. Inzwischen war es fast sommerlich heiß. Die hellgrünen Lindenblätter bildeten noch kein dichtes Dach. Daher tanzten leuchtende Sonnenflecken auf dem Kopfsteinpflaster. Wallenstein betrachtete sie fasziniert. Lichter Schatten, was für eine schöne Formulierung. Aber zum Sattsehen reichten die Lichtpunkte leider nicht aus. Sein Magen knurrte, und er bedauerte, dass der Gasthof geschlossen war. Um diese Jahreszeit würde es dort sonst bestimmt frischen Spargel mit neuen Kartoffeln geben.

Floss hatte ihm von einem Dönerstand am Bahnhof erzählt. Vielleicht könnte er den Döner mit doppelt Salat bekommen.

Ein Mann mit roten, wuscheligen Haaren und einer schwarzen Kunststoffbrille ging an ihm vorbei. Er hatte ein Nusshörnchen in der Hand und grüßte mit einem freundlichen: »Hiya!«

»Hey«, antwortete Wallenstein und fragte sich, ob er halluzinierte. Der Mann schaute dem britischen Sänger Ed Sheeran wie aus dem Gesicht geschnitten ähnlich.

Hannahfadenzauber drehte dem Mann in bestem Englisch ein Stickbild für stolze fünfzig Euro an. Spontan hatte er sich für *All you knit is love* entschieden.

Wallenstein schloss die Augen. Dieses Madlfing machte ihn irre. Es brach auf, was er unbedingt kontrollieren wollte. Aber wahrscheinlich traf den beschaulichen Ort keine Schuld, sondern seine überreizten Synapsen brachten alles durcheinander. Es lag an ihm. Er ließ sich überwältigen, bildete sich ein, Dinge zu sehen oder zu spüren, die es nicht gab: einen Weltstar mit Nusshörnchen, eine Panikattacke im Krankenhauslift, die wahnwitzige Sorge um die Wollladenbesitzerin. Und dann überall Farben, Wolle, Licht und Schatten. Es war wie früher. Er konnte die unterschiedlichen Farbtöne fühlen. Sie waren pure Emotion. Das hier war kein Neuanfang, sondern ein einziger, traumatischer Rückfall in seine Vergangenheit. Was würde als Nächstes passieren? Würde ein Wal auf der Dorfstraße an ihm vorbeischwimmen?

Statt des Wals tauchte ein Auto auf und bremste scharf ab.

Wallenstein war von der Mittagssonne geblendet. Schützend hielt er sich die Hand über die Augen. Ariadne Schäfer saß in einem dunkelgrünen Kombi und kurbelte die Seitenscheibe herunter. »Ich bin zwar gerade auf dem Sprung zu Martina, aber wenn ich Sie hier so sitzen sehe, bekomme ich Hunger. Was halten Sie von der Mittagskarte im Taj Mahal?«

Wallenstein fragte sich, ob auf seiner Stirn eine Leuchtschrift mit dem Wort *HUNGER* blinkte, und ging zum Wagen.

Schäfer strahlte ihn offen an. »Sie schauen aus, als

wären Sie mit unserer Fressmeile nicht zufrieden. Aber dass wir in Madlfing ein indisches Restaurant haben, damit haben Sie nicht gerechnet, oder?«

Wallenstein zögerte. Er wollte auf keinen Fall eine Nachbesprechung der Aufzugszene riskieren. Sein Magen hingegen war schnell entschlossen.

»Ich bin dabei, nehme aber mein eigenes Auto. Sie haben es schließlich eilig.«

»Keine Sorge. Ich bring Sie nach dem Essen zum Rathaus. Das geht für uns beide ruckzuck.«

Wallenstein stieg in den kantigen Volvo. Die abgenutzten Ledersitze waren angenehm weich. Noch bevor er angeschnallt war, legte sie den Gang ein und fuhr los. So, wie sie lenkte, hatte die alte Kiste nicht einmal Servolenkung. Er wunderte sich. Bei Schäfer hätte er auf ein kleines Frauenauto getippt. Einen Mini oder VW up!, höchstens einen Golf. Aber nicht auf so ein gewaltiges Straßenschiff. Auf alles gefasst, musterte Wallenstein sie von der Seite und war froh, dass sie seine Gedanken augenscheinlich nicht erraten hatte. Sonst hätte sie Tim, den Frauenversteher, auf feministischer Flamme gegrillt.

Schäfer warf ihm einen prüfenden Blick zu. »Wenn's Ihnen zu heiß ist, können Sie gerne das Fenster aufmachen. Fahrtwind macht mir nichts aus.«

Wallenstein kurbelte. »Es lebe die Handarbeit«, rutschte es ihm heraus. Wieder wartete er, ob die Wollladenbesitzerin reagieren würde.

Aber statt wie bisher schnell in den verbalen Kampfmodus zu wechseln, lachte sie. »Das hier ist ein Oldtimer, nein, ein Dinosaurier. Meine Mama hat ihn für mich gebraucht gekauft, damit ich Autofahren lerne. Da war ich noch nicht einmal achtzehn.« Sie tätschelte das Armaturenbrett. »Er ist nicht hübsch, aber geräumig, zuverlässig, und wir haben schon viel miteinander erlebt. Notfalls kann man sogar die Rückbank umlegen, hinten schlafen oder Leichen transportieren. Nur sein Kraftstoffverbrauch ist nicht mehr zeitgemäß. Aber wir bleiben zusammen, bis dass der TÜV uns scheidet.«

Sie erwartete keine Antwort, sondern begann, leise zu summen.

Während sie an frühlingsgrünen Wiesen, einer großen Bautafel und zwei gewaltigen Radladern vorbeisausten, versuchte er vergeblich, die kleine Melodie zu erkennen.

Ariadne hatte ihre Haare zu einem strengen Pferdeschwanz gebunden. Aber die ersten kürzeren Strähnen begannen bereits, ein Eigenleben zu führen. Immer wieder strich sie die Haare hinters Ohr, wo sie aber auch nicht bleiben wollten. Sie war geschäftlich formell gekleidet. In schmalem blauen Hosenanzug und einer weißen Bluse mit dezentem Muster. Wallenstein wollte der Frau nicht auf Bauch oder Busen starren, aber aus dem Augenwinkel glaubte er zu erkennen, dass sich auf dem Stoff kleine Wale tummelten und blaue Farbfontänen ausbliesen.

»Gibt es neue Erkenntnisse zu Nicole?«, fragte Schäfer und setzte den Blinker.

»Darüber kann ich nicht sprechen.«

»Ach, lassen Sie doch die Geheimniskrämerei«, beschwerte sie sich und fuhr eine schwungvolle Rechtskurve. »Über dieses Stadium sind wir doch seit gestern hinaus. Wir sollten unser Wissen teilen und nicht für uns behalten.«

Wahrscheinlich nahm sie ihn seit seiner gestrigen Panikreaktion nicht mehr ernst und war deswegen so entspannt, überlegte Wallenstein. Es gab eben keinen Schaden ohne Nutzen. Das hätte man auch gut auf ein Geschirrtuch sticken können.

»Dann sollten Sie das auch tun, und zwar persönlich und nicht anonym.«

Ein zufriedenes Lächeln huschte über ihr Gesicht und bestätigte ihm, dass sie die Absenderin der anonymen E-Mail war.

Geschickt manövrierte sie den Wagen in eine enge Parklücke. Von der Rückbank holte sie eine Aktentasche aus braunem Leder, die perfekt zu ihren schmalen braunen Schnürschuhen und dem Ledergürtel passte. Ariadne wollte offensichtlich nicht nur ins Krankenhaus. Ihr Outfit deutete auf einen weiteren Termin hin.

»Willkommen im Taj Mahal im Madlfinger Industriegebiet«, wechselte sie das Thema. »Nicht ganz so malerisch wie der Ortskern, aber der ganze Stolz unserer Bürgermeisterin. Und es soll sogar noch wachsen.«

»Sie fürchtet, dass die Investoren abspringen könnten.«

Wallenstein öffnete Schäfer die goldfarben gestrichene, mit kleinen Spiegeln beklebte Tür.

»Die Investoren«, wiederholte sie vieldeutig und steuerte auf einen kleinen Tisch am Fenster zu. »Daniel Durand ist auf jeden Fall noch mit viel Geld dabei, habe ich gehört.«

Ein junger Mann kam lächelnd auf sie zu und verneigte sich mit aneinandergelegten Händen.

»Namaste, Frau Schäfer.«

»Hallo, Tarun.«

»Wie immer?«

Ariadne blickte sich zu Wallenstein um. »Irgendwelche Unverträglichkeiten? Muss es mit Fleisch sein?«

Er schüttelte den Kopf.

»Dann wie immer«, wandte sie sich an den jungen Mann.

Ariadne stellte ihre Aktentasche auf den Boden, zog ihre Jacke aus und hängte sie über einen leeren Stuhl. Er hatte sich nicht getäuscht. Auf ihrer Bluse schwammen tatsächlich kleine Wale.

»Ich esse hier gerne vegetarisch. In der indischen Küche schmeckt es nie so, als hätte man einfach nur das Fleisch weggelassen. Da steckt uraltes ayurvedisches Wissen dahinter, dass Essen Medizin ist.«

Und nicht Gift wie bei den Ellingers, dachte Wallenstein.

»Ich bin gespannt«, antwortete er und setzte sich.

Tarun brachte eine Flasche Wasser und zündete eine Kerze an.

»Das Führungsteam des MKHC hat mich heute Morgen informiert und mich autorisiert, die Ergebnisse weiterzugeben.«

Sofort tauchte in Wallensteins Kopf das Bild einer feucht-fröhlichen Strickrunde auf.

Ariadne trank einen Schluck Wasser und musterte ihn. »Sie fragen jetzt nicht, ob wir gestrickt oder gehäkelt haben, oder?«

»Das käme mir nie in den Sinn«, log er.

Tarun servierte kleine Schälchen mit unterschiedlich farbigen Flüssigkeiten und knuspriges Papadam als Vorspeise.

»Der MKHC hat sich vor allem mit Nicoles Beziehungen im Ort befasst. Das ist schließlich seine Stärke. Auffällig sind zwei Personen. Richard Bond und Hubert Gerlacher.«

»Frau Wagner hat beide überprüft.«

»Nicht gut genug, fürchte ich. Gerlacher ist für fast eine Stunde vom Stammtisch verschwunden, und Bond hat seine Wassergymnastik geschwänzt. Beides im Zeitfenster der Tat.«

Wallenstein runzelte die Stirn. »Richten Sie dem MKHC bitte aus, dass er nicht selbst ermitteln soll, sondern Hinweise unverzüglich an mich weiterleitet. Beweismittel zu unterschlagen und zu versuchen, sie selbst auszuwerten, ist kein Kavaliersdelikt, sondern eine Straftat.«

»Das würde kein MKHC-Mitglied machen. Dafür lege ich meine Hand ins Feuer. Wir kennen unsere Grenzen.«

Beinahe hätte Wallenstein gelacht. Er griff nach seinem Notizheft und tastete seine Taschen ab.

»Sie mögen das Meer?«, lenkte Ariadne ab und reichte ihm einen silbernen Kugelschreiber aus ihrer Aktentasche.

»Das Heft habe ich bei Frau Bond gekauft. Die Auswahl war beschränkt«, erklärte er.

Wallenstein schlug die erste Seite mit den Kreisen auf und blätterte schnell um. Dort ragten kühne Zacken auf.

»Ich kritzle auch gerne vor mich hin. Hilft dabei, die Gedanken zu sortieren.« Schäfer betrachtete die Zickzacklinie, die eigentlich das Wettersteingebirge darstellte.

Wallenstein schlug eine leere Doppelseite auf.

»Wale sind wunderbare Tiere«, redete Ariadne weiter.

»Ich habe noch nie einen gesehen«, gestand Wallenstein.

»Dann müssen Sie nach Island fahren. Dort gibt es eine Bucht, wo man sie eigentlich immer antrifft. Ich kenne da einen netten Fischer. Es ist wunderbar. Danach ist man verwandelt, fast ein anderer Mensch, und sieht die Welt mit neuen Augen.«

Ariadne Schäfer hatte keine Ahnung, wie gerne er das tun würde. Oder hatte sie die doch? Am liebsten hätte er sich die Telefonnummer von diesem Fischer notiert und wäre direkt ins Flugzeug gestiegen. Oder hätte das nächste Schiff genommen.

»Und sonst? Was ist dem MKHC noch aufgefallen?«

»Das war leider alles.«

Wallenstein zog die Stirn in Falten. Er konnte sich nicht vorstellen, dass die Madlfingerinnen nur zwei Spuren verfolgten.

»Was ist eigentlich mit dem Stand am Dorfplatz? Das ist doch bestimmt eine MKHC-Maßnahme?«

Schäfer dippte ihr Brotstück in die mambagrüne Sauce. »Ich denke, die Frauen wollen einfach ein bisserl auf mich schauen.«

Dagegen war nichts einzuwenden.

»Ich denke«, fuhr Schäfer fort, »dass der Täter keinerlei persönliche Verbindungen zu Madlfing oder Nicole hatte. In diesen Fällen sind Aufklärungen wohl besonders schwierig. Liest man wenigstens in Krimis.«

Wallenstein testete die safrangelbe Sauce. Mango und Ingwer. »Wir haben in der Handtasche von Nicole Durand ein Handy mit aufwendiger Verschlüsselungstechnologie gefunden. Ein sogenanntes Kryptohandy.«

Schäfer schien nicht erstaunt. Ihr musste er zu dieser Technologie bestimmt nichts erklären.

»Das kenne ich nicht.«

»Leider hat sich der Speicher völlig gelöscht.«

»Das ist doch auch eine interessante Information. Nicole hatte Kontakte, die sie geheim halten wollte, und hat dafür ein zweites Handy genutzt. Was ist mit ihrem iPhone?«

»Das haben wir noch nicht gefunden.«

Diesmal runzelte Schäfer ihre Stirn.

Wallenstein konnte förmlich sehen, dass ihr etwas einfiel. »Warum vertrauen Sie mir nicht?«

»Vertrauen …« Sie testete das Wort und die rote Sauce.

Wallenstein beobachtete sie. »Ist das Gegenteil von Korruption, Betriebsspionage, Veruntreuung, Mobbing. Ich kann mir vorstellen, dass Ihr früherer Beruf Sie hat misstrauisch werden lassen.«

»Wie kommen Sie darauf, dass ich so etwas einmal gemacht haben könnte?«

»Ich habe mit Ihrem ehemaligen Chef telefoniert. Er bedauert sehr, dass Sie nicht mehr für ihn arbeiten. Er sagt, Sie wären eine der Besten gewesen.«

Schäfer lächelte. »Dann haben Sie doch eine klare Antwort bekommen. Ich bin raus und habe mich für ein befriedigenderes Arbeitsfeld entschieden.«

»Und trotzdem lag in Ihrem Wollladen eine Leiche. Was, wenn Sie freiberuflich weitermachen?«

»Mache ich nicht. Darauf gebe ich Ihnen mein Wort.«

Schon wieder ein Versprechen. Wallenstein ließ es unkommentiert.

Schäfer seufzte. »Früher bin ich einigen sehr einflussreichen Personen auf die Füße getreten, und die vergessen das nicht so leicht. Daher wäre ich Ihnen dankbar, wenn Sie keinen Staub aufwirbeln. Sonst bringen *Sie* mich nämlich in Gefahr. Meine frühere Tätigkeit ist Geschichte und hat nichts mit meinem Madlfinger Leben zu tun.«

Tarun servierte das Essen. Dazu gelben Reis und Chapatis. Sie unterbrachen das Gespräch. Wie gerne hätte Wallenstein ihr geglaubt.

Er kostete die unterschiedlichen Gerichte. Fruchtig, zimtig, sahnig, currylastig. Jedes war anders. Nur scharf waren sie alle. Aus Versehen biss er auf ein Chillistückchen und schnappte nach Luft.

Ariadne schaute von ihrem Teller auf. »Nur gut, dass Sie es scharf mögen.«

»Wie kommen Sie denn darauf?«, keuchte Wallenstein

»Das sieht man Ihnen an«, erwiderte sie frech grinsend.

Jetzt schwitzte der Kommissar erst recht.

Schäfer fächelte ihm mit der Serviette Frischluft zu. »Entspannen Sie sich. Das war nur ein Witz.«

Tarun fragte besorgt, ob alles in Ordnung sei. Beide lobten das Essen. Wallenstein bestellte sich ein Lassi zum Kühlen. Sein Mund, Rachen und seine Zunge brannten höllisch.

»Was denken die Expertinnen eigentlich über die Mordwaffe?«, lenkte er ab. Wahrscheinlich war sein Gesicht genauso rot wie die verhängnisvolle Chillischote. Feuerrot, Höllenrot, Grillkohlenrot.

»Dafür bräuchten wir ein gutes Foto des Schals.«

»Das kann ich Ihnen sofort schicken. Per Mail an die Wollladenadresse?«

Schäfer nickte und wartete auf das Eintreffen der Nachricht. »Ich leite das Foto an Pauline weiter. Sie schickt es dann in die MKHC-Gruppe.«

»Vielleicht finden wir so die Strickerin.«

Schäfer legte den Kopf schief und betrachtete ihn. Wahrscheinlich ging sie in Gedanken auch gerade Rotschattierungen durch. »Aus der Erinnerung an den Schal würde ich sagen, so schlecht strickt von uns keine. Vielleicht hat der Täter ihn selbst gestrickt?«

Wallenstein schoss das Bild eines strickenden Mafiakillers durch den Kopf.

Schäfers iPhone trötete wie ein Nebelhorn. Sie warf einen kurzen Blick auf das Display.

»Sarah. Entschuldigen Sie. Ich gehe kurz ran.«

Wallenstein winkte dem Kellner und bat um die Rechnung.

Ariadne hörte zu und wurde bleich. Es war nicht nur ein Weißer-, sondern vor allem ein Durchsichtigerwerden. Sogar die Sommersprossen schienen zu verblassen.

Ariadne legte das Telefon weg und wandte sich an den Kellner, der abkassieren wollte.

»Bitte noch zwei Espressi und zwei Gläser Schnaps.«

Der Mann nickte und verschwand.

»Ellinger ist tot. Ich muss zu Martina. Sie ist noch im Krankenhaus.«

Das hatte gerade noch gefehlt. Neben dem Mord musste er sich jetzt also auch noch um diese Vergiftungssache kümmern.

»Ich komme mit.«

»Sie meinen offiziell?«

Er nickte. »Spätestens jetzt ist die Vergiftung Sache der Kripo.«

Ariadne griff nach einem Schnapsglas und kippte es in einem Zug hinunter. Dann spülte sie mit schwarzem Kaffee nach. Wallenstein trank seinen Espresso in zwei Schlucken. Das Schnapsglas schob er zur Seite. Ariadne wollte danach greifen.

»Sie fahren«, erinnerte er sie.

Ein wenig Farbe war nun in ihr Gesicht zurückgekehrt.

»Wie Sie meinen, Herr Kommissar.«

»Das kommt davon, wenn man mit der Polizei unterwegs ist.«

Sie lächelte schwach und bezahlte die Rechnung. Wallenstein wollte das verhindern, aber Schäfer kannte den Ober. Er schob einen Zwanzig-Euro-Schein über den Tisch.

»Geben Sie immer so viel Trinkgeld?«, zog sie ihn auf. Der Alkohol hatte ihre Wikingerseele wiederbelebt.

»Das ist mein Anteil. Ich kann mich nicht einladen lassen.«

»Steht Ihnen da Ihr Frauenbild im Weg?«

Ging das schon wieder los, stöhnte er innerlich.

»Nein. Mein Beruf«, erwiderte er sachlich.

»Dann zahlen Sie das nächste Mal, und wir sind quitt.« Ariadne stand auf.

»Schönen Tag, Tarun«, verabschiedete sie sich bei dem jungen Mann mit einer leichten Verbeugung und vor der Brust gefalteten Händen.

»Namaste«, erwiderte der Kellner.

Wallenstein blickte sich suchend um.

»Hinter der Garderobe«, informierte ihn Ariadne.

Wallenstein bedankte sich mit einem Nicken und ging zur Toilette. Von dort rief er Floss an. Der hatte noch nichts von Christian Ellingers Tod gehört. In Madlfing waren offenbar alle besser informiert als die Polizei.

»Sie denken doch nicht …?«, fragte Floss.

»Ich habe keine Ahnung. Solange wir nicht wissen, wer das Pesto abgegeben hat, müssen wir von einem Mordanschlag ausgehen. Informieren Sie bitte die Chefin und die Staatsanwältin. Wir müssen die Patientenakten beschlagnahmen. Ich fahre jetzt ins Krankenhaus. Und überprüfen Sie noch mal die Alibis von Richard Bond und Hubert Gerlacher. Da gibt es offenbar Unstimmigkeiten.«

Kurz gab er Floss wieder, was die Nachforschungen des MKHC ergeben hatten, und merkte erst beim Auflegen, dass sein Kollege über die strickenden Ermittlerinnen und ihre zahlreichen Informanten kein bisschen überrascht gewesen war. Kopfschüttelnd steckte er sein Telefon ein und stellte sich ans Urinal. Der Ober kam ebenfalls. Beide Männer schwiegen nebeneinander. Der junge Mann war einen ganzen Kopf kleiner als der Kommissar. Erst am Waschbecken fragte Wallenstein so beiläufig wie möglich.

»Kommt Frau Schäfer oft zum Essen?«

Tarun nickte. »Ein- oder zweimal pro Woche. Sie mag indisches Essen.«

»Sie kochen wirklich ausgezeichnet. Kommt Frau Schäfer allein oder in Begleitung?«

Der Ober zögerte. Aber Wallenstein lächelte ihn offen an und reichte ihm ein Papierhandtuch.

»Sie interessieren sich für sie?«

Wallenstein konnte sein keimendes Misstrauen heraushören.

»Ja, sehr sogar«, antwortete er entwaffnend ehrlich. Der Ober grinste ihn verschwörerisch an.

»Sie ist eine schöne Frau.«

Wallenstein nickte zustimmend. Auch das war nicht gelogen.

»Meistens kommt sie allein. Ab und zu ist ein Mann dabei. Aber das ist nie privat, sondern immer geschäftlich«, räumte Tarun jeden Zweifel aus oder säte ihn damit erst. »Sie sprechen Englisch, manchmal auch irgendeine andere Sprache, die ich nicht kenne, haben fast immer einen Computer dabei. Da geht es dann nur um Zahlen und Geld.«

Die Frage blieb, ob diese Auskunft Schäfers harmlose Wollladenkarriere bestätigte oder widerlegte. Grübelnd bedankte er sich bei dem indischen Kellner und versprach, bald wieder zum Essen vorbeizukommen.

Als er zum Platz zurückkehrte, war Schäfer bereits gegangen. Nur sein Notizheft lag noch auf dem Tisch. Wallenstein steckte es in seine Anzugtasche.

35. MASCHE

Nur beim Stricken gibt es eine Patentlösung.

Ariadne saß in ihrem Kombi. Das Handy klemmte zwischen Schulter und Ohr, der geöffnete Laptop zwischen Bauch und Steuerrad. Sie sprach und tippte gleichzeitig. Eine seltene Fähigkeit, die Wallenstein auch gerne beherrscht hätte. Weil er sie nicht erschrecken wollte, klopfte er an die Scheibe. Auch wenn ihn brennend interessierte, mit wem sie sich gerade unterhielt. Auf ihr aufforderndes Winken hin, öffnete er die Tür und stieg ein. Soweit er das beurteilen konnte, sprach die Wollladenbesitzerin Isländisch. Wallenstein verstand kein Wort.

Schäfer legte auf, verstaute ihren Laptop auf dem Rücksitz und schaute Wallenstein an. »Es kann ein fataler Unfall sein, es kann ein unabhängiger Mord sein, oder er hängt mit dem Mord an Nicole zusammen«, analysierte sie die Situation. Sie startete den Motor. »Was machen wir jetzt?«, fragte sie erwartungsvoll.

Wallenstein ließ seinen Kopf gegen die Kopfstütze sinken. Er hatte zu viel Nähe zugelassen. Es war ein Fehler, mit einer in eine Mordermittlung irgendwie Verstrickten zum Mittagessen zu gehen. Etwas mehr professionelle Distanz wäre angebracht gewesen.

Wäre, hätte. Genau hier lag sein Problem. Würde er über genügend professionelle Distanz zwischen seinem Berufs- und Privatleben verfügen, bekäme er keine Panikattacke im Krankenhauslift, und Mia Alt würde sich nicht ständig nach seinem Befinden erkundigen. Er war im Ungleichgewicht. Mit einer Versetzung aufs Land war es jedenfalls nicht getan, erst recht nicht nach Madlfing, das wahrlich keinen guten Einfluss auf sein Berufsethos und sein gebeuteltes Nervenkostüm hatte.

»Das ist jetzt Sache der Polizei«, antwortete er.

»Ich habe geahnt, dass Sie das schon wieder sagen würden. Aber Sie müssen mit uns zusammenarbeiten. In Madlfing kommen Sie ohne den MKHC nicht weiter, und ich bin die Schnittstelle. Von mir bekommen Sie Informationen und Inspiration.«

Sie gab Gas und blies sich eine lose Haarsträhne aus dem Gesicht. So ähnlich bliesen Wale vermutlich die verbrauchte Atemluft aus.

»Dann inspirieren Sie mich«, gab er nach, allerdings fest entschlossen, selbst nichts mehr zu sagen. Ehrlicherweise hörte er Ariadne Schäfer viel zu gerne zu.

»Nehmen wir einmal an, es gibt keinen Zusammenhang zwischen den Ereignissen, und konzentrieren uns auf Christian. Ärzte haben einen sehr verantwortungsvollen Beruf. Oft geht es um Leben und Tod.« Eine Umleitung zwang sie zu einer 90-Grad-Kurve in eine Nebenstraße.

»Der Pfeil zeigt in die andere Richtung«, stellte Wallenstein fest.

»Folgen Sie nie den Pfeilen! Die stellen die Umleitungsschilder völlig willkürlich auf und meistens auch nur eines oder zwei. Inzwischen machen sich die Kinder schon einen Spaß daraus, die gelben Dinger im ganzen Ort zu verteilen.«

»Wegen der Wanderbaustellen gibt's also Wanderschilder.«

Ariadne nickte.

»Manchmal geht eben etwas schief.«

Der Kommissar fragte sich, ob sie von den Umleitungen oder von ärztlichen Behandlungen sprach.

»Sie meinen, eine Patientin könnte sich für einen Kunstfehler gerächt haben?«

»Vielleicht.«

»Wäre da nicht der Weg über eine Beschwerdestelle der Krankenkassen angebrachter?«

»Sie wissen doch, wie das unter Ärzten ist. Wer beschuldigt da schon einen Kollegen? Und wenn dann noch Gefühle und Ängste dazukommen …« Schäfer bog wieder auf die Hauptstraße ein und gab Gas. »Vielleicht hat Ellinger eine Krankheit übersehen oder zu spät erkannt. Vielleicht war es dann schon zu spät oder die Therapie deutlich schwieriger. Brustkrebs, Geburtsfehler, Behinderungen. Bei einem Frauenarzt kann viel schiefgehen.«

»Ich habe bereits veranlasst, dass die Patientenakten beschlagnahmt werden.«

»Ausgezeichnet«, lobte sie. »Weiter geht es mit Stalking, enttäuschter Liebe, wie auch immer Sie das nennen wollen. Ellinger genoss es, wenn die Frauen ihn anhimmelten.«

In beide Richtungen hatte die Sprechstundenhilfe bereits Andeutungen gemacht.

»War Nicole eigentlich Patientin bei Dr. Ellinger?«

Ariadne zuckte mit den Schultern.

»Keine Ahnung. Kann ich mir aber nicht vorstellen. Sie ist sogar zum Friseur nach Murnau oder München gefahren. Ein Gynäkologe am Ort wäre ihr vermutlich zu nah gewesen. Viele Frauen sind da wählerisch. Das können Sie sich vermutlich vorstellen?«

Ariadne schaute Wallenstein an. Der schwieg. »Aus der Patientenliste werden Sie das ja bald erfahren. Wenn Sie nach einem Zusammenhang zwischen den beiden Toten suchen, den gab es. Beide waren begeisterte Tennis- und vor allem Golfspieler. Die haben regelmäßig gemeinsam eingelocht.«

Das klang fast ordinär. Ob sie es so gemeint hatte?

»Die beiden?«, rutschte es ihm heraus.

Ariadne warf ihm einen verblüfften Blick zu. Dann zuckte sie mit den Schultern. »Ihm hätte das vielleicht gefallen. Aber nein! Nicole und Ellinger …? Niemals.« Am Krankenhaus angekommen, parkte Ariadne gewohnt schwungvoll ein. »Sie hat sich gerne über ihn lustig gemacht. Von Martina wusste sie ja wenig schmeichelhafte Details über ihn.«

Mehr sagte sie dazu nicht.

»Martina und Nicole? Wie hat das überhaupt funktioniert?«

»Ausgezeichnet. Martina kann gut zuhören, kümmert sich und ist herzensgut. Sie hat Nicoles schwierige Seiten einfach übersehen. Das konnte sonst keiner so leicht. Freundschaft verzeiht viel. Mehr als die Liebe.«

Das glaubte Wallenstein sofort.

»Und was, wenn eigentlich Martina das Opfer hätte sein sollen?«, spann Wallenstein einen neuen Gedanken.

»Und Christian nur Beifang?« Schäfer kaute auf ihrer Unterlippe. »Oder hätten beide sterben sollen? Wenn Sie mich fragen, ist das eine verdammt unpräzise, skrupellose Vorgehensweise. Fast schon Massenmord. Ellingers hätten ja noch Freunde oder Familie einladen können. Nicht auszudenken.«

Wallenstein zögerte. Er hätte schwören können, dass die Wollladenbesitzerin gerade Maschenmord gesagt hatte. Diese Strickerei stieg ihm allmählich zu Kopf. Er wollte lieber nicht nachfragen.

Nebeneinander durchquerten sie die Eingangshalle.

»Lassen Sie uns die Treppe nehmen«, schlug Wallenstein vor.

Schäfer nickte. Jeder Schritt schien sie Kraft zu kosten.

»Was für eine Tragödie! Erst die Freundin, dann der Ehemann. Und sie hat ihm das giftige Gemisch auch noch auf den Tisch gestellt. Mit so was muss man erst einmal fertigwerden. Wie soll man sie nur trösten?«, fragte Schäfer. Wallenstein drückte auf die Klingel an der Intensivstation.

An ein Gespräch mit Martina Ellinger war nicht zu denken. Der diensthabende Arzt hatte ihr ein Beruhigungsmittel gespritzt. Sie saß neben ihrem toten Mann, hielt seine Hand und starrte ins Leere.

Wallenstein sprach mit dem Arzt. Anschließend drückte er der Witwe sein aufrichtiges Beileid aus. Sie reagierte nicht.

»Wir bringen dich heim, Martina.« Sanft legte ihr Schäfer die Hand auf die Schulter. »Du musst dich ausruhen. Ich hab mit den Kindern telefoniert. Sie kommen so schnell sie können. Dann werdet ihr gemeinsam von Christian Abschied nehmen.«

Wie eine Schlafwandlerin ließ sich Martina Ellinger von Schäfer aus dem Zimmer, durchs Krankenhaus zum Parkplatz führen. Wallenstein folgte den Frauen. Er bereute es, dass sein Auto am Rathaus stand, setzte sich auf die Rückbank und wartete, bis Schäfer die Witwe endlich auf den Beifahrersitz bugsiert hatte.

Auch wenn er es hasste, untätig zu sein, wollte er die schwere Stille während der Fahrt nicht durch ein Telefongespräch stören. Nervös wippte er mit der Fußspitze und starrte aus dem Fenster. Klar zeichneten sich in der Ferne die Berge ab. Dazwischen lagen Wiesen und Wälder, wo die Blätter des gesunden Bärlauchs und der tödlichen Herbstzeitlosen Seite an Seite wuchsen. So nah wie Leben und Tod. Trotz seines schnell kreisenden Gedankenkarussells spürte Wallenstein, wie beruhigend die Landschaft auf ihn wirkte.

Schwungvoll und ohne zu blinken, bog Schäfer plötzlich auf einen Feldweg ab. Das Anliegerschild ignorierte sie. Wallenstein hielt sich vorsorglich am Handgriff über dem Fenster fest. Kies spritzte auf, und der Wagen tauchte in ein tiefes Schlagloch ein. Dass Wallenstein Polizist war, schien sich auf Schäfers Fahrverhalten nicht auszuwirken. Oft versuchten seine Mitbürger, besonders regelkonform zu fahren, wenn er im Auto dabei war. Nicht so Ariadne Schäfer. Sie blieb ihrem Fahrstil treu. Auch das gefiel Wallenstein.

Vor der Doppelgarage parkte sie neben einem weißen BMW mit Münchner Kennzeichen.

»Martina, du bist zu Hause. Du musst jetzt aussteigen. Deine Kinder warten schon.«

Wallenstein half Martina Ellinger.

»Ich warte hier«, kam Ariadne der Bitte des Kommissars zuvor.

»Mama!« Ein junger Mann, der seinem Vater verblüffend ähnlich sah, öffnete die Haustür. Ohne Reaktion ging Martina Ellinger an ihrem Sohn vorbei ins Wohnzimmer. Hilfe suchend schaute er Wallenstein an.

»Mein Beileid.«

»Danke. Mein Name ist Florian Ellinger«, stellte er sich vor. Seine Augen waren gerötet. Er hatte geweint. »Meine Schwester Katharina ist mit mir gekommen. Wir leben beide in München. Die anderen sind unterwegs. Stefan kommt aus Berlin und Lena aus Amsterdam.«

Wallenstein trat in den fotogeschmückten Flur und schüttelte dem jungen Mann die Hand. Schlafende Babys, lächelnde Mütter und stolze Väter strahlten von den Wänden.

»Tim Wallenstein, Kripo. Sie wissen, was passiert ist?«

»Ja, ich habe mit der Stationsärztin telefoniert. Ich bin selbst Arzt, Urologe.« Er schwieg. »Es ist eine Tragödie.«

»Florian, das war ein Anschlag.« Eine junge Frau drückte sich im Flur an ihm vorbei und streckte Wallenstein ihre Hand entgegen. »Katharina Ellinger.«

Ihre braunen Haare fielen lang und glatt auf ihre erstaunlich breiten Schultern. Ihr Händedruck war kräftig und ihr Blick direkt, fast herausfordernd.

»Fang nicht schon wieder damit an, Katharina. Wenn Mama das hört«, bat er seine Schwester.

»Du traust natürlich niemandem etwas Schlechtes zu. Da bist du genau wie sie. Immer nachgeben, alles mit sich machen lassen und dabei lächeln. Aber denk doch mal nach! Vergiftetes Pesto, von dem keiner weiß, wer es abgegeben hat. Das war ein kaltblütiger Mord. Warum sonst hätte die Polizei die Patientenakten und den Computer abgeholt?«

Klare Worte. Mit Katharina Ellinger hatte der MKHC eine vielversprechende Nachwuchsermittlerin an die Isarmetropole verloren.

»Aber für Mord braucht es ein Motiv, und das gibt es nicht. Niemand würde Papa töten wollen.«

»Bist du dir da wirklich so sicher? Habgier ist ein starkes Motiv. Manche wollen einfach mehr als andere.« Sie verschränkte ihre Hände trotzig vor der Brust. Wie so oft in Madlfing hatte Wallenstein das Gefühl, unsichtbar zu sein.

»Jetzt hör aber auf. Das sind Familienangelegenheiten. Das werden wir nicht vor der Polizei diskutieren.«

Wallenstein verhielt sich ruhig. Manchmal hatte es auch Vorteile, übersehen zu werden.

»Gerade vor der Polizei«, fauchte sie zurück. »Wir wissen das alle. Stefan ist bestimmt heilfroh, dass unser alter Herr das Zeitliche gesegnet hat. Dann muss er seine Schulden nicht zurückzahlen. Papa hat ihm schon mit dem Anwalt gedroht. Und erben wird er jetzt auch. Wahrscheinlich am meisten von uns allen.«

»Stefan ist in Berlin«, versuchte Florian, die Fantasie

seiner Schwester zu zügeln. Er wandte sich an Wallenstein. »Er ist Designer.«

Katharina blies abfällig Luft durch die Nase.

»Unser Vater hat ihn großzügig bei der Gründung seines Labels unterstützt. Aber jetzt steht die Firma vor dem Aus, und Vater will – wollte – sein Geld zurück. Das ist alles.«

»Alles? Stefan wusste noch nie, wann es genug ist. Er hat Papa ausgenutzt, wo er nur konnte. Und dann hat er das Geld verschleudert für Reisen, Klamotten und für seine …« Sie malte Anführungszeichen in die Luft. »… Mode. Und als Papa ihm den Geldhahn abgedreht hat, ist er aggressiv geworden. Ich habe den Streit zwischen beiden vor zwei Wochen miterlebt. Da hat er rumgeschrien: ›Dann verreck an deinem Geld.‹ Was, wenn Stefan das Glas als Abschiedsgeschenk in die Speisekammer gestellt hat?«

»Katharina, sei vernünftig. Niemand tötet seinen eigenen Vater.«

Der Kommissar stimmte Katharina insgeheim zu: Florian war naiv. Gerade Vater-Sohn-Verhältnisse bargen jede Menge emotionalen Zündstoff.

»Wie immer. Der gute Stefan darf alles, und ich bin die Blöde. Ihr habt studiert.« Tränen liefen ihr über die Wangen. »Und mir hat er nicht einmal die Abschlussfahrt bezahlt. Ich musste dafür an der Tankstelle jobben.«

Wallenstein schaute auf die Babybilder und war froh, keine Kinder zu haben.

»Was ist nur mit euch los? Immer streitet ihr um Geld.« Martina Ellinger stand im Türrahmen. Sie war leise aus dem Wohnzimmer gekommen und drückte ein Geschenk an sich. »Euer Vater hätte am Sonntag Geburtstag gehabt, und nun ist er tot. Wir müssen doch jetzt zusammenhalten. Um ein Haar hätte es mich auch erwischt. Ich wünschte, ich und nicht Christian wäre gestorben. Oder wir beide zusammen. Aber so …« Ihre Stimme war schwach. Hilfe suchend hielt sie sich an der Türklinke fest.

Wallenstein konnte beiden Kindern ansehen, dass sie erst jetzt realisierten, in welcher Gefahr ihre Mutter geschwebt hatte. Sie hätten durch ein Abendessen fast beide Eltern verloren.

»Das darfst du nicht denken. Wir brauchen dich, Mama.« Ihr Sohn ging auf sie zu. Alle Farbe wich aus Martinas Gesicht, ihre Beine gaben nach. Das Geschenk fiel auf den Boden. Florian Ellinger reagierte sofort, stützte seine Mutter und führte sie zurück ins Wohnzimmer.

»Das ist das Beruhigungsmittel. Das geht auf den Kreislauf«, redete er auf sie ein. »Du musst dich hinlegen und ein wenig schlafen.«

Katharina Ellinger machte einen Schritt auf Wallenstein zu. »Sie finden heraus, wer uns beinahe zu Vollwaisen gemacht hätte?«

Wallenstein roch ihr blumiges Parfüm, das sich mit saurem Schweiß mischte. »Wir werden den Tod Ihres Vaters untersuchen und gehen jedem Hinweis nach. Ihr Bruder Stefan?«

Sie machte einen Schritt rückwärts, bückte sich und hob das kleine Päckchen auf. »Da sind bestimmt Socken drin. Meine Mutter strickt uns allen immer Socken zum Geburtstag. Das vorhin war nicht ernst gemeint. Eher theoretisch, verstehen Sie? Stefan ist …« Sie zupfte an dem gekringelten Geschenkband. »… war Papas Liebling. Stefan hier, Stefan da. Florian hat recht, ich hätte das nicht sagen sollen. Ich bin völlig durcheinander.«

Wallenstein hakte nach. »Haben Sie sonst einen Verdacht?«

»Nein. Papa war beliebt und immer freundlich.«

Das bezweifelte Wallenstein. Diese Aussage traf höchstens auf Heilige zu.

»Geben Sie mir bitte Bescheid, wenn Ihre anderen Geschwister eingetroffen sind und wir mit Ihrer Mutter sprechen können.«

Katharina begleitete den Kommissar hinaus und blieb ratlos vor dem Gartentürchen stehen.

»Ihre Mutter braucht Sie. Holen Sie sich professionelle Hilfe, das ist wichtig«, riet Wallenstein ihr, bevor er sich verabschiedete.

Ariadne stand auf dem Gehweg und telefonierte. Diesmal sprach sie Englisch. Vermutlich verschob sie gerade ihre Nachmittagstermine. Sie winkte ihm mit der freien Hand zu und zeigte zum Auto. Gespräche mit Angehörigen gingen Wallenstein immer an die Nieren, und dieses hatte es wahrlich in sich gehabt. Sie würden Katharina Ellingers Anschuldigungen gegen ihren Bruder nachgehen. Er setzte sich auf den Beifahrersitz und sehnte sich nach einem starken Kaffee. Notfalls würde er sogar einen Schnaps nehmen.

Schäfer ließ sich auf den Fahrersitz fallen und drehte den Zündschlüssel. »Vorglühen«, stellte sie fest.

Wallenstein war es inzwischen gewohnt, dass Schäfer seine Gedanken erriet. »Was schlagen Sie vor?«

Verblüfft schaute sie den Kommissar an. Dann lachte

sie. »Ich spreche vom Auto. Ist ein alter Diesel. Den muss man noch händisch vorglühen.«

Er nickte. Ehrliche Handarbeit war schließlich ihr Geschäftsmodell.

»Alkohol oder Koffein?«, fragte sie. »Was braucht Ihr Hirn, um auf Touren zu kommen?«

»Eindeutig Koffein.«

Schäfer legte den Rückwärtsgang ein. »Bekommen Sie bei mir. Oder soll ich Sie sofort zum Rathaus bringen?«

Bei dem Gedanken an das lauwarme Getränk, das wahrscheinlich seit heute Morgen in der Thermoskanne warm gehalten wurde, entschied er sich für einen schnellen Espresso.

»Und? Wie lief das Gespräch?«, fragte sie, während sie aufs Gas stieg.

»Familie«, antwortete er einsilbig.

»Zusammenhalt, Harmonie, Fürsorge«, assoziierte sie mit einem traurigen Lächeln.

»So ungefähr.«

Ariadne bog auf die Hauptstraße ein und hupte frech eine Fahrradfahrerin an. Die Frau zuckte zusammen, winkte dann aber zurück. Ein Schirm baumelte am Lenker. Es war Irmingard Sonnleitner.

»Verletzungen, Eifersucht, Neid«, präzisierte sie.

Wallenstein nickte. »Sie kennen die Kinder? Gab es Streit?«

»Ja, sie verstehen sich nicht gut untereinander. Martina leidet sehr darunter. Jedes Familienfest ist ein Krisentreffen auf vermintem Gebiet.«

Das kannte er nur zu gut. Er vermied Familienfeiern, soweit es ging.

Schäfer parkte in der Garage des Pfarrhauses. »Da ich keine Garage und Madlfing keinen Pfarrer hat, kann ich hier mein Auto abstellen«, erklärte sie, als sie Wallensteins fragenden Blick bemerkte. »Im Gegenzug unterstütze ich die Mesnerin bei größeren Einkäufen oder Transporten.«

»Schön, wenn man sich gegenseitig hilft«, antwortete er mechanisch. Irgendetwas war ihm beim Gespräch mit den Ellinger-Kindern aufgefallen. Er konnte es aber in der Masse der Sinneseindrücke nicht fassen. Es war wie ein kleines Sandkorn an einem riesigen Strand, das von anderen Sandkörnern überlagert wurde.

Ariadne schaute ihm etwas zu lange in die Augen. »Ja, finde ich auch.«

Sie betraten das Haus durch den Garten und die Hintertür. Als Ariadne auf der Treppe in den ersten Stock den Schlüssel aus ihrer Tasche holte, war Wallenstein noch tief in Gedanken versunken und blieb erst kurz hinter ihr stehen. So dicht, dass er die Wärme ihres Körpers fühlen konnte. Unwillkürlich ging er eine Stufe zurück.

Der aufwendige Schließmechanismus reagierte mit einem dezenten Klicken. Wallensteins Blick wanderte an den Meerbildern im Flur vorbei, magisch angezogen von der wilden Weite. Spätestens jetzt wurde der flüchtige Gedanke, das kleine Sandkorn, von riesigen Wellen und tobender Gischt überspült. Wallenstein glaubte, die salzige Luft zu spüren und zu riechen. So gut waren die Fotos. Sie passten zur Hausbesitzerin, die bereits mit Geschirr klapperte. Sie selbst strahlte diese Mischung von Kraft, Unberechenbarkeit und Freiheit auch aus. Wallenstein betrachtete einen menschenleeren Strand. Seine Worte trafen es nicht gut, aber besser konnte er das Unfassbare an Ariadne Schäfer nicht beschreiben. Er ging zu ihr in die Küche.

Ariadne brühte gerade Kaffee und holte aus dem übersichtlichen Kühlschrank eine Milchflasche. Ein paar Gläser, Bier und Weinflaschen kämpften dort gegen die Leere. Mehr Vorratshaltung betrieb die Ladenbesitzerin nicht. Gemüse gab es gar nicht, und Wallenstein fragte sich, was Martina Ellinger aus dem Ladenkühlschrank nach oben geräumt hatte.

»In meinem Kühlschrank sieht es ganz ähnlich aus. Aber ich bin erst vor Kurzem eingezogen.«

Erstaunt schaute Ariadne ihn an. »Bei mir ist es Normalzustand. Ich esse nicht gerne allein. Außerdem bin ich keine große Köchin. Darum habe ich fast nur Getränke und ein paar Kleinigkeiten zu Hause. Notfalls gehe ich raus und besorge mir etwas Essbares.«

»Jagd oder Fischfang?«

Sie lachte.

»Wenn das hier in Bayern so einfach wäre«, bedauerte sie. »Aber klare Wahl für den Fischfang. Warum Lebensmittel bunkern, wenn man jederzeit seine Netze im Meer auswerfen kann.«

Wallenstein nahm seine Tasse entgegen. »Gut, dass es einen See in der Nähe gibt.«

»Da darf man nur angeln. Tageskarten gibt es am Bootshaus. Hab ich aber noch nie ausprobiert.«

Ariadne gab einen Schuss kalte Milch in ihr Tässchen. Wallenstein trank seinen Kaffee schwarz.

»Geben Sie mir Bescheid, wenn es etwas Neues gibt«, bat sie.

»Andersherum bitte auch.« Selbst wenn die Wolllust geschlossen war, blieb Ariadnes Haus ein Umschlaglatz für Informationen.

»Wird umgehend gemacht. In Gefahr muss man zusammenhalten, das ist auf dem Meer genauso.«

Wallenstein stellte die Tasse ab. Selbst das ausgebleichte Holz der Tischplatte erinnerte ihn an Strandgut.

»Warum leben Sie nicht mehr am Meer?«, fragte er.

»Da geht man zu leicht unter«, erwiderte sie leichthin. »Ich mag die Berge. Sie setzen Grenzen und sind beständig. Aber es ist verrückt. Bin ich hier, sehne ich mich nach dem Meer. Bin ich am Meer, will ich in die Berge.«

»Menschlich«, erwiderte Wallenstein.

»Oder die Wurzel aller Probleme.«

»Dass man sich nach dem sehnt, was man nicht hat?«

Sie schaute ihn an und hielt seinen Blick fest. Ihre Augen waren ganz anders als beim Mittagessen. Trüber. Wenn er dort versank, würde er vielleicht nie mehr auftauchen können. *Nur eine Frage des Lichteinfalls*, rief er sich zur Ordnung.

»Vielleicht«, räumte sie ein.

»Ein Single will Familie, und eine gestresste Mutter will allein sein.«

Ariadne nickte. »Menschen sind kompliziert, und gerade deswegen mag ich sie.«

»Wirklich?« Er war sich nicht mehr sicher, ob er ein Menschenfreund war. Lag das an seinem Alter oder seinem Beruf?

»Jeder ist ein kleines Rätsel, eine eigene Welt, die man entdecken kann.«

Wallenstein zuckte mit den Schultern. Oft entdeckte man dabei schreckliche Abgründe.

»Mögen Sie Menschen oder Tiere lieber, Herr Wallenstein?«

Wallenstein schob seinen Stuhl zurück und stand auf.

»Ich muss los.«

Kaum hatte Wallenstein die Haustür hinter sich zugezogen, drückte ihm eine etwa sechzigjährige Frau ein Faltblatt in die Hand. Vor ihrem ausladenden Busen baumelte ein bunter, gehäkelter Beutel, den sie an einer Kordel um den Hals trug.

»Wissen Sie, was Sie machen müssen, wenn sich ein Oachkatzerlkind an Ihr Hosenbein klammert?«

Das Wort »Oachkatzerl« kannte Wallenstein. Seine Kollegen hatten ihm zum Abschied einen Sprachführer *Bairisch für Anfänger* geschenkt. Daher wusste er, dass Eichhörnchen hier Kätzchen waren. Phonetisch war das Wort jedoch eine Herausforderung, und er traute sich nicht, es auszusprechen.

»Nein. Aber gerade habe ich keine Zeit.« Er wollte ihr das Faltblatt zurückgeben und weitergehen.

Die Frau lächelte nachsichtig. »Wenn es um Leben und Tod geht, hat man erst recht keine Zeit mehr. Daher sollten Sie sich die zehn wichtigsten Schritte *jetzt* durchlesen.«

Etwas bewegte sich in dem bunten Beutel und zog Wallensteins Aufmerksamkeit auf sich. Unwillkürlich starrte er der Eichhörnchen-Aktivistin auf den Busen. Aber außer einer regelmäßigen Atembewegung passierte nichts. Er musste sich getäuscht haben.

»Mache ich später«, riss er sich los.

Die Frau ignorierte, was er sagte. Bei MKHC-Mitgliedern war das normal.

»Und wenn Sie trotzdem im Notfall nicht weiterwissen, rufen Sie mich an. Ich bin rund um die Uhr erreichbar. Meine Nummer steht auf der letzten Seite. Am besten speichern Sie sie in Ihrem Handy, junger Mann. Sicher ist sicher. Ich helfe, wo ich kann.«

Er würde sich bestimmt nicht die Telefonnummern der MKHC-Mitglieder abspeichern.

Wieder zappelte es im Beutel, und diesmal schob sich ein schnupperndes Näschen heraus. Miniohren und kleine schwarze Knopfaugen folgten. Wallenstein traute seinen Augen nicht.

»Das ist die Frieda«, erklärte die Frau und streichelte den Eichhörnchenkopf. »Die kleine Fellnase ist aus dem Nest gefallen und hat sich dabei das Ärmchen gebrochen. Außerdem war sie ausgekühlt und voller Fliegeneier. Hat gar nicht gut ausgeschaut. Aber ich hab einfach für ein paar Tage die Regenbogenbrücke gesperrt, ihr Antibiotika gegeben, den Bruch versorgt und sie jede halbe Stunde gefüttert. Tag und Nacht. Jetzt ist sie schon ziemlich munter.«

Wallenstein war beeindruckt. Den Satz mit der Regenbogenbrücke hatte er zwar nicht verstanden, aber an Verständnisprobleme hatte er sich in Madlfing mittlerweile gewöhnt.

»Sie sind Tierärztin?«

»Ja. Ottilie Ried. Ich betreibe eine Auffangstation für Oachkatzerl.« Ihr Händedruck war zupackend.

Frieda schaute inzwischen neugierig aus dem Beutel heraus. Das linke Vorderbeinchen war rosafarben bandagiert.

»Freut mich. Tim Wallenstein.« Am liebsten hätte er auch das kleine Köpfchen gestreichelt.

»Von der Polizei. Ich weiß. Mich würde freuen, wenn Sie unsere heimischen Wildtiere mit einem Einkauf unterstützen.« Sie zeigte zum 100%-Madlfing-Stand und ging voraus. Jola lag unter dem Tisch. Ausgestreckt, als wäre sie tot. Ein Schälchen Trockenfutter stand direkt vor ihrer Nase.

Wallenstein folgte der Eichhörnchenretterin schicksalsergeben. Aus seinem Portemonnaie holte er einen Zwanzig-Euro-Schein.

»Suche Sie sich was aus«, forderte ihn Ottilie auf.

Ratlos musterte Wallenstein die bunt zusammengewürfelte Auslage. Verstaubte Trockenblumengestecke, Topflappen, Wärmflaschenhüllen, Krawatten in Seidenmalerei, umhäkelte Taschentücher. »Ich würde gerne nur eine Spende machen.«

Ried schüttelte den Kopf. »Netter Versuch, Herr Kommissar. Aber keine Chance. Sie müssen etwas nehmen. Da bestehe ich drauf. Sonst muss ich das alles wieder einpacken.«

Jola erwachte zum Leben und versuchte, auf den Tisch zu springen. Beim dritten Anlauf klappte es.

Wallenstein legte den Schein neben ein Spitzendeckchen.

»Dann treffe ich die Wahl, garantiere aber für nichts«, warnte die Tierärztin ihn und sichtete ihr Warenangebot. »Hier, die ist wie für Sie gemacht.« Ihr Lachen war tief und laut.

Wallenstein steckte das Objekt der Wahl in seine Jackentasche. Eine rotbraune Strickmütze mit pinseligen Eichhörnchenohren hatte ihm wirklich noch gefehlt.

36. MASCHE

Planung ist das halbe Stricken.

Camilla, Pauline, Sarah, Helga, Irmingard und Maria hatten sich vor Emma Bonds Schreibwarenladen versammelt. Gemeinsam verarbeiteten, verbreiteten und kommentierten sie die neuste Entwicklung der Madlfinger Mordserie. Natürlich war ihnen nicht entgangen, dass Wallenstein, bevor er für die Eichhörnchen spendete, aus Ariadnes Haustüre gekommen war.

»Was will der Kommissar denn schon wieder von der Ariadne?«, wunderte sich Camilla.

»Dem schmeckt halt einfach ihr Kaffee«, vermutete Irmingard.

»Den würde er bei mir auch bekommen«, beschwerte sich Maria.

»Nichts für ungut. Aber dein Gebräu verdient den Namen *Schwarzer Tod* wirklich. Im Vergleich dazu ist Ariadnes Schnaps nur Kinderhustensaft«, erwiderte die Mesnerin.

Maria schmollte.

»Vielleicht will er stricken lernen. Manche Ermittler haben ja richtig kreative Methoden, um sich in den Täter einzufühlen oder die Energie der Mordwaffe aufzunehmen«, fantasierte Pauline.

»So wie Ludwig Schaller in der Serie *München Mord*«, schlug Helga, die Metzgereiverkäuferin, vor. »Der isst Gelbwurst und erspürt den Tathergang.«

Camilla winkte dem Kommissar zu. »Das mit den rechten und linken Maschen würde ich ihm schon beibringen. Ich wäre da bestimmt geduldiger als Ariadne. Alter macht nämlich nicht nur weise.«

Wallenstein hob grüßend eine Hand und ging an den Frauen vorbei. Der MKHC war im ersten Moment von seiner Ignoranz überrumpelt, stellte ihn aber nach wenigen Metern.

»Wir haben es schon gehört«, eröffnete Camilla das Gespräch.

»Gott sei seiner Seele gnädig.« Irmingard bekreuzigte sich.

Sarah legte die Hände auf ihr Herz. »Die ärmste Martina! Wir werden heute Abend bei Ariadne besprechen, wie wir ihr am besten helfen und beistehen können.«

»In dieser schweren Stunde«, ergänzte die Mesnerin.

»Zwei Tote innerhalb von drei Tagen. Nur durch Martinas mangelnden Appetit sind es nicht drei geworden. Aber das war erst der Anfang. Brutalität und Tempo werden sich steigern. In Madlfing ist niemand mehr sicher«, prophezeite Camilla.

»Bestimmt haben Sie die Möglichkeit eines Serienkillers im Blick, Herr Kommissar. Oder nicht?«, fragte die Mesnerin.

Der Kommissar blieb stumm.

Pauline schüttelte den Kopf. »Ich teile Camillas Theorie vom wahllos mordenden Psychopathen nicht. Meiner Meinung nach ist der Zusammenhang viel subtiler.« Haarklein erklärte die Schriftstellerin dem Kommissar nun ihre Theorie vom Mord im Mord. Ihr Vortrag folgte einer klassischen Drei-Akt-Struktur, war sehr spannend und höchst verwirrend.

»Angenommen, Christian Ellinger und Nicole Durand hatten tatsächlich eine Affäre. Wo haben sie sich getroffen? Haben Sie dazu Informationen?«, fragte er.

Irmingard antwortete. »Bei der Nicole zu Hause, wo denn sonst?«

Pauline nickte zustimmend. »Zu ihm konnten sie wegen Martina natürlich nicht gehen. Die ist ja fast immer daheim.«

Wallenstein schüttelte den Kopf. »Wir haben die Nachbarn befragt. Das Ehepaar Gerlacher hat über Frau Durands Besucher seit Wochen Buch geführt. Dr. Ellinger war nie dabei.«

»Das wundert mich nicht. Dem Doktor würden die Gerlachers doch nie etwas Schlechtes nachsagen«, gab Sarah zu bedenken.

»In so einem kleinen Ort wie dem unseren muss man manchmal diskret sein«, bekräftigte die Mesnerin. »Sonst hat das schlimme Folgen.«

»Bei Mord gibt es keine Diskretion.« Die Hände des Kommissars verkrampften sich in rotbrauner Wolle. War das etwa eine von Ottilies Eichhörnchenmützen?

Camilla legte ihm beruhigend die Hand auf den Arm. »Wir wollen nur ein paar Anregungen für das Brainstorming liefern. Alles andere ist natürlich Sache der Polizei. Da vertrauen wir den Experten ganz und gar.«

Der Kommissar wand sich aus Camillas Griff und machte einen Schritt seitwärts, um an ihr vorbeizukommen. »Ich muss jetzt wirklich los.«

Pauline stellte sich ihm in den Weg. »Übrigens habe ich das Foto der Tatwaffe rumgeschickt.«

Die anderen MKHC-Mitglieder kreisten ihn ein.

»Sobald Sie eine Information haben, rufen Sie mich an oder kommen im Rathaus vorbei.«

»Klar«, antwortete Pauline.

»Keine Alleingänge«, bekräftigte Helga und stützte ihre Hände in die Taille.

Der Kommissar schlüpfte zwischen Postkartenständer und Lottogewinnaufsteller hindurch.

»Wir werden heute um neunzehn Uhr in der Kirche für den Doktor einen Rosenkranz beten!«, rief Irmingard ihm hinterher. »Da können Sie gerne dazukommen.«

37. MASCHE

Wo Wolle ist, ist auch ein Weg.

Wallenstein und sein Blutdruck rangen immer noch um Fassung. Er wusste gar nicht, welche Theorie ihn mehr verstörte: der enthemmte Serienmörder, das Mordopfer, das sich posthum am Täter rächte, oder die vermeintliche Falschaussage des Ehepaares Gerlacher. Und jetzt hatte er den krimigestählten, beratungsresistenten Strickermittlerinnen auch noch ein Foto der Tatwaffe geliefert. Was war nur in ihn gefahren!

Aber immerhin hatte der MKHC zwei Alibis ins Wanken gebracht.

»Sie haben Verstärkung bekommen«, begrüßte ihn die Bürgermeisterin im Rathaus. Es hörte sich so an, als wäre das dringend notwendig. Was natürlich stimmte. Der Kriminalclub hatte in Madlfing eindeutig mehr Überblick als die Polizei.

Irene Goschenhofer glänzte in einer lila-silbernen Lurexbluse und weißer Schlaghose. Ob das schon retro war oder noch original? »Ich bin heute bis kurz vor neunzehn Uhr im Haus. Dann gehe ich in die Kirche. Der Verlust von

Dr. Ellinger ist für den ganzen Ort eine Katastrophe. Vor allem für uns Frauen. Auch wenn der Sohn die Praxis übernehmen sollte, hilft uns das nur bedingt weiter. Ein Urologe!« Sie schüttelte vorwurfsvoll den Kopf.

Wallenstein war froh, dass die Bürgermeisterin wenigstens ihre persönliche Mordtheorie für sich behielt.

Schnell ging er zum Sitzungssaal. In den Fluren des Betonbaus staute sich die schwüle Nachmittagsluft.

»Guten Tag, Tim Wallenstein«, stellte er sich vor.

»Grüß Gott«, kam es zurück. Drei neue Kollegen saßen hinter ihren Computern. Floss hatte noch mehr Kabel durch den Raum gespannt. Aber dafür waren die Pesto-Türme verschwunden.

»Korbinian Wick aus Partenkirchen.« Der drahtige junge Mann in Uniform sprang auf und streckte dem Kommissar die Hand entgegen. Wallenstein spürte eine ausgeprägte Hornhaut. Kletterer, vermutete er.

»Blasius Lechner«, nickte der Nächste ihm zu. Er trug einen dezent gezwirbelten Schnauzer. »Aus Garmisch.«

»Macht das einen Unterschied?« Wallenstein hatte schon gehört, dass es eine Rivalität zwischen den Bewohnern des Doppelortes gab.

»Eigentlich nicht mehr«, antwortete Wick. »Ist nur noch eine Information.«

»Wenn das bei allen so wär«, erwiderte Lechner mit einem Schulterzucken.

»Und wir kennen uns schon«, meldete sich der Dritte. »Joseph Schmidl. Wir haben am Dienstag telefoniert. Sagen'S einfach Sepp. Und ich komm übrigens aus Ohlstadt.«

Wallensteins Ortskenntnis war noch rudimentär. Aber er wusste immerhin, dass Ohlstadt zwischen Murnau und Garmisch-Partenkirchen lag.

»Freut mich.« Die drei Männer und Floss blickten ihn erwartungsvoll an. »Sie haben bestimmt schon vom Tod von Dr. Ellinger gehört.«

Zustimmendes Nicken.

»Solange wir den Ursprung des verunreinigten Bärlauchpestos nicht kennen, behandeln wir den Tod von Christian Ellinger als Mordanschlag. Wir haben es also mit zwei Fällen zu tun, die eventuell, aber nicht zwingend zusammenhängen.«

»Da sag mir einer, Grünzeug sei gesund«, brummelte Schmidl.

Wallenstein setzte sich. »Woran arbeiten Sie gerade?«

Lechner machte den Anfang. »Ich hab bei der Landesärztekammer und den Krankenkassen angefragt, ob Ellinger Behandlungsfehler vorgeworfen werden. Bis jetzt haben wir nur einen Fall. Irgendeine Komplikation bei einer Myombehandlung. Da hat die Versicherung vom Ellinger gezahlt. Das ist aber schon fünf Jahre her.«

Floss deutete auf einen Stapel Kartons, der Wallenstein an seine eigenen Umzugskisten erinnerte. »Da sind die Patientenakten und andere Unterlagen drin. Ich schaue mir gerade den Mailverkehr auf dem Praxiscomputer an. Bisher habe ich keine Nachricht der Pestoüberbringerin – weder Droh- noch Dankschreiben – gefunden.«

»Haben Sie Ellingers Handy?«, fragte Wallenstein. Die Mord-im-Mord-Theorie von Pauline Galka ging ihm nicht aus dem Kopf. Der Chatverlauf und die Anrufliste von

Ellingers Telefon könnten schnell Klarheit in die Beziehung zwischen Nicole Durand und Christian Ellinger bringen.

»Das ist scheinbar im Krankenhaus verloren gegangen. Frau Ellinger ist sich sicher, dass ihr Mann es dabeihatte. Ich hake gleich noch mal auf der Station nach, ob es inzwischen gefunden worden ist, und frage zudem beim Mobilfunkanbieter an.« Floss klemmte sich den Telefonhörer zwischen Schulter und Ohr.

Wie auffällig, dass nicht nur Durands, sondern jetzt auch Ellingers Mobiltelefon fehlte. Zu Galkas Theorie würde auch passen, dass Ellingers Handy zur Tatzeit in der Nähe des Wollladens geortet worden war. Hatte die Schriftstellerin recht, und beide Opfer waren gleichzeitig Täter?

Wallenstein blätterte die Unterlagen der Nachbarschaftsüberwachung durch. Hubert Gerlacher hatte ihnen den Ausdruck einer Exceltabelle zur Verfügung gestellt. Dort wäre es natürlich ein Leichtes, Zeilen zu löschen. Was, wenn Gerlachers auch noch andere ehrenwerte Bürger schützten? Dann war dieses Papier völlig nutzlos. Wallenstein rief an, erreichte aber niemanden.

Floss telefonierte immer noch.

Sepp Schmidl hob die Hand. »Wie Sie wollten, hab ich das Alibi vom Richard Bond überprüft. Ich hab mir in der Klinik seinen Reha-Plan angeschaut und mit den Therapeuten geredet. Und da kam doch tatsächlich heraus, dass er am Montagabend Wassergymnastik und Feldenkrais geschwänzt hat.«

Floss sprang auf. »Handy ist da. Ich fahre ins Krankenhaus und hole es ab.«

Schmidl fuhr ungerührt fort. »Ich bin dann direkt zu

Richard Bond in die Turnhalle. Als er mich gesehen hat, ist er total erschrocken, weil er gedacht hat, er bekommt jetzt Ärger mit der Krankenkasse. Ist scheinbar nicht das erste Mal, dass er eine Anwendung sausen lässt. Als ich ihn gefragt habe, wo er zum Todeszeitpunkt von Nicole Durand war, hat er erst mal geweint wie ein Schlosshund. Er gibt zu, dass er am Montagabend nach Madlfing gefahren ist, aber nicht zur Wolllust, sondern zum Tonstudio von Alfonso Meconi. Das ist ein bisserl außerhalb in einem alten Bauernhof. Bond sagt, sie hätten da spontan einen Gig gespielt, mit irgendeinem bekannten englischen Musiker. Den Besitzer habe ich noch nicht erreicht. Der ist nicht daheim und geht auch nicht ans Telefon. Ich hab ihm draufgesprochen.«

»Und Hubert Gerlacher?«, fragte Wallenstein.

»Mit dem habe ich geredet«, übernahm Wick. »Der hat sich am Bahnhof einen Döner gekauft und sich ein bisserl mit der Monika vom Kiosk verratscht. Das wollte er aber vor seiner Frau nicht zugeben. Die sagt nämlich, das wäre nur Gammelfleisch und so. Daher kauft er sich den Döner immer nur heimlich. Das mit dem Essen ist ja inzwischen ziemlich kompliziert. Monika Stigl, die Kioskbetreiberin, hat Gerlachers Angaben bestätigt.«

Diese zwei Hinweise des MKHC würden sie in der Ermittlung nicht weiterbringen. Ein Umstand, der Wallenstein gleichermaßen frustrierte wie beruhigte.

Die vier Männer diskutierten den bisherigen Ermittlungsstand, die Spurenlage und das weitere Vorgehen. »Wir müssen die Ellinger-Kinder überprüfen. Katharina hat schwere Vorwürfe gegen ihren Bruder Stefan erhoben.«

»Kann ich machen«, bot Wick an.

Wallenstein telefonierte mit seiner Chefin. Sie war jedoch von den Kollegen bereits auf den neusten Stand gebracht worden. Frau Weide, die Staatsanwältin, war nicht zu erreichen. Wallenstein starrte aus dem Fenster und fühlte sich nutzlos. Zur Ermittlung hatte er bisher noch keinen einzigen sinnvollen Beitrag geleistet.

Floss kam zurück und hielt triumphierend ein tropfendes Handy hoch. »Es lag ihm Aquarium, im Wartebereich vor der Intensivstation. Eine Reinigungskraft hat es entdeckt.«

Wallenstein schloss kurz die Augen. Er hatte das Handy direkt vor der Nase gehabt, die Beobachtung jedoch als unwichtig eingeordnet und somit übersehen. Außerdem war er viel zu sehr mit eigenen Problemen beschäftigt gewesen.

Floss leerte eine Packung Reis in eine Schale und legte das Gerät hinein. »Das müssen wir erst einmal trocknen.«

»Wie ist es denn da hingekommen?«, fragte Schmidl.

»Das kann sich keiner erklären. Aber wahrscheinlich hat es ein Sanitäter oder ein anderer Begleiter kurz abgelegt und dann ist es reingerutscht. Der Deckel schließt nämlich nicht ganz ab. Und in der Aufregung hat es dann keiner vermisst.«

Gegen neunzehn Uhr schickte Wallenstein die Kollegen in den Feierabend. Die Luft im Sitzungssaal war zum Schneiden.

»Heute wird's noch ordentlich krachen«, prophezeite Schmidl. »Mach ma, dass ma heimkommen.«

Die anderen nickten zustimmend.

»Morgen um neun Uhr auf der Dienststelle. Große Besprechung mit Chefin und Staatsanwältin«, teilte Wallenstein der Runde mit und wusste, dass er außer Fragen nichts vorweisen konnte. Davon gab es jedoch genug.

38. MASCHE

Immer eine Masche
nach der anderen abstricken.

In der Zwischenzeit gedachten die Madlfinger ihres Arztes und beteten im sanften Kerzenlicht für seine unsterbliche Seele. Diesmal waren viele Kinder, denen Dr. Ellinger auf die Welt geholfen hatte, dabei. Wegen der drückenden Schwüle hatte Irmingard die Kirchentür offen gelassen. Aber leider wehte kein kühlender Luftzug herein, dafür sausten die Kinder munter ein und aus.

Pauline saß neben Irmingard und beobachtete, wie der Rosenkranz durch die Hände der Mesnerin glitt. Vom Singsang des Gebetes wurde sie jedoch nicht ruhiger, sondern Perle für Perle aufgeregter. Nervös rutschte sie auf der Kirchenbank hin und her, aber Irmingard ließ sich nicht hetzen. Als Vorbeterin arbeitete sie das Gebet vorschriftsmäßig ab. Die Perlen an der Rosenkranzschnur erinnerten Pauline an die Maschen auf einer Stricknadel. Man musste jede einzelne abarbeiten. Sonst gab es irritierte Pausen der Mitbetenden oder wie beim mörderischen Schal – unerwünschte Löcher.

Betti, begeisterte Lacestrickerin und engagiertes MKHC-Mitglied, hatte das Schalmuster erkannt und sogar gewusst, woher die kostenlose Anleitung stammte. Sie hatte Pauline den Internetlink geschickt. Nach der Kirche würde sie es Ariadne sofort erzählen. Vielleicht konnte man sich mit den Seitenbetreiber*innen in Verbindung setzen und nachvollziehen, wer es sich heruntergeladen hatte.

Pauline sah sich einigermaßen unauffällig um. In der ersten Reihe saßen zusammengesunken Martina mit Florian und Katharina. Stefan war laut Irmingard gleich nach der Todesnachricht in Berlin aufgebrochen und steckte bei Nürnberg im Stau. Lena schwebte noch im Flugzeug zwischen Amsterdam und München.

Maria stemmte sich gegen ihren Mann Ferdinand. Der Bäcker war an ihrer Schulter friedlich eingeschlafen. Auch Emma Bond hatte die Augen geschlossen, bewegte aber ihre Lippen. Camilla meditierte im Lotussitz. Sarah tuschelte mit Marion, ihrer Frau. Der MKHC war über die Kirchenbänke verstreut. Einige Mitglieder hatten tatsächlich keinen Rosenkranz, sondern ihr Strickzeug in der Hand und ließen im Rhythmus der Worte die Maschen von Nadel zu Nadel gleiten.

Pauline kannte jedes einzelne Gesicht. Vom Mörder fehlte entweder jede Spur, oder er war mitten unter ihnen. Der Gedanke jagte ihr einen Schauer über den Rücken.

Der monotone Singsang des Rosenkranzgebetes und die Rufe der spielenden Kinder waren bis in Ariadnes Garten zu hören. Wieder zündete die Wollladenbesitzerin Kerzen an und hängte sie in Einmachgläsern in die Zweige des

Apfelbaumes. Weitere stellte sie in Fensternischen und auf den Treppenstufen ihres Hauses auf. Licht in der Dunkelheit, das brauchten jetzt alle.

Ariadne blickte in den Himmel. In der Ferne ballten sich Gewitterwolken zu hohen Türmen. Es würde kein friedlicher Abend werden. Eine fast greifbare Anspannung lag in der Luft. Sie bückte sich und pflückte ein paar Erdbeeren. Leider hatte sie keine Sahne im Haus. Sonst wäre ihr Abendessen gesichert gewesen. So aber blieb sie unschlüssig stehen und vernaschte die Erdbeeren an Ort und Stelle.

Wallenstein setzte sich derweil auf seinen Balkon und beobachtete ein beeindruckendes Wetterleuchten. Immer wieder erhellte ein gespenstisches Flackern die Berggipfel vor dem dunklen Himmel.

Er hatte keine Lust auf Tiefkühlkost und biss stattdessen in einen Apfel. Eine diffuse Unruhe quälte ihn. Mühsam zwang er sich, langsam zu kauen und gleichmäßig zu atmen. War sein rasender Puls eine Spätreaktion auf die Panikattacke im Krankenhauslift?

Wallenstein ließ den Tag Revue passieren. Er misstraute sich zutiefst, hatte das Gefühl, weder seine Körperreaktionen noch seine Gedanken im Griff zu haben. Er dachte wieder an das Gespräch zwischen Katharina und Florian Ellinger und suchte nach der kleinen Störung, die ihm aufgefallen war. Konnte sie aber immer noch nicht fassen.

Mit Schwung warf er den Apfelstrunk über das Balkongeländer in die Botanik und holte sein Notizbuch hervor. Wieder verlängerte er die Personenliste. Neu dazu kamen Hannahfadenzauber, das täuschend echte Ed-Sheeran-Double, Tarun, Katharina und Florian Ellinger sowie Ottilie Ried. Neben den Norwegerpullover zeichnete er Frieda, das tapfere Eichhörnchenmädchen.

Der Wind frischte auf und blätterte die Seiten um. Er ging hinein und begann, ein Hemd zu bügeln. Das entspannte ihn normalerweise und holte ihn aus seinen Grübeleien heraus. Aber es half nicht. Er schaltete das Bügeleisen aus und zog sich Laufsachen an. Mia hatte ihm bei Stress zu Bewegung geraten. Das würde überschüssiges Adrenalin abbauen. Ungeachtet des aufziehenden Gewitters rannte er los. Seinem Gefühl und einer schlimmen Ahnung davon. Oder versuchte es wenigstens.

39. MASCHE

Zeit und Bündchenmuster sind dehnbar.

Ariadne war nicht nach Gesellschaft zumute. Darum war sie, als die Kirche zu Ende war und die ersten Stimmen näher kamen, in den ersten Stock verschwunden. Auch auf Paulines Rufe und Klopfen hatte sie nicht reagiert.

Jetzt stand sie im Wohnzimmer und blickte in ihren Garten hinaus. Der auffrischende Wind hatte die Kerzen im Apfelbaum ausgeblasen.

Was war nur im friedlichen Madlfing, ihrem sicheren Rückzugsort los? Gedankenverloren kaute sie auf ihrer Unterlippe herum. Sie war immer noch überzeugt davon, dass es keinen Zusammenhang zwischen beiden Fällen gab. Ein Mafiakiller würde nicht mehr oder weniger planlos mit einer Nudelsauce töten. Sie ließ sich auf die Couch fallen. Wobei ein handgestrickter Schal auch nicht gerade zu den bevorzugten Strangulierwerkzeugen eines Profis gehörte. Sie streckte ihre Beine zur Decke.

Nichts, wirklich nichts passte hier zusammen. In Krimis fügte sich immer eines ganz wunderbar zum anderen.

Ariadne betrachtete ihre Füße.

»Würde sich ein unglücklicher Koch, der aus Versehen Herbstzeitlose gepflückt hat, freiwillig melden, oder würde er mit seiner Schuld leben?«, fragte sie ihre Zehen. »Ihr denkt, er würde schweigen? Gut möglich. Auch wenn er es zugäbe, würde Christian davon nicht mehr lebendig werden.«

Sie ließ ihre Beine auf die Couch fallen und starrte noch eine Weile an die Decke. Dann ging sie in die Küche, setzte sich an den Esstisch, stand wieder auf, öffnete ein Fenster, winkte Ottilie zu und schloss es wieder. Immerwährend dachte sie dabei an die beiden Toten. Leise murmelte sie ein isländisches Gebet, das sie von ihrer Großmutter kannte und das nicht nur Gott, sondern viele Mächte bat, die Seelen auf ihrer Reise in die andere Welt zu begleiten.

Sie war so unruhig, dass sie Schwierigkeiten hatte, sich auf die Worte zu konzentrieren. Essen würde ihr helfen, sich zu erden. Daher setzte sie Nudelwasser auf und holte ein kleines Glas aus dem Kühlschrank.

Wallenstein joggte nicht, er rannte. Schweiß lief ihm in die Augen und tropfte ihm vom Kinn auf die Brust. Sein Atem ging stockend. Obwohl die Luft nach einem heftigen Temperatursturz angenehm kühl war, fiel ihm das Atmen schwer. Sein Brustkorb fühlte sich an, als würde er zusammengepresst. Hätte er es nicht besser gewusst, hätte er dieses Gefühl *Angst* genannt. Aber es gab keinen Grund, sich zu fürchten. Dafür gab es ausreichend Gründe, sich über sich selbst und sein unprofessionelles Verhalten zu ärgern. Bei der morgigen Besprechung würde er mit leeren Händen dastehen. Sie hatten nichts. Nicht einmal eine Spur.

Vielleicht sollte er seine Chefin und die Staatsanwältin lieber zum MKHC schicken. Der hatte wenigstens Ideen.

Wallenstein schaltete seine Stirnlampe an. Der mit seinem Blick umherirrende Lichtkegel erschreckte eine Ente, die aufflog und sich dabei lauthals beschwerte.

Wenn er wenigstens drauf käme, was ihm bei Ellingers aufgefallen war. Früher war seine Kombinationsgabe legendär gewesen, und er hatte Eindrücke jederzeit abrufen können. Einmal hatte er nach zwei Jahren einen Kriminellen nur am Rasierwasser wiedererkannt. Ein erdiger, grüner Duft wie das Moos, durch das er gerade rannte.

Mechanisch wie ein Roboter setzte er einen Fuß vor den andern und entfernte sich dabei weiter von seiner Wohnung, als er geplant hatte. Immer wenn er dachte, er käme der Ahnung näher, entzog sie sich ihm, und er jagte ihr nach.

Das Nudelwasser kochte. Ariadne kippte eine große Portion Meersalz hinein und dachte an den Kommissar. Ein Aufenthalt am Meer würde ihm bestimmt helfen. Wasser reinigt die Seele, hatte Hildur ihr beigebracht, und das Meer heilt sie. Das hatte sie selbst schon erlebt, als ihr bester Freund Einar mit fünfzehn Jahren an Leukämie gestorben und sie völlig verzweifelt gewesen war. Vielleicht sollte sie Wallenstein davon erzählen. Während der Aufzugfahrt im Krankenhaus hatte sie nämlich nicht nur die äußeren Anzeichen einer Panikattacke gesehen, sondern auch seine Erschöpfung gefühlt. In seinen Augen hatte sich eine tiefe Traurigkeit gespiegelt, die er schon sehr lange mit sich herumschleppte.

Zwischen Erdgeschoss und drittem Stock war ihr hartes Urteil über den Kommissar mit dem großen Namen und der überkorrekten Kleidung ins Wanken geraten. Bisher hatte sie ihn für einen arroganten Angeber gehalten. Jetzt war ihr jedoch klar, dass er sein Äußeres als Schutzschild brauchte. Ariadne war froh, dass seine Fassade Risse bekommen hatte. So war er ihr deutlich sympathischer. Beim gemeinsamen Mittagessen war er sogar fast entspannt gewesen. Kurz überlegte Ariadne, ob sie ihn anrufen sollte.

Sie hätte gerne seine Stimme gehört. Aber wahrscheinlich wollte er nach Dienstschluss einfach nur seine Ruhe haben.

Die ersten Regentropfen trommelten gegen die Fensterscheibe. Ariadne blickte hinaus und konnte sehen, wie Ottilie hektisch ihre Sachen ins Auto packte. Der auffrischende Wind zerrte am bemalten Laken, riss es los und wehte es wie ein Segel über den Dorfplatz. Ottilie kümmerte sich nicht darum. Auch die Trockenblumengestecke ließ sie auf dem Tisch stehen. Frieda durfte auf keinen Fall nass werden. Das könnte für das geschwächte Eichhörnchenmädchen gefährlich werden.

Donnergrollend kam das Gewitter näher. Blitze zuckten und erleuchteten schlaglichtartig die ferne Gebirgskette. Wallenstein beugte sich vor und stützte sich auf den Knien ab. Der Wind peitschte Birkenäste über den Weg. Sein Herz raste, und seine Pulsuhr gab Alarm. Die ersten schweren, dicken Regentropfen trafen seinen Rücken. Er schloss die Augen.

Der Kühlschrank! Das war es. Ariadnes übersichtlicher

Kühlschrank. Dort standen neben den Bierflaschen kleine Gläser, wie sie heute Vormittag auch im Rathaus auf der Fensterbank aufgereiht gewesen waren. Als wäre es ein Film, sah er Martina, wie sie am Tag zuvor in ihrem Putzeimer Lebensmittel aus dem Ladenkühlschrank in Ariadnes Küche schleppte. Die aneinanderschlagenden Gläser hatten ein klirrendes Geräusch gemacht. Er hatte nur einen flüchtigen Blick hineingeworfen. Aber er erinnerte sich an zwei Milchflaschen und unterschiedlich große Gläser mit Schraubverschluss.

Ariadne Schäfer! Er hätte auf seinen Instinkt hören sollen. Sie war das eigentliche Opfer. Jemand wollte sie töten. Es war immer nur um sie gegangen. Wahrscheinlich hatte Martina eines der Gläser mitgenommen und damit versehentlich sich und ihren Mann vergiftet. Er hatte selbst gehört, wie Ariadne die Arztgattin aufgefordert hatte, etwas einzupacken. Das Glas war nicht aus irgendeinem Geschenkkorb gewesen, sondern aus dem Kühlschrank der Wolllust. So geschockt wie Martina Ellinger nach dem Leichenfund gewesen war, hatte sie das durcheinandergebracht. Oder sie hatte es aus Scham verschwiegen. Wallenstein war ihr Zögern bereits im Krankenhaus aufgefallen. Durch den emotionalen Stress war sie eine äußerst unzuverlässige Zeugin.

Er hatte es instinktiv gewusst. Von Anfang an war Ariadne das Ziel des Mörders gewesen. Er hätte sich von der Ladenbesitzerin nicht abspeisen lassen dürfen, als er ihre Angst gespürt hatte. Aber er war so verunsichert, dass er sich selbst nicht traute. Immer der gleiche Fehler. Er hatte versagt. Er schaffte es nicht, Menschen, die ihm wichtig waren, zu beschützen. Er spuckte auf den Boden. Sein Herz zog sich schmerzhaft zusammen. Verdammt, diese Ariadne war ihm wichtiger, als gut für ihn war.

Wie hatte er sich nur von ihren Sommersprossen und ihren fadenscheinigen Ausflüchten umgarnen lassen. Selbst sein Wortschatz war wollinfiziert. Er zog sein Telefon aus der Tasche am Oberarm und wählte Ariadne Schäfers Nummer. Kein Empfang. Ein Funkloch. Verdammtes Landleben!

Wallenstein rannte los, das Display des Handys im Blick. Aber nicht einmal der kleinste Balken zeigte sich.

Der Regen steigerte sich innerhalb von Sekunden zu einem sintflutartigen Wolkenbruch und verwandelte den Weg in eine Schlammpiste. Es war sinnlos, den Pfützen auszuweichen. Teilweise sank er knöcheltief ein.

Die falsche Spur. Sie waren den falschen Spuren gefolgt und hatten sich täuschen lassen. Vom MKHC und von Schäfer mit ihrer anonymen Mail. Weder Ellingers noch Nicole Durand waren jemals das Ziel gewesen. Es ging ausschließlich um Ariadne. Das hatte er von Anfang an vermutet. Der Mörder war hinter der Wollladenbesitzerin her und hatte das vergiftete Pesto im Ladenkühlschrank abgestellt. Irgendjemand wollte Ariadne Schäfer zum Schweigen bringen. Von wegen Rückzug. Sie war in ihrem alten Job höchst aktiv. Sie hatte ihm das Märchen von Strickreisen und der Wolle seltener Schafrassen aufgetischt. Und er hatte es geschluckt!

Auf einem Holzsteg schlitterte er, konnte sich mit einem Sprung jedoch vor dem Sturz in den moorigen Bach retten. Dafür landete er am anderen Ufer im Schlamm. Beinahe hätte er gelacht. Das am Dienstag war nur ein Ausrutscher gewesen. Inzwischen steckte er richtig tief im Dreck. Schnell rappelte er sich auf, wischte sich die Hände an der Hose ab und steigerte nochmals sein Lauftempo.

Ariadne stellte den Timer ihres Handys, um die Kochzeit der Nudeln im Blick zu haben. Dann ging sie ins Badezimmer, legte das Telefon auf das Fensterbrett und zog den Hosenanzug aus. Die Bluse steckte sie in die Wäsche und schlüpfte in eine gemütliche Strickjacke. Ordentlich hängte sie Hose und Jacke auf einen Kleiderbügel und brachte den Anzug zum Lüften auf den Balkon. Aber es war zu stürmisch. Tosend brauste der Wind über den Dorfplatz und bog die Äste der alten Linde. Hoffentlich würde keiner abbrechen.

Plötzlich hörte Ariadne Schreie und sah Lichtkegel von Taschenlampen näher kommen. Ihr wurde flau im Magen. War schon wieder etwas passiert?

»Polly? Pippa?«

Erleichtert atmete Ariadne aus und beugte sich über das Geländer. Wahrscheinlich hatte Pauline mal wieder vergessen, den Hühnerstall zu schließen, und jetzt war die gesamte Familie auf Hühnersuche. Ariadne winkte den Galkas zu.

»Hast du Pippa oder Polly gesehen?«, rief Paul ihr zu.

»Leider nein. Die verstecken sich bestimmt unter irgendeinem Busch, bis das Gewitter vorbei ist. Geht doch lieber heim, sonst werdet ihr noch völlig nass.«

Empört schüttelten die Zwillinge den Kopf. »Wir müssen Polly und Pippa finden. Sonst frisst sie der Fuchs.«

»Bei dem Wetter geht der nicht auf die Jagd«, versuchte Ariadne, die Kinder zu beruhigen.

»Dem ist das Wetter egal. Wir suchen weiter«, entschieden die Zwillinge.

»Dann viel Glück!«

»Danke!«, schrie Pauline.

Fröstelnd blickte Ariadne der Familie nach. Das Vibrieren ihres Handys überhörte sie.

Wallensteins Herz hämmerte gegen seine Rippen, als wollte es aus seinem Brustkorb ausbrechen. Und das lag nicht nur an seinem mörderischen Tempo. Er spürte die Gefahr mit jedem Schritt stärker werden. Die Zeit wurde knapp. Wieder und wieder wählte er Ariadnes Nummer. Nichts.

Er rief Floss an. »Wo sind Sie?«, keuchte er.

Ein Donner krachte.

»Zu Hause. Ist ja schon spät.«

»Sie müssen …« Er schnappte nach Luft. Wieder donnerte es.

»Ich muss was?«, fragte Floss.

Wallenstein blieb stehen und stützte sich mit der Hand im Rücken ab.

»Sie müssen sie warnen.«

»Wen?«

»Ariadne Schäfer«, stieß er hervor.

»Okaaay?«, antwortete Floss gedehnt.

»Sie ist das eigentliche Opfer. Fahren Sie hin. Schicken Sie sofort eine Streife. Ich komme, so schnell ich kann. Dann erklär ich Ihnen alles. Sie darf auf keinen Fall irgendetwas aus ihrem Kühlschrank anrühren.«

»Bin auf dem Weg.«

»Schnell. Sonst gibt es *noch* eine Tote!«

Wallenstein hielt das Telefon in der Hand und sprintete weiter. Seine Lungen brannten. Hätte er wenigstens die Telefonnummer der Tierärztin gespeichert, könnte er jetzt den MKHC-Überwachungsstand alarmieren. Falls der noch besetzt wäre. Ariadne hatte ihm erzählt, dass die Ermittlerinnen bis zweiundzwanzig Uhr vor ihrem Laden Handarbeits-Wache hielten. Da fiel ihm Pauline Galka ein. Ihre Nummer hatte er.

Mailbox!

Es war zum Verzweifeln.

Ariadne goss die Nudeln ab, die heillos verkocht waren.

Gedankenverloren löffelte sie aus dem kleinen Gläschen eine dunkle Masse auf den Teller. Sorgfältig vermengte sie die Spaghetti mit der Sauce. Das war ihr schnelles Standard-Abendessen. Pesto und eine Fischcreme hatte sie immer im Kühlschrank. Ariadne starrte die Nudeln an. Irgendwie war ihr Abendessen makaber. Aber andererseits hatte sie gerade nichts anderes im Haus. Anders als Martina war sie sich jedoch absolut sicher, wo ihre Nudelsauce herkam. Mit der Gabel rollte sie ein paar Spaghetti am Tellerrand auf. Gerade als sie sie in den Mund stecken wollte, kratzte Jola laut maunzend am Küchenfenster.

»Richtiges Weltuntergangswetter da draußen«, begrüßte sie das alte Tier. Die Katzentreppe in den ersten Stock hatte Jola schon ewig nicht mehr genutzt. Ohne Ariadne eines Blickes zu würdigen, spazierte die Katze zu ihrem Futternapf und wartete.

»Schon klar. Erst du, dann ich«, gab sich Ariadne geschlagen und öffnete eine Dose Seniorenfutter.

Völlig durchnässt erreichte Wallenstein seinen Wagen. Blöderweise hatte er den Autoschlüssel in der Wohnung gelassen. Fluchend rannte er die Stufen hinauf, durch den Flur ins Wohnzimmer und wieder zurück. Dabei hinterließ er eine Schlammspur. Wertvolle Minuten verstrichen.

Er startete den Motor. Auf der Straße gab er Vollgas. Am Seeufer blinkten Lichter. Sturmwarnung. Das Wasser war aufgewühlt.

Floss rief an. »Die Streife ist unterwegs. Ich stehe im Stau in Oberau. Unfall. Das kann dauern.«

»Ich bin im Auto und gleich da.«

Er legte auf und wählte erneut Ariadnes Nummer. Insgeheim hoffte er, dass er nur falschen Alarm auslöste und Ariadne wieder mit dem MKHC strickend zusammensaß und dabei alle ihre Handys ausgeschaltet hatten. Handarbeiten und Digital Detox. Das würde zu den Handarbeiterinnen passen. In diesem Fall hätte er sich zwar vor seinen Kollegen blamiert, aber die Wollladenbesitzerin wäre wenigstens in Sicherheit. Er hoffte, dass er sich mit seiner Ahnung täuschte und alle Pestogläschen ungeöffnet im Kühlschrank standen.

Ariadne hatte sich wieder an den Küchentisch gesetzt und schenkte sich ein Glas Weißwein ein. Langsam nippte sie an der kühlen Flüssigkeit und fühlte sich ein wenig einsam. Wie so oft betrachtete sie das Foto an der Wand, das Hakon ihr geschenkt hatte. Die Fluke ihres Wals ragte aus den tosenden Wellen heraus, so als würde er ihr kurz vor dem Abtauchen zuwinken. Ariadne dachte an Wallenstein und sein Walnotizheft. Sie hatte das vage Gefühl, er könnte ihr Engagement und ihre Überzeugungen verstehen. Vielleicht könnte er für sie sogar ein Gegenüber sein. Auf Augenhöhe. Genau das fehlte ihr. Lustlos stocherte sie in ihren Nudeln herum. Irgendwie fühlte sie sich ihm verbunden. Vielleicht weil sie in Madlfing beide Außenseiter waren. Anfangs hatte sie Wallensteins klaren Verstand und seine Beobachtungsgabe zwar nervig gefunden. Aber wahrscheinlich hatte ihr einfach nur Angst gemacht, dass sie jemand durchschauen könnte. Inzwischen fand sie ihn äußerst interessant und anziehend sowieso. Ariadne gefielen große, sportliche Männer.

Sie trank einen Schluck. Morgen würde sie ihm alles erzählen, ihm endlich reinen Wein einschenken. Entschlossen gabelte sie eine große Portion Nudeln auf. Gerade wollte sie sich diese in den Mund stecken, da klopfte jemand lautstark an die untere Haustür. Sie hörte es, weil das Küchenfenster direkt über dem Eingang lag.

Ariadne wickelte ihre Strickjacke enger um sich, stand auf und ging zur Wohnungstür. Insgeheim hoffte sie, dass es Wallenstein wäre, der noch einen späten Kaffee und ein kurzes Gespräch bei ihr bekommen wollte.

Aber Jola blieb liegen. Das war kein gutes Zeichen. Den Kommissar hätte sie bestimmt begrüßt.

Im Hausflur war es dunkel. Nur die Kerzen in den Fensternischen flackerten unruhig. Barfuß tappte sie die Treppe hinunter. In diesem Moment ging die Haustür auf.

Wallenstein legte das Telefon auf den Beifahrersitz. Konzentriert starrte er auf die Fahrbahn und raste durch die Nacht. Ein oranges Schild mit dem wohlbekannten U und einem gebogenen Pfeil zwang ihn zum Abbremsen. Eine Umleitung war das Letzte, was er jetzt brauchte. Das Gefühl der Panik nahm noch mal zu. Wäre wenigstens Lissi in Madlfing. Sie wäre schon längst in der Wolllust. Aber sie lag mit ihrem kleinen Felix in der Klinik.

Überhaupt wäre es zu gefährlich, nur einen Polizisten zu schicken. Egal, ob vierfache Mutter, Frau oder Mann. Aber wenigstens hätte ihm Lissi den kürzesten Schleichweg nennen können. Wegen seiner fehlenden Ortskenntnis war er gezwungen, der offiziellen Beschilderung zu folgen. Die Feldwege traute er sich nicht zu nehmen. Seine Hände krampften sich ums Lenkrad. Verdammte Glasfaserkabel. Das war doch nicht möglich. Die Anschlussbeschilderung fehlte. Wallenstein stand orientierungslos im dunklen Nirgendwo und spürte, wie sich wieder ein Anfall ankündigte. Seine Hände begannen zu kribbeln, das Atmen fiel ihm schwerer.

»Nein!«, schrie er.

Gleich würde er wieder wie gelähmt am Straßenrand stehen und mit den Geistern seiner Vergangenheit kämpfen.

»Es geht vorbei«, redete er sich ein. »Ich bin ganz ruhig.«

Er dachte an Mias kritische Fragen. Sie hatte ihm geraten, sich zum Ausgleich ein Hobby zu suchen. Er stöhnte auf. Vielleicht sollte er es mit Stricken versuchen. Ariadne schwärmte schließlich von der beruhigenden Wirkung des Handarbeitens.

Falscher Gedanke!

Er durfte jetzt nicht an Ariadne denken. In wenigen Minuten wäre der Anfall vorbei. Sein Herz hämmerte zwar schmerzhaft, aber er würde nicht sterben, nicht ersticken und keinen Herzinfarkt erleiden. Er hielt an und legte seinen Kopf zwischen die Hände am Lenkrad. Auch wenn es sich beängstigend anfühlte, wusste er, dass nichts passieren würde. Außer dass er mal wieder zu spät kam und Ariadne seine Schwäche vielleicht mit dem Leben bezahlen würde.

Atmen, er konnte jetzt nur atmen.

40. MASCHE

Nur Feiglinge machen eine Maschenprobe.

Ariadne schauderte. Ihr nächtlicher Besuch grinste sie an.

»Mit mir hast du nicht gerechnet, was?«

In den Händen der Gestalt blitzte im Kerzenschein ein Küchenmesser. Instinktiv wich Ariadne zurück.

»Warum?«, flüsterte sie.

»Das fragst du noch? Haltet ihr mich wirklich alle für so blöd?«

Ariadne traf die Erkenntnis wie ein weiterer Blitzschlag. Wie hatte sie sich nur so täuschen können?

»Du irrst dich«, erklärte sie.

»Ich habe den vollen Durchblick, und das werde ich euch allen beweisen. Mein Vorteil ist, dass ich unsichtbar bin. Sogar die Polizei wird mich übersehen. Zum dritten Mal.«

Schritt für Schritt ging Ariadne zurück.

»Und du wirst nicht die Letzte sein. Nach dir wird die Mesnerin einen kleinen Unfall haben. Noch heute Nacht.«

»Warum?«, versuchte Ariadne erneut, ein Gespräch aufzunehmen.

»Irmingard hat Nicoles Handy geklaut und gehofft, sie könne mir so auf die Schliche kommen. Aber so schlau, wie ihr alle denkt, seid ihr nicht. Die kann das Ding ja nicht mal einschalten. Der MKHC, so lächerlich! Mit seinem Stand auf dem Dorfplatz. Im entscheidenden Moment laufen die Superermittlerinnen dann wie die aufgescheuchten Hühner durch die Gegend oder retten lieber dämliche Eichhörnchen.«

Halt suchend tastete Ariadne nach der Wand. Sie starrte auf das Küchenmesser und wich davor zurück. Dabei stolperte sie über eine der vielen Wollschachteln im Hausflur und verlor das Gleichgewicht. Vergeblich versuchte sie, sich am Treppengeländer festzuhalten. Und griff ins Leere.

Rückwärts fiel sie die steile Kellertreppe hinunter. Ein heiseres Lachen begleitete ihren Sturz. Sie überschlug sich auf den Stufen und landete hart auf dem Steinboden. Glücklicherweise dämpfte ein Sack mit gewaschener Mittenwalder Bergschafwolle ihren Aufprall. Sonst wäre Ariadnes Kopf ungebremst gegen die Wand geprallt.

Wallenstein konzentrierte sich auf seine Atmung und versuchte, sowohl seine körperlichen Symptome als auch das Gesicht von Ariadne Schäfer auszublenden. Er musste sich den Tatsachen stellen und sich einen neuen Job suchen. Morgen. Im Moment ging es nur darum, ans Ziel zu kommen. Mehr nicht.

Fluchend legte er den Gang ein und gab Gas. Sein Navi kannte die Wanderbaustelle natürlich nicht und wollte ihn zum Umdrehen überreden. Wie ein Irrlicht näherte und entfernte er sich von seinem Ziel, dem angestrahlten

Kirchturm Madlfings. Seinem Orientierungssinn vertrauend, bog er in den nächsten Feldweg und beschleunigte. Steine flogen auf. Die Lackierung seines gut gepflegten Wagens war ihm in diesem Moment völlig egal. Immer wieder tippte er auf Anrufwiederholung.

Wallenstein verwünschte ganz Madlfing samt seiner zwiebelturmigen Kirche. Kirche! Irmingard Sonnleitner! Sie hatte ihm ganz am Anfang ihre Nummer auf dem Heiligenbild gegeben. Er sah die Zahlen zu Füßen einer lichtumstrahlten Gestalt vor sich und wählte.

»Hier ist der Anschluss von Irmingard Sonnleitner. Leider bin ich gerade nicht zu erreichen. Aber mein Chef, seine Engel und Heiligen sind rund um die Uhr im Einsatz und kümmern sich um Ihre Anliegen. Bei Notfällen wenden Sie sich bitte vertrauensvoll an Ihren Namenspatron oder die vierzehn Nothelfer.«

Wallenstein schleuderte das Handy auf den Boden.

Mühsam öffnete Ariadne die Augen und sah, wie ihr provisorisches Wolllager Feuer fing. Beim Sturz hatte sie vermutlich einige Kerzen umgeworfen und damit die Kartons in Brand gesetzt. Beißender Rauch nahm ihr den Atem. Sie hustete und versuchte, sich aufzurichten. Ihr nächtlicher Besuch stand oben an der Treppe und beobachtete sie.

»Ein schrecklicher Verhau ist das hier. Das hat Nicole auch immer gestört. Sie hat oft darüber gelästert. Überhaupt hat sie kein gutes Haar an dir gelassen. Darin seid ihr euch schon ähnlich gewesen. Beide habt ihr euch für was Besseres gehalten. Aber wenn es ans Sterben geht, sind alle gleich.«

»Ordnung ist was für Dumme. Aber Unordnung kommt vor dem Fall und kann tödlich enden. Das könnte man auch gut auf ein Wandbild sticken.« Ein Fußtritt, und eine Kerze rollte polternd die Treppe hinunter. Kurz vor Ariadnes Kopf setzte die Flamme eine Papiertüte mit handgefärbtem Merino-Kammzug in Brand. Die leicht angefilzten Fasern brannten innerhalb von Sekunden lichterloh.

Endlich. Das Ortsschild von Madlfing. Ein entgegenkommender Autofahrer blinkte den Kommissar empört per Lichthupe an.

Wallenstein bremste jedoch erst vor der Wolllust. Schon beim Aussteigen nahm er Brandgeruch wahr, griff nach dem kleinen Feuerlöscher unter dem Beifahrersitz und rannte los. Durch die angelehnte Haustür hörte er Flammen knistern. Mit einem Ruck stürmte er in den Flur. Vor der Kellertreppe stand eine schwarz gekleidete Gestalt, die vom Feuerschein schwach beleuchtet wurde. Wallenstein erfasste die Situation innerhalb eines Augenblickes. Ein kurzes Aufblitzen. Das blanke Metall einer Messerklinge. Auf schnelle Entscheidungen und Nahkampf war Wallenstein trainiert. Sein Körper erinnerte sich an die Routinen und vergaß jeden Zweifel.

Mit dem Feuerlöscher schlug er auf die Messerhand, hörte, wie die Waffe klirrend zu Boden fiel, und drückte den Angreifer gegen die Wand. Blöderweise hatte er keine Handschellen dabei.

Er blickte die Treppe hinunter. Unten auf dem Kellerboden lag Ariadne. Reglos. Die Augen geschlossen. Neben ihr brannten die Wollkartons. Der Geruch verkohlter Haare schnürte ihm die Kehle zu. Für einen Moment fürchtete Wallenstein das Schlimmste.

41. MASCHE

Randmaschen sind Einzelgängerinnen.

Augenblicke später war das gesamte Treppenhaus hell erleuchtet.

»Polizei!«, brüllten mehrere Stimmen durcheinander.

Jemand packte Wallensteins Arm und drehte ihn auf den Rücken. Er leistete keinen Widerstand. Ein anderer sicherte die zweite Person.

»Ich bin Polizist!«, schrie er. »Lassen Sie mich los. Ich bin Tim Wallenstein, Kommissar.«

Der Griff lockerte sich. Natürlich hatte er weder Ausweis noch Waffe dabei. Er trug nur ein T-Shirt, eine kurze Hose und Laufschuhe. Alles völlig verdreckt. Trotzdem ließ der Kollege ihn los.

»Nehmen Sie den Feuerlöscher, und kommen Sie mit.« Wallenstein ignorierte den Rauch und rannte die Stufen hinunter. Zum Glück hatte der Brand noch nicht auf die Holztreppe oder das Geländer übergegriffen. Mit dem Fuß kickte er einen brennenden Karton weg, trat das Feuer aus und beugte sich über Ariadne Schäfer. Sie hatte die Augen geschlossen und blutete heftig aus einer Kopfwunde. Er tastete am Hals nach ihrem Puls. Plötzlich zitterten seine Finger wieder, und er hörte nur seinen eigenen, dröhnenden Herzschlag. Lass mich nicht zu spät gekommen sein, wiederholte er innerlich.

Der Kollege löschte den Brand.

»Sie tun mir weh!«, kreischte eine Frauenstimme. Er hörte Geräusche, die auf ein Gerangel hinwiesen. Offensichtlich wehrte sich die Täterin gegen den Zugriff des Polizisten. »Ich wollte ihr nur helfen. Sie ist über den Krempel gestürzt und in den Keller gefallen. Eine schreckliche Unordnung ist das hier. Ich hab ihr immer wieder gesagt, irgendwann bricht sie sich deswegen noch das Genick, und jetzt liegt sie da und ist tot. Und dann noch die ganzen Kerzen im Haus und im Garten. Sogar auf den Treppenstufen hat sie welche aufgestellt. Das ist doch mehr als leichtsinnig.«

Floss kam die Treppe herunter und kniete sich neben Wallenstein. »Was ist hier eigentlich los?«

»Sie lebt«, stammelte der Kommissar. Er kämpfte mit den Tränen. Der Rauch reizte die Augen.

Floss legte ihm eine Hand auf die Schulter. »Der Rettungswagen ist unterwegs.« Dann ging er wieder nach oben und gab weitere Anweisungen.

Ariadne Schäfer hustete und schlug die Augen auf. Als sie Wallenstein erkannte, lächelte sie zaghaft. Vorsichtig fasste sie sich mit der Hand an den Kopf.

»Wie geht es Ihnen?«, fragte er.

Ariadne bewegte zum Test Arme und Beine.

»Alles noch dran«, flüsterte sie tapfer.

Wallenstein half ihr, sich aufzusetzen. Sie hustete erneut.

»Kann ich jetzt nach Hause gehen?«, hörte er vom Erdgeschoss.

»Aber natürlich«, antwortete Floss.

Wallenstein schaute auf. Erst jetzt erkannte er die schwarze Gestalt. Zuvor hatte er sich komplett auf Ariadnes Rettung konzentriert. Es war Martina Ellinger, die trauernde Witwe. Hatte sie der Gestürzten nur helfen wollen? Hatte er die Situation falsch interpretiert? So wie vor fünf Monaten, als er den Angreifer für ein Opfer gehalten und dadurch Sonjas Tod mitverursacht hatte. Er hätte den Mann damals entwaffnen können, hatte ihn aber nur zur Seite geschubst, um in die Wohnung zu stürmen. Für einen kurzen Moment schloss Wallenstein die Augen und vergegenwärtigte sich die Situation noch einmal. Und da war es wieder, das kurze Aufblitzen. Er war sich absolut sicher, ein Messer gesehen zu haben. Die Frage war, ob er sich und seiner Wahrnehmung noch traute. Wenn er sich täuschte, würde er noch hier und heute seinen Dienst quittieren und sich eine neue Arbeit suchen.

»Sie müssen leider bleiben, Frau Ellinger. Ich hab da ein paar Fragen an Sie!«, rief er nach oben.

Schäfers Blick war verwirrt. Von ihr würde er im Moment keine Antwort bekommen, was wirklich vorgefallen war.

»Der Arzt ist gleich da«, versuchte er, sie zu beruhigen. Aber die Verletzte rappelte sich auf und hielt sich am Treppengeländer fest. Prüfend setzte sie einen Fuß auf die erste Stufe und zog sich hoch. Wallenstein stützte sie.

Martina Ellinger wich vor dem Kommissar zurück. »Ich muss jetzt nach Hause. Mir geht es nicht gut. Der Tod meines Mannes. Die Beruhigungsmittel. Rufen Sie meinen Sohn an.« Ihre Augen waren tatsächlich starr, als stünde sie unter Drogen.

»Warum sind Sie überhaupt hier?«, fragte Wallenstein.

»Ich habe einen Spaziergang gemacht.«

»Bei dem Wetter?«

»Ich hab es zu Hause nicht ausgehalten. Die Kinder streiten.«

Schäfer hustete und würgte. Sie hatte ziemlich viel Rauch eingeatmet. Wallenstein hielt sie fest. Durch die geöffnete Haustür strömte frische, regenfeuchte Luft herein.

»Als ich über den Dorfplatz kam, habe ich das Feuer gerochen und bin natürlich sofort ins Haus gerannt.«

Floss nickte anerkennend. »Was für ein Glück.«

»Und dann hat er …« Sie deutete auf den Kommissar. »… mich brutal angegriffen und mir meinen Schlüssel aus der Hand geschlagen.« Zum Beweis holte sie ihren silbrig glitzernden Schlüsselbund aus der Hosentasche. »Nur gut, dass ich ihn in diesem ganzen Durcheinander so schnell wiedergefunden habe.«

Wallenstein schluckte.

Floss warf ihm einen fragenden Blick zu. In diesem Moment klingelte Wallensteins Handy.

Pauline Galka.

Er ging ran.

»Haben Sie mich wegen Pippa und Polly angerufen? Sagen Sie bitte, dass Sie sie lebend gefunden haben!«, rief Pauline aufgeregt ins Telefon. Wallenstein war verwirrt. Im Hintergrund hörte er lautes Weinen und Schluchzen.

»Seit wann sind Ihre Kinder verschwunden?«

»Nicht meine Kinder, sondern unsere Hühner.«

Wallenstein legte auf. Er war zu fassungslos, um zu antworten.

Schäfer ignorierte die Unterbrechung und flüsterte heiser. »Martina wollte mich töten.« Schon wieder hustete sie.

»Was sagst du da? Ich wollte dich *retten*. Du stehst unter Schock. Du solltest dich jetzt wirklich hinlegen.«

»Hat Frau Ellinger Sie bedroht?«, hakte Wallenstein nach.

»Ja, mit einem Messer. Der Sturz sollte wie ein Unfall aussehen.«

Martina Ellinger lachte gekünstelt auf. »Die Ärmste ist auf den Kopf gefallen. Darum bringt sie alles durcheinander. Ich hatte wirklich nur meinen Schlüssel in der Hand.«

Das Messer musste noch da sein. Wallenstein hatte gehört, wie es zu Boden gefallen war. Mit dem Fuß schob er den Löschschaum zur Seite. Und tatsächlich: Auf der zweiten Stufe von oben lag ein Küchenmesser.

»Das gehört mir nicht!«, kreischte die Beschuldigte. »Das liegt hier immer, um die Kartons aufzuschneiden.« Sie drehte sich weg, der Tür zu. Floss stellte sich ihr in den Weg. Martina Ellinger senkte den Kopf, wie ein in die Enge getriebenes Tier. Entweder würde sie aufgeben oder versuchen auszubrechen. Ihre Haare hingen ihr strähnig ins Gesicht.

»Warum hast du Nicole erdrosselt?«, fragte Ariadne leise.

Martina hob den Kopf und schaute die Ladenbesitzerin

ausdruckslos an. Plötzlich verzog sie ihren Mund zu einer schaurigen Grimasse. Ein Grinsen war es nicht.

»Und deinen Mann vergiftet?«, legte Schäfer nach. Blut tropfte ihr ins Auge. Sie wischte es mit dem Handrücken weg. Wallenstein holte aus seiner Laufhose ein weißes, exakt gebügeltes, völlig durchnässtes Taschentuch und gab es ihr. Anscheinend erstaunt musterte die Ladenbesitzerin den feinen Stoff, der mit den Initialen TMW bestickt war. Sie presste es fest gegen den Kratzer an ihrer Stirn.

Jetzt wurde es interessant. Donner kündigte eine zweite, näher kommende Gewitterzelle an. Das Unwetter war noch nicht vorbei.

»Und wenn schon?« Martina Ellinger zuckte mit den Schultern. »Wundert es dich wirklich? Du wusstest doch, dass Nicole und Christian ein Verhältnis hatten?«

Ariadne nahm kurz das Taschentuch von der Wunde und schaute sich den hellroten Blutfleck an.

»Es gab wohl Gerüchte. Aber die interessieren mich nicht«, erwiderte sie. »Von Nicole und Christian hatte ich wirklich keine Ahnung. Aber dein Mann war nicht gerade für seine Treue bekannt.«

»Der ganze MKHC wusste es. Ich hab das alles so satt«, trotzig verschränkte sie die Hände vor der Brust.

»Aber es war doch wirklich nicht das erste Mal, dass er dich betrügt. Was war diesmal anders?«

»Nicole war meine Freundin. Für sie habe ich diese teure Wolle im Internet gekauft und den Schal gestrickt. Das hätte mir keine von euch zugetraut. Ich kann nämlich mehr als Socken.«

Ariadne zitterte.

»Am Montag bin ich dann zu ihr in den Laden und habe ihr erzählt, was mir in der Praxis zu Ohren gekommen war. Sie und Christian, einfach lächerlich. Nicole war meine beste Freundin. Ich hätte alles für sie getan. Ich war mir sicher, sie würde lachen, und wir würden uns gemeinsam über Madlfings Gerüchteküche lustig machen. Darum hatte ich auch ihr Geschenk dabei, um ihr zu zeigen, dass ich ihr vertraute. Aber Nicole …« Die Erinnerung blieb Martina sichtlich im Hals stecken. »Sie hat zu mir gesagt: ›Dein Mann ist nicht wirklich mein Typ. Das ist nichts Ernstes, eher ein Zeitvertreib.‹ Verstehst du? Er sei scharf auf sie gewesen, und sie hätte irgendwie Mitleid mit ihm gehabt. Ich war fassungslos.«

Wallenstein, Floss und Ariadne blieben stumm.

»Und dann hat sie mich niedergemacht. Sie hat gesagt, ich solle mich mal anschauen. Kein Stil, keine Haltung, einfach nichts. Was wäre Christian anderes übrig geblieben. Und ich dachte wirklich, sie wäre meine Freundin.« Martina schluchzte. »Das hätte ich alles noch ertragen. Aber dann hat sie meinen Schal schlechtgemacht.«

Wallenstein erinnerte sich an das zerknüllte, mit Herzen bedruckte Geschenkpapier neben der Ladentheke, und plötzlich tauchte die dazu passende Beobachtung auf. Als er sich mit den Ellinger-Kindern im Hausflur unterhalten hatte, war Martina mit dem Geburtstagsgeschenk ihres Mannes aus dem Wohnzimmer gekommen. Es war in das gleiche Papier gewickelt gewesen. Er hatte es gesehen und doch übersehen.

»Ich habe ein halbes Jahr dafür gebraucht. Ein ganzes, beschissenes halbes Jahr!«, schrie sie. Ihre Stimme überschlug sich. Blitz und Donner trafen zusammen. Ein gewaltiges Krachen ließ alle zusammenzucken. Nur Martina war ungerührt. »Ich hab immer wieder aufgetrennt und von vorne angefangen. Das war bei dieser Wolle verdammt mühsam. Das Zeug verfilzt ja schon auf der Nadel, und überall fusselt es. Nicole hat nur die Fehler gesehen. Genau wie ihr.«

Ariadne hielt sich geschockt beide Hände vor den Mund.

»Kleine Spinnen! Langweiliges Lochmuster! Das sind Bromelien, meine Lieblingsblumen. Nur dass das keiner weiß, weil sich nämlich niemand für mich interessiert und ich für euch alle unsichtbar bin. Nicht mehr als ein Fußabstreifer. Als sie sich dann den Schal um den Hals gelegt und über die Farbe hergezogen ist, habe ich die Enden gepackt und zugezogen. Ist erstaunlich stabil, dieses dünne Zeug. Es ging ganz schnell. Nicole hat sich nur einmal an den Hals gefasst. Dann ist sie einfach zusammengebrochen. Ich habe noch eine Weile gezogen, weil ich dem Frieden nicht getraut habe. Im Fernsehen dauert das immer viel länger. Dann habe ich das Geld aus der Kasse genommen und bin heimgegangen. So wie die das in Krimis auch immer machen.« Sie musterte ihre Hände, als sähe sie sie zum ersten Mal. »Mir gefällt übrigens das Grün. Das ist lebendig und echt. Ein bisschen wie frisch austreibender Bärlauch. Nicht wie dieses tote Schwarz, Weiß und Grau, das so verdammt elegant sein soll. Nachdem sie dalag und sich nicht mehr rührte, ging es mir viel besser. Eigentlich habe ich damit gerechnet, dass ich zusammenklappe. Aber es ging mir wesentlich besser als zuvor.«

Geständnisse stimmten Wallenstein immer traurig. Zeigten sie doch in konzentrierter Form, was schiefgelaufen war. Er betrachtete die unscheinbare Frau. Auch er hatte sie übersehen und hätte ihr niemals den Mord an ihrer besten Freundin zugetraut. Das hätte ihm nicht passieren dürfen. Sie hatten nicht einmal Martina Ellingers Alibi überprüft.

»Und wo war Ihr Mann zu dieser Zeit?«, fragte Wallenstein.

Martina zuckte mit den Schultern. »Keine Ahnung. Fragen Sie doch die Madlfinger oder noch besser den MKHC. Die wissen bestimmt Bescheid.«

»Sein Mobiltelefon war in der Nähe des Wollladens eingebucht.«

»Das war meines. Ich nutze sein altes. Der Vertrag läuft aber immer noch auf Christian.«

Endlich traf der Notarzt ein.

»Sorry. Aber diese ganzen Umleitungen. Da verliert man einfach den Überblick, und dann noch in der Dunkelheit. Ich hoffe, dass die Digitalisierung hier bald abgeschlossen ist und man Madlfing wieder auf normalem Weg erreichen kann.«

Ariadne weigerte sich, in die Klinik zu fahren. Der Arzt versorgte die Platzwunde am Kopf. Zum Schluss klebte er ihr ein dickes weißes Pflaster auf die Stirn, das bei Ariadne fast hautfarben war.

»Legen Sie sich hin. Jemand sollte in Ihrer Nähe bleiben«, ordnete der Arzt an und verabschiedete sich.

»Ich bringe Sie in Ihre Wohnung. Wir werden die Befragung auf dem Revier fortsetzen«, beschloss Wallenstein. Floss nickte.

Martina richtete sich auf und schaute Wallenstein direkt an. Zum ersten Mal, seit er sie kannte.

»Nein, ich will es jetzt aussprechen. Jetzt und hier. Ariadne soll hören, wie blind und taub sie ist. Sie glaubt, alles zu durchschauen. Hält sich für oberschlau.« Martina spuckte die Worte förmlich aus. Ihre Unterwürfigkeit war verschwunden. Wut und Hass nährten sie und blähten sie auf.

»Hier ist es so kalt. Können wir da rein?«, fragte Ariadne und zeigte auf die Verbindungstür zu ihrem Laden.

Wallenstein stimmte zu und brach das Polizeisiegel, das Elisabeth Wagner doch noch angebracht hatte. Ariadne schaltete das Licht an. Sie setzten sich in die Sitzecke am Schaufenster. Die Wollladenbesitzerin zog die Beine an. Martina Ellinger saß steif auf der Stuhlkante und legte ihre Hände auf die Knie. Wallenstein und Floss teilten sich das Sofa. Draußen parkte ein Streifenwagen hinter Wallensteins BMW. Die Kollegen standen dort, tippten in ihre Handys und rauchten. Das Unwetter hatte inzwischen nachgelassen, und die Luft war wie frisch gewaschen.

»Und dann?«, durchbrach Wallenstein die Stille.

»Am nächsten Morgen hat mein Mann hier einen auf trauernder Liebhaber gemacht. Damit hatte ich nicht gerechnet. Normalerweise interessierte er sich für seine Freundinnen nicht länger als zwei, drei Monate. Denn wirklich lieben konnte er nur sich selbst. Bei den Frauen holte er sich die notwendige Dosis Bewunderung. Wenn die schwand, brauchte er die nächste. Aber bei Nicole war es anders. Die wollte er wirklich. Aber sie hatte Schluss gemacht und ihm den Laufpass gegeben.« Martina stand auf, blieb unschlüssig stehen und setzte sich dann wieder. Sie wirkte danach kleiner, als wäre sie innerhalb von Sekunden geschrumpft. »Und dann hat er gestern gesagt, dass er so nicht weitermachen wolle. Der Verlust von Nicole habe ihm die Augen geöffnet. Er wollte die Praxis aufgeben, das Haus verkaufen und sich von mir scheiden lassen. Dann hätte ich alles verloren«, flüsterte sie. »Alles. Er wollte es den Kindern sagen und endlich reinen Tisch machen.«

Wallenstein starrte das Wollregal an. Bleischweres Nachtschwarz lag neben lichtschluckender Finsternis.

»Es war zu spät. Ich hatte schon zu viel ertragen. Daher habe ich Bärlauch gepflückt und ihm ein letztes Liebesmahl gekocht.«

»Und selbst davon gegessen, damit kein Verdacht aufkommt«, ergänzte Floss.

Sie nickte, ohne ihn anzuschauen. Martinas Blick hing an Ariadne Schäfer. Sie gierte nach einer Reaktion. Aber Ariadne hielt die Augen geschlossen, als würde sie friedlich schlafen. Nur ihr sich im Atemrhythmus hebender Brustkorb zeigte, wie aufgewühlt sie wirklich war. »Er hat mich oft betrogen. Ich dachte, ich wäre seine Affären gewohnt. Aber seine Verachtung hat mich schleichend innerlich vergiftet. Über Jahre hinweg. Nichts konnte ich ihm recht machen. Ich war zu dick, zu träge und zu unsportlich. Dabei war ich den ganzen Tag von früh bis spät auf den Beinen. Hab gemacht und getan. Garten, Haus und Praxis in Ordnung gehalten. Aber er lehnte alles ab. Was ich gekocht oder gebacken habe, war nicht gesund genug. Zu viel böser Zucker und zu viel Fett und Killer-Kohlenhydrate.«

Diesen Satz hatte Wallenstein selbst aus dem Mund von Christian Ellinger gehört.

»Bei mir hat er nur genörgelt. Ich hatte mich an die Beleidigungen gewöhnt, nahm sie kaum noch wahr und habe alles runtergeschluckt. Dachte ich jedenfalls. Aber mit Nicole brach es auf wie ein Geschwür. Bei ihr hat er Pasta gegessen, Rotwein getrunken und Tiramisu gelöffelt. Das hat sie mir stolz erzählt. Plötzlich wusste ich, was zu tun war. Er sollte meinen Schmerz fühlen, er sollte leiden, und ich würde ihm dabei zuschauen. Er würde mich nicht einfach verlassen.«

Ariadne wickelte sich fester in ihre übergroße eisblaue Strickjacke. Sie fröstelte. Wallenstein reichte ihr für die nackten Beine eine bunte Patchworkdecke, die gefaltet auf dem Sofa lag. Alle Sommersprossen waren verschwunden. Konnten sie wirklich die Farbe verlieren?

»Und Frau Schäfer?«, versuchte er, die Sache schnell zu Ende zu bringen.

Ariadne schaute Martina an. »Was wolltest du von mir? Ich hatte damit nichts zu tun.«

Martina lachte auf.

»Im Krankenhaus warst du verdammt mitfühlend. Hast meinem Mann sogar die Hand gehalten. Wie du dich über ihn gebeugt hast, ist es mir wie Schuppen von den Augen gefallen. Du, die immer so freundlich tut, war auch nur scharf auf meinen Mann. Jede wollte Christian, und jede bekam ihn. Nur ich nicht mehr. Ihr steckt alle unter einer Decke!«, schrie sie. Speicheltröpfchen flogen durch die Luft.

»Martina, das bist nicht du.« Ariadne schüttelte fassungslos den Kopf.

»Ja, die Martina. Die kennt man. Strickt Socken, die keiner anziehen will. Läuft in scheußlichen Sachen rum, ohne Geschmack und Stil. Putzt gerne, hat ein dickes Fell und lässt sich alles gefallen. Mit mir kann man es ja machen. Ich schau ja nicht nur aus wie ein Elefant, sondern bin auch einer. Aber Elefanten sind nicht dickhäutig, sondern feinfühlig, und ihre Haut ist viel dünner, als man denkt.«

»Das mit Christian ist nicht wahr. Ich hatte nie Kontakt zu ihm. Nicht einmal als Patientin«, erwiderte Ariadne ruhig und sachlich.

Nervös wippte Martina Ellinger mit dem Fuß. Sie suchte nach Worten.

»Im Krankenhaus hatte ich vor allem mit *dir* Mitgefühl. Deinen Mann kannte ich doch kaum.« Ariadne beugte sich vor.

Instinktiv wich Martina Ellinger zurück und rutschte mit dem Stuhl ein Stück von der Sitzgruppe weg.

»Und wenn schon. Aber du hast dich über meinen Schal lustig gemacht. Das reicht.«

»Um mich zu töten?« Ariadne klang ungläubig.

»Ja, es fühlte sich so gut an. Endlich wehrte ich mich, und Madlfing bekam es mit der Angst. Vor mir! Und wenn der«, sie deutete auf Tim Wallenstein, »sich nicht eingemischt hätte, wäre alles unentdeckt geblieben. Jeder hätte deinen Tod - wie den von Christian - für einen bedauerlichen Unfall gehalten. Dein Chaos auf der Kellertreppe. Überall brennende Kerzen. Keiner hätte sich über deinen Unfall und den anschließenden Brand gewundert. Bis die Madlfinger Feuerwehr ausgerückt wäre, wären du und dein Haus längst Asche gewesen. Dann wär die Irmingard vorbeigekommen und hätte mal wieder Asche zu Asche, Staub zu Staub gemurmelt. Und alle hätten deinem Leichtsinn die Schuld gegeben. Ein wenig Angst und Schaudern wären auch dabei gewesen. Drei Tote innerhalb einer Woche. Eine Sensation für den MKHC.«

Hätte Wallenstein nicht seinem Instinkt vertraut, hätte der Plan gelingen können. Martina Ellinger wäre vermutlich nichts nachzuweisen gewesen. Vor allem hätte niemand an sie gedacht. Sie war eine fast perfekt getarnte Mörderin, der keiner derartige Machtfantasien zugetraut hätte.

»Haben Sie Frau Schäfer am Mittwoch vergiftetes Pesto in den Kühlschrank gestellt?«, fragte Wallenstein.

Martina Ellinger schüttelte den Kopf.

»Nein, so dumm bin ich nicht. Ich weiß, dass Sie mich gesehen haben. Auch wenn ich nicht damit gerechnet habe, dass Sie sich daran erinnern. Da sind Sie eine rühmliche Ausnahme.« Wallenstein war das Lob der Täterin unangenehm. »Ihr Pesto macht Ariadne immer selbst mit irgendwelchen widerlichen Algen. Am Mittwochmorgen wusste ich auch noch nicht, dass ich sie töten würde. Das wurde mir erst im Krankenhaus klar. Die Idee, wie ich es anstellen könnte, kam mir dann, als wir zusammen zurück nach Madlfing gefahren sind.«

Der Kommissar sah, wie Ariadne zitterte. Gegen die Kälte in Martina Ellingers Stimme half auch eine Patchworkdecke nicht. In seinen nassen Sportsachen war Wallenstein ebenfalls kalt.

Er brach ab. Es war genug. Morgen würden sie Martina Ellinger in aller Ruhe verhören. Dann würden die fehlenden Details geklärt. Alle waren erschöpft. Nur Martina Ellinger wirkte munter. Floss führte die Frau, die weiterhin wie ein Wasserfall redete und ihre Tat erklärte, zum Streifenwagen. Er würde sie mit den uniformierten Kollegen zum Revier begleiten.

»Ehen sind lebensgefährlich«, stellte Ariadne fest und stand unsicher auf. Wallenstein griff vorsorglich nach ihrem Arm. Am Fenster stehend, schauten sie gemeinsam zu, wie Martina Ellinger in den Streifenwagen stieg und weggebracht wurde.

»Manchmal«, erwiderte Wallenstein.

Im Laden war es plötzlich sehr still. Der Dorfplatz war nächtlich leer. Scheinbar lagen die braven Bürger in ihren Betten und hatten von dem Polizeieinsatz nichts mitbekommen, was Wallenstein jedoch sehr unwahrscheinlich vorkam. Vielleicht hatte das ein oder andere Krimiclub-Mitglied den Zugriff beobachtet und informierte die anderen gerade per Telefon. Bei der Vorstellung einer madlfingweiten Konferenzschaltung musste er lächeln.

»Was amüsiert Sie?«, fragte Ariadne prompt.

»Ach, ich denke gerade an den Krimiclub und seine eifrigen Mitglieder.«

»Die alle völlig im Dunkeln getappt sind. Ich voran.«

»Seien Sie nicht so streng. Frau Ellinger hat ihre Rolle perfekt gespielt. Ich bringe Sie jetzt in Ihre Wohnung, und Sie legen sich hin.«

Schäfer nickte schwach. Normalerweise hätte sie ihm aus Prinzip widersprochen.

»Ich hätte es merken müssen.« Ariadne griff nach Wallensteins ausgestreckter Hand. »Was habe ich ihr nur angetan? Ich wollte sie nie beleidigen und habe es trotzdem getan.«

Wallenstein sah, dass sie jeden Moment in Tränen ausbrechen würde, und hielt sie fest. Trösten gehörte definitiv nicht zu seinen Stärken.

»Soll ich jemanden anrufen? Sie sollten jetzt nicht allein sein.«

Ariadne tastete nach dem Pflaster, als würde sie kontrollieren, ob es real war oder ob sie sich das gerade Erlebte nur eingebildet hatte. Es dauerte einige Zeit, bis sie antwortete. Als wäre sie gerade aufgewacht, rieb sie sich die Augen.

»Nein. Das passt schon. Ich muss nur etwas essen. Ich sterbe vor Hunger, und für meine Nerven reicht mir ein ordentlicher Schnaps. Der würde Ihnen auch guttun.«

Sie löste sich von Wallensteins Arm und streckte sich demonstrativ. Dabei verzog sie erschrocken ihr Gesicht. Mit Sicherheit hatte sie sich bei dem Sturz einige Prellungen zugezogen, die sich zu ordentlichen blauen Flecken entwickeln würden, mutmaßte Wallenstein. Nach dem Schreck kamen die Schmerzen.

»Gehen wir nach oben. Ich hab da genau das Richtige.«

Wallenstein schaute an sich herunter. Er war wie bei ihrer allerersten Begegnung ungeduscht. Dieses Mal trug er darüber hinaus auch noch völlig verdreckte Sportsachen.

»Sie können bei mir duschen«, schlug Ariadne vor und ging zur Tür voraus. »Sie müssen mir unbedingt erzählen, woher Sie wussten, dass ich in Gefahr war. Das interessiert mich brennend.«

»Das erzähl ich Ihnen morgen. Wenn es Ihnen so weit

gut geht, fahre ich jetzt nach Hause«, wich er aus. Eigentlich wollte er nicht zugeben, dass er die falschen Schlüsse gezogen hatte.

Ariadne schaute sich Hilfe suchend um.

»Jetzt fühle ich mich doch ein wenig schwindlig, und es wäre wahrscheinlich besser, nicht allein zu sein. Sie sind praktischerweise schon da. Ist auf jeden Fall viel einfacher, als jetzt noch jemanden aufzuwecken. Nur auf eine halbe Stunde. Schließlich haben Sie mir das Leben gerettet. Das kann man nicht einfach so übergehen. In Island muss man sofort darauf anstoßen.«

Wallenstein war müde und aufgekratzt zugleich. In seiner Blutbahn zirkulierte ein stattlicher Adrenalinüberschuss.

»Ich hab Wechselkleidung im Kofferraum. Warten Sie, ich bin in zwei Minuten wieder da«, entschuldigte er sich und ging zu seinem Wagen. Dort holte er seine Notfall-Reisetasche aus dem Kofferraum und zögerte. Sollte er zurückgehen, oder sollte er Ariadne Schäfer eine Kollegin vorbeischicken? Ihm war schon länger klar, dass er sich bei Ariadne Schäfer mit professioneller Distanz schwertat. Während er nachdachte, informierte er kurz seine Chefin. Dann kehrte er zur Wolllust zurück. Ariadne hatte natürlich nicht gewartet.

42. MASCHE

Komme, was Wolle.

Wallenstein war erleichtert. Es schien ihr besser zu gehen. Im Hausflur zog er sich um. Aus seiner Wechselwäsche wählte er Jeans und ein weißes T-Shirt. Beides ordentlich gebügelt. Seine Sportsachen steckte er in das Schmutzwäschefach der Tasche. Die Laufschuhe stellte er neben der Eingangstür ab. Barfuß ging er nach oben. Unterwegs löschte er die Kerzen in den Fensternischen. Die Wohnungstür stand offen. Er folgte den Geräuschen bis in die Küche.

»Schlecht angezogen zu sein ist wohl Ihre größte Angst?«, fragte Ariadne, immer noch gleich unangezogen. Sie stand am Küchentisch und füllte zwei Gläser mit einer klaren Flüssigkeit. Ein Teller mit kalten Nudeln und ein halbvolles Weißweinglas hatte sie zur Seite geschoben.

»Meine zweitgrößte«, erwiderte er und versuchte, die Unterwäsche zu übersehen.

Sie schob ihm ein randvolles Glas hin.

»Schwarzer Tod«, erklärte sie und stürzte sich den Inhalt des Glases die Kehle hinunter. Wallenstein musterte die dazugehörige giftgrüne Plastikflasche. *Brennivin* stand auf dem schwarzen Etikett, das zusätzlich die Umrisse Islands zeigte. Branntwein klang beruhigender als schwarzer Tod. Wallenstein nahm sein Glas und tat es ihr gleich. Die Flüssigkeit brannte bis zum Magen. Er rang nach Atem.

»Und die größte?«, fragte Ariadne.

Langsam stellte er das Glas zurück auf den Tisch.

»Meine größte Angst ist, zu spät zu kommen.«

»Das klingt jetzt fast anzüglich«, kicherte Ariadne. Entweder war das nicht ihr erstes Glas, oder der Schock zeigte sich auf diese Weise. Menschen reagierten auf Extremsituationen sehr unterschiedlich.

»Wenn jemand in Gefahr ist«, ergänzte Wallenstein.

»Ach so!« Sie füllte die Gläser nach. Ihre Hände zitterten. Die klare Flüssigkeit schwappte auf den Tisch.

»Übertreiben Sie es nicht, Frau Schäfer. Zu viel Alkohol ist keine gute Entscheidung.« Der Satz ging ihm schon auf die Nerven, als er ihn aussprach. Er hätte heimfahren sollen.

»Ich weiß, Alkohol ist keine Lösung. Aber die brauche ich im Moment auch nicht. Ich brauche Medizin. Nennen Sie mich bitte Ariadne. Sie haben mir schließlich gerade das Leben gerettet. Das verbrüdert oder verschwestert, oder wie auch immer man das nennt.« Sie hob das Glas hoch.

»Tim«, erwiderte er. Der Fall war schließlich so gut wie abgeschlossen. Er stieß mit ihr an.

»Wie konntest du überhaupt wissen, dass ich in Gefahr bin?«, fragte Ariadne und stellte das leere Glas neben der Schnapsflasche ab.

»Ich hatte so ein Gefühl, und dann konnte ich Sie nicht erreichen«, antwortete er. Dass ihn das Gefühl von der ersten Minute an begleitet hatte, verschwieg er.

Ariadne hob ihren Zeigefinger wie eine eifrige Schülerin hoch: »Bei jedem Siezen musst du ein Glas trinken. Das ist eine Drohung, glaub mir.«

Das glaubte Wallenstein sofort. Sie schenkte nach.

»Als du heute Morgen Milch aus dem Kühlschrank holtest, habe ich eine Reihe kleiner Einmachgläser gesehen.«

»Aber das ist in einem Kühlschrank nicht ungewöhnlich. Meine Wohnung ist immer abgesperrt. Meine Tür ist gut gesichert. An meinen Kühlschrank kommt keiner unbemerkt und stellt vergiftetes Pesto hinein.«

Wallenstein war erleichtert. Es ging ihr so gut, dass sie schon wieder Contra geben konnte. Der Schnaps schien bei Ariadne tatsächlich medizinisch zu wirken.

»Ich habe aber auch gesehen, wie Martina Ellinger den Inhalt des unteren Kühlschrankes nach oben in deine Küche trug. Und da warst du definitiv nicht dabei, weil du mich in der Zwischenzeit über meine chauvinistische Einstellung zur weiblichen Handarbeit aufgeklärt hast.«

Ariadne schwieg und drehte das volle Glas zwischen den Fingern. Dabei musterte sie Tim. Ihre grauen Augen waren klar. Wallenstein wunderte sich darüber. Grau war für ihn bisher eine trübe Farbe gewesen. Bei Ariadne ahnte er hinter dem Grau helles Licht.

»Hast du öfter so ein Gefühl?«

Wallenstein zögerte.

»Ja. Aber ich traue ihm schon länger nicht mehr.«

»Solltest du. Dein Gefühl ist definitiv besser, als deine Rückschlüsse es sind.« Sie lächelte ihn entwaffnend an.

»Wenn du das sagst, wird es wohl stimmen.«

Sie nickte ernst.

»Das Pesto habe ich selbst gemacht.« Sie stand auf und ging zum Kühlschrank. Ihre Knie knackten, als sie in die Hocke ging und ein frisches Glas herausholte. Sie drehte den Deckel ab. »Ich benutze dafür aber keinen Bärlauch, sondern Algen. Meine Oma sammelt sie und schickt sie mir entweder oder gibt sie Freunden für mich mit. Das können wir problemlos zu uns nehmen. Ich sterbe nämlich vor Hunger. Ich wollte gerade essen, als Martina klopfte. Ich koch uns noch mal frische Nudeln.« Sie nahm einen Löffel, tauchte ihn ins Glas und schleckte ihn genüsslich ab. Wallenstein schnappte nach Luft. »So was hast du noch nie gegessen.«

»Mir wäre es trotzdem lieber, wenn wir es erst untersuchen lassen würden«, bat er.

»Selbst Martina hat gesagt, dass mein Pesto gut ist.«

»Das hat sie nicht«, korrigierte Wallenstein. »Nur, dass sie es nicht vergiftet hat.«

Ariadne lachte.

»Du misstraust mir und meinen Kochkünsten.« Sie legte den Löffel weg. »Gut, dann gehen wir eben zum Inder«, gab sie nach. »Wenn wir Glück haben, ist noch jemand da. Für uns machen die bestimmt die Küche auf.«

Sie griff nach ihrem Autoschlüssel. Wallenstein sah, wie ihre Hände dabei zitterten.

»Dann müsstest du dir nur noch etwas überziehen und vielleicht die Blut- und Rußspuren im Gesicht abwaschen«, schlug Wallenstein vor.

Ariadne schaute ihn verblüfft an. Dann blickte sie an sich hinunter und schlug sich die Hände vors Gesicht.

»Bei allen Trollen und Kobolden, sag bitte nicht, dass ich die ganze Zeit so rumsaß.«

Wallenstein zuckte mit den Schultern. »Und ich dachte, das wäre in Island normal.«

Sie lächelte.

»Außerdem fände ich es besser, wir bestellen irgendwo eine Pizza. Autofahren nach dem schwarzen Tod, das verträgt sich nicht.«

»Immer im Dienst, Herr Polizist? Jetzt, wo der Fall gelöst ist?«, neckte sie ihn. Dann zog sie ihre Strickjacke aus und ließ sie demonstrativ auf den Boden fallen. Dabei lächelte sie ihn immer noch an.

Wallenstein fiel darauf keine Antwort ein.

»Ruf Tarun an. Der bringt uns das Essen vorbei. Ich geh schnell unter die Dusche. Dann riech ich nicht mehr, als wäre ich gerade dem Scheiterhaufen entkommen.« Als wäre sie über ihre eigenen Worte erschrocken, schaute sie Wallenstein an. Ihre Stimme zitterte, so wie es vorher ihre Hände getan hatten. »Ich hätte beinahe für meine Sünden an Martina gebrannt. Wenn das Feuer schneller auf die anderen Kartons übergegriffen hätte, wärst du zu spät gekommen.«

»Das warme Wasser wird dir guttun«, versuchte er, sie abzulenken. »Aber sperr nicht ab und ruf mich, wenn du Hilfe brauchst.«

»Beim Waschen?« Sie grinste.

»Genau«, murmelte Wallenstein und griff nach seinem Telefon. Ihre Stimmungen wechselten schneller als die Wolken am Himmel.

Ariadne war noch im Bad, als Tarun klopfte. Wallenstein hatte in der Zwischenzeit die kalten Nudeln entsorgt und den Tisch gedeckt. Die Weißweinflasche hatte er in den Kühlschrank gestellt und stattdessen eine große Kanne Tee gekocht. Der junge Inder grinste vielsagend über seine Styropor-Warmhaltebox hinweg, als ihm der Kommissar die Tür öffnete. Auf der Box lag eine langstielige rote Rose.

Hatten eigentlich alle Inder Kontakt zu Rosenzüchtern?

Tarun erklärte die einzelnen Gerichte, als er sie auf den Esstisch stellte. Die Speisen waren in Porzellanschüsseln und verschließbare Edelstahlbehälter gefüllt.

»Frau Schäfer bringt das Geschirr zurück. Sie mag keine Einwegverpackung. Wegen der Umwelt und dem vielen Plastik im Meer.« Tarun nickte anerkennend und steckte die Rose in eine leere Weinflasche.

Wallenstein beglich die Rechnung mit einem ordentlichen Trinkgeld und Nachtzuschlag.

Tarun wollte gerade gehen, als Ariadne in einem karierten Flanellpyjama und mit nassen Haaren aus dem Bad kam.

»Ich fühle mich wie neugeboren!« Sie strahlte die beiden Männer an.

Tarun verabschiedete sich höflich.

Ohne Umschweife setzte sich Ariadne an den Tisch, wünschte Tim einen guten Appetit und begann, schweigend zu essen. Hoch konzentriert kaute sie, drehte mit den Fingern Reisbällchen, schob sie sich geschickt in den Mund, tunkte Fladenbrot in scharfe Saucen und schlürfte warme Suppe. Sie schien wirklich halb verhungert zu sein.

Langsam wich ihre Blässe. Sogar ihre Sommersprossen gewannen Farbe zurück.

»Was machst du eigentlich neben dem Wollgeschäft?«, fragte Wallenstein.

Ariadne hatte gerade den Mund voll und konnte nicht sofort antworten.

»Bei unserem ersten Treffen warst du besorgt und hast gefürchtet, dass du das eigentliche Opfer hättest sein sollen.«

Ariadne schüttelte den Kopf.

»Du hast mich angelogen.«

Sie kaute langsam. Bestimmt wollte sie Zeit gewinnen.

»War das dein Gefühl?«, fragte sie.

»Ja. Außerdem ist deine Wohnungstür gesichert wie eine Schweizer Bankfiliale. Was machst du hier?«

»Ich recherchiere«, gab sie nach und schnappte sich das letzte Gemüsebällchen vom Teller.

»Das heißt?«

»Es ist wirklich besser, wenn du das nicht weißt. Mir ist klar, dass das für einen Polizisten eine sehr unbefriedigende Antwort ist. Aber ich kann dir versichern, ich mache so gut wie nichts Illegales. Sondern ich kümmere mich drum, dass Dinge ans Licht kommen, aufgedeckt und schließlich strafrechtlich verfolgt werden. Meine letzte Arbeit habe ich vor ein paar Tagen einer großen Tageszeitung übergeben. Es geht um Fischereirechte. Mehr sag ich dazu nicht.«

Sie stand auf, ignorierte die Teekanne und holte die angebrochene Weißweinflasche aus dem Kühlschrank.

»Und das ist gefährlich?«, fragte er.

Sie schenkte ein. »Immer wenn es um viel Geld geht, ist es gefährlich. Aber ich bin gut.«

Wallenstein kostete den Wein. »Das glaube ich dir sofort. Von dir kam die Mail über Daniel Durands Verbindungen zum organisierten Verbrechen?«

»Ich weiß nicht, wovon du sprichst.« Ihr Augenaufschlag war unvergleichlich. »Außerdem bin ich mit fragen dran. Ich will nämlich wissen, mit wem ich meine Gemüsebällchen teile. Im Internet machst du dich rar, nutzt keine sozialen Netzwerke und tauchst nicht in den Medien oder auf der offiziellen Polizeiseite auf. Für einen leitenden Kriminalbeamten sehr seltsam.« Sie schaute ihm direkt in die Augen, als könnte sie dort die Antwort entdecken. »Aber es interessiert mich. Wer bist du, Tim Wallenstein?«

Er zuckte mit den Schultern. »Manchmal weiß ich es selber nicht.«

»Das ist normal.« Ariadne stellte das Geschirr zusammen. »Komm, wir gehen ins Wohnzimmer. Auf der Couch ist es gemütlicher.« Ohne seine Antwort abzuwarten, nahm sie Kanne und Tassen vom Tisch. »Vielleicht nimmst du Löffel und Zucker mit und erzählst mir deine Vermutung.«

»Vielleicht.« Er folgte ihr durch den schmalen Flur. Das Wohnzimmer wurde von einem Panoramafenster dominiert, das am Tag bestimmt einen wunderbaren Blick in den Garten bot. Im Moment war hauptsächlich der angeleuchtete Madlfinger Kirchturm zu sehen, der den Raum in fahles Licht mit langen Schatten tauchte. Vor dem großen Fenster standen zwei L-förmige Couchen, dazwischen ein niedriger Tisch.

Ariadne drückte mit dem Ellbogen auf den Lichtschalter. Warmes, indirektes Licht vertrieb das Zwielicht.

»Wie würdest du dich charakterisieren? Guter Beobachter mit ausgeprägter Intuition und leicht zwanghaftem Hang zum Bügeln?«, schlug sie vor und reichte Wallenstein seine Tasse.

»Ich fahr jetzt nach Hause, und du legst dich hin.« Mit der Zuckerdose in der Hand blieb er unentschieden stehen. Er war schon zu lange geblieben. Aber eine Frau, die gerade einen Mordanschlag überstanden hatte, konnte er nicht einfach alleine lassen, redete er sich ein. Er schaute sich um. An den Wänden hingen keine Fotos, sondern nur eine altertümliche Harpune. Nicht gerade eine übliche Deko. Das Zimmer war schlicht und gemütlich zugleich. Nur die Harpune und der kleine Tisch erinnerten an Ariadnes Liebe zum Meer. Ob er aus Treibholz war?

»Hab ich gemacht. Alles selbst am Strand gesammelt«, erklärte sie. Mal wieder hatte Wallenstein eine Antwort auf eine ungestellte Frage bekommen.

»Und du? Wie lautet deine Kurzbeschreibung? Computeraffine Hellseherin mit Hang zu Handarbeit und internationaler Recherche?«, konterte er.

Er stand vor der gefährlich spitzen Harpune. Aber Ariadne kommentierte weder seinen Vorschlag noch die martialische Waffe.

»Müder Polizist mit posttraumatischer Belastungsstörung und Verlustängsten?«, entgegnete sie stattdessen.

Wallenstein strich sich mit der linken Hand über die Augen. »Darüber will ich nicht sprechen.«

»Du kneifst. Aber dir ist schon klar, dass du mich nicht

mehr loswirst. Der Zeitpunkt, darüber zu reden, wird kommen. Wenn man jemandem das Leben rettet, entsteht dabei ein unsichtbares Band. Das bleibt und kann nicht mehr getrennt werden. Hättest du dir vorher überlegen müssen. Fünf Minuten später, und alles wäre anders gelaufen.« Sie schnappte sich eine Wolldecke, machte es sich auf der Couch bequem und prostete ihm mit der Teetasse zu.

»Das gehört zu meinem Job. Wäre eine Streife schneller da gewesen, hätte dir ein anderer Polizist das Leben gerettet. Daran ist nichts Mystisches. Nicht wie in isländischen Sagas.«

Wallenstein setzte sich auf die zweite Couch. Langsam ließ die Anspannung nach, und die Müdigkeit schlich sich heran. Die zwei Todesfälle in Madlfing waren geklärt, und einen dritten hatte er glücklicherweise verhindern können. Ob die Wolllust tatsächlich von Daniel Durand und anderen Kurieren als Übergabeort genutzt worden war, konnten vielleicht seine Kollegen vom organisierten Verbrechen herausfinden. Floss hatte alle Unterlagen weitergeleitet. Frau Goschenhofer wäre bestimmt nicht erfreut, wenn der Hauptinvestor ihres Neubaugebietes ausfallen würde und Madlfings Wachstum sich verzögern würde. Ariadne Schäfer ging es wieder gut. Sie war hier in ihrem gemütlichen Wohnzimmer in Sicherheit. Wenigstens für den Moment. Das, was sie ihm über ihre mehr oder weniger legalen Recherchen gesagt hatte, beunruhigte ihn genauso wie das, was sie vermutlich verschwiegen hatte. Aber dafür war er nicht zuständig. Eigentlich. Sie hatte jedoch mal wieder recht:

Das unsichtbare Band war geknüpft, und ehrlicherweise hatte er es schon gespürt, bevor er ihr das Leben gerettet hatte.

»Mein Vater forscht zu isländischer Literatur«, nahm sie den Faden auf. »Er ist Literaturwissenschaftler und ist als junger Doktorand nach Island gereist, um sich dort durch Archive und Museen zu arbeiten und die Menschen zu interviewen. Dabei hat er meine Mutter kennengelernt. Mit ihm solltest du dich mal über den Wahrheitsgehalt der Sagas unterhalten. Das könnte dauern.«

»Friedrich Schäfer und Fenja Jonsdottir.«

»Du hast ein wirklich ausgezeichnetes Gedächtnis, Herr Kommissar.«

Sie gähnte ausgiebig und schob sich ein Kissen in den Nacken. »Mein Vater hat mich auch Ariadne genannt.«

Sie wackelte mit den Zehen, streckte die Beine und zog sie wieder an.

»Wie die Tochter des kretischen Königs, die mit einem Knäuel selbst gesponnener Wolle half, den Ausweg aus dem Labyrinth zu finden? Wolle und Fäden sind dir mit diesem Namen ja schon in die Wiege gelegt worden.«

Die Augen fielen ihr immer wieder zu. Wallenstein war froh, dass das Gespräch sie entspannte und auf andere Gedanken brachte. Oder vielleicht war es auch nur die Wirkung des Alkohols.

»Der Faden«, murmelte sie. »Ich suche den immer und überall. Seit ich ein Kind bin. Geheimnisse lüften, Chaos entwirren, Lösungen finden. Wahrscheinlich habe ich deswegen auch Mathematik studiert. Leider ist es mir hier nicht gelungen. Ich habe Martina übersehen und sie sogar zur Tat motiviert.« Traurig schüttelte sie den Kopf. »Und jetzt sind zwei Menschen tot. Auch wegen mir.«

»Unsinn. Du kannst nichts dafür.« Ein gefährlicher Moment, wenn Opfer eine Teilschuld übernahmen.

Ariadne schaute ihn nachdenklich an.

»Und dein Name?«, wechselte sie das Thema. »Du heißt niemals nur Tim. Zu so einem klangvollen Nachnamen wie Wallenstein haben deine Eltern sich bestimmt etwas Bedeutenderes einfallen lassen als drei schlichte Buchstaben.«

»Gefällt dir der Name nicht?«

»Doch, aber er passt nicht zu dir.«

»Dann musst du dich bei meinen Eltern beschweren.«

»Werde ich machen. Verlass dich drauf.«

Wallenstein beobachtete, wie beim Sprechen ihre Lider immer schwerer wurden. Auch die Worte reihten sich langsamer aneinander als bei ihr üblich.

»In Krimis ist es ja oft so, dass der Vorname des Ermittlers Buch für Buch geheim gehalten wird und dann irgendwann, *Popp*, in Band achtunddreißig auftaucht. Und man liest die ganzen Bände nur, weil man endlich wissen will, wie der Typ heißt. Und dann ist es ganz banal. Ich hatte gehofft, bei dir ist es besser.«

Wallenstein beugte sich vor und nahm ihr vorsorglich die Tasse ab. Wenig später war sie eingeschlafen, und er war froh, dass er keine Auskunft über seinen wirklichen Vornamen geben musste. Ihrer beider Väter hätten sich bestimmt gut verstanden. Glücklicherweise war seiner schon tot.

Wallenstein betrachtete die Schlafende. Ihre feinen Gesichtszüge waren weich und entspannt. Nur das Pflaster an der Stirn und einige angesengte Haarsträhnen erinnerten an den brutalen Anschlag auf der Kellertreppe. Allein der Gedanke, was alles hätte passieren können, reichte, um Wallensteins Herz erneut zum Rasen zu bringen. Er war nicht zu spät gekommen. Es war jedoch verdammt knapp gewesen. Fünf Minuten später und ... Er zwang sich, ruhig zu atmen. Genau so, wie er es von der Psychologin gelernt hatte.

Ariadne lebte. Nur das zählte. Ihr regelmäßiges Atmen beruhigte ihn. Er lehnte sich zurück, schloss für einen kurzen Moment die Augen und wachte erst auf, als er fror. Jola lag direkt neben ihm. Die Katze fauchte, als er verwirrt nach dem Handy tastete und seinen steifen Nacken bewegte. Drei Uhr morgens. Leise stand er auf und ordnete Ariadnes verrutschte Wolldecke.

Sie öffnete die Augen. »Tim?«

»Alles gut. Ich fahr jetzt nach Hause.«

Schon waren ihre Augen wieder zugefallen.

»Bleib bei mir«, murmelte sie undeutlich, drehte sich zur Seite und schlief weiter.

Wallenstein wäre gerne geblieben, hätte Ariadne ins Bett gebracht und sich selbst danebengelegt. Wenn die Vorgeschichte kein Mordfall und er kein Polizist gewesen wäre, hätte sich der Abend anders entwickeln können. Aber so gab es für seine Sehnsucht, überhaupt für seine verworrenen Gefühle, keinen Platz. Er durfte ihre Situation nicht ausnutzen. Traumaopfer waren anfällig für starke Emotionen, das wusste er von sich selbst.

Wallenstein ging in die Küche und bestellte sich ein

Taxi. Nach zwei Gläsern schwarzem Tod und einer halben Flasche Weißwein wollte er nicht fahren. In der Wartezeit räumte er die Küche auf und spülte das Geschirr. Bevor er ging, schaute er noch einmal ins Wohnzimmer. Wie eine Fee aus der Anderswelt lag Ariadne auf dem Sofa. Ihre Haare umflossen das schmale Gesicht wie Lichtstrahlen. Er legte seine Visitenkarte samt Handynummer auf den Treibholztisch und schlich davon. Prüfend rüttelte er an der Wohnungstür, nachdem er sie ins Schloss gezogen hatte.

EIN KLÄRENDER FREITAG IM MAI

43. MASCHE

Lose Enden wollen in jedem Fall zusammengeführt werden.

Nach einer kurzen Nacht brachte Wallenstein erst sich und dann seine Wohnung in Ordnung. Die Waschmaschine lief, er war rasiert, trug einen grauen Anzug und ein weißes Hemd.

Er musterte seine Kaffeemaschine. Aufgeben war für ihn schlimmer, als zu scheitern.

»Was soll's«, murmelte er, füllte das *Certificato di Garanza* aus, leerte den Wassertank und steckte die Maschine in die Verpackung zurück. Morgen würde er sie an die Firma zurückschicken.

Auf dem Balkon stehend, trank er ein Glas Leitungswasser.

Es war Freitag, und er hatte seine erste Arbeitswoche fast hinter sich. Heute würde er es endlich auf seine neue Dienststelle schaffen, sein Büro beziehen und alle Kollegen kennenlernen. Aber erst einmal genoss er den Blick auf die fernen Berge und die morgendliche Stille.

Um acht Uhr kam ein Streifenwagen, der ihn nach Madlfing zu seinem Auto brachte. In der Bäckerei kaufte er für seinen Einstand alle verfügbaren Nusshörnchen auf.

»Hätten'S doch bestellt. Das wär doch gar kein Problem gewesen.« Maria Süß füllte bereits die dritte große Papiertüte mit den duftenden Teilchen.

»Das reicht bestimmt, Frau Süß«, versuchte Wallenstein, sie zu beruhigen. Er würde wahrscheinlich noch die Insassen der Ausnüchterungszellen mit Nusshörnchen versorgen können.

»Ich hab das ja viel zu spät mitbekommen. Man würde immer meinen, hier im Laden wüsste ich alles. Aber nein, ich erfahre Neuigkeiten immer als Letzte.«

Wallenstein wartete ab.

»Stellen Sie sich vor. Gestern da wollte ich mir zum Abendessen eine Bärlauchcreme aufs Brot schmieren. Aber dann hab ich doch glücklicherweise einen so spannenden Krimi gelesen. Aus Schweden. Da wird ein Baby aus dem Kinderwagen entführt. Und dann beginnt ein Wettlauf mit der Zeit, und jede Spur ist eine Sackgasse.«

Das kam Wallenstein bekannt vor.

»Ich konnte gar nicht aufhören zu lesen und hab erst heute früh erfahren, dass das Bärlauchpesto vergiftet ist.«

»Woher stammt das Pesto?«, erkundigte sich Wallenstein.

»Vom Kirchenbasar«, erklärte die Bäckerin. »Den veranstaltet Irmingard, und man kauft da für einen guten Zweck wie die Eichhörnchenauffangstation oder Kinder in Afrika oder so. Wer rechnet denn damit, dass das tödlich sein kann so wie beim Ellinger. Der Krimi hat mir quasi das Leben gerettet. Stellen Sie sich das vor!« Ihre Wangen glühten. »Ich hab von dem Aufruf, dass man die Gläser ins Rathaus bringen soll, erst heute Morgen von der Pauline erfahren. Aber ich geb sie jetzt Ihnen mit. Dann muss ich nicht zur Goschenhoferin laufen. Ich komm ja aus dem Laden nicht so einfach raus.«

Frau Süß war tatsächlich nicht auf dem neuesten Stand. Wallenstein nahm einen Karton mit Nusshörnchentüten und vier kleinen Gläsern Bärlauch-Creme entgegen, zahlte und ging zu seinem vor der Wolllust geparkten Wagen. Die Vorhänge im ersten Stock waren zugezogen. Ariadne hatte sich nicht bei ihm gemeldet. Wahrscheinlich schlief sie noch. Er würde sie später und sich nach ihrem Befinden erkundigen. Behutsam stellte er den Bäckereikarton auf den Beifahrersitz.

»Herr Kommissar!« Mit energischen Schritten kam Irmingard Sonnleitner auf Wallenstein zu. Sie hatte ihren Regenschirm in der Hand und zielte damit auf ihn, als wollte sie ihn durchbohren.

»Frau Sonnleitner«, grüßte er und schob die Schirmspitze von sich weg.

»Ist es wahr?«, fragte sie schlicht.

»Ja.«

Sie schüttelte ungläubig den Kopf. »Martina! Wer hätte das gedacht. Da hat sie uns ganz schön an der Nase herumgeführt«, beschwerte sie sich über das Täuschungsmanöver. »Nur gut, dass Sie sich nicht haben beirren lassen. Von Profis können wir nur lernen. Vielleicht mögen Sie ja mal einen Vortrag bei einem unserer Krimiabende halten.«

Anerkennend klopfte sie ihm auf die Schulter.

»Sie kümmern sich ein wenig um Frau Schäfer«, bat er.

»Aber natürlich schauen wir alle auf die Ariadne und helfen ihr, den Schock zu überwinden. In Krisen halten wir zusammen. Da bleibt keine allein.«

Wallenstein nickte und stieg ein. Martina Ellinger hatte das leider nie so empfunden, dachte er und ließ den Motor an. Kurz bevor er Madlfing verließ, sah er zwei Telekom-Mitarbeiter, die ein Schild mit der Aufschrift *Hier sorgen wir für schnelles Internet* abbauten.

Wallenstein parkte neben einem tannengrünen Land Rover mit montierter Wildwanne und erinnerte sich an das Kennzeichen. Hatte es die Fahrerin tatsächlich mit der Polizei zu tun bekommen? Wenigstens in kleinen Dingen gab es so etwas wie Gerechtigkeit. Der Kommissar nahm die Nusshörnchen, die sein Auto besser beduftet hatten, als jeder Wunderbaum es könnte, ging zum Haupteingang und stellte sich vor.

»Da kommt ja unser Held der Stunde. Timotheus Maria von Wallenstein, herzlich willkommen bei uns!«, rief eine etwa sechzigjährige Frau in moosgrünem Lodenkostüm, als er den vom Beamten an der Pforte genannten Besprechungsraum betrat.

Wallenstein zuckte zusammen. Woher kannte sie seinen vollständigen Namen? Seit seiner Schulzeit war er nicht mehr so genannt worden. Er war sich sicher, dass dieses Namensungetüm nirgends in seiner Personalakte vermerkt war. Selbst in seinem Ausweis stand es nicht. Tim Wallenstein war mehr als genug.

Kollegen standen auf und klatschten. Wallenstein erkannte Harald Floss, Blasius Lechner, Sepp Schmidl, Korbinian Wick und Martin Evers. Er nickte ihnen freundlich zu. Floss war heute im Golfoutfit. Karierte Hose und Poloshirt. Sogar die weißen Schuhe passten dazu.

»Ulrike Weide«, stellte sich die Frau, die ihn willkommen geheißen hatte, vor und gab einem uniformierten Kollegen ein Zeichen. Der junge Mann sprang auf und nahm Wallenstein die Bäckereitüten ab. »Ich habe mit Ihrem Vater studiert. Auch danach ist der Kontakt nie abgebrochen.«

Damit waren sowohl ihr Insiderwissen als auch ihr Rang geklärt. Sie war die schwer erreichbare Staatsanwältin, die bei Telefonaten stets im Revier unterwegs gewesen war. Wie sein verstorbener Vater schien sie eine ausgeprägte Leidenschaft für die Jagd zu pflegen. Eine Vorliebe, die Wallenstein – wie auch andere Familientraditionen – nicht teilte. Vermutlich gehörte ihr auch der dunkelgrüne Land Rover auf dem Parkplatz, und sie hatte ihm am Dienstag bei der Auffahrt auf die Garmischer Autobahn den Mittelfinger gezeigt. Wahrscheinlich gab es doch keine Gerechtigkeit.

Er zwang sich zu einem Lächeln.

»Es freut mich, Sie persönlich kennenzulernen.«

»Ihr Vater hat viel von Ihnen erzählt. Am liebsten hat er mit Ihren guten Noten und Karriereaussichten angegeben.«

Ihre schwarz gefärbten Haare wurden von einem maronenbraunen Samtband zu einem kurzen Pferdeschwanz zusammengehalten. Seit seinen Ermittlungen im Wolllustumfeld war seine Farbwahrnehmung auffallend poetisch.

»Und dann dieser tragische Unfall!«

»Ja«, antwortete er knapp.

Wallenstein sprach nicht gerne über seine Familie. Aber scheinbar reichte nicht einmal eine Versetzung an den Rand der Republik, den familiären Altlasten zu entkommen.

»Er wäre bestimmt erstaunt gewesen, nein, erschüttert, dass Sie sich für eine Polizeikarriere entschieden haben und dann noch SEK oder so was. Das erfährt man nicht so genau. Aber auf jeden Fall gefährlich!«

Blasius pfiff anerkennend durch die Zähne.

»Nicht gefährlicher, als auf die Jagd zu gehen«, erwiderte Wallenstein.

Die Staatsanwältin schaute ihn nachsichtig an. »Von einem Jagdgefährten mit einer Wildsau verwechselt und erschossen zu werden ist ein absoluter Einzelfall. Restrisiko gibt's immer.«

Seinem Vater wäre diese Verwechslung höchst peinlich gewesen. Aber er war sofort tot gewesen.

Ulrike Weide plauderte in zwei Minuten alles aus, was Wallenstein gerne verschwiegen hätte. Bisher war es ihm auch mehr oder weniger gelungen. Aber die Mitteilungsfreudigkeit von Ulrike Weide machte seine Bemühungen zunichte.

»Damit kennen Sie sich bestimmt besser aus als ich.«

Sie musterte ihn wie einen kleinen, trotzigen Jungen.

»Sie ähneln Ihrem Vater sehr.«

Für Wallenstein ein schlimmes Kompliment. Auch sein Vater hätte diesem Satz widersprochen. Er war von seinem einzigen Sohn zutiefst enttäuscht gewesen.

»Wenigstens äußerlich«, relativierte sie ihre Aussage.

»Ich freu mich ehrlich, dass Sie sich nach Ihrem Verlust für unsere Dienststelle entschieden haben«, landete sie den nächsten Treffer. »Ich war ja gegenüber Ihrer Bewerbung ein bisschen skeptisch. Das gebe ich ehrlich zu. Gerade wo Unterordnung nicht zu Ihren Stärken gehört. Wir sind hier alle Teamplayer. Aber Ihr Einstieg war vielversprechend.«

Wallenstein wünschte sich eine Waffe. Ein Blattschuss schien ihm hier die einzige waidgerechte Lösung.

Eine kleine Frau drängte sich an der Staatsanwältin vorbei und schnitt ihr damit das Wort ab. Wäre Wallenstein bewaffnet gewesen, hätte sie ihr damit vermutlich auch das Leben gerettet.

»Wenn wir geahnt hätten, dass Sie so eine Berühmtheit sind.« Sie schüttelte ihm lächelnd die Hand.

Christa Stuber war Wallenstein schon beim Vorstellungsgespräch sympathisch gewesen.

»Es tut mir leid, dass Ihr Einstand bei uns so hektisch war. Aber ich habe den Eindruck, dass Sie mit Ihrem Team sehr gut zurechtgekommen sind.« Sie wandte sich an die Gruppe: »Jetzt möchte ich unseren neuen Kollegen Tim Wallenstein erst einmal herzlich bei uns begrüßen. Sie haben sich ja schon mehr als tapfer geschlagen. Zwei Morde in einer Woche aufgeklärt und den dritten verhindert. Respekt! Da kann ich nur sagen: Weiter so!«

Wallenstein hoffte, dass das nicht zutraf. Er wollte endlich die Ruhe des Landlebens erleben, von der auch Ariadne mit ihren Handarbeiten träumte. Ganz genau hatte er immer noch nicht verstanden, was hinter ihrem Rückzug ins Handarbeitsmilieu steckte. War es nur Tarnung oder wirkliche Begeisterung? Er würde sie das heute oder morgen fragen. Auch wenn es dafür keine Zuständigkeit gab.

»Und zur Feier des Tages gebe ich eine Brotzeit aus. Im Aufenthaltsraum gibt es für alle Weißwürste und Weißbier. Alkoholfrei. Schickt's euch, dass wir noch vor dem Zwölf-Uhr-Läuten fertig sind.«

»Und als Nachspeise gibt's Madlfinger Nusshörnchen!«, rief Wallenstein.

Allgemeiner Jubel brach aus. Die Anwesenden machten sich auf den Weg zum Aufenthaltsraum, wo die Würste in dampfenden Töpfen bereitstanden. Wallenstein schüttelte viele Hände, merkte sich die dazugehörigen Namen und bot allen das Du an. Die neuen Kollegen vermieden es, ihn auf seine SEK-Zeit oder den von Weide erwähnten Zwischenfall anzusprechen. Die Stimmung war ausgelassen, und Wallenstein fühlte sich wohl. Blasius Lechner schenkte ihm ein Weißbier ein und gab ihm eine Einweisung, wie man eine Weißwurst fachgerecht verzehrt.

»Das wird schon«, bestärkte ihn Korbinian beim Abziehen der dünnen Wursthaut.

»Und jetzt fehlt nur noch der Senf.« Harald Floss löffelte ihm eine große Portion der dickflüssigen karamellbraunen Masse neben die blasse Wurst.

Wallenstein tauchte eine Wurstscheibe ein. Von der Leberkäsesemmel in der Metzgerei Zeiler war er vorgewarnt, und die Süße traf ihn nicht unvorbereitet. Er musste sich eingestehen, dass sie sogar erstaunlich gut mit der Wurst harmonierte.

»Sehr gut«, lobte er.

»Das sind die besten«, erwiderte Blasius ernst.

»Und die besten Brezen«, reichte Korbinian dem Kommissar eine Breze über den Tisch.

»Für die Besten nur das Beste«, fasste Wallenstein zusammen und prostete seinen Kollegen zu.

»So ist es«, nickte Blasius. »Für das Bier gilt das leider nicht. Aber die Christa erlaubt nur alkoholfrei. Da ist sie streng.«

»Machen wir uns an den Papierkram?«, fragte er Floss nach drei Weißwürsten. Fast alle hatten sich inzwischen ins Wochenende verabschiedet oder waren an ihre Arbeitsplätze zurückgekehrt.

»Dann zeig ich dir mal unser Büro.« Floss stand auf und wischte sich ein paar Brezenbrösel vom Poloshirt.

Beim Verlassen des Aufenthaltsraums sah Wallenstein, wie Ulrike Weide gerade in eine Breze mit Bärlauchcreme biss. Er hatte die Gläser von Maria Süß, die er eigentlich an die KTU weitergeben sollte, im Karton mit den Bäckereitüten vergessen.

»War eigentlich irgendeines der abgegebenen Gläser vergiftet?«, fragte er Floss.

Der schüttelte den Kopf. »Nein, war alles in Ordnung, und das passt ja auch zu Martina Ellingers Geständnis. Aber die im Labor waren von den fleißigen Madlfingerinnen ganz schön gestresst. Die waren alle von diesem Frühlingsküche-Vortrag inspiriert und haben das Zeug kiloweise püriert. Meine Frau wollte auch gleich die Rezeptsammlung haben. Das Zeug soll supergesund sein. Wenn's eben nur Bärlauch ist.«

Wallenstein nickte. Damit konnte er Ulrike Weide guten

Gewissens weiteressen lassen. Ein Restrisiko bestand im Leben ja immer. Das war der Staatsanwältin als Jägerin bestimmt klar.

Vorsichtshalber nahm er die restlichen, noch ungeöffneten Gläser an sich und warf sie in den Mülleimer.

Im relativ kleinen Büro standen sich zwei Schreibtische gegenüber. Eine Wand war komplett mit einem ordnergefüllten Regal vollgestellt. Die andere war leer. Nur ein Foto der Alpspitze hing dort. Der Berg, den Wallenstein so gerne von seinem Balkon aus bewunderte.

Auf Floss' Schreibtisch standen nebeneinander drei Bildschirme. Dazwischen ein Foto, das eine lachende, schwarz gelockte Frau zeigte.

»Meine Frau Veronika. Sie ist Kinderärztin hier in der Rheumaklinik.«

»Schön«, sagte Wallenstein und schaute sich um.

Das einzige Fenster ging zur viel befahrenen Straße hinaus. Gegenüber lag der Friedhof des Ortsteils Partenkirchen. Eine Kuppel, die Wallenstein ähnlich wie der Madlfinger Kirchturm an orientalische Bauwerke erinnerte, zierte die Aussegnungshalle.

»Finde ich auch«, erwiderte Floss und rückte den Bilderrahmen zurecht.

Wallenstein und Floss machten sich an die Arbeit. Ariadne Schäfer konnte Tim auch nach mehreren Versuchen telefonisch nicht erreichen.

Das Gespräch mit Martina Ellinger dauerte, von Weinkrämpfen und Wutanfällen unterbrochen, über drei Stunden. Sie legte ein umfassendes Geständnis ab, wollte ihre Tat und vor allem ihre Motivation bis ins Detail erklären.

Anschließend saßen die beiden Männer deutlich mitgenommen in ihrem Büro, tranken Kaffee und stärkten sich mit den übrig gebliebenen Nusshörnchen. Martina Ellinger hätte weitergemacht. Frau für Frau den Krimi-Strickclub ausgerottet.

»Bis dass der Tod euch scheidet«, murmelte Floss mit vollem Mund. Er spülte mit einem Schluck Kaffee nach. »Ich hab das bisher für einen positiven Satz ehelicher Solidarität gehalten.«

»Privat kann ich nicht mitreden. Aber beruflich kann ich sagen, dass Gefühle manchmal kippen. Liebe wird zu Hass, aus Fürsorge wird Überwachung.«

Floss schaute in seine Tasse, als läge dort die Erklärung. »Heißes wird kalt.« Er machte eine Pause. »Ich mach jetzt Schluss und geh nach Hause. Mir reicht's. Das war eine Wahnsinnswoche.«

Wallenstein nickte zustimmend.

Floss drehte sich noch einmal um. »Wir konnten übrigens das iPhone von Nicole Durand orten.«

»Ach?«

»In Madlfing. In der Nähe der Kirche. Genauer gesagt im Pfarrhof, der …«

»… von Irmingard Sonnleitner bewohnt wird«, vervollständigte Wallenstein den Satz.

Floss nickte. »Frau Sonnleitner behauptet, das Telefon sei in der Kirche liegen geblieben. Sie habe es verwahrt und darauf gewartet, dass es jemand abholt.«

Wallenstein staunte. »Die hätte das Handy doch sofort erkannt.« Dann ging ihm ein Licht auf. »Sie hat es am Tatort mitgenommen und wollte selbst ermitteln.«

Floss spann seinen Gedanken weiter. »Und dann hat sie die PIN falsch eingegeben, und das Handy war gesperrt.«

Wallenstein fehlten die Worte. Irgendwann würde er mit der Mesnerin ein sehr ernstes Wort reden müssen. Oder noch besser mit dem versammelten MKHC. Hätten alle ihre Informationen lückenlos und ohne eigene Interpretationsversuche an die Polizei weitergegeben, wäre Martina Ellinger wesentlich schneller überführt gewesen. So aber war Ariadne unnötig in Gefahr gebracht worden.

Wallenstein lehnte sich im Bürostuhl zurück und betrachtete das Bergfoto. Die erste Woche war vorbei. Vielleicht würde er morgen in Madlfing bei Ariadne vorbeifahren und sie zum Essen einladen. Mehr privat als dienstlich. Das war eine schöne Wochenendaussicht.

44. MASCHE

Jede Faser braucht Entspannung.

Von ihrem Küchenfenster aus beobachtete Ariadne, wie sich das Führungsteam des MKHC mit Putzeimern und Lappen vor der Wolllust versammelte. Vorher hatten sie schon den Stand abgebaut und die nassen Trockenblumen entsorgt. Irmingard klopfte an der Haustür. Als Ariadne öffnete, erschraken alle über das dicke Pflaster an ihrer Stirn.

»Wie geht es dir?«, fragte Sarah.

»Geht. Nur mein Kopf brummt.«

»Das kommt vom Sturz. Ist bestimmt eine Gehirnerschütterung.«

Ariadne behielt für sich, dass eventuell auch Schnaps und Weißwein dafür verantwortlich sein könnten.

Camilla lief durch den Flur in den Garten und holte dort einen Stuhl. »Du musst dich schonen. Daher kommen wir zum Aufräumen.«

Die Frauen packten an.

»Meinst du, wir sind schuld?«, fragte Sarah.

Ariadne schüttelte den Kopf, hörte aber sofort wieder damit auf, weil es tatsächlich wehtat.

Pauline steckte verkohlte Wollknäuel in einen Müllsack. »Eigentlich wollten wir nur helfen. Niemand hätte gedacht, dass Stricken tödliche Folgen haben kann.«

Ariadne sah zu, wie wunderbare Ware entsorgt wurde. Kuschelige Babyalpakawolle, Maulbeerseide, handgesponnenes Tweedgarn aus den schottischen Highlands, feinstes Yakhaar. Immer wieder lief ihr eine Träne über die Wange. Aber eigentlich weinte sie nicht wegen der Wolle, sondern wegen Martina.

Endlich war die Treppe freigeräumt, und Sarah wischte sie Stufe für Stufe sauber. »Wenn wir geahnt hätten, dass Martina den Schal gestrickt hat, hätten wir ihn doch nicht so schonungslos niedergemacht. Für ihre Verhältnisse hat sie es ja sogar ganz gut gemacht.«

Camilla putzte das Geländer. »Jetzt hör aber auf. Die hatte doch keine Ahnung. Eine Strickschrift ist für sie so unverständlich wie eine chinesische Tageszeitung.«

Pauline stützte sich auf einem Besen ab. »Wir haben ja jetzt die Anleitung und können den Schal ordentlich nachstricken und ihr ins Gefängnis schicken. Dann versteht sie, wie das mit dem Muster und dem gezackten Rand funktioniert.«

Camilla rubbelte den Lichtschalter sauber. »Dann müssen wir ihr aber noch ein Stricklexikon schicken, wo alle Techniken erklärt werden. Ariadne verkauft so was ja im Laden.«

»Das ist eine gute Idee«, erwiderte Sarah. »Sie wird jetzt viel Zeit zum Handarbeiten haben. Wir werden uns um sie kümmern, sie besuchen und mit Wolle und Nadeln versorgen. Wenn Martina mag, können wir die fertigen Sachen dann für Ottilie und ihre Eichhörnchen verkaufen. Dann kann sie im Gefängnis etwas Sinnvolles machen.«

»Vielleicht sollte sie mit dem Miss-Marple-Schal anfangen. Der ist ganz einfach«, schlug Camilla vor. »Nicht dass wieder jemand lästert und Martina rückfällig wird.«

Eine rege Diskussion um gefängnisgeeignete Anleitungen und Modelle setzte ein.

Je länger Ariadne dem MKHC zuhörte, desto stärker wurden ihre Kopfschmerzen. »Ich bin mir nicht sicher, ob das mit dem Strickzeug überhaupt eine gute Idee ist.«

Irmingard war seltsam schweigsam.

»Geht es dir gut?«, fragte Ariadne sie. In letzter Zeit hatte die Mesnerin sich seltsam benommen.

Irmingard wischte sich mit einem verrußten Staubtuch über die Stirn. »Seit ich gebeichtet habe, wird es besser. Der Murnauer Pfarrer hat mir, Gott sei Dank, heute Morgen einen Extratermin gegeben. Das war der größte Fehler meines Lebens.«

Ariadne war schwindelig. »Welcher Fehler?«

»Die Sache mit Nicoles Handy. Ich hätte es nicht mitnehmen dürfen. Aber nach dem Internet-Einführungskurs dachte ich mir, ich könnte die Polizei unterstützen. Man hört doch immer wieder, wie überlastet die sind. Nachdem ich PIN und PUK falsch eingegeben habe, bin ich sogar extra mit dem Zug nach München gefahren, weil ich gehört hab, dass es da am Bahnhof einen Laden gibt, der geklaute Handys entsperren kann. War aber ein Schuss in den Ofen.«

Pauline hob ihren Besen. »Du wolltest ohne den MKHC auf eigene Faust ermitteln? Das hätte ich nicht von dir gedacht.«

Irmingard senkte den Blick. »Es tut mir auch schrecklich leid. Beim nächsten Mal bin ich an eurer Seite.«

Ariadne hoffte inständig, dass nie mehr ein Verbrechen im Umfeld des MKHC passieren würde.

Sarah lenkte ein. »Schon gut. Wir alle haben Fehler gemacht, aber daraus kann man lernen.«

Camilla stützte sich am Treppengeländer ab. »Hätte Ottilie zum Beispiel nicht wegen dem Gewitter ihren Beobachtungsposten verlassen, hätte sie Martina kommen sehen.«

Aber wahrscheinlich hätte sie sich nichts dabei gedacht, überlegte Ariadne. Keine von ihnen hatte Martina einen Mord zugetraut. In ihren Augen war sie ein Opfer gewesen, keine Täterin. Und genau dagegen hatte sie sich gewehrt.

»Vielleicht hätte es was geändert, wenn ich sofort Bettis Hinweis verfolgt hätte. Vielleicht hätte man den Download der Anleitung auf der Seite von *Dye for Yarn* irgendwie nachvollziehen können. Aber die Hühner waren bei dem Gewitter ausgebüxt. Wir haben Polly stundenlang gesucht. In einer Mordermittlung darf man aber nichts auf den nächsten Tag verschieben. Das habe ich gelernt.«

Ariadne blickte sprachlos von einer zur anderen.

»Was haltet ihr davon, wenn wir uns nächsten Dienstag zu einer Nachbesprechung und Fehleranalyse treffen?«, fragte Pauline.

»Eine gute Idee«, lobte Camilla. »Sonst hätte Sorin die Einsatzzentrale ganz umsonst aufgebaut. Vielleicht mag Herr Wallenstein auch dazu kommen.«

Pauline zog ihre Stirn in Falten. »Dann müssen wir ihn

unbedingt fragen, was jetzt eigentlich mit Nicoles Birkin Bag passiert. Wäre eine Schande, wenn die in irgendeiner Asservatenkammer verstaubt.«

»Ich könnte eh mal wieder eine neue Handtasche gebrauchen«, stellte Irmingard fest. »Und in dieses Hermès-Teil würde eine Menge Wolle hineinpassen. Wobei Rot nicht meine Farbe ist.«

Von der geballten Handarbeits- und MKHC-Power war Ariadne überfordert. Still saß sie auf ihrem Stuhl. Pauline warf ihr einen prüfenden Blick zu. »Lasst uns den nächsten Krimi-Strickabend zu dir verlegen, Camilla. Ariadne muss sich nach dem Schreck erst mal erholen.«

Diesen Satz nutzte Ariadne als Stichwort. »Ich geh hoch und leg mich hin.«

Etliche Besserungswünsche und Ratschläge begleiteten sie. Dann zog der MKHC weiter in den Laden und setzte dort seine Aufräumarbeiten fort. Sorgfältig befreiten sie die Sitzecke von Asche und Schmutz. Die Decke und Kissenbezüge packte Sarah zum Waschen ein. Eine Herausforderung war der eingetrocknete Schlamm auf der Couch, dessen Herkunft sich der MKHC nicht erklären konnte.

Ariadne setzte sich in ihr Wohnzimmer. Aus den angekohlten Kartons hatte sie ein dunkelblaues Wollknäuel gerettet. Es roch nach Rauch, lag aber tröstlich weich und warm in ihrer Hand. *Stilles Wasser* stand auf der Banderole. Aus einer Kiste suchte sie die passende Nadelstärke und begann ohne Plan, Maschen anzuschlagen.

Der blaue Faden glitt sanft durch ihre Finger. Wallenstein hätte die Wolle bestimmt berührt. Schon bei der ersten Begegnung war ihr aufgefallen, dass er Farben fühlen wollte. Wenn sie ihn wiedersah, würde sie ihn danach fragen.

Die gleichmäßige Bewegung, das Hin und Her von rechten und linken Maschen, beruhigte sie.

Strickend ließ sie los, fiel in eine tiefe Meditation, die ihr nur handarbeiten bieten konnte. Masche für Masche kehrte ihre Gelassenheit und ihr Seelenfrieden zurück, und sie erkannte, der Wollladen war keine Tarnung, er war ihre wahre Bestimmung.

Stricken war ihr Yoga.

EIN ENTSCHEIDENDER SAMSTAG IM MAI

45. MASCHE

Abketten beendet ein Strickstück
oder bringt neue Freiheit.

Nach zehn Stunden Schlaf fühlte Wallenstein sich wie neugeboren. Er verzichtete auf seine Joggingrunde, fuhr stattdessen nach Murnau und gab seine Kaffeemaschine bei der Post auf. Dann schlenderte er wie ein Tourist durch die Fußgängerzone und betrachtete die bunten Auslagen der Läden. Immer wieder wanderte sein Blick jedoch zu den weiß-blau leuchtenden Bergen. Die Straße schien direkt auf sie zuzulaufen. An der Mariensäule blieb er stehen, machte ein Foto und schickte es Arne.

Die Antwort kam prompt. »Im August hab ich Urlaub, dann stürmen wir jeden Gipfel. Kannst ja schon mal trainieren.«

Erst einmal gönnte sich Wallenstein in einer italienischen Eisdiele einen Cappuccino. Angenehm koffeingestärkt, betrat er den gegenüberliegenden Buchladen, ließ Krimis und Thriller links liegen und steuerte direkt zur Freizeitabteilung. Nach längerem Blättern entschied er sich für eine Wanderkarte und einen Mountain-E-Bikeführer.

Dann kaufte er noch einen einfachen Espressokocher für die Herdplatte und spontan einen Strauß Pfingstrosen. Das Farbspektrum von Creme über Zartrosa, Koralle, Pink zu Blutrot erinnerte ihn an ein Wolllustregal.

Gut gelaunt machte er sich auf den Weg nach Madlfing. Es war so warm, dass er sich überlegte, das Verdeck zu öffnen, fand jedoch keinen freien Parkplatz am Straßenrand. Alles war zugeparkt. Den Kennzeichen nach zu urteilen war halb München unterwegs und überschwemmte das Voralpenland. Am Freitag waren tatsächlich alle Umleitungen abgebaut worden, und er erreichte sein Ziel auf direktem Weg.

An der Ladentür hing immer noch das bestickte Geschlossen-Schild. Er klopfte, betrat den Hausflur und rief einen Gruß. Der Brandgeruch war fast vollständig verflogen. Alle Wollkartons waren verschwunden. Der Flur war geputzt und roch zitronenfrisch. Sogar die Wand zum Keller war frisch gestrichen, in luftigem Nebelgrau.

Wallenstein ging nach oben. Als er auf die Klingel drückte, fiel ihm auf, dass der Blumenstrauß noch im Wagen lag. Ariadne öffnete die Wohnungstür und strahlte ihn an. Sie trug einen kurzen tiefseeblauen Seidenmorgenmantel und dicke Wollsocken in der gleichen Farbe. Ihre Haare waren in einer perfekten Mischung zwischen ordentlich und verwuschelt hochgesteckt. Das Pflaster an der Stirn hatte sie durch dezente Wundnahtstreifen ersetzt. Ein grauer Lidstrich betonte ihre Augenform. Sonst war sie ungeschminkt und duftete nach Jasmin und Vanille.

»Tim! Komm herein. Ich mache gerade Frühstück.«

Er schloss die Tür und folgte ihr in die Küche.

»Wie geht es dir?«, fragte er.

»Gut. Aber mir steckt gestern noch ziemlich in den Knochen.« Sie bewegte sich langsamer und vorsichtiger als sonst.

»Kein Wunder.« Prellungen schmerzten lange. Damit kannte er sich aus.

»Wie geht es Martina?«

Er zuckte mit den Schultern. »Sie hat ein umfassendes Geständnis abgelegt. Ich glaube, ihr wird langsam erst bewusst, was sie getan hat.«

»Das alles tut mir so leid.« Sie holte eine Eierschachtel aus dem Kühlschrank und stellte sie auf den Tisch. »Ich hab mir vor Jahren einmal geschworen, dass ich nie mehr jemanden übersehen werde. Ich war ein paar Jahre in einem Internat, und dort hat eines der Mädchen versucht, sich umzubringen. Die Pulsadern hat sie sich aufgeschnitten, in der Badewanne. Wir hatten alle nichts von ihrem Kummer gewusst. Ich wollte besser aufpassen. Ich bin unsensibel und kalt wie ein Stein.«

Ariadne stach die Eierschale mit einer großen Stecknadel an.

»Man kann nie in einen Menschen hineinschauen. Man sieht immer nur die äußerste Schicht.«

Ariadne strich mit dem Daumen über die Eierschale. »Raue Schale, weicher Kern. Das Innere ist verborgen, bis es aufbricht.«

Wallenstein schaute zu, wie sie mit geschickten Fingern die Nadel in das nächste Ei pikste.

»Und du bist eigentlich eine ausgezeichnete Beobachterin«, stellte er fest.

Sie lächelte.

»Das Lob aus deinem Mund macht mich verlegen. Irmingard schwärmt von dir und deiner Kombinationsgabe. Sie sieht dich auf einer Stufe mit Sherlock Holmes, Hercules Poirot und Guido Brunetti.«

»Ich bin froh, dass du jetzt nicht Kurt Wallander gesagt hast.«

»Nein, dazu bist du zu gut angezogen. Für Irmingard und den MKHC bist du der Held der Stunde.« Sie ließ ein Ei nach dem anderen vorsichtig ins kochende Wasser gleiten. »Für mich auch«, fügte sie leise hinzu.

Wallenstein wusste nicht, ob er stehen bleiben oder sich setzen sollte. Am liebsten hätte er Ariadne in den Arm genommen. Etwas verloren stand er neben der Spülmaschine.

»Ich weiß gar nicht, wie ich dir danken soll.«

»Strick ihm einen Pullover.« Ein Riese von einem Wikinger kam in die Küche gepoltert. Mit seiner gewaltigen Pranke, die gewohnt war, mit Trollen oder Seeungeheuern zu kämpfen, schlug er Wallenstein lachend auf den Rücken.

Dann ging er zu Ariadne, legte einen Arm um ihre Taille, hob sie wie ein Spielzeug hoch und drückte ihr einen Kuss auf die Wange.

»Das ist Hakon«, erklärte Ariadne kichernd. »Du brichst mir alle Knochen.«

Vorsichtig stellte er sie wieder ab. Wie ein rohes Ei.

»Sorry«, flüsterte er.

Hakon war bestimmt zwei Meter groß. Seine langen blonden Haare fielen ihm auf die Schultern, und sein Bart war zu einem Zopf geflochten. Er war muskelbepackt, am

Rücken mit rätselhaften Zeichen tätowiert und trug nur Boxershorts.

»Vielen Dank, dass du ihr das Leben gerettet hast. Normalerweise bin ich ja dafür zuständig.« Ernst musterte er den Kommissar. Hakons Augen waren eisblau. Sein Deutsch war ausgezeichnet. Nur ein leichter Akzent verriet, dass es nicht seine Muttersprache war. »Aber sie muss ja hier wohnen. Alter Dickschädel.«

Er tippte vorsichtig an ihren Kopf. Ariadne lächelte. »Da du die meiste Zeit auf deinem Schiff rumsitzt, wärst du mir selbst in Island keine Hilfe.«

»Aber da drehen die Strickerinnen nicht so durch. Hier haben die Leute keinen Platz und werden aggressiv.«

»Weil du dich damit auskennst«, konterte sie, nahm die Eier aus dem Topf und legte sie in ein Körbchen.

»Ich brauche eben das Meer. Nach einer Woche Festland reicht es mir, und meine Stimmung schlägt um.« Er machte ein grimmiges Gesicht. »Da hilft nicht einmal stricken, und das kann ich, wie du weißt, sehr gut.«

Hakon nahm ein heißes Ei und schälte es. Die Temperatur schien ihm nichts auszumachen. Er bestreute es mit Salz und biss ab.

»Das stimmt.« Ariadne wandte sich an Wallenstein. »Hakon ist ein ausgezeichneter Stricker.«

Der Riese packte Wallensteins Hand und drückte sie. »Ich bin ehrlich froh, Mann, dass du im richtigen Moment da warst und mein Augensternchen beschützt hast.«

Wallenstein zeigte sein Pokerface. Er wollte sich weder den übertrieben festen Händedruck noch seine Enttäuschung über Hakons Anwesenheit anmerken lassen.

Es gab also noch einen Mann, mit dem Ariadne ein unsichtbares Band geknüpft hatte. Wie hatte er davon ausgehen können, dass eine attraktive Frau wie Ariadne noch nicht in festen Händen war? Und fest waren die Hände dieses Isländers.

»Bleibst du zum Frühstück?«, fragte Ariadne und rettete die Eier auf den Tisch.

Wallenstein schüttelte den Kopf. Er beschloss, das isländische Paar alleine zu lassen. Er war froh, dass er die Blumen im Auto vergessen hatte.

»Nein. Ist nur ein beruflicher Besuch. Floss meldet sich am Montag wegen des Protokolls.«

Er verabschiedete sich schnell.

»Und du kommst einmal zu einem Krimi-Strickabend und besuchst mich? Ich bringe dir auch das Stricken bei. Dann wirst du verstehen, wie entspannend das ist.«

Hakon nickte bestätigend. Er schälte das nächste Ei.

Als Wallenstein die Treppen hinunterstieg, hörte er, wie Ariadne und Hakon sich angeregt auf Isländisch unterhielten. Hakons tiefe Stimme begleitete ihn bis zur Haustür. Ariadnes helles Lachen auch.

Er starrte auf den Blumenstrauß, der, in grünes Papier gewickelt, auf dem Beifahrersitz lag. Plötzlich wusste er, was damit zu tun war. Er startete den Motor und fuhr los. Dieses Mal nicht über Schleich- und Feldwege, sondern auf der Bundesstraße.

Wallenstein wickelte den Blumenstrauß aus und klopfte an die mit kleinen Störchen dekorierte Zimmertür. Schnelle Schritte kamen näher.

Toni öffnete die Tür einen Spalt weit und rief: »Das ist Tim!«

»Darf ich reinkommen?«

»Darf er?«, gab Toni die Frage weiter.

»Toni, mach die Tür auf«, befahl Elisabeth Wagner.

Entspannt saß sie im Klinikbett. Sie trug einen türkisen Jogginganzug und grüne Socken. Ihre lockigen Haare kringelten sich munter. Die Polizistin sah gut aus, stellte Wallenstein erleichtert fest. Rechts und links kuschelte sich je ein kleines Mädchen an sie. Das zweite Bett im Zimmer war leer.

»Das freut mich, dass Sie uns besuchen.« Die jetzt vierfache Mutter strahlte ihn an.

Wallenstein lächelte in die Runde. Was für eine glückliche Familie.

»Wie geht es Ihnen?«, fragte er und hoffte, dass Elisabeth Wagner ihm die Geburtsdetails vorenthalten würde. Er hatte schon öfter erlebt, dass Frauen kurz nach der Entbindung das Bedürfnis hatten, über das Erlebte zu berichten.

»Gut«, erwiderte sie. »Lief alles glatt.«

Der Vater nickte. Ein friedlich schlummernder Säugling lag in seinem Arm.

Toni nahm Wallensteins Hand. »Das ist der Felix«, stellte er stolz seinen Bruder vor. Er streichelte die kleine Babyhand, die zur Faust geballt war. Felix trug ein grünes Mini-Mützchen. Bestimmt wie die Socken der Mutter ein Geschenk des Krimi-Strickclubs.

Waren alle Babys so klein?

»Und bei ihm ist auch alles in Ordnung?«, fragte er unsicher.

»Ja. Nach kurzen Startschwierigkeiten atmet er jetzt selbstständig.« Sebastian Wagner betrachtete seinen Sohn wie ein kleines Wunder, das er unbestritten auch war.

»Endlich hab ich auch einen Bruder. Theresa und Eva waren immer zu zweit und ich allein gegen die«, drückte sich Toni an seinen Vater.

»Hast du auch Geschwister«, fragte das größere Mädchen.

»Ja, zwei Schwestern«, antwortete Wallenstein.

»Älter oder jünger?«

»Älter und jünger.«

»Geht das?«, fragte das kleinere Mädchen.

»Natürlich«, erwiderte die große Schwester schulmeisterlich. »Er ist das Mittelkind. So wie der Toni.«

»Aber jetzt haben wir kein Mittelkind mehr«, sagte die Mutter lachend und gab ihrem Mann ein Zeichen. Er reagierte sofort. Die beiden waren ein eingespieltes Team.

»Warten Sie, ich hole eine Vase für die Blumen. Ich kenne mich hier aus.« Damit legte er Wallenstein das Neugeborene in den Arm.

Hilflos schaute Tim Wallenstein das kleine Kind an. Wie leicht es war. Wahrscheinlich würde es gleich das Gesicht verziehen und zu schreien beginnen. Aber Felix schlief ungerührt vom Trägerwechsel weiter.

Wallenstein schaute seine Kollegin an. »Sie haben eine wunderbare Familie.«

Sebastian kam zurück, stellte die Blumenvase auf das Fensterbrett und nahm Wallenstein das Baby ab.

»Und dafür bin ich sehr dankbar«, erwiderte sie. »Aber setzen Sie sich doch und erzählen mir, was in Madlfing wirklich passiert ist. Bisher kenne ich nur die Version von Sarah und Pauline. Und ich bin mir sicher, das war nicht einmal die halbe Wahrheit.«

»Das ist langweilig. Immer nur Erwachsenengerede«, protestierte Toni.

Wallenstein griff in seine Anzugtasche. Dort steckte eine Tüte Gummibären, die er im Klinikkiosk gekauft hatte, und das Walnotizheft. Er gab das Heft samt einem Kugelschreiber Toni. »Ihr könntet mir doch alle ein Bild malen. Das würde mich freuen.« Dann holte er die Gummibärchen heraus. »Und das ist zur Stärkung.«

Mit Feuereifer machten sich die drei an die Sache. Erst mussten sie jedoch lautstark die Reihenfolge ausstreiten und die Gummibären gerecht verteilen. Sebastian und Elisabeth Wagner blieben dabei erstaunlich gelassen.

Wallenstein berichtete. Elisabeth Wagner wurde blass. Immer wieder fragte sie nach.

»Und das in Madlfing! Ich bin ja so froh, dass Sie da waren. Unvorstellbar, wenn Ariadne was passiert wäre.«

In diesem Moment wachte Felix auf und hatte Hunger.

Wallenstein verabschiedete sich, dankbar für den Gesprächsabbruch.

Nach dem geballten Familienglück fühlte er sich in seiner Wohnung ziemlich allein. Um das Gefühl abzuschütteln, zog er sich um, schwang sich auf sein Fahrrad und trat kräftig in die Pedale. Er folgte dem Lauf der Loisach nach Süden, kehrte in einem Biergarten zum Mittagessen ein und versuchte, nicht an Ariadne Schäfer und den Wikingerhünen zu denken. Erst gegen Abend kehrte er in seine

Ferienwohnung zurück. Lange stand er auf dem Balkon und blickte über das blaue Land.

Plötzlich hatte er große Sehnsucht nach noch mehr Blau. Der Weite des Meeres.

Auf dem Fensterbrett lag das Notizbuch, das er sich bei Emma Bond gekauft hatte. Er schlug es auf. Eine Personenliste, die Gebirgskette der Alpen, ein paar Kringel und drei Kinderzeichnungen. Bei Toni wurde ein Außerirdischer von einer Polizistin, vermutlich seiner Mama, erschossen. Eva hatte ein energisches Strichbild gemalt und Theresa ein brennendes Haus. Wallenstein blätterte weiter.

Mittendrin fand er, was er suchte. In Großbuchstaben hatte Ariadne dort zwei Adressen samt Telefonnummern notiert. Einmal Baldvin Hreinsson. Das musste der isländische Fischer sein, der Waltouren anbot. Wallenstein sprach die Worte aus, die aus einer anderen Welt stammten. Wie Ariadne Elin Fenjasdottir.

Die zweite Adresse war von Erik Sigursson in Husavik. Wallenstein erinnerte sich an den Namen. Das war der Gästehausbetreiber, den Ariadne am Montag in München getroffen hatte.

Lange betrachtete Wallenstein ihre Handschrift. Groß, klar und deutlich. Sie hatte einen kleinen Wal neben Baldvins Namen gezeichnet. Ganz anders als die putzigen Illustrationen auf dem Umschlag des Notizheftes. Ariadnes Wal war realistischer und wilder.

Wallenstein gestand es sich nur ungern ein. Aber er hatte Sehnsucht nach Ariadne, nach ihren klaren Augen, ihrer Gedankenleserei, ihrer Scharfzüngigkeit und den zimtigen Sommersprossen auf ihrer milchweißen Haut. Er hätte sie gerne nach der Narbe auf ihrem Schulterblatt gefragt und warum in ihrem Wohnzimmer eine Harpune hing.

Das Meer war erreichbar.

Sie nicht.

Mit Blick auf das grandiose Bergpanorama fasste er einen Entschluss. Es half nicht, sich blindlings in die Arbeit zu stürzen. Er wollte wieder klarsehen, Verstrickungen lösen und zu sich selbst zurückfinden. Dafür brauchte er eine Auszeit, Ruhe und Weite. Damit hatte Ariadne Schäfer wie mit so vielem anderen recht. Danach würde er seine Stelle antreten. Madlfing und der MKHC hatten ihn herausgefordert, ihm aber auch gezeigt, dass er immer noch diensttauglich war.

Er ging in die Wohnung und telefonierte. Erst mit seiner Chefin, dann mit seiner Vermieterin. Dann buchte er einen Flug nach Reykjavík.

Die Eichhörnchenmütze würde er auf jeden Fall mitnehmen.

NUR NOCH EINE REIHE …

Ein Buch strickt sich nicht allein. Darum will ich noch eine Extrareihe anhängen und DANKE sagen. Beim Schreiben ist es nämlich wie beim Stricken. Manchmal verliert man den Faden, nimmt an den falschen Stellen zu oder ab oder verdreht Maschen bzw. Buchstaben.

An erster Masche bedanke ich mich bei meiner Familie und meinen Freundinnen, die sich unermüdlich meine g'spinnerten Ideen anhören. Ganz vorne dabei sind auch meine Agentin Franziska Hoffmann und die Lektorin Julia Abrahams, die sich von den Madlfingerinnen einwickeln ließen. Die nächsten Maschen stricke ich für das Verlagsteam, Vertrieb und Buchhandel, für Nicole und Cordula von DyeForYarn, die die Anleitung für die Mordwaffe kostenlos zur Verfügung stellen, die Autorinnenvereinigung Mörderische Schwestern und alle, die mir komische Fragen beantwortet haben.

Die Randmasche geht an all die Wollsüchtigen auf Instagram. Eure tollen Accounts und Projekte habe mir so manche Schreibpause versüßt (und verlängert). Danke für die Inspiration und euren Zuspruch!

Wenn jemand den mörderischen Schal nachstrickt, freue ich mich natürlich über ein Foto oder eine Nachricht. Gerne bei Instagram (leonie.kramer.autorin) oder über Irmingards Homepage: www.madlfing.de Und jetzt an die Nadeln! Stricken macht nämlich glücklich. Lesen aber auch.

BROMELIAD-SCHAL

Anleitung von DyeForYarn:

Wie man dieses Muster liest: Das Muster zeigt die ganze Breite des Schals. Für die rechte Seite (ungerade Zahlen) liest man von rechts nach links, zum Stricken der linken Seite liest man von links nach rechts, also quasi im Zickzack.

Garnempfehlung:	DyeForYarn-Laceseide, 100 g, 600 m
Nadelstärke:	US 2½ = 3mm
Schalgröße:	Nach 14 Wiederholungen des Bromelienteils misst der Schal etwa 35 x 185 cm

Anleitung:
81 Maschen locker anschlagen. Mit Reihe 1 des Musters beginnen. Nachdem Reihe 47 gestrickt worden ist, fängt man in Reihe 14 mit dem Bromelienteil wieder an. Pfeilmuster und Kante werden einfach auf die gleiche Art und Weise fortgesetzt wie bisher. Leider sind beim Pfeilmuster und bei der Kante die Reihen 47 und 13 nicht identisch (beim Bromelienteil schon).

□ »richtige Seite«: rechts, »falsche Seite«: links

• »richtige Seite«: links, »falsche Seite«: rechts; wenn grau hinterlegt: Maschen müssen links statt rechts gestrickt werden

/ 2 zusammenstricken

\ Eine Masche wie zum Rechtsstricken abheben, die nächste Masche stricken, die abgehobene Masche darüberziehen

O Umschlag

/■ »falsche Seite«: zwei zusammenstricken

Bind off = Abketten

Graue Felder: keine Maschen, nur Platzhalter

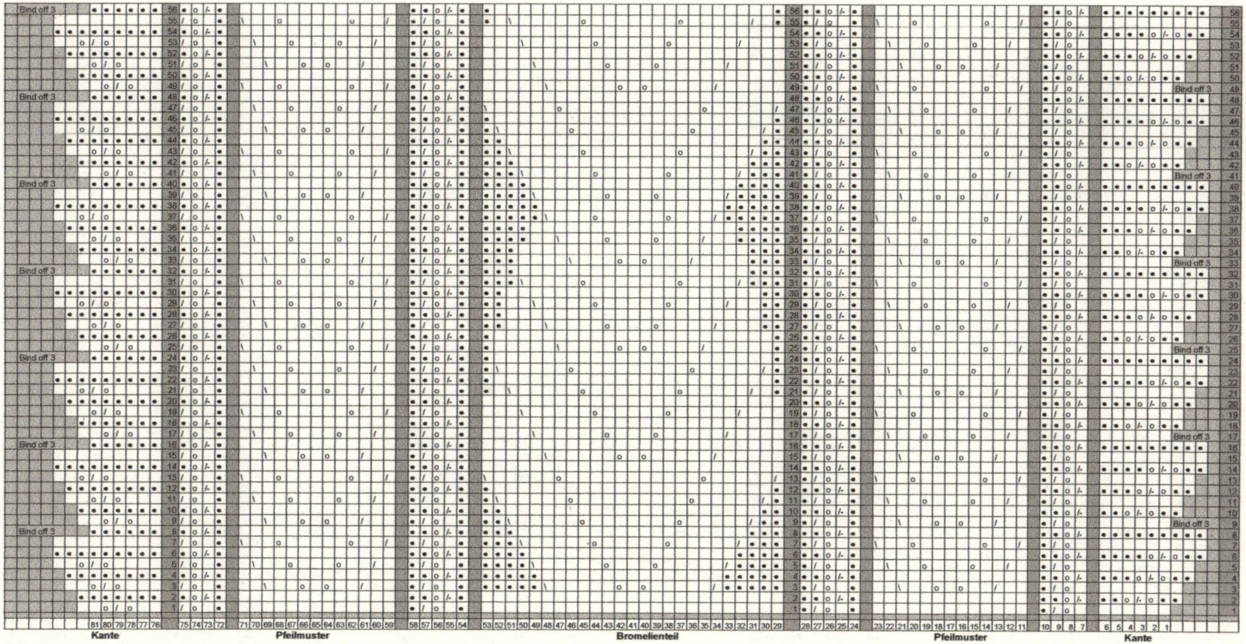

Bind off 3
Kante
Pfeilmuster
Bromelienteil
Pfeilmuster
Kante

Das zweite Muster ist ein Ausschnitt aus dem oberen Muster. Es zeigt eine Möglichkeit, wie man die Stola beenden kann. Einfach locker abketten.

Prinzip der Stola:

Die Kante wird kraus gestrickt. Ein Rapport besteht aus 8 Reihen.

Das Pfeilmuster wird auf der falschen Seite links und auf der richtigen Seite rechts gestrickt. Ein Rapport besteht aus 6 Reihen.

Der Bromelienteil wird normalerweise auf der falschen Seite links gestrickt. Ausnahme ist der Teil, der auf der richtigen Seite links gestrickt wird. Der wird logischerweise auf der falschen Seite rechts gestrickt.

Ende der Stola: Wenn 12 Wiederholungen des Bromelienteils gestrickt worden sind, enden automatisch auch alle anderen Teile. Erst jetzt »treffen« sich alle drei Musterteile wieder.

Man kann also nach 12 Wiederholungen aufhören. Man kann natürlich auch weiterstricken, wenn der Schal noch zu kurz ist. Am Schluss locker abketten und den Schal nass in Form spannen und trocknen lassen.

Sie finden diese Anleitung auch zum Ausdrucken unter: https://dyeforyarn.com/docs/bromeliad-shawl-de.pdf

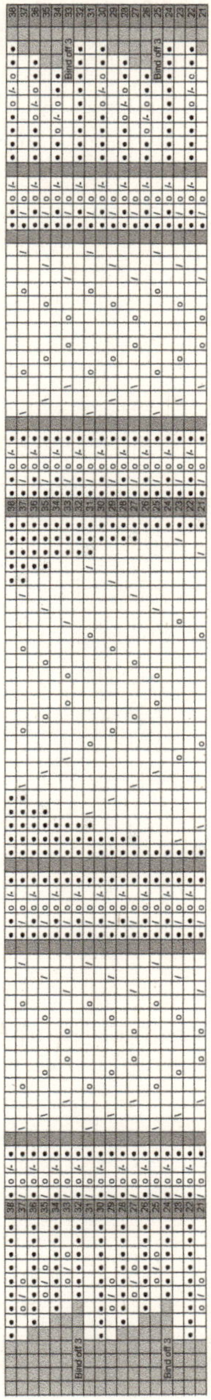
Bind off 3
Bind off 3
38 37 36 35 34 33 32 31 30 29 28 27 26 25 24 23 22 21
38 37 36 35 34 33 32 31 30 29 28 27 26 25 24 23 22 21
38 37 36 35 34 33 32 31 30 29 28 27 26 25 24 23 22 21
Bind off 3
Bind off 3